DE SPIONNE

Ook verschenen van Tess Gerritsen bij The House of Books:

IN DE RIZZOLI & ISLES-SERIE

De chirurg
De leerling
De zondares
Zustermoord
Verdwijn
De Mefisto Club
Het aandenken
Sneeuwval
Het stille meisje
De laatste sterft
Sterf twee keer
Ik weet een geheim
Luister naar mij

ANDERE

Hartslag
Alarmfase rood
Diagnose besmet
Koud bloed
Koud hart
Meisje vermist
Speel met vuur
Schaduw van de nacht
De studente (met Gary Braver)

Tess Gerritsen

De spionne

Uit het Engels vertaald door Els Franci-Ekeler

the house of books

Oorspronkelijke titel: *The Spy Coast*
Oorspronkelijk uitgegeven door: Thomas & Mercer, Seattle

Omslagbeeld: © nuttapon kupkaew / Shutterstock; © baona, © bildfokus / Getty Images
Omslagontwerp: Jarrod Taylor
Omslagontwerp Nederlandse uitgave: Buro Blikgoed, Haarlem
Auteursfoto: © Jan Reinier van der Vliet
Typografie: Crius Group, Hulshout

ISBN 978 90 443 6740 9
ISBN 978 90 443 6741 6 (e-book)
NUR 332

www.thehouseofbooks.com
www.overamsteluitgevers.com

OVERAMSTEL
uitgevers

The House of Books is een imprint van Overamstel uitgevers bv

Voor Will

1

Diana

Parijs, tien dagen geleden

Ze was altijd de ster geweest. Wat kon er toch veel veranderen in het leven, en in zo'n snel tempo, dacht ze, toen ze naar haar spiegelbeeld staarde. Haar weelderige haar, dat altijd was gekenmerkt door zonnige highlights, kon nu niet anders worden beschreven dan muizig bruin. Dit was de minst opvallende haarkleur die ze had kunnen vinden op de planken van de Monoprix waar ze naartoe was gegaan nadat een buurvrouw haar had verteld dat een man naar haar had gevraagd. Dat iemand naar haar had geïnformeerd, was de eerste aanwijzing geweest dat er misschien iets mis was. Er kon natuurlijk een onschuldige verklaring voor zijn. Het kon een bewonderaar zijn, of een koerier die iets kwam afgeven. Ze zou zich echter niet onvoorbereid laten verrassen en daarom was ze naar de Monoprix aan de andere kant van de stad gegaan, in het derde arrondissement, waar niemand haar kende, om haarverf en een bril te kopen. Twee artikelen die ze eigenlijk altijd in huis zou moeten hebben, maar ze was de afgelopen jaren wat onachtzaam geworden. Laks.

Ze bekeek de brunette in de spiegel kritisch. Een nieuwe haarkleur was niet genoeg. Ze zette de schaar in de coupe die haar bij l'Atelier Blanc driehonderd euro had gekost. Met elke lok die ze afknipte, ontstond er een scheur in het weefsel van het leven dat ze zo zorgvuldig had opgebouwd. Terwijl de lokken van haar ooit zo prachtige haar met handenvol op de vloer van de badkamer vielen, sloeg haar gewetenswroeging om in boosheid. Alles wat ze had gepland, alles wat ze had geriskeerd, bleek voor niets te zijn geweest. Maar zo was het leven. Je dacht dat je slim was, maar iemand anders kon altijd nog slimmer zijn en dat was haar fout geweest: ze had er geen rekening mee gehouden dat iemand haar de loef kon afsteken. Ze was te lang de beste van de klas geweest, degene die de anderen altijd twee stappen voor was en de rest van het team het nakijken gaf. Het geheim van haar succes was dat ze zich nooit had laten inperken door regels, iets waar niet iedereen het altijd mee eens was geweest. Toegegeven, er waren fouten gemaakt. Er was nodeloos bloed verspild. Ze had vijanden gemaakt en een deel van haar collega's had nu de pest aan haar, maar het was aan háár te danken geweest dat de missies werden volbracht. Daarom was zij de ster.

Tot nu. *Knip.*

Ze bekeek zichzelf met een koele, kritische blik. In de tien minuten die ze nodig had gehad om haar geliefde lokken af te knippen, had ze het rouwproces van haar afgelegde leven doorlopen. Ontkenning, woede, depressie. Nu had ze de fase van aanvaarding bereikt en was ze gereed voor de volgende stap: de huid van de oude Diana afwerpen en een nieuwe Diana leven inblazen. Ze was niet langer de ster, maar een vrouw die door ervaring was gestaald. Ze zou ook dit overleven.

Ze veegde de lokken bij elkaar en gooide ze samen met de verpakking van de haarverf in de prullenbak. Er was geen tijd om het appartement schoon te maken, dus ze zou massa's sporen van haar aanwezigheid achterlaten, maar daar was niets aan te doen. Ze hoopte dat de politie van Parijs met haar seksistische inslag zou aannemen dat de vrouw die hier had gewoond en die nu werd vermist, was ontvoerd. Een slachtoffer, geen dader.

Ze zette de bril op en woelde door haar korte haar. Het was slechts een oppervlakkige vermomming, maar hopelijk was het voldoende voor het geval ze buren mocht tegenkomen. Ze bond de vuilniszak dicht en nam hem mee naar de slaapkamer, waar ze haar reistas pakte. Het was jammer dat ze al haar mooie schoenen en japonnen moest achterlaten, maar ze moest licht reizen. Als ze een kast vol designer outfits achterliet, zou men bovendien nog sterker de indruk krijgen dat ze niet uit vrije wil was verdwenen. Ze moest ook de kunstwerken achterlaten die ze door de jaren heen had verzameld naarmate haar bankrekening was gegroeid: de antieke Chinese vazen, het schilderij van Chagall, de tweeduizend jaar oude Romeinse buste. Ze zou ze missen, maar soms moest je iets opofferen als je in leven wilde blijven.

Met haar reistas en de vuilniszak liep ze van haar slaapkamer naar de woonkamer en daar slaakte ze opnieuw een zucht. Het was doodzonde. Haar leren bank en de muur erachter, waar de Chagall hing, waren bespat met bloed, bijna als een abstracte toevoeging aan het schilderij. Onder de Chagall lag de bron van het bloed: de aanvaller die als eerste was binnengekomen en met wie ze onmiddellijk had afgerekend. Hij was zo'n mannetjesputter die in de sportschool wel spieren maar geen hersens ontwikkelde. Hij had geen moment verwacht dat deze dag zo voor hem zou eindigen en was gestorven met een verbaasde blik op zijn gezicht. Misschien had hij ook nooit gedacht dat het een vrouw zou zijn die hem zou vellen.

In dat geval was hij bijzonder slecht geïnformeerd geweest over zijn doelwit.

Ze hoorde de fluistering van een ademhaling achter zich en draaide zich om naar de tweede man. Hij lag aan de rand van haar kostbare Perzische tapijt en zijn bloed sijpelde in het gedetailleerde patroon van ranken en tulpen. Het verbaasde haar dat hij nog leefde.

Ze liep naar hem toe en duwde met de punt van haar schoen tegen zijn schouder.

Zijn oogleden gingen trillend omhoog. Hij zag haar en wilde instinctief zijn wapen grijpen, maar ze had dat al buiten zijn bereik geschopt. Zijn hand bewoog fladderend over de vloer, als een stervende vis die in zijn eigen bloed spartelde.

'*Qui t'a envoyé?*' vroeg ze.

Zijn hand bleef spartelen. De kogel die ze in zijn nek had geschoten moest zijn ruggengraat hebben beschadigd. Zijn bewegingen waren schokkerig en zijn arm bewoog als die van een robot. Misschien verstond hij geen Frans. Ze stelde de vraag nogmaals, nu in het Russisch: 'Wie heeft je gestuurd?'

Ze zag geen enkele reactie in zijn ogen. Of hij was al zo ver heen dat zijn brein de vraag niet kon verwerken, of hij verstond haar niet. Beide mogelijkheden waren zorgwekkend. Russen kon ze aan, maar als iemand anders deze mannen had gestuurd, had ze een probleem.

'Wie wil mij laten vermoorden?' vroeg ze, ditmaal in het Engels. 'Als je me dat vertelt, zal ik je leven sparen.'

Zijn arm stopte met schokken. Hij lag stil, maar ze zag aan zijn ogen dat hij de vraag had begrepen. Hij begreep ook dat het niets uitmaakte of hij haar de waarheid vertelde of niet. Hij zou dit niet overleven.

Ze hoorde mannenstemmen in de hal buiten haar appartement. Was er versterking gestuurd? Ze was hier te lang gebleven en nu was er geen tijd meer om de man te ondervragen. Ze richtte haar geluiddemper en schoot twee kogels in zijn hoofd. *Adieu.*

Ze had er maar een paar seconden voor nodig om het raam te openen en op de brandtrap te stappen. Haar laatste blik op haar appartement was bitterzoet. Hier had ze een zekere mate van geluk gevonden en genoten van de welverdiende vruchten van haar arbeid. Nu zag het eruit als een slachthuis, waar het bloed van twee naamloze mannen haar muren vervuilde.

Ze liet zich vanaf de brandtrap op de grond zakken in de steeg achter het gebouw. In Parijs was het 's avonds om elf uur nog best druk op straat. Ze voegde zich naadloos tussen de mensen op de drukke avenue. Ze hoorde in de verte een politiesirene, maar bleef in hetzelfde tempo lopen. Zo snel konden ze niet gewaarschuwd zijn. Deze sirene had niets met haar te maken.

Vijf blokken verderop gooide ze de vuilniszak in de container van een restaurant en liep door, met haar reistas over haar schouder. Daarin zat alles wat ze in eerste instantie nodig had en ze kon makkelijk aan andere dingen komen. Ze had meer dan genoeg om opnieuw te beginnen.

Maar eerst moest ze uitzoeken wie haar wilde vermoorden. Helaas was het een multiplechoicevraag. Ze had gedacht dat het de Russen waren, maar nu was ze daar niet zeker van. Als je meerdere partijen op hun tenen trapt krijg je evenzovele vijanden, allemaal met specifieke talenten voor het creëren van problemen. De vraag was hoe haar naam was uitgelekt. En waarom ze haar na zestien jaar te grazen wilden nemen.

Als ze haar naam kenden, kenden ze die van de anderen ook. Het zag ernaar uit dat ze door het verleden waren achterhaald.

Van een rustige pensionering kon nog geen sprake zijn. Ze moest weer aan het werk.

2

Maggie

Purity, Maine, heden

Er is hier iets doodgegaan.

Ik sta op mijn besneeuwde erf te kijken naar de bewijzen van de slachtpartij. De moordenaar heeft zijn slachtoffer door verse poedersneeuw gesleept en alhoewel het nog steeds sneeuwt, hebben de stil neerdalende vlokken de sporen nog niet bedekt, noch de groeven die door het karkas zijn achtergelaten toen het naar het bos werd afgevoerd. Ik zie een veeg bloed, wat veertjes en plukjes zwart dons die trillen in de wind. Dit is wat er over is van een van mijn geliefde araucana's, waar ik zo op gesteld was om haar betrouwbare productie van mooie blauwe eieren. Alhoewel de dood slechts een punt is in de cyclus van het leven en ik er al vaak mee te maken heb gehad, is dit verlies echt een klap. Ik slaak een zucht. Mijn adem maakt een wit wolkje in de koude lucht.

Ik kijk door het kippengaas naar wat er over is van mijn toom: drie dozijn kippen, twee derde van de vijftig stuks die ik sinds de lente heb gefokt. Het is nog maar twee uur geleden dat ik de deur van het hok heb geopend om mijn scharrelkippen eruit te laten, en in dat korte tijdsbestek heeft een roofdier zijn slag geslagen. Ik heb nog maar één haan. Hij is de enige die de veelvuldige duikvluchten van adelaars en de rooftochten van wasberen heeft overleefd. Hij stapt parmantig rond binnen de omheining, met al zijn staartveren nog intact, onaangedaan door het verlies van het zoveelste lid van zijn harem. Aan hem heb ik weinig.

Wat geldt voor de meeste haantjes.

Als ik overeind kom, vang ik een lichte beweging op. Ik tuur naar het bos achter het kippenhok. Het bestaat hoofdzakelijk uit eiken en esdoorns, met wat armetierige sparren die in de schaduw van hun machtiger buren groeien. Verborgen in het struikgewas zie ik ogen die naar me kijken. Een ogenblik staren we elkaar aan, vijanden die elkaar opmeten aan weerskanten van een besneeuwd slagveld.

Ik loop langzaam bij de kippenren vandaan, heel rustig, zonder abrupte bewegingen te maken.

De ogen van mijn vijand laten me geen moment los.

Bevroren gras knerpt onder mijn schoenen als ik langzaam naar mijn Kubota RTV loop. Rustig doe ik het portier open en reik naar mijn jachtgeweer, dat tussen de stoelen is geplaatst. Het is altijd gereed voor gebruik, zodat ik geen tijd hoef te verspillen aan graaien naar kogels en het laden van het wapen. Ik zwaai de loop in de richting van de bomen en neem mijn doelwit in het vizier.

Het schot klinkt zo luid als een donderslag. Kraaien vliegen verschrikt op uit de bomen en vliegen klapwiekend weg. Mijn kippen zoeken in paniek de veiligheid van het hok. Ik laat het geweer zakken en tuur naar het struikgewas.

Geen beweging te bespeuren.

Ik rij over het veld naar de rand van het bos en stap uit. Er staan veel braamstruiken en de sneeuw heeft een laag dode bladeren en twijgen bedekt. Elke stap die ik doe, veroorzaakt een explosief gekraak. Ik zie nog geen bloed, maar weet dat ik het zal vinden. Je weet het altijd, je voelt het op de een of andere manier in je botten als je kogel zijn doelwit heeft bereikt. Even later zie ik het bewijs dat ik inderdaad goed had gericht: bloeddruppels op een hoopje bladeren. Het verminkte karkas van mijn araucana ligt waar de killer het heeft laten vallen.

Ik waad verder door het struikgewas, takken opzijduwend als mijn broek eraan blijft hangen en om mijn gezicht te beschermen. Ik weet dat het dier zich hier ergens bevindt, zo niet dood dan zwaargewond. Het is nog ver gekomen, verder dan ik had verwacht. Mijn adem maakt wolkjes als ik door de sneeuw sjouw. Ooit had ik door dergelijk terrein kunnen sprinten, zelfs met een zware rugzak, maar ik ben niet meer de vrouw die ik was. Mijn gewrichten lijden aan ouderdomsslijtage en een te harde landing na een parachutesprong heeft ooit geleid tot een chirurgische ingreep waarbij een metalen staaf is ingebracht in mijn enkel, die sindsdien erg gevoelig is als de barometer zakt. Zoals nu. Ouder worden is een wreed proces. Mijn knieën zijn stijf, mijn dikke haar is nu meer wit dan zwart en mijn gezicht is gerimpeld. Maar mijn ogen zijn nog steeds scherp en ik weet een landschap nog steeds te lezen en de aanwijzingen in de sneeuw te interpreteren. Ik hurk bij een pootafdruk en zie bloeddruppels op de dode bladeren.

Het dier lijdt en dat komt door mij.

Ik kom weer overeind. Ooit kon ik uit een krappe sportwagen springen en wegsprinten. Nu protesteren mijn knieën en heupen al bij deze eenvoudige bewegingen. Ik sluip verder door de braamstruiken en kom bij een open plek. Daar zie ik mijn tegenstander, roerloos in de sneeuw. Een vos. Een gezond en goed doorvoed dier met een prachtige rode vacht. Een vrouwtje. Haar bek hangt open. Ik zie de vlijmscherpe tanden en de kaken die sterk genoeg zijn om een kip bij de keel te grijpen en haar nek te breken. Mijn kogel heeft haar midden in de borst geraakt. Het valt me mee dat ze nog zo ver is gekomen voordat ze is bezweken. Ik geef haar met mijn voet een duwtje om me ervan te verzekeren dat ze dood is. Ik heb een probleem opgelost, maar een vos van het leven beroven bezorgt me geen vreugde. De zucht die ik slaak, is er een van spijt.

In mijn zestig jaren heb ik veel van die zuchten geslaakt.

De vacht heeft te veel waarde om haar in het bos achter te laten. Ik pak haar bij de staart. Ze is zwaar, dankzij alle kippen die ze van me heeft gejat. Ik til haar niet op, maar sleep haar achter me aan. Het lichaam trekt een spoor door de dode bladeren en de sneeuw. Als we bij mijn Kubota zijn, til ik het karkas op en gooi het in de aadbak, waar het met een trieste bons belandt. Ik heb zelf geen behoefte aan de vacht, maar ik ken iemand die er blij mee zal zijn.

Ik stap in en rij dwars over het veld naar het huis van mijn buren.

Luther Yount houdt van licht aangebrande koffie. Ik ruik de geur al als ik voor het huis uitstap. Je hebt hier vrij zicht over de besneeuwde velden en ik kan mijn eigen boerderij duidelijk zien, op een heuveltje dat uitsteekt boven een rij prachtige suikeresdoorns. Het huis is niet groot maar erg stevig, gebouwd in 1830 volgens de makelaar die het me heeft verkocht. Ik weet dat die informatie juist is, omdat ik de originele eigendomsakte van Blackberry Farm heb opgezocht. Ik vertrouw namelijk alleen op informatie die ik met mijn eigen ogen heb gezien. Mijn huis heeft in alle windrichtingen vrij uitzicht. Als er iemand aankomt, zie ik hem meteen, vooral op een heldere winterochtend, als het landschap kaal en wit is.

Ik hoor een koe loeien en kippen kakelen. In de sneeuw staan de afdrukken van een bescheiden maat laarzen, die van Luthers huis een spoor hebben getrokken naar de stal. De voetafdrukken van zijn veertienjarige kleindochter Callie, die zoals elke ochtend haar dieren is gaan verzorgen.

Ik klos het trapje van de veranda op en klop aan. Als Luther opendoet, komt de scherpe geur van koffie die te lang op het fornuis staat me tegemoet. Luther vult de hele deuropening, met zijn witte kerstmanbaard, roodgeruite overhemd en bretels, en met een piepende ademhaling vanwege de rook van het houtvuur en het stoffige interieur van zijn woning.

'Een heel goede morgen, Maggie,' zegt hij.

'Goedemorgen. Ik heb een cadeautje voor jou en Callie.'

'Ter ere van?'

'Zomaar. Ik weet dat jullie er meer aan hebben dan ik. Het ligt in de Kubota.'

Hij neemt niet de moeite een jas aan te trekken, maar komt naar buiten in zijn wollen houthakkershemd, spijkerbroek en waterdichte laarzen. Hij loopt met me mee naar mijn auto, mompelt bewonderend als hij de dode vos ziet en streelt haar vacht.

'Een prachtig exemplaar. Dat was dus het schot dat ik daarstraks hoorde. Was ze op slag dood?'

'Ze heeft zich nog vijftig meter het bos in gesleept.'

'Dit moet de vos zijn die twee van Callies kippen heeft geroofd. Mooi werk.'

'Toch is het jammer. Vossen moeten ook eten.'

'Zoals wij allemaal.'

'Ik dacht dat jullie de vacht wel konden gebruiken.'

'Wil je hem zelf niet houden? Het is een mooi exemplaar.'

'Nee, jullie weten wat je ermee moet doen. Ik niet.'

Hij tilt het karkas uit de laadbak. Door de inspanning piept zijn ademhaling nog meer. Hij houdt het dier in zijn armen als een klein kind. 'Kom binnen,' zegt hij. 'Ik had net een kopje koffie voor mezelf ingeschonken.'

'Dank je wel, maar ik moet gaan.'

'Neem in elk geval wat verse melk mee.'

Dat sla ik niet af. Voordat ik naar Maine verhuisde, had ik nog nooit zulke lekkere melk geproefd als die van Callies vrij grazende jersey. Rijke, zoete melk die ik zelfs ongepasteuriseerd durf te drinken. Ik loop mee naar het huis. Hij legt de vos op een houten bankje. In de slecht geïsoleerde woning is het niet veel warmer dan buiten, ook al brandt er een vuurtje in de open haard, dus ik hou mijn jas maar aan. Luther schijnt geen last van de kou te hebben. Ik wil geen koffie, maar hij zet al twee mokken op de keukentafel. Het zou onbeleefd zijn om de uitnodiging te weigeren.

Ik ga zitten.

Luther schuift een kannetje room naar me toe. Hij weet hoe ik mijn koffie drink, of liever gezegd wat de enige manier is waarop ik zijn koffie weet te pruimen en hij weet ook dat ik geen nee kan zeggen tegen de room van Callies koe. In de twee jaar sinds ik in de boerderij naast de zijne ben komen wonen, is hij vrij veel over mij te weten gekomen. Hij weet bijvoorbeeld dat ik elke avond rond tien uur het licht uitdoe en 's ochtends vroeg opsta om mijn kippen voer en water te geven. Hij weet dat ik een beginneling ben in het aftappen van esdoorns, dat ik een rustig leven leid en nooit feesten geef. En nu weet hij ook dat ik goed kan schieten. Er is echter nog veel wat hij niet over me weet, dingen die ik hem niet heb verteld. Dingen die ik hem nooit zal vertellen. Ik ben blij dat hij geen type is dat voortdurend vragen stelt. Ik hou van discrete buren.

Ik weet op mijn beurt heel veel over Luther Yount. Je hoeft bij hem thuis maar om je heen te kijken om te begrijpen wat voor man hij is. Zijn boekenplanken zijn van eigen makelij, evenals de ruwe keukentafel. Aan de balken hangen bossen gedroogde tijm en oregano uit zijn tuin. Hij heeft ook boeken, heel veel boeken over een verbluffend breed scala aan onderwerpen, van elementaire deeltjesfysica tot veeverzorging. Op sommige van de leerboeken staat zijn naam als auteur, waaruit je kunt afleiden dat Luther Yount in een vorig leven docent werktuigbouwkunde was, tot hij ontslag nam bij het MIT. Hij heeft Boston en de academische wereld vaarwel gezegd en misschien ook een paar persoonlijke demonen, en zichzelf opnieuw uitgevonden in de hoedanigheid van verfomfaaide maar tevreden boer. Dit weet ik allemaal over hem, niet omdat hij het me heeft verteld, maar omdat ik, voordat ik Blackberry Farm heb gekocht, zijn achtergrond nauwkeurig heb uitgeplozen, evenals die van mijn andere buren.

Luther kwam glansrijk door mijn inspectie. Daarom voel ik me volkomen op mijn gemak aan zijn keukentafel, met zijn aangebrande koffie.

Laarzen bonken op de veranda en de deur gaat open. Een vlaag kou komt binnen, samen met de veertienjarige Callie. Luther geeft haar thuisonderwijs en als resultaat daarvan heeft Callie een aantrekkelijk vrijgevochten karakter en is ze zowel wijzer als naïever dan de meeste meisjes van haar leeftijd. Ze loopt er net zo nonchalant bij als haar grootvader. Modder koekt aan haar dikke jas en verdwaalde kippenveren hangen in haar bruine haar. Ze zet twee mandjes met verse eieren op het aanrecht. Haar wangen zijn zo rood van de kou dat je bijna zou denken dat iemand haar heeft geslagen.

'Hoi, Maggie,' zegt ze. Ze hangt haar jas op.

'Ze heeft iets voor ons meegebracht,' zegt Luther.

Callie kijkt naar de dode vos en strijkt over de vacht. Ze doet dat zonder aarzeling, ze schrikt niet terug voor het dode dier. Ze woont al bijna haar hele leven bij Luther, sinds haar moeder in Boston aan een overdosis heroïne is gestorven, en het leven op deze boerderij heeft haar geleerd niet van de dood te schrikken.

'Goh, ze is nog warm,' zegt ze.

'Ik heb haar meteen maar gebracht,' zeg ik. 'Ik had het idee dat jij en je grootvader er wel iets moois van konden maken.'

Ze kijkt me stralend aan. 'Het is een prachtige vacht. Dank je wel, Maggie. Zou hij groot genoeg zijn om een muts van te maken?'

'Lijkt mij wel,' zegt Luther.

'Weet jij hoe je dat moet doen, opa?'

'Dat zoeken we wel op. We laten al dat moois in elk geval niet verloren gaan.'

'Ik zou graag willen zien hoe je zoiets doet, Luther,' zeg ik.

'Wil je ook zien hoe ik hem vil?'

'Nee, ik weet al hoe dat moet.'

'O ja?' Hij lacht. 'Ik blijf me over jou verbazen, Maggie.'

Callie zet de eiermandjes in de gootsteen. Onder stromend water wrijft ze de eieren met een lapje schoon, zodat ze er mooi uitzien in hun kartonnen verpakking. Bij de plaatselijke supermarkt worden ze verkocht voor zeven dollar per dozijn, wat een koopje is voor organische scharreleieren, als je bedenkt hoeveel werk, kippenvoer en eindeloze botsingen met lynxen, vossen en wasberen erin zitten. Niet dat Luther en Callie van de verkoop van eieren afhankelijk zijn voor hun levensonderhoud, want Luther heeft een behoorlijke bankrekening. Dat is nóg een stukje informatie dat ik over hem heb gevonden. De kippen zijn van Callie en het geld voor de eieren mag zij houden. Ze is nu al een goede zakenvrouw en ik heb nog nooit een meisje van veertien ontmoet dat zo efficiënt een oude legkip kan slachten.

'Het is jammer dat je haar moest doden, maar ik ben zelf ook al veel kippen kwijtgeraakt,' zegt Callie.

'En nu komt er wel weer een andere dief,' zegt Luther. 'Zo gaat dat.'

Callie kijkt me aan. 'Hoeveel zijn er bij jou gejat?'

'Deze week alleen al zes. Deze vos heeft vanochtend een van mijn araucana's gedood.'

'Misschien moet ik ook een paar araucana's nemen. Blauwe eieren zijn tegenwoordig erg in trek. Ik kan er waarschijnlijk ook meer voor vragen.'

'Blauwe eieren, bruine eieren, ze smaken allemaal hetzelfde,' bromt Luther.

Ik sta op. 'Ik moet maar eens gaan.'

'Nu al?' zegt Callie. 'Je bent er net.'

Het gebeurt niet vaak dat een meisje van veertien verlangt naar gesprekken met een vrouw van mijn leeftijd, maar Callie is dan ook geen gewoon meisje. Ze voelt zich zo op haar gemak in het gezelschap van volwassenen, dat ik soms vergeet hoe jong ze is.

'Als je grootvader aan die vossenmuts gaat beginnen, kom ik kijken,' zeg ik.

'Dan maak ik kip en dumplings.'

'Dat sla ik niet af.'

Luther drinkt snel zijn mok leeg en staat ook op. 'Moment, ik had je melk beloofd.' Als hij de koelkast opendoet, tikken de glazen melkflessen die erin staan tegen elkaar. Het klinkt als muziek. 'Als we die ellendige gezondheidsreglementen niet hadden, konden we onze melk rechtstreeks verkopen. Geld in het laatje.'

Geld dat hij niet nodig heeft. Sommige mensen lopen graag te koop met hun rijkdom, maar Luther lijkt zich ervoor te generen. Of misschien is het een tactiek voor zelfbehoud. Verbergen wat anderen zouden proberen je af te pakken. Hij pakt vier flessen melk, elk met een dikke laag room bovenin, en doet ze in een papieren zak. 'Als je weer bezoek krijgt, Maggie, moet je ze dit laten proeven. En stuur ze dan hierheen om een paar flessen te kopen. Handje contantje, uiteraard. De staat Maine hoeft het niet te weten.'

Ik ben al bij de deur met mijn kostbare melk als tot me doordringt wat hij zei. Ik draai me om. 'Als ik wéér bezoek krijg?'

'Is er gisteren niet iemand bij je langsgekomen?'

'Nee.'

'Hm.' Hij kijkt naar Callie. 'Misschien heb je het dan niet goed verstaan.'

'Wat zou ze niet goed hebben verstaan?' vraag ik.

'Er was een vrouw op het postkantoor,' zegt Callie. 'Ik was er om onze post te halen en hoorde haar aan de postmeester vragen hoe ze bij Blackberry Farm kon komen. Ze zei dat ze een vriendin van je was.'

'Hoe zag ze eruit? Jong, oud? Wat voor kleur haar had ze?'

Callie schrikt er een beetje van als ik al deze vragen op haar afvuur. 'Eh, ze was jong. Knap. Ik weet niet wat voor haar ze had, want ze had een muts op. Ze droeg een donsjack. Een blauw jack.'

'Ik hoop dat je haar niet hebt verteld hoe je bij mijn boerderij kunt komen?'

'Nee, maar dat heeft de postmeester haar uitgelegd. Is er iets?'

Ik heb daar geen antwoord op. Ik sta in de open deur met mijn flessen melk in een papieren zak en voel de kou langs me heen stromen. 'Ik verwacht niemand en ik hou niet van onverwacht bezoek,' zeg ik. Ik loop naar buiten.

Is er iets?

De vraag blijft door mijn hoofd spoken als ik later naar de stad rij om boodschappen te doen. Wie heeft de weg naar mijn boerderij gevraagd? Het kan iets heel onschuldigs zijn, iemand die op zoek is naar de vorige eigenaar en niet weet dat die vrouw drie jaar geleden op achtentachtigjarige leeftijd is overleden. Het was een vrouw die bekendstond om haar rappe tong en slechte humeur. Een vrouw naar mijn hart. Dat is de enige logische reden waarom iemand de weg naar Blackberry Farm zou vragen, want mij zal niemand hier zoeken. In de twee jaar sinds ik in Purity woon, heeft nog niemand dat gedaan.

En dat wil ik graag zo houden.

In de stad doe ik mijn vaste ronde: de dierenwinkel, het postkantoor, de supermarkt. Winkels waar ik niet opval tussen de andere grijsharige vrouwen, dik ingepakt in winterjassen en sjaals. Niemand schenkt ons ook maar enige aandacht. Met de ouderdom komt anonimiteit, waardoor het een uitstekende dekmantel is.

In de supermarkt loop ik rustig door de smalle gangen. Ik leg havermout, bloem, aardappelen en uien in mijn karretje. Eieren hoef ik nooit te kopen. De drankafdeling stelt niet veel voor, maar ze hebben in elk geval twee merken single malt whisky en alhoewel ik van geen van beide een fan ben, koop ik een fles. Ik probeer zo lang mogelijk te doen met mijn voorraad dertig jaar oude Longmorn, want ik weet niet waar en wanneer ik die zal kunnen aanvullen. En een willekeurig merk whisky is beter dan geen whisky.

Als ik in de rij sta voor de kassa, zou je me kunnen aanzien voor een boerin of een huisvrouw of een gepensioneerde schooljuf. Ik ben al jaren gewend niet op te vallen en geen aandacht te trekken. Het gaat automatisch, wat zowel triest als prettig is, maar soms mis ik de tijd dat ik wél opviel, de tijd dat ik minirokjes en hoge hakken droeg en wist dat mannen hun blik over mijn lichaam lieten gaan.

Het kassameisje schuift mijn boodschappen door de scanner en kijkt verbaasd als ze het eindbedrag ziet. ‘Dat is, eh, wauw. Tweehonderdtien dollar.’ Ze kijkt naar me op alsof ze verwacht dat ik zal protesteren, maar dat doe ik niet. Het ligt aan die fles whisky. Het is niet eens mijn favoriete merk, maar sommige dingen in het leven moet je beschouwen als noodzakelijk kwaad.

Ik betaal en loop met mijn tassen naar buiten. Ik zet ze net in mijn pick-uptruck als ik Ben Diamond zie, in zijn zwarte leren jas. Hij gaat de Marigold binnen, het café aan de overkant. Als er iemand in deze stad zijn vinger op de pols houdt, is het Ben. Misschien weet hij wie er naar me heeft gevraagd.

Ik steek de straat over naar de Marigold.

Hij zit samen met Declan Rose in een hoekzitje, beiden met hun gezicht naar de deur. Die gewoonte zullen ze nooit kwijtraken, ook niet nu ze met pensioen zijn. Declan was docent geschiedenis en ziet er ook zo uit, met zijn tweedjasje en zijn prachtige leeuwenmanen. Op zijn achtenzestigste is zijn ooit pikzwarte haar nu half zilver, maar het is nog net zo dik als toen ik hem voor het eerste ontmoette, bijna vier decennia geleden. In tegenstelling tot de professorachtige Declan ziet Ben Diamond er een beetje dreigend uit met zijn gladgeschoren hoofd en zijn zwarte leren jack. Een man moet een aangeboren autoritaire houding hebben om op zijn drieënzeventigste met zo'n *look* te kunnen wegkomen, en Ben heeft die. Als ik naar hun zitje loop, kijken ze allebei naar me op.

'Hallo, Maggie. Schuif aan,' zegt Declan.

'Tijd geleden. Druk geweest?' vraagt Ben.

Ik schuif op de bank. 'Een akkefietje met een vos.'

'Ik neem aan dat de vos nu wijlen is.'

'Per vanochtend, ja.' Ik kijk op als de serveerster langsloopt. 'Mag ik een koffie, Janine?'

'Ook het menu?' vraagt ze.

'Nee, dank je. Vandaag niet.'

Ben bekijkt me. Hij heeft de gave om dingen op gezichten af te lezen en hij voelt blijkbaar aan dat ik niet zomaar het café ben binnengegaan.

Ik wacht tot Janine buiten gehoorsafstand is. 'Wie is er naar me op zoek?'

'Is er iemand naar je op zoek?' vraagt Declan.

'Ja, een vrouw. Niet van hier. Ik heb gehoord dat ze gisteren in het postkantoor heeft gevraagd hoe ze bij Blackberry Farm kan komen.'

De mannen wisselen een blik en kijken dan weer naar mij.

'Ik heb niets gehoord, Maggie,' zegt Ben.

Janine brengt mijn koffie. Een slap bakje, maar in elk geval niet aangebrand, zoals die van Luther. We wachten tot ze is weggelopen voordat we ons gesprek hervatten. Dat zijn we gewend. De reden waarom de mannen altijd dit zitje kiezen, is dat het zich ver genoeg van eventuele gespitste oren bevindt.

'Is het iets waar je je zorgen over maakt?' vraagt Declan.

'Ik weet niet of ik me er zorgen over moet maken.'

'Heeft ze naar jou gevraagd? Of alleen naar de boerderij?'

'Alleen naar de boerderij. Misschien is het niets. Hoe kan ze weten dat ik daar nu woon?'

'Als ze het echt willen, kunnen ze overal achter komen.'

We zwijgen weer als twee mensen opstaan en langs ons zitje naar de uitgang lopen. De stilte geeft me de kans om over Declans woorden na te denken. *Als ze het echt willen.* Waar ik nu op reken, is dat het voor niemand de moeite waard is mij op te sporen. Er zijn altijd grote vissen om te vangen, en ik ben maar een klein visje. Hooguit een middelgrote vis. Waarom zou iemand de moeite nemen een vrouw op te sporen die niet gevonden wil worden? In de zestien jaar sinds mijn pensioen ben ik gaandeweg iets minder voorzichtig geworden. Ik ben er zo aan gewend geraakt als kleinschalige kippenfokker door het leven te gaan dat ik zelf ben gaan geloven dat ik dat ben. Net zo goed als Ben niets anders is dan een gepensioneerde verkoper van hotelbenodigdheden en Declan een gepensioneerde docent geschiedenis. Wij weten hoe het werkelijk in elkaar zit, maar we bewaren elkaars geheimen omdat we ieder onze eigen geheimen moeten beschermen.

Wederzijdse chantage zorgt voor veiligheid.

'We zullen ons oor te luisteren leggen,' zegt Ben. 'Uitzoeken wie die vrouw is.'

'Heel graag, dank je.' Ik leg twee dollar neer voor de koffie.

'Kom je vanavond naar de boekenclub?' vraagt Declan. 'Je bent al twee maanden niet geweest en we missen je.'

'Welk boek wordt er besproken?'

'*The Travels of Ibn Battutah*. Ingrid heeft het gekozen,' zegt Ben.

'Dat heb ik gelezen.'

'Dan mag je ons een samenvatting geven,' zegt Declan, 'want Ben en ik hebben ons huiswerk niet gedaan. We zijn vanavond bij Ingrid en Lloyd. Martini's om zes uur, en als we er daar een paar van op hebben kunnen we misschien de discussie over het boek overslaan en meteen overgaan op de plaatselijke roddelpraatjes. Kunnen we op je rekenen?'

'Ik moet er nog even over nadenken.'

'Dat is geen antwoord,' bromt Ben. Hij probeert me te dwingen te komen. Ik heb me altijd afgevraagd hoeveel succes hij had met zijn gangsterimago, toen hij nog werkte. Hij heeft mij nog nooit angst aangejaagd.

'Goed, ik kom,' zeg ik.

'Ik zal ervoor zorgen dat je favoriete wodka ijskoud staat,' zegt Declan.

'Belvedere.'

Declan lacht. 'Dacht je echt dat ik zo'n detail zou vergeten, Mags?'

Natuurlijk weet hij van welk merk wodka ik hou. In Declans knappe hoofd zit een ijzersterk geheugen voor details en een talent voor vreemde talen waardoor hij er zeven vloeiend spreekt. Ik ben niet verder gekomen dan drie.

Terug in mijn auto hobbel ik door een zwart met wit landschap van kale bomen en besneeuwde velden naar huis over landwegen waarvan het wegdek door de vorst al zwaar is beschadigd. Ik had nooit gedacht dat ik mijn laatste jaren in een dergelijke omgeving zou doorbrengen. Ik ben opgegroeid te midden van stof, hitte en verblindende zomers, en tijdens mijn eerste winter in Maine was ik voor heel wat uitdagingen komen te staan. Ik leerde houthakken, over ijs rijden en bevroren leidingen ontdooien. Ik leerde ook dat je nooit te oud bent om je aan te passen. Toen ik jong was en fantaseerde over de perfecte locatie voor mijn oude dag, zag ik een villa op een heuvel op Koh Samui voor me, of een boomhuis op de Osa Peninsula, waar ik zou worden toegezongen door vogels en brulapen. Dat waren plekken die ik kende en waar ik van hield. Plekken waar ik me uiteindelijk niet kon terugtrekken.

Ze zouden namelijk verwachten dat ik daarheen zou gaan. Voorspelbaar zijn is de grootste fout.

Een alarm piept op mijn telefoon.

Ik kijk naar het scherm en trap op de rem als ik zie wat het is. Ik stuur de auto naar de kant van de weg en staar naar de beelden. Het is een videofeed van mijn beveiligingssysteem. Iemand is zojuist mijn woning binnengedrongen.

Ik kan de plaatselijke politie vragen een kijkje te nemen, maar die zou me dan allerlei vragen gaan stellen waar ik geen antwoord op wil geven. De politiemacht van Purity bestaat uit slechts zes fulltimeagenten en tot nu toe heb ik geen reden gehad zelfs maar met hen te praten. Dat wil ik graag zo houden, ook als dat betekent dat ik dit zelf moet opknappen.

Ik trek weer op.

Mijn hartslag voert een galop uit tegen de tijd dat ik langs de rij suikeresdoorns rij en voor mijn boerderij stop. Ik blijf een ogenblik zitten om de veranda te bekijken. Ik zie niets bijzonders. De voordeur is dicht en mijn sneeuwschep staat nog waar ik hem heb achtergelaten, bij de stapel brandhout. De indringer wil me laten geloven dat alles in orde is.

Dan zal ik het ook zo spelen.

Ik stap uit en loop met de zak aardappelen en het kippenvoer naar de veranda. Ik zet ze met een bons neer. Als ik mijn huissleutel pak, staan al mijn zenuwen op scherp, waardoor mijn zintuigen alles haarfijn registreren. Het ruisen van de takken, de kus van de koude wind op mijn wang.

Ik zie dat het draadje aan de deurpost gebroken is.

Het is een heel primitieve tactiek in dit elektronische tijdperk van woningbeveiliging, maar digitale systemen kunnen haperen of worden gehackt. De afgelopen maanden was ik zorgeloos geworden en had ik niet altijd de moeite genomen dat ragfijne draadje, zo teer als de draad van een spinnenweb, aan te brengen, maar na wat ik vanochtend bij Luther had gehoord, had ik de voorzorgsmaatregelen weer in acht genomen.

Ik draai de sleutel om en duw met mijn voet de deur open. De hal komt in zicht. Mijn schoenen staan op een rij onder het bankje, mijn jassen hangen aan de haken. De vloer is hier altijd een beetje smoezelig van mijn modderige schoenen.

Tot nu toe ziet alles er normaal uit. Links is de woonkamer. Ik kijk naar binnen en zie de bank, de oorfauteuils en de stapel brandhout bij de open haard. Geen indringer te bekennen.

Ik draai me naar rechts, naar de keuken en mijd de vloerplank die altijd kraakt. Ik zie mijn koffiemok en ontbijtbordje in de gootsteen, grapefruitschillen in de compostemmer. Een paar gemorste korreltjes suiker glinsteren op de tafel. Alles is zoals ik het heb achtergelaten, afgezien van één ding: de geur van een onbekende shampoo.

Die vervelende vloerplank kraakt achter me. Ik draai me om naar de indringer.

Ze is jong en soepel en ze beweegt zich als een atlete. Begin dertig, met steil zwart haar en een korte pony, donkere ogen, Slavische jukbeenderen. Ze lijkt opmerkelijk kalm, zeker gezien het feit dat de loop van mijn Walther, die ik na mijn gesprek met Callie vanochtend bij me draag, nu op haar borst is gericht.

'Dag Maggie Bird,' zegt ze.

'Ik geloof niet dat we elkaar kennen.'

'Waarom heb je juist die naam gekozen?'

'Waarom niet?'

'Een gokje. Bird, zoals in "free as a bird"?'

'Dromen staat vrij.'

Ze trekt een stoel naar achteren en gaat aan mijn keukentafel zitten. Achteloos veegt ze de suikerkorreltjes opzij die ik bij mijn ontbijt heb gemorst. Ze lijkt zich er weinig van aan te trekken dat ik de trekker maar hoef over te halen om een eind aan haar leven te maken. 'Dat is echt niet nodig,' zegt ze, met een knikje naar mijn Walther.

'Dat maak ik wel uit. Op dit moment kijk ik naar iemand die mijn huis is binnengedrongen. Ik heb geen idee wie je bent en waarom je hier bent.'

'Je kunt me Bianca noemen.'

'Is dat je echte naam of een schuilnaam?'

'Maakt dat iets uit?'

'De politie heeft altijd graag een naam bij een lijk.'

'Schei toch uit. Ik ben hier omdat we een probleem hebben en we je hulp kunnen gebruiken.'

Ik bekijk haar nog een ogenblik, de ontspannen schouders en de lange, slanke benen, nu nonchalant over elkaar geslagen. Ze kijkt niet eens naar mij; in plaats daarvan pulkt ze aan een stroopnagel.

Ik ga tegenover haar zitten en leg mijn Walther op de tafel.

Ze werpt een korte blik op het wapen. 'Ik begrijp best waarom je dat nodig vindt. Je hebt de reputatie niemand te vertrouwen.'

'Ik heb een reputatie?'

'Daarom hebben ze mij gestuurd. Ze dachten dat je een vrouw minder bedreigend zou vinden.'

'Als je zegt mij te kennen, moet je ook weten dat ik niet langer meedoe. Ik ben kippenfokker. En daar heb ik plezier in.' Geen zweem van een glimlach te bespeuren. Ze heeft geen gevoel voor humor, gedraagt zich puur zakelijk, een vrouw met een missie. De Agency heeft het rekruteringsspel flink aangescherpt sinds ik voor hen werkte.

'Ik weet niet waarom ze je gestuurd hebben,' zeg ik, 'maar nu je me hebt gevonden, kun je met je eigen ogen zien dat ik geen jonge blom meer ben. Ik ben ook nogal roestig en ik wil niet meer voor hen werken.'

'Ze zouden je goed betalen.'

‘Ik heb geld genoeg.’

‘Het zou een aanzienlijke som zijn.’

Ik frons. ‘O ja? Dat klinkt niet als de krenterige Uncle Sam die ik ken.’

‘Deze opdracht zal een bijzondere betekenis voor je hebben.’

‘Maakt me niet uit.’ Ik sta op en alhoewel er een steek door mijn knie gaat, ben ik te trots om haar daarvan iets te laten merken, dus kreun ik niet en zorg ik dat mijn gezicht niet vertrekt van pijn. ‘Kom, dan loop ik even met je mee naar de deur. Je mag aan ze doorgeven dat als ze nog een keer iemand willen sturen om met me te praten, die persoon gewoon op de deur moet kloppen, zoals bezoekers doen.’

‘Diana Ward is van de radar verdwenen.’

Ik blijf staan. Een ogenblik staar ik haar alleen maar aan. Ik probeer iets van haar gezicht af te lezen, maar het enige wat ik zie is kalme perfectie en een volslagen neutrale uitdrukking.

‘Dood of levend?’ vraag ik.

‘Dat weten we niet.’

‘Wanneer is ze voor het laatst gezien?’

‘In levenden lijve? In Bangkok, een week geleden. Sindsdien is ze spoorloos en haar telefoon reageert niet meer.’

‘Ze is al jaren met pensioen. Ze heeft kort na mij de Agency verlaten. Wat maakt het jullie uit waar ze nu is?’

‘We maken ons zorgen om haar welzijn. We maken ons zorgen om iedereen die betrokken was bij Operatie Cyrano.’

Ik kan mijn reactie op die twee woorden niet verbergen. Ik voel de schok ervan door mijn botten trillen, alsof er dichtbij een bom is ontploft. ‘Waarom?’

‘Er is onlangs ingebroken in de geautomatiseerde informatiedienst van de Agency. Door deze ongeautoriseerde toegang werd een alarm getriggerd, maar het enige dossier dat de indringer heeft geopend, was dat van Operatie Cyrano.’

‘Dat is een operatie van zestien jaar geleden.’

'En de informatie blijft geheim, voor de veiligheid van alle betrokkenen. Ik vrees echter dat jullie namen nu misschien zijn uitgelekt en daarom zoeken we jullie allemaal op, om te zien hoe het met iedereen gaat. En om te zien of iemand hulp nodig heeft. Ik moet zeggen dat ik nooit had verwacht dat je op een plek als deze zou zitten.' Ze kijkt naar mijn dennenhouten tafel en het rek met gietijzeren pannen. Het is weer gaan sneeuwen. Dikke vlokken dwarrelen langs het raam, het soort sneeuw waarin het heerlijk wandelen is. Bianca ziet er niet uit als een vrouw die in vervoering zou raken van sneeuwvlokken.

'Zoals je ziet, heb ik me hier gevestigd, en ik heb een nieuwe naam,' zeg ik tegen haar. 'Ik ben volkomen veilig.'

'Maar Diana verkeert misschien in moeilijkheden.'

'Diana in moeilijkheden?' Ik lach. 'Ja, dat zat erin. Maar ze is een taaie en ze kan heel goed voor zichzelf zorgen. Als dat alles was, mag je nu gaan.' Ik loop naar de voordeur en zet hem open. Alhoewel er een hoop kou binnenkomt, hou ik hem open, omdat ik wil dat mijn ongewenste bezoekster vertrekt.

Bianca loopt de deur uit, maar op de veranda blijft ze staan en draait zich om. 'Help ons haar te vinden, Maggie. Je weet vast waar ze naartoe is gegaan. Je hebt met haar gewerkt.'

'Zestien jaar geleden.'

'Toch ken jij haar waarschijnlijk beter dan wie ook.'

'Ja, je hebt gelijk. Ik ken haar waarschijnlijk het best. Daarom kan het me geen reet schelen wat er met haar gebeurt,' zeg ik en ik doe de deur voor haar neus dicht.

3

Jo

Sommige kerels verdienen het gewoon om een mes tussen hun ribben te krijgen, dacht Jo Thibodeau, toen de ambulanceverplegers de brancard met Jimmy Kiely in de ziekenauto schoven. Het was zo goed als zeker dat hij zijn verwondingen zou overleven en afhankelijk van hoe je het bekeek, was dat gunstig of ongunstig. Gunstig, omdat zijn vrouw, Megan, niet zou worden aangeklaagd wegens moord. Ongunstig, omdat het betekende dat Jimmy terug zou komen om Megans ellendige leven nog ellendiger te maken en Jo en haar agenten gedwongen zouden worden steeds weer tussenbeide te komen in het eindeloze treurspel van dit stel. Zelfs in een stad zo klein als Purity voltrok zich altijd wel ergens een drama, meestal achter gesloten deuren, waardoor niemand de snikken en de vuistslagen hoorde, maar soms glipte het naar buiten. Dan knikten de buren, die de kneuzingen wel hadden gezien en wisten waarom de gordijnen altijd dicht bleven, en zeiden ze tegen elkaar: 'Het zat er dik in dat het hierop zou uitdraaien.'

Vanavond was dat gebeurd en een groot aantal van die buren stond nu op het parkeerterrein van de Whale Spout en hoorde Jimmy in de ambulance dreigementen schreeuwen, zo hard dat hij de muziek die uit het café kwam overstemde.

'Teringteef! Wacht maar tot ik weer thuis ben!'

Jammer dat het mes niet in Jimmy's longen was gedrongen.

'Je zult hier nog heel lang spijt van hebben! Wacht maar!'

De ambulance vertrok, met flitsende zwaailichten. Jo's adem bleef als een wolkje in de koude lucht hangen toen ze zuchtte. De menigte op het parkeerterrein maakte geen aanstalten om zich te verspreiden, omdat ze niet meer zoiets opwindends hadden meegemaakt sinds Fernald Hobbs een hersenbloeding had gekregen achter het stuur van zijn pick-uptruck, dwars door de werf was gereden en in het water van de haven beland. Het vroor negen graden en het begon weer te sneeuwen, maar ze bleven staan alsof ze waren gehypnotiseerd door de zwaailichten van de twee patrouillewagens. Wie in Maine is geboren en getogen, vindt min negen in februari bijna zwoel.

'Ga maar naar huis, mensen,' riep Jo. 'Er is hier niets te zien.'

'Het was zijn verdiende loon, Jo!' riep Dorothy French.

'Daar zal een jury over beslissen. Vooruit, ga naar huis, voordat jullie bevriezen. De bar blijft de rest van de avond dicht.'

Nu de enige winterbar van de stad gesloten was, zou de rest van de nacht misschien rustig verlopen. Behalve als iemand te hard reed, slipte en in een sneeuwbank belandde. Of als een kleuter de voordeur openmaakte en in de vrieskou aan de wandel ging. Voor de politie was in de winter alles altijd ingewikkelder, of het nu om ongelukken ging of om verdwaalde kinderen. Of als iemand last kreeg van winterdepressie, of als een stel met opgekropte woede iets te veel had gedronken...

Dan kreeg je wat vanavond in de Whale Spout was gebeurd.

Jo liep naar binnen en stampte de sneeuw van haar laarzen. Na de kou buiten leek het binnen een broeikas. De thermostaat van de verwarming moest minstens op vijfentwintig staan. Zonde van de stroom. Jo wierp een blik op de tapkast, waarachter ze gedurende een paar zomers glazen wijn had ingeschonken en cocktails gemixt voor de mensen van buitenaf, de bruin verbrande toeristen die de kleine kustplaats 'knus' vonden en haar vroegen wat de bewoners er 's winters deden. Nou, dit is wat we hier 's winters doen, dacht ze. We eten en drinken te veel en werken elkaar op de zenuwen. Ze rook de hopgeur van het bier en kreeg zin in een ijskoud glas Sea Dog, maar dat zou moeten wachten.

Ze ritste haar jack open, deed haar handschoenen uit, trok de wollen muts van haar hoofd en concentreerde zich op de reden waarom ze hier was: de jonge vrouw die slapjes in een hoekzitje zat, met een agent ernaast om een oogje op haar te houden.

Megan Kiely had betere tijden gekend. Op de middelbare school was ze een van de populaire meisjes geweest, een uitbundige roodharige met een lach die je tot het eind van het atletiekveld kon horen. Haar haar was nog steeds rood en ze had nog altijd een prachtig figuur, maar op haar tweeëndertigste had ze het lachen volledig verleerd en was ze veranderd in een droevig aftreksel van wat ze ooit was geweest.

'Hoi, Megan,' zei Jo. Ze moest haar stem verheffen om boven de bonkende muziek uit te komen.

Megan keek op en zei lusteloos: 'Hoi, Jo.'

Jo zei tegen de agent: 'Mike, kun je ons wat ruimte geven? En die afgrijselijke muziek uitzetten?'

Ze wachtte tot Mike naar de bar was gelopen en de speakers uitschakelde. De stilte was weldadig. Jo ging tegenover Megan zitten. Ze voelde iets kleverigs op het tafelblad en toen ze keek wat het was, zag ze bloed op de muis van haar hand. Dat moest het bloed van die klootzak zijn, want Megan had zo te zien geen open wonden, alleen een dichtgeslagen oog, dat morgen paars zou zijn.

'Oké, kunnen we erover praten?' vroeg Jo.

'Nee.'

'Je weet dat het moet.'

'Ja.' Megan zuchtte.

Jo trok een papieren servetje uit de dispenser en veegde daarmee het bloed van haar hand. 'Wat is er gebeurd?'

'Hij heeft me geslagen.'

'Waar?'

'In mijn gezicht.'

'Ik bedoel, waar waren jullie?'

'Thuis. Ik weet niet eens meer waarom hij zo kwaad was. O ja, omdat ik een beetje laat terug was van mijn moeder. Hij gaf me een oplazer en toen ben ik het huis uit gelopen. Ik ben hierheen gekomen. Ik had gedacht hier te wachten tot hij zou zijn gekalmeerd, maar hij kwam achter me aan. Hij stormde binnen en vloog op me af. En toen... ik weet het niet, ik reageerde gewoon instinctief. Ik greep een mes terwijl ik bij hem vandaan probeerde te komen. Hij begon te schreeuwen, ik zag bloed en besefte dat ik het mes in mijn hand had.'

Jo keek naar Mike, die zei: 'We hebben het mes in een bewijszakje gedaan. Er zijn een stuk of zes getuigen die het haar hebben zien doen.' Hij haalde zijn schouders op. 'Uitgemaakte zaak.'

Maar dat was het niet. Het deel over een vrouw die haar man met een mes stak was duidelijk, maar wat eraan vooraf was gegaan was een triest en ingewikkeld verhaal over een vrouw die te jong verliefd was geworden, te jong was getrouwd en te jong in de val was komen te zitten.

'Ik moet zeker naar de gevangenis?' fluisterde Megan.

'Vanavond in elk geval. Tot je advocaat het nodige kan regelen.'

'En dan?'

'Er zijn verzachtende omstandigheden. Ik weet dat en de meeste mensen hier in de stad weten dat.'

Megan knikte en lachte bedroefd. 'Ik vind het helemaal niet zo erg om een nachtje in een cel te slapen. Net vakantie. Kan ik eindelijk rustig slapen, zonder dat ik me zorgen hoef te maken dat Jimmy...'

'Megan, je hoeft niet zo te leven.'

'Jawel.' Ze keek Jo aan. 'Het is wat het is.'

'Je kunt er iets aan doen. Zeg tegen Jimmy dat hij moet oprotten.'

Megans mond trok scheef in een halve glimlach. 'Ja, dat is wat jij zou zeggen. Jo Thibodeau, die voor niets en niemand bang is. Je bent geen spat veranderd sinds we op school zaten.' Ze schudde haar hoofd. 'Wat doe jij hier eigenlijk nog? Je had makkelijk weg kunnen gaan. Je had kunnen kiezen waar je wilt wonen. Ergens waar het warm is. Florida, bijvoorbeeld.'

'Ik kan niet tegen hitte.'

'Wat ik bedoel, is dat je nu ergens anders had kúnnen zijn.'

'Jij ook.'

'Ja, als ik niet met de verkeerde man was getrouwd.'

'Daar kun je iets aan doen.'

'Dat klinkt makkelijker dan het is. Je hebt geen idee.'

'Nee.' Jo zuchtte. 'Dat klopt.' Net zo goed als ze niet begreep waarom Megan zich in de armen van een vent als Jimmy Kiely had laten lokken. Maar zij had makkelijk praten, want mannen zoals Jimmy bleven bij Jo uit de buurt, omdat ze een reputatie had. Zelfs op school hadden alle jongens geweten dat je Jo Thibodeau niet moest slaan. Ze sloeg namelijk terug, twee keer zo hard.

Jo stond op en hielp Megan overeind. 'Je moet iemand naar dat oog laten kijken. Mike brengt je eerst wel even naar het ziekenhuis. De politiezaken kunnen wachten.'

'En dan kan ik slapen,' zei Megan. Vannacht zou ze waarschijnlijk inderdaad rustig kunnen slapen, omdat ze de enige aanwezige zou zijn in de arrestantencellen. In deze tijd van het jaar waren de cellen van Purity bijna altijd leeg. Voor Jo was dat het voordeel van de winter. Geen dronken zomergasten die in speedboten door de haven scheurden, geen verveelde tieners die auto's openbraken omdat ze niks beters te doen hadden. Het was alsof Purity aan een winterslaap begon zodra de dagen kortten en de sneeuw begon te vallen. Dan werd de stad een slaperiger, minder ongedurige versie van zichzelf.

Het was deze slaperige versie van Purity die ze zag toen ze later die avond door Main Street reed. De winkels gingen om zeven uur al dicht en onder de straatlantaarns glinsterde een laagje ijs op de verlaten stoepen. Een idyllisch dorp, slapend op een winterse avond. Het zag eruit als een stadje waar nooit iets veranderde, maar Jo had in haar tweeëndertig levensjaren juist veel veranderingen meegemaakt.

De antiekwinkel waar je vroeger ouderwets serviesgoed en verschoten ansichtkaarten kon kopen, was nu een cadeauwinkel waar ze jam, honing en snoep verkochten in trendy verpakkingen. In de ijssalon waar haar vader altijd colashakes dronk, was eerst een wijnwinkel gekomen en toen een filiaal van Fine Grind, waar ze zoveel soorten koffie verkochten dat je een Italiaans woordenboek nodig had om te weten wat je bestelde. De ijzerhandel bestond gelukkig nog, maar de drieëntachtigjarige eigenaar wilde inmiddels ook wel graag met pensioen. Binnenkort zou de winkel waar je hamers en schroevendraaiers kon kopen, alleen nog maar T-shirts in de etalage hebben liggen. De bakstenen gebouwen waren honderdvijftig jaar oud, maar de winkels en eigenaars wisselden voortdurend, want als er één ding is waarop je in het leven kunt rekenen, zelfs in zo'n klein stadje als dit, is het verandering.

Ze dacht aan wat Megan tegen haar had gezegd: 'Wat doe jij hier nog? Je had makkelijk kunnen vertrekken.' Ze had gelijk. Jo had Purity kunnen verlaten, maar dat zou ze nooit doen, omdat ze dat niet wilde. Ze was hier geboren en getogen, net zoals haar vader, haar grootvader en zíjn grootvader. Al tweehonderdvijftig jaar leefden de Thibodeaus hier en ze zaten diep in de harde grond geworteld. Het was nu haar taak de stad en zijn omgeving te beschermen: zesenzeventig vierkante kilometer, gelegen tussen Penobscot Bay en Mount Cameron. Binnen de grenzen van dit gebied had je de haven en de werf, akkers en bossen, een groot meer en talloze kleinere meertjes, met en zonder namen, en drieduizend vaste bewoners, van wie de meeste langs de kust woonden, waar ze de zee konden ruiken.

Vanavond was het te koud om de zee te kunnen ruiken, zelfs toen Jo naar de haven was gereden en bij de steiger stopte. Ze liet het raampje zakken en spitste haar oren om te horen of er ergens problemen waren, maar het enige geluid was het klotsen van het water tegen de kademuur. De twee windjammers die de stad rijk was, Amelie en Samuel Day, deinden rustig aan hun meertrossen. Ze waren voor de winter in krimpfolie verpakt en zagen eruit als spookschepen. In de zomer zouden de twee schoeners weer elke middag uitvaren, als het weer het toeliet, van boeg tot achtersteven beladen met betalende passagiers. *De dagelijkse vangst*, noemden de bewoners hen, en alhoewel ze hun geld graag in ontvangst namen, waren ze niet blij met de verkeersdrukte en chaos die de toeristen en dagjesmensen veroorzaakten.

En de problemen die Jo dan moest behandelen.

Ze reed weg van de steiger, liet de zee achter zich en vervolgde haar ronde. Eerst reed ze westwaarts naar Lake Cameron, waar de zomerhuisjes nu leegstonden, rijp voor inbraak. Ze sloeg af naar het noorden en kwam langs de dikke eikenboom waar de jongens van Parker twee jaar geleden met hun Honda tegenop waren geknald, waarna hun ouders kinderloos en ontroostbaar waren achtergebleven. Daarna reed ze oostwaarts richting kust, langs de boerderij waar George Olsen eerst zijn vrouw had doodgeschoten en toen zelfmoord had gepleegd. Het huis was nu verhuurd aan een jong stel uit Boston dat het landelijke leven wilde uitproberen. Jo ging ervan uit dat ze op de hoogte waren van de moord-zelfmoord van de Olsens. Of misschien niet. Misschien had Betty Jones, de makelaar, dat detail stiekem weggelaten uit de informatiefolder voor de huurders. Ze zag Betty daar wel voor aan.

Op US Route 1, de kustweg die terugvoerde naar het dorp, nam Jo voorzichtig de bocht waar afgelopen zomer een fietser was gevallen en een schedelbasisfractuur had opgelopen en reed ze langs de baai waar een tienermeisje was verdronken. Als je je hele leven in dezelfde stad woont, ken je alle plekken waar nare dingen zijn gebeurd, omdat nare herinneringen net zo blijvend zijn als grafstenen.

Aan het eind van haar ronde reed ze naar het politiebureau en parkeerde op de plek die was voorbehouden aan de korpschef. Sinds vijf maanden was ze dat. Waarnemend korpschef om precies te zijn, tot de gemeenteraad eindelijk eens in vergadering zou gaan om een vervanger aan te stellen van Glen Cooney, die op vierenzestigjarige leeftijd was overleden, nog in uniform, en dat moest je letterlijk nemen, want hij was door een passerende auto geraakt toen hij iemand een bekeuring gaf. Jo was als eerste ter plaatse geweest en zelfs na al die maanden zag ze nog steeds in angstaanjagende flashbacks Glen in de berm liggen, met zijn rechterheup helemaal verdraaid, waardoor zijn voet de verkeerde kant op wees. Het was Glen die haar tien jaar geleden in dienst had genomen, met enige tegenzin, omdat hij betwijfelde of een vrouw van tweeëntwintig sterk genoeg was om een zomerse dronkenlap in de boeien te slaan. Op een avond had hij haar dat zien doen en daarna was alles koek en ei tussen Glen en Jo.

Nu was zij opgezadeld met de dienstregelingen, het ziekteverlof en het budget dat nooit toereikend was. Had een stad met drieduizend inwoners echt zes fulltimeagenten nodig? *Tja, mevrouw de voorzitter, we kunnen wel met minder toe, maar alleen als niemand ooit nog een ongeluk krijgt, niemand met elkaar op de vuist gaat en er geen inbraken worden gepleegd. O, en als we in juli Route 1 afsluiten om de jaarlijkse invasie van dagjesmensen en toeristen tegen te gaan. Al die mensen willen hun geld vast ook wel in een ander knus kustplaatsje besteden.*

Ze ging naar binnen en liep naar het bureau waar Glen Cooney altijd had gezeten en dat nu van haar was. Ze zag hem er nog zitten zoals hij elke ochtend zijn dag was begonnen, met een mok zwarte koffie en een boterham, kaarsrecht, zijn grijze haar platgekamd met een scheiding links. Hij was een fatsoenlijke vent geweest, zoals de meeste mannen in Jo's leven; niet briljant, maar iemand op wie je altijd kon rekenen en daar ging het om. Nu Jo de lastige gevallen moest behandelen die Glen altijd op zich had genomen – de agent met het drankprobleem, de organist van de kerk, die aan kleptomanie leed – dacht ze vaak als ze op zijn stoel zat: hoe zou Glen dit aanpakken?

Ze bewoog de muis om de computer wakker te maken en begon aan het rapport over de steekpartij van Jimmy Kiely. Als het verder een rustige avond bleef, kon ze alvast het dienstrooster voor volgende maand maken, en misschien aan haar toespraak werken voor de carrièredag die volgende week op de middelbare school werd gehouden. Ze hoopte ook haar weekend te kunnen plannen. Volgens de weersverwachting werd het koud maar zonnig, perfect weer om haar tent in de auto te leggen en samen met haar hond Lucy naar Bald Mountain te rijden. Ze verheugde zich nu al op een nacht zonder telefoontjes. Heerlijk kamperen in de sneeuw onder de sterrenhemel.

Haar walkietalkie kwam krakend tot leven.

4

Maggie

Als ik voor de witte koloniale villa van Lloyd en Ingrid parkeer, zie ik Ben Diamonds zwarte Subaru aan de overkant en Declans blauwe Volvo bij de hoek. De hele bende is er dus. Opletten welke auto's er in een straat geparkeerd staan, wie al is gearriveerd en wie niet, is een tweede natuur geworden. Iets wat ik nooit meer zal afleren.

Lloyd doet open. 'We vroegen ons al af waar je bleef,' zegt hij als ik naar binnen ga met mijn culinaire bijdrage.

'Wat ruikt het hier lekker.' Ik overhandig hem mijn schaal. 'Wat staat er op het menu?'

'Ik heb voor de verandering eens geprobeerd porchetta te maken. Maar eerst martini's! Declan heeft jouw Belvedere al op ijs staan.'

Ik hang mijn jas op en loop door naar de zitkamer, waar de kachel brandt. Een echt houtvuur, geen namaak op gas, knispert in de open haard. De geur van kerrie en knoflook bereikt ons vanuit de keuken en Lloyd heeft op de salontafel een gigantische schaal met antipasti klaargezet: salami en mortadella, olijven en diverse soorten kaas. In dit huishouden is Lloyd de kok, en naar zijn taille te oordelen geniet hij vooral zelf van wat hij allemaal maakt. De anderen staan bij de haard met hun martini's. We noemen deze bijeenkomsten onze 'boekenclub', maar eigenlijk komen we voor de martini's.

En de roddels. Roddels waren de valuta van ons vorige leven, voordat we neerstreken in deze stille uithoek van Maine. Ben Diamond had hier als eerste zijn vlag geplant, negen jaar geleden.

Hij was vervroegd met pensioen gegaan om voor zijn zieke vrouw te zorgen en bij zijn speurtocht naar een kleine stad was hij in Purity beland. De kustplaats had alles wat hij wenste: een boekwinkel, een behoorlijke openbare bibliotheek, een café waar ze espresso serveerden, en geen nucleaire doelen in de naaste omgeving.

Een jaar nadat Ben hier was komen wonen, overleed zijn vrouw, maar hij was gebleven. Eén of twee jaar later haalde hij Ingrid en Lloyd en daarna Declan over om eveneens hier te gaan rentenieren. Ik twijfel er niet aan dat er over heel Maine verspreid nog meer gepensioneerden zoals wij hun oude dag slijten, want Maine wordt al decennia door de Agency gebruikt voor onderduikadressen. Geen van die andere collega's heeft zich aan mij bekendgemaakt, maar Ben weet vast wel wie het zijn. Ben weet alles.

Declan overhandigt me een martini. Het glas is zo koud dat het pijn doet aan mijn vingers, precies zoals ik het graag heb.

'We hebben gehoord dat je vandaag onverwachts bezoek hebt gekregen,' zegt Ingrid.

Ik kijk naar Declan. 'Dat heb je snel doorgebriefd,' zeg ik.

Hij haalt met een verontschuldigend gebaar zijn schouders op. 'Ik vond dat ze het moesten weten. Als er in zo'n klein stadje een buitenstaander opduikt, veroorzaakt dat rimpels op het water.'

'Vertel,' zegt Ingrid.

Ik neem een teugje van de superkoude, superzachte martini. 'Ze zei dat ze Bianca heet.'

De anderen komen erbij staan om niets van het gesprek te missen. Ze hadden hierop gewacht, met gespitste oren. Wij houden onze oren altijd gespitst, voor het geval er een pareltje aan nuttige informatie valt.

'Bianca. Dat zegt me niets,' zegt Ingrid. De anderen schudden ook hun hoofd.

'Een nieuwe,' vertel ik. 'Begin dertig. Een meter zeventig, nog geen zestig kilo. Zwart haar, bruine ogen, Slavische jukbeenderen.'

'Een bepaald accent?'

'Niet iets wat ik kon plaatsen. Misschien Brits, maar dan aangeleerd. Ze kan er een tijdje gewoond hebben.'

Ze knikken allemaal terwijl ze deze informatie in zich opnemen. Deze vier hoeven geen aantekeningen te maken: alles ligt meteen permanent opgeslagen in hun grijze cellen.

'Wat kwam ze doen?' vraagt Ingrid. Ze schikt iets aan haar sjaaltje. In een stad waar een schoon shirt en een spijkerbroek beschouwd worden als uitgaanskleding, heeft Ingrid haar gevoel voor stijl nooit opgegeven. Haar zilveren haar is elegant opgestoken en vastgezet met een vlindervormige tinnen haarspeld, en het zijden sjaaltje rond haar hals is perfect geknoopt. Ze ziet eruit als een vrouw die niets anders doet dan winkelen op Park Avenue, maar achter haar kalme gezicht gaat een genie in het kraken van codes schuil.

'Het ging over een oude zaak,' zeg ik. Ik heb er spijt van dat ik het aan Declan heb verteld. 'Niet bijster interessant.'

'Toch is die zaak blijkbaar zo belangrijk dat ze daarvoor speciaal helemaal hierheen is gekomen. Hoelang geleden was je bij die zaak betrokken?'

'Heel lang geleden.' Ik kijk Declan boos aan. Hij geeft geen krimp. 'Echt verleden tijd,' voeg ik eraan toe.

'Waarom wilde ze er nu dan over praten?'

'Ach, je weet hoe de nieuwe generatie is,' zegt haar man, Lloyd. 'Hun kennis van operationele geschiedenis laat veel te wensen over. Ze hebben ons nodig om de leemtes voor hen op te vullen.'

Ingrid laat zich niet van het onderwerp afbrengen. In tegenstelling tot Lloyd voelt ze aan dat er meer achter Bianca's bezoek zit dan ik heb verteld. 'Wat wilde ze van je?'

Ik neem nog een teugje van mijn martini terwijl ik over mijn antwoord nadenk. 'Ik heb jaren geleden met iemand gewerkt. Een vrouw. Zij is nu verdwenen en ze willen mijn hulp om haar op te sporen.'

Lloyd snuift. 'Ze zeggen dat wij te oud zijn geworden voor deze business, maar komen met hangende pootjes terug als ze beseffen dat ze niet weten waar ze mee bezig zijn en onze hulp nodig hebben. Ze zouden al doende moeten leren, net zoals wij hebben gedaan. Niet dat ze niet bij ons mogen aankloppen. Alles zit hier nog. Elk detail.' Hij tikt tegen zijn slaap.

Het gesprek lijkt Ben zorgen te baren. Hij is met zijn drieënzeventig jaar de oudste en de onofficiële burgemeester van ons clubje. 'Het bevalt me niet,' zegt hij.

'Welk deel ervan?' vraagt Lloyd.

'Ze komt onaangekondigd hierheen en vraagt om je hulp. Dat is een taboe. Dit dorp is onze gedemilitariseerde zone. Dat is de reden waarom we hier wonen. Om met rust gelaten te worden.'

'En het is niet zo dat ik haar had uitgenodigd,' zeg ik.

'Bianca... Bianca...' Ingrid zoekt in haar ijzersterke geheugen naar de naam. 'Op welke afdeling werkt ze?'

'Dat heeft ze niet gezegd. Ik gok op Oost-Azië, al was het maar omdat de vrouw die ze zoekt voor het laatst is gezien in Bangkok.'

'Schuilnaam?' oppert Declan.

'Of ze is nog zo nieuw dat we haar daarom niet kennen,' zegt Ingrid.

Ik denk aan de vrouw in mijn keuken. Haar enorme zelfvertrouwen. Mijn gevoel dat ze levensgevaarlijk kon zijn. 'Ze is geen groentje. Ze heeft veldwerk gedaan.'

'Ik zal navraag doen bij mijn kennissen op HQ. Misschien kunnen die ons iets vertellen.'

'Vraag HQ dan ook of ze van plan zijn nog meer bezoekers te sturen,' zegt Ben.

Lloyd is naar de bar gelopen en schudt de martinishaker. 'Wat zouden jullie ervan zeggen om ons programma voort te zetten? Declan heeft zijn beroemde geitencurry meegebracht en ik heb de hele ochtend buikharen van een varken staan schroeien, dus ik hoop dat jullie mijn porchetta met respect zullen behandelen.'

Officieel zijn we een boekenclub, maar we hebben zelfs de titel van het boek dat we zouden bespreken nog niet genoemd. Ibn Battutan en zijn middeleeuwse avonturen zullen moeten wachten tot we ons buikje hebben gevuld en alle nieuwtjes uitgewisseld. We gaan naar de eetkamer, waar Declans altijd geslaagde kerrieschotel al op tafel staat, samen met Bens Perzische rijst, Lloyds varkensrollade en mijn Thaise larb, allemaal gerechten waarvan we de recepten hebben verzameld toen we in verre landen werkten. Je smaak verandert als je in het buitenland woont; chiliverslaving is geen grap.

Ik kijk de tafel rond naar de verweerde gezichten, de haren die grijs worden of dat al zijn, of helemaal zijn verdwenen, in het geval van Ben. Er zit meer dan een eeuw aan ervaring in onze gezamenlijke hersenen, maar de tijd staat niet stil. We zijn vervangbaar. Jonge mensen nemen het over. Nu hobbyen we maar wat in een onbeduidend dorp, praten we over boeken die we hebben gelezen, gerechten die we hebben uitgeprobeerd en wat de beste site is om online Chinese kaneel en peperkorrels uit Sechuan te bestellen. Maar ach, er zijn slechtere manieren om je oude dag te slijten.

Mijn telefoon gaat.

Ik verwacht geen telefoontjes en het gebeurt niet vaak dat iemand me belt, omdat slechts weinig mensen dit nummer hebben. Ik kijk naar het schermpje en zie Luthers naam. Misschien wil hij me nog een keer bedanken voor de vossenvacht die ik hem vanochtend heb gegeven.

'Hallo, Luther,' zeg ik. Ik ben me ervan bewust dat mijn tafelgenoten hun gesprek hebben gestaakt en meeluisteren. Dat is een gewoonte die we altijd zullen houden: meeluisteren.

'Waar ben je?' vraagt Luther.

'Ik ben op een etentje bij vrienden.'

'O, goed. Ik ben blij dat alles in orde is met je.'

'Waarom zou er iets niet in orde zijn?'

'Er is iets aan de hand bij jou thuis. Ik hoorde sirenes en dacht eerst dat er misschien brand was. Ik ben naar buiten gegaan en zag politiewagens op jouw oprit. We gaan wel even een kijkje nemen. Callie trekt haar laarzen al aan.'

'Nee, niet doen. Ga niet naar mijn huis. Ik kom meteen.' Ik hang op en kijk naar de vier gezichten die me aanstaren. 'Ik moet gaan. Er is iets mis bij mij thuis.'

Declan legt zijn servet neer. 'Ik ga met je mee.'

'Nee, dat hoeft echt niet. Blijf lekker hier. Zonde van de maaltijd. Ik red me wel.'

Niettemin loopt Declan met me mee naar de voordeur, ouderwets galant, want zo is hij. Misschien komt dat omdat hij als zoon van een diplomaat is grootgebracht op Zwitserse kostscholen. Zijn jeugd staat lijnrecht tegenover de mijne. Ik leerde dat ik nooit op een man moest wachten als ik hulp nodig had. Declan leerde dat het zijn plicht was een vrouw in nood te helpen.

'Ik vind het echt niet vervelend om met je mee te gaan,' zegt hij. 'Als er problemen zijn, kun je misschien wel wat hulp gebruiken.'

'Ik denk dat er genoeg hulp aanwezig is als er allemaal patrouillewagens voor mijn deur staan. Maar dank je wel.'

Hij blijft in de portiek staan als ik wegrij. Het is bijna een opluchting als ik hem even later niet meer kan zien, want nu kan ik me concentreren op wat er aan de hand is bij mij thuis. Heb ik iets op het gas laten staan? Heeft iemand geprobeerd in te breken? Wat het ook mag zijn, ik regel het liever zelf.

Als ik mijn oprit insla, zie ik tussen de bomen door de blauwe zwaailichten. Twee patrouillewagens. Luther had niet overdreven: het moet iets heel serieus zijn als beide politieauto's van Purity naar mijn boerderij zijn gekomen. Ik stop achter een van de auto's en stap uit, gevangen in het disco-achtige geflits van de zwaailichten. Meteen wordt mijn aandacht getrokken naar de reden waarom de politie hier is.

Er ligt iemand op mijn oprit. Het zwaailicht van de politieauto's glijdt over het gezicht van een vrouw. Ik herken haar meteen. Bianca ligt plat op haar rug, met haar gezicht naar de hemel en haar armen gespreid, alsof ze is gekruisigd. Ze is nog net zo gekleed als vanmiddag, toen ze in mijn keuken stond: nauwsluitende zwarte broek, getailleerd donzen jack, laarzen met veters. De gaatjes in haar voorhoofd zijn veroorzaakt door kogels. Twee stuks. Een executie.

Drie agenten in uniform kijken naar me, twee mannen en een vrouw. Ze zijn jong en meer gewend verdwaalde toeristen te helpen en bekeuringen te geven voor verkeersovertredingen. Moord is iets wat niet thuishoort in een stadje als Purity, en als het al voorkomt, weet de politie meestal wel wie ze in hechtenis moeten nemen. De echtgenoot. Het vriendje. Een situatie als deze heeft hen uit hun evenwicht gebracht en ze kijken naar mij alsof ik zou weten wat er gedaan moet worden.

'Woont u hier, mevrouw?' vraagt een van hen, een stevige vrouw die haar blonde haar in een eenvoudige paardenstaart draagt. Ze is nog jong, maar straalt gezag uit en is van dit drietal duidelijk de hoogste in rang. Ze heeft dus het nodige gezag, maar is zo beleefd 'mevrouw' tegen me te zeggen, op de respectvolle toon waarmee je iemands grootmoeder aanspreekt.

'Ja. Ik ben Maggie Bird. Dit is mijn boerderij. En u bent?'

'Jo Thibodeau, van de politie van Purity. Zoals u ziet...'

'Ligt er een dode vrouw op mijn oprit.'

Ze zwijgt, omdat ze niet goed weet hoe ze moet reageren op mijn nuchtere opmerking. Misschien had ze meer drama van me verwacht – een gil, een snik, in elk geval meer dan wat ik haar geef – maar theatraal gedoe ligt niet in mijn aard. In plaats daarvan neem ik de situatie kalm op. Ik kijk naar Bianca's handen en zie dat die bont en blauw zijn, en dat de vingers onder onmogelijke hoeken staan.

'Waar was u vanavond?' vraagt Thibodeau.

Ik kijk weer naar de agente. 'Op een etentje bij vrienden, in de stad. Mijn buurman heeft me gebeld. Hij woont daar.' Ik wijs naar Luthers huis. 'Hij zei dat er politieauto's op mijn oprit stonden en toen ben ik meteen gekomen.' Ik kijk weer naar het lichaam. 'Wie heeft haar gevonden?'

Thibodeau fronst. Ik gedraag me niet als een geschokte bejaarde, zoals ze had verwacht. 'Een chauffeur van FedEx. Hij kwam een pakket bezorgen. Zijn laatste van vandaag.'

Ik kijk naar mijn veranda, maar daar ligt geen pakket. Ik wacht al een tijdje op nieuwe warmtelampen voor de kuikens die ik voor de lente heb besteld, en nu ziet het ernaar uit dat ik daar nog langer op moet wachten.

'Weet u wie dit is, mevrouw?' vraagt de agente.

Haar ge-mevrouw begint me te irriteren. 'Ze zei dat ze Bianca heette.'

'U kent haar dus.'

'Niet echt.'

'Weet u wat haar achternaam is?'

'Nee, dat heeft ze niet gezegd. Ik heb haar vanmiddag voor het eerst ontmoet, toen ze bij me langskwam.'

'Waarom kwam ze bij u langs?'

De waarheid is zo ingewikkeld dat een politieagente van een kleine kustplaats die nooit zou kunnen bevatten. 'Ze kwam verse eieren kopen. Dat is de enige keer dat ik haar heb gesproken.'

Daarop volgt een stilte. Misschien had ik een beter antwoord moeten verzinnen, maar na een martini en een paar glazen wijn ben ik minder scherp dan anders. Uitleg die dichter bij de waarheid ligt, zou echter te veel vragen uitlokken.

Ik stel snel zelf een vraag: 'Hoe is het lichaam hier terechtgekomen?'

Geen antwoord.

Ik kijk naar de wirwar van bandensporen van mijn pick-uptruck, de wagen van FedEx en de twee politieauto's. Een chaotische hoeveelheid sporen. 'Hebt u hier in de buurt een auto gevonden?' vraag ik.

'Nee, mevrouw.'

Ik buk me om het lichaam nader te bekijken. Meteen zegt ze: 'Achteruit! We moeten haar precies zo laten liggen tot de State Police komt.'

Ik doe wat ze zegt, maar heb al genoeg gezien. De verminkte handen met de verbogen vingers zijn het bewijs dat Bianca is gemarteld voordat ze het genadeschot heeft gekregen. Waren ze uit op informatie? Of is dit een waarschuwing? En waarom heeft de moordenaar ervoor gekozen haar lichaam voor mijn huis te dumpen? Als hij of zij dit als een boodschap voor mij heeft bedoeld, zou ik niet weten wat die zou moeten zijn.

'Wanneer bent u vanavond van huis gegaan?' vraagt Thibodeau.

'Om een uur of zes, en toen lag hier geen lijk.'

'Dat is drie uur geleden. Kan iemand bevestigen waar u gedurende die tijd bent geweest?'

Ik erger me aan de vragen, maar ik weet dat het haar plicht is ze te stellen. Ik weet ook dat ze mij niet als een verdachte zal beschouwen, omdat ik er niet uitzie als iemand die een vrouw eerst zou martelen, dan tweemaal in het hoofd schieten en uiteindelijk op mijn eigen oprit leggen. Dat is niet alleen onwaarschijnlijk, maar ook onlogisch.

'U kunt met Lloyd en Ingrid Slocum gaan praten,' zeg ik. 'Hun adres is Chestnut Street 651. We hebben een boekenclub en die werd vanavond bij hen thuis gehouden. Zij zullen bevestigen dat ik daar was.'

Thibodeau schrijft de namen in een notitieboekje en steekt dat weer in haar zak. Ingrid en Lloyd zullen de saaie waarheid uiteraard bevestigen: dat we vanavond bijeen zijn gekomen voor een heerlijk diner, met martini's en wijn, en een geanimeerde discussie over *The Travels of Ibn Battutah*. Dat is precies wat men denkt dat gepensioneerden 's avonds doen. Ik verwacht niet dat de politie zal vragen waar we hebben gewerkt tot we werden gepensioneerd, want als je eenmaal uitgerangeerd bent, interesseert het niemand meer wat je in je vorige leven deed.

'Ik zie dat u beveiligingscamera's hebt,' zegt Thibodeau.

Het verrast me niet dat ze daarop heeft gelet; er is tegenwoordig in Amerika bijna geen buurt meer te vinden die niet in de gaten wordt gehouden door de camera's van Ring of Wyze of Blink. Toch had ik gehoopt de opnames zelf te kunnen bekijken, voordat ik ze met de politie zou moeten delen.

'Dat klopt,' geef ik toe.

'We moeten de opnames bekijken. En we willen graag een kijkje nemen in uw huis.'

'Binnen? Waarom?'

'Er ligt een dode vrouw op uw oprit en we weten niet wie en waar de moordenaar is. Ik wil er zeker van zijn dat hij zich niet in uw woning bevindt.' Ze wacht even. 'Het gaat mij om uw veiligheid.'

Het is een redelijk verzoek, waar een alleenstaande vrouw normaal gesproken blij mee zou zijn. Ik knik en haal mijn sleutels uit mijn zak.

Thibodeau en een van haar mannelijke collega's lopen achter me aan naar de veranda en de voordeur. Die is nog op slot en ik zie geen sporen van inbraak. Ze blijven dicht achter me als ik naar binnen ga en het licht aandoe. Alles is precies zoals ik het drie uur geleden heb achtergelaten. Ik weet niet wat ze denken te vinden als ik hun voorga naar de keuken. Misschien het moordwapen, dat de moordenaar open en bloot heeft laten liggen, of een patroon van bloedsporen waaraan ze kunnen zien in welke kamer ik Bianca heb gemarteld en vermoord. Wat ze in plaats daarvan zien, is mijn boerenkeuken, mijn gietijzeren pannen aan het rek, wat serviesgoed in de gootsteen.

Ik ga hun voor naar de woonkamer met zijn degelijke, tweedehands meubels. De met grijze wollen stof beklede bank heb ik gekocht bij een tweedehandszaak in Bangor. De lage tafel van beukenhout, de bijzettafels van dennenhout en de schommelstoel met de opengewerkte rugleuning heb ik op een rommelmarkt op de kop getikt en naar huis gebracht met hulp van Declan, die nooit te beroerd is om mijn pick-uptruck vol te laden. De kamer heeft niets bijzonders, niets wat de politie meteen zou opvallen. Landelijk, is wat mijn huis zegt tegen bezoekers. Landelijk staat voor rustig, onopvallend en veilig.

We lopen de krakende trap op. Het is een oud huis met oude radiators, waardoor het in de slaapkamers koud is, koud genoeg om een trui en sokken aan te houden. Vanavond zal ik een paar extra houtblokken in de kachel moeten doen om de temperatuur min of meer op peil te houden. Alhoewel de inbreuk op mijn persoonlijke levenssfeer me irriteert, moet ik medewerking verlenen als ik wil voorkomen dat ze later terugkomen met een huiszoekingsbevel en mijn verleden gaan uitpluizen. Dat moet ik koste wat kost vermijden en daarom laat ik ze het hele huis zien. Slaapkamers, badkamers. Kasten.

Geen moordenaar te bekennen.

We keren terug naar mijn slaapkamer. Door het raam zie ik beneden de twee patrouillewagens op de oprit staan. Mijn huis is nu een plaats delict, zoals het officieel heet. Zo wordt het lastig om onder de radar te blijven.

'Oké, mevrouw, alles lijkt in orde,' zegt Thibodeau. Ze denkt dat ze me een plezier doet door te bevestigen dat opoe zich veilig kan voelen. 'Als u ons nu alleen nog even de opnames van de beveiligingscamera's kunt laten zien?'

Het klinkt als een verzoek, maar het is een bevel. Ik kan het niet uitstaan dat ik die beelden moet delen voordat ik ze zelf heb gezien, maar ik kan onmogelijk weigeren. We gaan naar beneden, naar de desktopcomputer in de keuken. Ik gebruik die computer ook voor mijn boerderijzaken: bestelde kuikens, verkochte eieren, voorraden kippenvoer. De computer bevat geen gevoelige informatie, niets wat verborgen moet blijven. Zelfs mijn wachtwoord voor het inloggen is belachelijk eenvoudig: BlackberryFarm431#. Ik doe niet eens moeite af te schermen wat ik typ.

Op het startscherm staat een foto van een haan waarmee ik veel succes had, Sir Galahad, die helaas het onderspit heeft gedolven bij een ontmoeting met een Amerikaanse zeearend. Het gevleugelde symbool van ons land is tevens de plaag van mijn kippen. Ik heb vanaf al mijn apparatuur toegang tot mijn beveiligingssysteem en nu kan het lastig worden. Met de twee agenten pal achter me tik ik een ander wachtwoord in om toegang te krijgen tot het systeem, ditmaal een ingewikkelde reeks cijfers en symbolen. Mijn vingers bewegen zich zo snel dat ik er zeker van ben dat ze onmogelijk kunnen onthouden wat het wachtwoord is.

De startpagina van het beveiligingssysteem verschijnt op het scherm en dan wordt het beeld gevuld met zestien afzonderlijke schermpjes van de camera's die op allerlei strategische punten zijn opgehangen, zelfs aan de stal.

'Goeie genade,' mompelt de mannelijke agent. 'Dat is een professionele opzet, zeg.' Hij had waarschijnlijk alleen wat beelden verwacht van een enkele camera, wat voor de meeste mensen voldoende en al ingewikkeld genoeg is. In plaats daarvan kijken ze naar de 4K HD-beelden van al mijn camera's.

'Ik ben om zes uur van huis gegaan,' zeg ik. 'Laten we daar beginnen.'

Ik zet de opnames op 17.50 uur. Het is dan al donker en de camera's zijn overgeschakeld op IR-feed. Om 17.58 uur kom ik naar buiten. Ik doe de deur op slot, loop het trapje van de veranda af en stap in mijn pick-uptruck.

'Twee minuten voor zes,' zeg ik, als mijn auto wegrijdt. 'Zoals ik al zei.'

Thibodeau knikt alleen. Ze kan me nu definitief van haar verdachtenlijst schrappen, als ik daar al op stond. De film draait door naar 18.05, 18.10. Er gebeurt niets.

'Hoe laat was die man van FedEx hier?' vraag ik.

'Om zes over halfacht.'

Ik laat de beelden versneld doorlopen. Het heeft geen zin hier een vol uur te gaan zitten wachten tot er iets gebeurt. En er gebeurt ook niets. Tot 19.05.

Een auto komt in beeld, een donkere SUV. Mijn audiofeed pikt het geluid van de motor op. Hij rijdt zonder koplampen. In het donker zie je alleen de gloed van het dashboard. Dat de bestuurder de koplampen heeft uitgeschakeld vertelt mij dat hij weet dat mijn huis beveiligingscamera's heeft. Verder bewijs daarvan is dat hij zijn kentekenplaten heeft afgedekt, zowel aan de voor- als de achterkant, zoals straks zal blijken. De auto stopt vlak voor mijn veranda. Het portier gaat open, maar in de wagen gaat geen licht branden. Hij heeft het binnenlicht uitgeschakeld.

Ik voel de adem van de twee agenten in mijn haar als ze zich naar voren buigen. Mijn hartslag versnelt als ik iemand uit de auto zie stappen. Capuchon. Masker. Zwarte kleding, ruimvallend en vormeloos. Mijn camera's zijn de beste die er te krijgen zijn, maar ze kunnen niet door kleding heen kijken. De onbekende loopt naar de achterkant van de SUV, doet de klep open en grijpt het lijk. Er klinkt geen geluid, zelfs geen lichte kreun, als hij of zij het lijk uit de auto trekt en op de grond laat vallen. Ik weet hoeveel kracht er nodig is om een levenloos lichaam te verplaatsen, maar het schijnt deze persoon geen enkele moeite te kosten.

Het moet een man zijn.

Nu doet hij iets wat ik niet begrijp. Hij bukt zich om het lijk op de rug te rollen. Waarom moet het per se zo liggen? Om het souvenir dat hij achterlaat nog gruwelijker te maken? Hij gaat er waarschijnlijk van uit dat ík het lijk zal vinden. Dat ze daar zo ligt en met dode ogen naar me opkijkt als ik vanavond thuiskom. Hij had niet kunnen weten dat er voor die tijd een koerier van FedEx zou komen.

Deze verrassing was specifiek voor mij bedoeld. En ik heb geen idee waarom.

Als het lijk in de gewenste positie ligt, stapt de moordenaar weer in de auto. Hij rijdt weg en is al snel buiten het bereik van mijn camera's. Op weg naar een plek waar hij zijn kentekenplaten weer zichtbaar kan maken en zijn capuchon en masker afnemen. Dan is hij weer een doodgewone man in een doodgewone SUV, die door de stad rijdt.

'Wat was dat?' Thibodeau kijkt me aan.

'Ik heb geen idee,' zeg ik. En ik heb écht geen idee. Ik weet alleen dat het lijk niet zomaar hier is achtergelaten. Wie dit heeft gedaan, wist dat alles door mijn camera's zou worden opgenomen en daarom had hij de moeite genomen alle identificeerbare kenmerken te bedekken. 'Maar het bewijst dat ik u de waarheid heb verteld,' zeg ik. 'Ik ben om even voor zessen van huis gegaan, zoals ik al zei. Als u een bevestiging wilt, kunt u met Lloyd en Ingrid gaan praten. U kunt ook Ben Diamond en Declan Rose bellen. Zij waren vanavond ook op de boekenclub. Ze zullen allemaal bevestigen dat ik daar de hele avond was.'

'Dat zal ik doen.'

'Ik neem aan dat u de opnames wilt hebben?'

'De State Police zal ze willen hebben.'

'Ik zal het voor ze kopiëren.'

De twee agenten staan op het punt de keuken te verlaten als Thibodeau blijft staan en zich naar me omdraait. 'Voelt u zich hier wel veilig?'

'In mijn eigen huis? Ja.'

'Zelfs na wat hier vanavond vlak voor uw deur is gebeurd?'

'Ik zou niet weten wat dat met mij te maken heeft.'

Ze blijft me nog een paar ogenblikken aankijken. In de helder verlichte keuken kan ik eindelijk haar badge lezen: AGENT JO THIBODEAU. Er zijn storende overeenkomsten tussen haar en mij, die zich uiten in haar nuchtere vragen en de rustige manier waarop ze de situatie behandelt. Op haar leeftijd was ik net zo zelfverzekerd, maar ervaring heeft me geleerd hoe gevaarlijk een teveel aan zelfvertrouwen kan zijn.

'Hebt u enig idee waarom hij het lijk juist hier heeft achtergelaten?' vraagt ze.

'Nee.'

'Hebt u de auto herkend?'

'Het is een donkere SUV. De halve stad rijdt in zulke wagens.'

'U woont nog niet erg lang in Purity, geloof ik?'

'Ik heb deze boerderij twee jaar geleden gekocht.'

'En waar woonde u daarvóór?'
'In Reston, Virginia, maar ik ben heel vaak verhuisd.'
'Vanwege uw werk?'
'Ja.'
'Wat voor werk deed u?'
'Ik was invoeranalist. Ik werkte voor een douane-expediteur en verzorgde de exportlogistiek voor buitenlandse bedrijven.' Bij deze regel in mijn cv kijken de meeste mensen een beetje glazig en gaan ze er niet dieper op in. Thibodeaus interesse lijkt juist gewekt.
'En waarom bent u in Purity komen wonen?'
'Om de naam. Ik wilde een plek met schoon water, schone lucht. Een plek waar je in de bossen kunt wandelen. Waarom al deze vragen?'
'Ik vraag me af waarom u hier zo kalm onder blijft. Waarom het u zo weinig lijkt te doen dat er een lijk op uw oprit is gedumpt. De meeste mensen zouden de schrik van hun leven krijgen.'
'Op mijn leeftijd schrik je niet zo gauw meer.'
Eén kant van haar mond gaat heel eventjes omhoog. Ze weet wanneer men haar een broodje aap verkoopt, en begrijpt dat ik dingen achterhoud, maar ze weet ook dat ze vanavond verder niets van me te weten zal komen.
'De State Police zal met u komen praten,' zegt ze.
'Kunt u vragen of het kan wachten tot morgen? Het is al laat en ik ben moe.'
Ik ben écht moe, maar als de twee agenten mijn huis hebben verlaten, ga ik niet naar mijn slaapkamer. Door het keukenraam kijk ik naar wat er op mijn oprit gebeurt. Ik vraag me af of agent Thibodeau beseft hoeveel leugens ik haar vanavond heb verteld.
Ik zou niet weten wat dat met mij te maken heeft.
Dat was de grootste leugen. Natuurlijk heeft dit met mij te maken. Ik weet alleen niet welke boodschap ze me met het lijk op mijn oprit wilden sturen. Proberen ze me bang te maken? Of is het een geschenk, net zoals een kat je een dode muis brengt. Een manier

om te zeggen: *We hebben dit probleempje voor je uit de weg geruimd. Geen dank. Graag gedaan.* Ik heb de keuze uit twee dingen, waarbij ik twee heel verschillende wegen zou inslaan.

Ik schakel het stille alarm in. Als er een raam of een deur ook maar een millimeter wordt bewogen, zal ik het weten. Ik loop naar mijn werkkamer, waar mijn exemplaar van *The Travels of Ibn Battutah* toevallig op het bureau ligt. Het is een fascinerend reisverhaal van een jongeman die in de veertiende eeuw van Marokko via Centraal-Azië naar China trok. Was het toeval dat ik dit leesboek had gekozen of was het een voorteken? Juist op de avond dat onze boekenclub dit middeleeuwse reisverhaal bespreekt, houdt iemand een lucifer onder mijn zorgvuldig opgebouwde nieuwe leven en dreigt het tot as te laten verbranden. Ik loop naar de boekenkast en trek aan een geheim hendeltje. De onderste plank draait naar voren. Erachter zit een holte. Dit slimme staaltje timmermanswerk heb ik te danken aan Declans nieuwe vaardigheden als houtbewerker. Elke gepensioneerde heeft een hobby nodig, niet? In de holte staat mijn reistas voor noodgevallen. Door de jaren heen heb ik de inhoud teruggebracht tot het noodzakelijke minimum, wat precies voldoende is om de stad te verlaten en een paar weken ergens onder te duiken. Paspoorten, creditcards, bundeltjes bankbiljetten in diverse valuta, en wat gereedschap, dat ik liever nooit meer zou gebruiken.

Het leven zit vol verrassingen.

Ik haal de tas eruit en neem hem mee naar boven, naar mijn slaapkamer. Ik wil hem pal naast me hebben. Dan hoef ik hem tenminste niet eerst te gaan halen als het nodig mocht zijn te vluchten.

Vanavond ben ik hier waarschijnlijk wel veilig. Er staat te veel politie op mijn oprit, er is te veel aandacht voor mijn huis. Vanavond vind ik het niet erg dat ik degene ben die wordt gediend en beschermd door de plaatselijke politie. Toch leg ik mijn Walther op het nachtkastje voordat ik het licht uitdoe. Zelfs met de gordijnen dicht zie ik het licht van de politieauto's; zelfs de dikke stof kan de flitsen van de zwaailichten niet tegenhouden.

Mijn telefoon laat me met een pingeltje weten dat er een berichtje binnenkomt. Het is van Luther.

Alles in orde?

Ik tik het antwoord: Er ligt een dode vrouw op mijn oprit.

Lieve hemel!

Ze zullen ook wel met jullie komen praten.

Wij hebben niets gezien.

Jammer.

Mijn telefoon gaat. Het is niet Luther die belt, maar Declan Rose. Ik neem op. 'Ik hoor dat je een alibi nodig hebt,' zegt hij.

'Heeft de politie nu al gebeld?'

'Vijf minuten geleden. Een charmante agente van het politiekorps van Purity, genaamd Jo Thibodeau, vroeg of jij vanavond op onze boekenclub was. Ik heb dat bevestigd. Ik neem aan dat eerlijkheid het langst duurt?'

'In dit geval wel.'

'Ben je daar veilig, Maggie?'

'Ik weet het niet.' Ik gluur tussen de gordijnen naar de zwaailichten en weet dat geen enkele situatie ooit volkomen veilig is. Er is altijd iets wat in de weg staat en daardoor de waarheid aan het oog onttrekt. Ik denk aan de reistas naast mijn bed en aan hoe makkelijk het zou zijn om te vertrekken, deze stad te verlaten, zelfs het land. Maar dit is nu mijn thuis en ik heb er twee jaar aan besteed om hier een nieuw leven op te bouwen en me aan het ritme ervan aan te passen. Ik ben het zat om steeds te verhuizen, steeds een nieuwe landingsplek te zoeken. Het is genoeg. Ik wil niet meer zwerven.

'Ik kan nu komen, als je wilt,' zegt Declan. 'Ik kan op de bank slapen.'

'Waarom?'

'Om je gezelschap te houden? Voor waakhond te spelen?'

Ik lach. 'Je bent een heer, Declan, maar er staan voorlopig zoveel agenten op mijn oprit dat ik geen waakhond nodig heb.'

'Goed dan. Maar bel me als je iets nodig hebt.'

'Dat zal ik doen.'

Ik hang op en lig in het schemerdonker te kijken naar de zwaai-lichten die over de gordijnen strijken. Er ligt een dode vrouw op mijn oprit, de vrouw die me had verzocht hen te helpen Diana Ward op te sporen. Ik heb Diana zestien jaar geleden voor het laatst gezien. Zestien jaar geleden heb ik de carrière waarvan ik hield vaarwel gezegd. Die zestien jaar hebben me geen goed gedaan; ik zie dat als ik in de spiegel kijk. Ik vraag me af hoe Diana er nu uitziet.

Ik doe mijn ogen dicht en denk aan een oudere Diana, met grijs in haar haar en een slapper wordende huid. Opeens verwatert dat beeld en wordt het zo ongrijpbaar als een weerspiegeling op water terwijl een ander beeld voor me opdoemt. Het is het gezicht dat ik elke nacht zie als ik mijn ogen sluit, het gezicht dat ik altijd zal zien.

Danny.

5

Bangkok, vierentwintig jaar geleden

We ontmoeten elkaar bij toeval. Het lijkt in elk geval toeval, zo'n ongedwongen ontmoeting waar ik normaal gesproken niets van moet hebben, omdat ik wantrouwig van aard ben als het om de ogenschijnlijk onschuldige beweegredenen van andere mensen gaat. Ik ben zo geworden toen ik nog jong was en opgroeide met een vader die bijna nooit de waarheid sprak, een vader die negen van de tien keer naar de Tinhorn Bar aan Main Street ging als hij zei dat hij de stad in moest omdat hij een afspraak had met een cliënt. Daar trof ik hem dan 's avonds, als hij na zes borrels herrie begon te schoppen. Eén op de tien keer had hij wél een afspraak met een cliënt en dan sprak hij dus de waarheid en dat maakte alles zo ingewikkeld. Als hij gewoon altijd zou liegen had ik daarover tenminste zekerheid. De mogelijkheid dat dingen anders zijn dan je denkt maakt je gek; de valse hoop die toch weer uitloopt op teleurstelling. Ik was net als de mensen die in een diamantmijn werken en op de rotsen blijft inhakken in de hoop een juweel te ontdekken. Je weet dat die er zit en vergooit je leven tot je hem hebt gevonden.

Of niet. Je kunt ook op een dag 'Krijg de pest' zeggen, je koffer pakken en vertrekken, zoals mijn moeder jaren eerder had gedaan. Daarom neem ik niets zomaar voor zeker aan. En daarom ben ik zo goed in mijn werk.

Ik ben nu met vakantie en heb zin in pikante vermicellisoep. Als je met vakantie bent, voelt alles anders. De wereld maakt een bijna vriendelijke indruk en de mensen lijken het te menen als ze glimlachen. Dat is geen excuus, maar het verklaart waarom ik vanmiddag de voorzichtigheid uit het oog verloor. De hemel heeft zich zojuist geopend voor een moessonachtige regenbui en iedereen zoekt haastig dekking onder de armzalige luifels van de Wang Lang-markt. Ik pas net niet meer onder een van die luifels en de achterkant van mijn spijkerbroek is in een mum van tijd kletsnat, maar het is warme regen, welkome verkoeling in de moordende hitte van Bangkok. Ik had mijn hotel verlaten en de veerboot over de rivier genomen, speciaal voor een kom soep bij deze specifieke marktkraam, die ik had ontdekt tijdens een vorige missie in Thailand. Mijn collega's zijn al naar huis gevlogen, maar ik had besloten nog vier nachten te blijven om van Bangkok te genieten. Een gat in de dag slapen, eten wat ik wil, allemaal op kosten van de overheid. En nu heb ik zin in pikante vermicellisoep.

De verkoopster overhandigt me een kom, waaruit een heerlijke geur van steranijs en kaneel opstijgt. Het kost maar zestig baht. Twee dollar, niet eens de moeite waard om die aan Uncle Sam in rekening te brengen.

Ik loop met de kom naar het enige vrije tafeltje en ga op een lage plastic krukje zitten. Het is net alsof ik aan de tafel voor de kinderen zit, maar ik mag blij zijn een droog plekje te hebben gevonden. Als ik de soep begin op te slurpen, ben ik me slechts vanuit mijn ooghoek bewust van de man die achter me bij de kraam had gestaan. Nu hoor ik hem zeggen: 'Wat heeft de vrouw genomen die voor mij aan de beurt was? Ik wil graag hetzelfde.'

Ik kijk op en zie hem naar mijn kom wijzen. De Thaise vrouw achter de kraam begrijpt niet wat hij zegt. Hij klinkt een beetje hulpeloos als hij zijn vraag herhaalt. Een Brits accent. Ik ben niet goed in accenten, maar ik weet wel dat hij niet bekakt praat. Hij lijkt jonger dan ik, of misschien komt het door wat hij uitstraalt. Nieuwsgierigheid. Gretigheid. Een man die nog verrukt is van elke nieuwe ervaring. Hij heeft slordig blond haar dat al maanden geen kapper heeft gezien. Eén schouderriem van zijn verschoten blauwe rugzak is gerepareerd met ducttape, en uit een van de zijvakken steekt een kaart van Thailand. Hij draagt een cargoshort en trekkerssandalen en zijn diep gebruinde huid wijst erop dat hij al geruime tijd in de tropen verkeert. Op zijn T-shirt staat in het Thais *Domme Toerist*. Ik vraag me af of hij dat weet.

Hij betaalt de zestig baht, pakt de kom met soep en zoekt naar een vrij tafeltje, maar ze zijn allemaal bezet. Een ogenblik staat hij daar een beetje verloren met zijn kom soep. De regen klettert op de luifel en een riviertje stroomt door de straat en over zijn sandalen. Bij mijn tafel staat een vrij krukje. Ik kan mijn hoofd buigen, dooreten en doen alsof hij er niet is. Seconden verstrijken terwijl ik mijn keuze afweeg.

'Je mag hier wel zitten,' bied ik aan.

De regen maakt zo'n lawaai dat hij me niet hoort.

'Hallo!' roep ik.

Hij kijkt om en ziet me naar het krukje wijzen. Grinnikend zet hij de kom op de tafel en vouwt zijn lange benen dubbel om te gaan zitten. 'Ik had niet veel zin om dit staande te eten. Bedankt!'

'Ik zie dat je dezelfde soep hebt besteld,' zeg ik.

'Die van jou zag er zo lekker uit dat ik die ook maar heb genomen. Jij lijkt te weten wat goed voor je is.' Hij buigt zich over de kom, slurpt wat van de soep, en slaakt een zucht. 'Jeetje.'

'Lekker, hè?'

Hij concentreert zich op de geuren en smaken. 'Steranijs. Kaneel. Galangal. Vissaus. En...' Hij hoest en zijn gezicht wordt opeens knalrood. 'Chili's.'

'Tjabé rawit. Niet de heetste soort pepers, maar heet genoeg.'

Zijn gezicht blijft rood en hij zweet zich een ongeluk, maar hij eet door. Misschien wil hij zich niet laten kennen, of misschien vindt hij het écht lekker. Ik begrijp dat heel goed. Pijn is een sterke specerij, de keerzijde van genot. Sommigen van ons hebben er behoefte aan, in de juiste porties, om niet te vergeten dat we leven.

'Er zit nog iets in maar ik kan het niet thuisbrengen,' zegt hij. Hij legt zijn lepel neer. 'Iets basaals, iets metaalachtigs…'

'Runderbloed.'

Als hij me verschrikt aankijkt, valt me op dat zijn ogen heldergroen zijn. Samen met die warrige blonde manen doet hij me denken aan een Viking die in de verkeerde eeuw is beland en op het verkeerde werelddeel.

'Echt waar?'

'Zo waar als ik hier zit.'

Ik vraag me af of ik hem nu heb afgeschrikt en hij de kom walgend van zich af zal duwen.

Maar hij lacht. 'Geweldig! Dat verklaart de kleur. En de textuur.' Hij brengt de kom naar zijn mond en drinkt het restant op. Ik ben getuige van de puurste en openhartigste vorm van genot.

Op dat moment flitst een beeld door mijn hoofd. Een beeld van ons tweeën in bed, met verstrengelde ledematen, lichamen nat van het zweet.

'Probeer jij alles wat je eet te ontleden?' vraag ik.

'Irritant, hè?'

'Nogal analytisch. Je bent niet toevallig scheikundige?'

'Arts. Het ligt in mijn aard om dingen te ontleden, zelfs een kom vermicellisoep.'

'Ben je echt arts?'

Hij snapt wel dat ik een beetje sceptisch ben en lacht. Ik zie aan de rimpeltjes bij zijn ogen dat hij niet zo jong is als ik dacht, maar ongeveer van mijn leeftijd. 'Je zou het niet zeggen, hè?'

'Die oude rugzak heeft me op het verkeerde been gezet.'

Hij kijkt naar de met ducttape gerepareerde schouderband. 'Deze rugzak heeft samen met mij al heel veel meegemaakt en ik ben te sentimenteel aangelegd om hem weg te doen. We hebben samen al vijf jaar vrijwilligerswerk gedaan, in een half dozijn vluchtelingenkampen.'

'Waar?'

'Ik heb voornamelijk in Kenia en Soedan gewerkt, waar ik mensen heb behandeld voor de meest uiteenlopende dingen, van kogelwonden tot malaria.'

'Ga je nu hier in Thailand werken?'

'Nee, ik ben nu met vakantie. Ik moet over een paar weken terug naar Londen en ik heb nog geen gelegenheid gehad om Azië te bekijken. Ik probeer zo veel mogelijk van de wereld te zien, nu het nog kan, voordat ik een stropdas moet gaan dragen.'

'Je lijkt niet blij te zijn met dat vooruitzicht.'

'Dat ben ik ook niet.' Hij zucht. 'Maar het is tijd dat ik de kost ga verdienen.'

'Waarom?'

'Goh, dat is een vraag die niemand ooit stelt.'

'En is er een antwoord?'

'Mijn moeder heeft hulp nodig.'

Dat antwoord had ik niet verwacht. 'Zo te horen ben je dan een prima zoon.'

'Ze staat er nu alleen voor en heeft moeite de eindjes aan elkaar te knopen.' Hij haalt zijn schouders op. 'Het is niet anders, maar...' Hij kijkt naar de kraampjes met dampende pannen, hoog opgetaste kruiden en rode pepertjes. 'Ik zal het trekkersleven missen.'

'Heb je dat T-shirt hier in Bangkok gekocht?'

Hij kijkt naar zijn shirt. 'Ja, bij een straatverkoper.'

'Heeft iemand je verteld wat erop staat?'

'Hij zei dat het "happy tourist" betekent.'

Ik besluit hem niet te vertellen wat het in werkelijkheid betekent. Hij is écht een happy tourist, in tegenstelling tot sommige van de zuur kijkende buitenlanders die ik op het terras van mijn hotel zie. Degenen die altijd ontevreden zijn en zich altijd ergeren aan een detail dat niet aan hun eisen voldoet.

'Waar ga je nu naartoe?' vraag ik.

'Dat weet ik nog niet. Ik heb nog drie weken vrijheid voordat ik naar huis vlieg. Misschien kun jij iets aanbevelen?'

'Ik zou het niet weten.'

'Je lijkt me iemand die precies weet waar je moet zijn. Die alle mooie plekjes kent die de toeristen nog niet hebben ontdekt.'

Het regent niet meer, maar het water stroomt nog van de luifel en spat achter hem op de straat. Ik denk aan alle geheime plekjes die ik ken en waar ik hem niets over kan vertellen vanwege de dingen die daar gebeuren in het belang van onze nationale veiligheid. Plaatsen van wonderbaarlijke schoonheid, met een afgrijselijke geschiedenis.

'Je zou Chiang Mai kunnen proberen,' zeg ik. 'De meeste toeristen houden ervan.'

'Jij ook?'

'Het is er mooi. Niet zo verschrikkelijk warm. En ik denk dat het eten je daar ook wel zal bevallen.'

'Wat zijn jouw favoriete vakantiebestemmingen?'

'Landen waar ik nog niet eerder ben geweest.'

'Zoals?'

Ik neem een slok uit mijn waterfles en kijk hem aan. 'Madagaskar.'

Hij barst in lachen uit. 'Ik wist dat je dat zou zeggen. Iedereen heeft het over Madagaskar, alsof het hun droombestemming is, maar ik ken niemand die er is geweest.'

Nu schiet ik ook in de lach, want hij heeft gelijk. Het is de droombestemming die op ieders bucketlist staat. Er komt bij mij alleen altijd iets tussen. Een nieuwe opdracht, een nieuwe noodsituatie.

'Ben jij Amerikaanse?' vraagt hij.

'Geboren en getogen.'

'Ik krijg de indruk dat je veel reist. Voor je werk?'

'Het is een van de voordelen van mijn baan.'

'Wat voor werk doe je?'

Ik neem nog een slok water, een pauze voordat ik mijn achtergrondverhaal lanceer. 'Ik ben importanalist bij Europa Global Logistics.'

'Europa? Als in Jupiters maan?'

'Heel goed. De meeste mensen weten dat niet.'

'Wat doet je bedrijf?'

'We zijn douanebemiddelaars. We behandelen globale logistiek voor import- en exportbedrijven. Van landbouwwerktuigen tot modeartikelen.'

Dit interesseert hem vast niet. Voor wie nieuwsgierig genoeg is om Europa Global Logistics online op te zoeken, is er een mooie website met voldoende details om hen ervan te overtuigen dat het bedrijf echt bestaat en dat er echte mensen werken. En dan zien ze mijn naam en foto: *Margaret Porter, importanalist gespecialiseerd in textiel en kleding.*

'Hou je van je werk?' vraagt hij.

'Het stelt me in de gelegenheid veel van de wereld te zien.'

'Maar heb je er plezier in?'

'Waarom klink je alsof je daaraan twijfelt?'

'Nou...' Hij wendt zijn blik af, naar de marktkraampjes en de mensen die groenten, kruiden en prullen verkopen. 'Deze mensen verdienen de kost door dingen te verkopen die je kunt aanraken, ruiken en eten. Dat voelt gewoon zo éérlijk.'

'En mijn werk niet?'

Hij vertrekt zijn gezicht. 'Sorry. Ik heb gewoon helemaal niks met het zakenleven, wat waarschijnlijk de reden is waarom er niets op mijn bankrekening staat. En waarom mijn moeder erop blijft aandringen dat ik ophoud met vrijwilligerswerk te doen.'

'Je kunt het altijd weer oppakken. Dat is het enige wat er niet verandert op de wereld. Er zullen altijd oorlogen en vluchtelingenkampen zijn.'

'Dat is helaas maar al te waar.'

Even zeggen we niets meer. Ons tafeltje is een eiland van sombere stilte op de drukke, lawaaierige markt. De zon schijnt weer en de regen is al bijna vergeten, op de stoom na die oprijst van de plassen op de hete straat.

Hij komt overeind, kreunend als hij zich tot zijn volle lengte opricht. Het moet moeilijk zijn geweest voor een man van zijn postuur om zo lang op dat onnozele krukje te zitten. 'Ik denk dat ik maar eens terug moet gaan naar mijn hotel om de kaart nog eens te bekijken,' zegt hij.

'In welk hotel zit je?'

'Een B&B, een paar straten verderop. Schoon en gastvrij. Perfect voor een man met weinig geld.' Hij hijst zijn rugzak over zijn schouder. De nu doorweekte kaart van Thailand hangt uit het zijvak. 'Bedankt voor het gezelschap. En voor het advies over mijn volgende bestemming. Het was leuk je te ontmoeten...'

'Maggie.'

'Maggie.' Hij bukt zich om me een hand te geven. Een ouderwets gebaar, maar op dat moment en omdat het deze verfomfaaide Viking is, vind ik het ongelooflijk charmant. 'Danny Gallagher. Als je ooit in Londen bent en een splinter of een blindedarm moet laten verwijderen, kom je maar bij mij.'

Als hij zich omdraait, balanceer ik op de grens van zou-ik-wel-of-zou-ik-niet. Ik heb vier vrije avonden in Bangkok voordat ik naar huis moet. Ik ben met vakantie, zonder verplichtingen, zonder specifieke plannen en het is zo lang geleden dat ik met een man naar bed ben geweest. Hij loopt al weg, en ik wil hem net naroepen als hij opeens stopt. En zich omdraait.

'Heb je misschien zin om straks ergens iets te gaan drinken?' vraagt hij. Als ik niet meteen antwoord geef, krijgt hij een kleur. 'Sorry, dat was brutaal van me. Maar ik vond het zo gezellig om met je te praten en...'

'Ja,' zeg ik.

'Kom je ooit naar Londen?' vraagt Danny.

We liggen in mijn hotelkamer, waar het zweet van ons heftige liefdesspel gekoeld wordt door de lucht die uit de airconditioner stroomt. Het was kiezen tussen zijn hotel en het mijne, en ik had geen zin in een liefdesnacht in een B&B. Daarom liggen we nu hier in het Oriental, een favoriet hotel voor wie alle onkosten aan de overheid kan declareren. Het is te duur voor mijn eigen portemonnee, maar als Uncle Sam betaalt, moet je ervan profiteren. Ik zag dat Danny nogal overdonderd was toen we de lobby in liepen, waar hij met zijn hoofd achterover het rijkelijk versierde plafond bekeek. Zijn mond hing nog steeds open toen we uit de lift kwamen en werden begroet door de etagebediende, maar zodra we in mijn kamer waren, had hij alleen nog maar oog voor mij en ik voor hem. Geen woorden, alleen zuchten en gehijg toen we elkaars zweterige kleding afstroopten en kussend het bed bereikten. We hadden geen woorden nodig; onze lichamen wisten wat ze moesten doen, en ik zou toch niet hebben gehoord wat hij zei, want het geluid van onze hijgende ademhaling en het bloed dat in mijn oren suisde, overstemde alles. Hij weet precies waar hij me moet aanraken en hoe hij de honger moet stillen die ik heb genegeerd, de honger die ik steeds naar mijn werk herleid. Er is altijd nog een rapport dat ik moet schrijven, een nieuw doelwit om in de gaten te houden, een nieuwe informant om te begeleiden. Als je hebt gezworen dat je het nooit met je collega's zult doen (en de meeste mag ik sowieso niet), moet je je genot elders zoeken.

En ik heb het gevonden in de armen van Danny Gallagher, van wie ik nu weet dat hij drieëndertig jaar is, geboren in Leicester, geschoold in Londen. Hij is inderdaad een paar jaar jonger dan ik, maar ik voel me ook in andere opzichten ouder dan hij. Of misschien ben ik gewoon minder naïef, beter afgestemd op de vele tinten grijs in de wereld, waar de grens tussen goed en slecht, vriend en vijand een beweegbare lijn is.

'Ik ben weleens in Londen,' zeg ik.

'Bel je me dan?'

'Het kan wel even duren. En tegen die tijd voelt het waarschijnlijk raar om je te bellen.'

'Waarom?'

'Je zult je mij misschien niet eens herinneren.'

'Natuurlijk zal ik me jou herinneren.'

'En misschien heb je dan wel een vriendin en denk je, als ik opeens op het toneel verschijn, waarom heb ik haar in godsnaam gevraagd hierheen te komen? Zo gaat dat meestal.'

'Ben jij altijd zo'n optimist geweest?'

Ik lach en draai me op mijn zij om naar hem te kijken. 'Hé, we zijn in Bangkok. We zijn hitsig. Laten we hier gewoon van genieten.'

'Wat er in Bangkok gebeurt, blijft in Bangkok?'

'Danny, je kent me helemaal niet.'

'Niet wegens gebrek aan belangstelling.' Nu draait hij zich ook op zijn zij en liggen we tegenover elkaar op het bed. 'Vertel me meer.' Hij strijkt over mijn dijbeen en zijn vingers stoppen bij mijn litteken. 'Vertel me bijvoorbeeld waar je dit aan hebt overgehouden.'

'O, dat was niets. Toen ik studeerde, werkte ik parttime als serveerster in een bar. Een paar mensen begonnen te vechten, ze braken wat flessen en ik werd geraakt door rondvliegend glas.'

'Een bargevecht? Dat zou ik nooit hebben geraden.'

Hij zou ook het ware verhaal over hoe ik dat litteken had gekregen nooit hebben geraden: dat ik in Karachi was geraakt door granaatscherven.

'Je hebt dus in een bar gewerkt.'

'Niet de slechtste baan die ik ooit heb gehad.'

'Waar was dat?'

Tot nu toe heb ik hem geen details gegeven – behalve de details die behoren tot mijn goed ingestudeerde dekmantelverhalen. Ik zal deze man nooit meer zien, dus er is geen reden om hem de waarheid te verklappen, maar ik ben nog in de ban van onze seksuele roes en laat een authentiek detail ontglippen.

'Georgetown.' Waar ik inderdaad een poosje heb gewoond, maar niet in een bar heb gewerkt.

'Is dat niet in de buurt van Washington DC?'

'Ja.'

'Ik zou het Witte Huis weleens willen zien. Is het de moeite waard?'

'Nee.'

Hij streelt mijn heup. 'Het zou me elke reis waard zijn om jou weer te zien. Als jij niet naar Londen komt, kunnen we misschien ergens anders afspreken.'

'Ik weet niet of dat wel zo'n goed idee is.'

Zijn hand ligt stil. Hij draait op zijn rug en kreunt. 'O, god. Je bent getrouwd.'

Dit zou een goed moment zijn om de lijn te kappen en hem terug te gooien in het water. Een fictieve echtgenoot is een geschikt excuus, een die ik ook bij andere minnaars heb gebruikt, maar dan zou ik in zijn ogen een verdorven persoon zijn en opeens is het heel belangrijk dat Danny niet zo over me denkt.

Hij gaat op de rand van het bed zitten, met zijn rug naar me toe. De gloed van de stad ligt op zijn schouders en geeft zijn huid de kleur van gebrand koper. Als ik mijn hand uitsteek en hem aanraak, reageert hij niet.

'Danny?' zeg ik.

'Ik kan beter teruggaan naar mijn B&B.'

'Laten we iets gaan eten. Ik weet een erg goed restaurant waar...'

'Waarom?'

'Waarom gaan eten?'

'Had dit voor jou niets te betekenen?'

Hij denkt dat een zweterige wip met een volslagen vreemde in een hotelbed betekenis moet hebben. Ik krijg medelijden met hem. Met zijn onschuld. Met het onvermijdelijke en pijnlijke ontwaken dat nog moet komen. Aan de andere kant wil ik hem daarom nog heel even hier houden.

'Ik ben niet getrouwd,' zeg ik.

Hij draait zich naar me om, maar met het licht van de stad achter hem kan ik niet zien hoe hij kijkt. 'Is dat waar?'

'Waarom zou ik tegen je liegen?'

'Toen je zei dat het geen goed idee zou zijn om elkaar weer te zien, dacht ik...'

'Ik zei het omdat ik weet dat dit soort dingen altijd een stille dood sterven. Als je iemand ontmoet in een vreemde stad, lijkt het nieuw en opwindend. Dan ga je ermee naar huis en kom je tot de ontdekking dat –'

'Ga je ermee naar huis, als een souvenir?'

'Zo is het nu eenmaal.' Mijn wijze woorden klinken meer als berusting, en dat is het eigenlijk ook. Ik wéét hoe het gaat. Ik weet hoe dít zal gaan. Dat betekent niet dat ik niet mag genieten als ik de kans krijg.

'Blijf,' zeg ik. 'Ga met me uit eten.' Ik streel zijn naakte rug en voel dat hij kippenvel krijgt. 'We moeten allebei eten, dus we kunnen dat net zo goed samen doen.'

'Het moet een eenzaam leven zijn,' zegt hij zacht.

Mijn hand blijft stil liggen op zijn rug. Dit is niet wat ik van deze man had verwacht. Ik wilde lekkere seks en met hem lachen, maar ik had niet gedacht dat hij me een spiegel zou voorhouden. Dat heeft hij gedaan en wat ik zie, bevalt me niet.

'Ja, het is weleens eenzaam,' geef ik toe. 'Daarom wil ik graag dat je blijft.'

'Om uit eten te gaan.'

'En meer. Als je ervoor in de stemming bent.'

Hij schudt zijn hoofd. Lacht op een vermoeide manier. 'Ja, hoor. Waarom niet?'

Waarom niet? Het is niet de laatste keer dat we die twee woorden tegen elkaar zeggen.

Wat het wel had moeten zijn.

6

Jo

Purity, Maine, heden

Jo had vaker te maken gehad met mannen zoals rechercheur Robert Alfond van de State Police. Hij was nog maar net uit zijn SUV gestapt toen ze al begreep dat het tussen hen niet zou klikken. De kleuren van het zwaailicht gleden over zijn gezicht toen hij een ogenblik bleef staan om de plaats delict te overzien. Hij was een grote vent, die nog forser leek vanwege zijn donzen jack. Hij droeg geen muts of hoed en Jo vroeg zich af hoelang hij het eigenzinnig blootshoofds zou volhouden in deze kou. Ze stond maar een klein stukje bij hem vandaan en hief groetend haar hand op, maar hij liep rechtstreeks naar haar agent. Daardoor wist ze meteen waar ze aan toe was. Jo Thibodeau, onzichtbare vrouw. Hij had haar uiteraard gezien, maar waarschijnlijk gedacht: *blondje, niet belangrijk*, en zijn aandacht gericht op de man die in zijn ogen de leiding moest hebben.

Haar agent verwees hem meteen naar haar. *Dank je wel, Mike.*

'Jo Thibodeau,' zei ze. Ze deed een stap naar voren. 'Ik ben sinds het overlijden van Glen Cooney waarnemend korpschef.'

'Alfond, recherche, State Police,' zei hij.

'Ja, dat weet ik. Ik heb op de academie uw lezing over ondervragingstechnieken bijgewoond.' Tijdens de lezing had hij door het vertrek geijsbeerd als de kapitein op een schip, breedgeschouderd en vol eigendunk. Ze knikte naar het afzetlint rond het lichaam. 'We hebben de plaats delict veiliggesteld, het huis doorzocht en betrokkenen ondervraagd. Het huis is eigendom van een alleenstaande zestigjarige vrouw. Ze was niet thuis toen het lichaam hier werd gedumpt.'

'Is dat wat ze zegt?'

'Ja.'

'En u weet dat dit waar is?'

'Ik heb gesproken met getuigen, die het hebben bevestigd. Ik heb het bovendien zelf kunnen nagaan.'

'Hoe?'

'Als u het huis gaat bekijken, zult u zien dat ze een heleboel beveiligingscamera's heeft. Op de opnames daarvan is te zien hoe en wanneer het lichaam hier werd gedumpt. Zwarte SUV, mannelijke bestuurder.'

'Agent Thibodeau,' zei hij, 'kent u het protocol voor onderzoeken naar misdrijven met dodelijke afloop?'

'Ja.'

'U weet dus wat u moet doen?'

'De procureur-generaal en de afdeling Criminele Onderzoeken van de State Police op de hoogte brengen. De plaats delict afzetten en beschermen. Het perceel doorzoeken, het terrein bekijken en verklaringen van eventuele getuigen optekenen. Dat is wat we hebben gedaan, volgens Sectie 201 van de reglementen van de staat Maine met betrekking tot onderzoeken naar geweldpleging met dodelijke afloop.'

Hij staarde haar een ogenblik aan, alsof hij keek naar een hond die opeens bleek te kunnen praten. Blondje was dus niet op haar mondje gevallen. Misschien wás Jo iets te hard van stapel gelopen toen ze de beelden van de beveiligingscamera's had bekeken zonder te wachten op de State Police. Misschien hád ze alleen het terrein moeten afzetten met dat vrolijke gele afzetlint en wachten tot de grote jongens kwamen om zich over de zaak te ontfermen, maar daarvoor had Jo te weinig geduld. Iets waar ze nog aan moest werken.

Ze draaiden zich om toen een nieuw stel koplampen achter de auto van rechercheur Alfond tot stilstand kwam. Het was dokter Wass, eveneens een grote vent. In Maine leken forse kerels als rotsblokken uit de grond te ontspruiten. In tegenstelling tot Alfond, die een goed geproportioneerd lichaam had, zag dokter Wass eruit als een gigantische bowlingbal die tegen de zwaartekracht vocht om op de hellende oprit niet achterover te vallen.

'Hé, daar hebben we Jo Thibodeau,' riep hij naar haar.

'Hallo, dokter Wass.' Ze hadden elkaar voor het laatst gesproken in het kader van het onderzoek naar het ongeluk waarbij Glen Cooney was omgekomen. Ze was toen nog erg van streek geweest om de dood van haar mentor, en dokter Wass had haar met vaderlijke vriendelijkheid behandeld. Ook nu, terwijl ze vlak bij het slachtoffer stonden dat hem vele uren werk zou bezorgen, schonk hij eerst aandacht aan haar.

'Doe je nu Glens werk?'

'Ik doe mijn best.' Ze zuchtte. 'Ik mis hem. Hij was een fijn mens.'

'Dat was hij zeker. Hoe gaat het? Lukt het een beetje om in Glens schoenen te staan?'

'Het valt soms niet mee.' Bijvoorbeeld als je te maken krijgt met kloothommels zoals Alfond, dacht ze. 'Maar ik begin het te leren.'

'Daar heb ik alle vertrouwen in, Jo.' Wass wendde zich nu tot Alfond. 'Oké, Bob, wat hebben we hier?'

De twee mannen liepen naar de dode vrouw. Jo wilde meelopen, maar de blik waarmee Alfond haar aankeek, maakte duidelijk dat ze niet welkom was bij hun beraad. Was dat omdat ze hem om de oren had geslagen met de reglementen of omdat zij minstens tien jaar jonger was dan hij en bovendien een vrouw? Ze hoorde hem aan dokter Wass vertellen wat zij te weten was gekomen, alsof hij het was die Maggie Bird had ondervraagd, de beelden had bekeken en Declan Rose en de Slocums had gebeld om Birds alibi te laten bevestigen. Alsof hij het was die het huis kamer voor kamer had bekeken, niet wetende of de moordenaar zich daar verschool. Dokter Wass knikte en nam alle informatie in zich op, zonder te weten dat het de vruchten van háár werk waren.

Wat zou Glen doen? vroeg ze zich af.

Ach, ze wist best wat Glen Cooney zou doen. Hij zou zijn schouders ophalen en het van zich afzetten, omdat volgens de reglementen Alfond nu degene was die over het onderzoek ging en het geen zin had je druk te maken over dingen waar je niets tegen kon doen. Hij zou zeggen dat ze haar werk had gedaan en het verder aan Alfond moest overlaten. Ja, dat is wat Glen zou doen.

Ze keerde Alfond en dokter Wass de rug toe en liep naar haar patrouillewagen, waar ze een ogenblik bleef staan om naar het huis te kijken. Achter de ramen van de slaapkamer brandde nu geen licht en de gordijnen waren dicht, maar het zou Jo niet verbazen als de vrouw hen nog in de gaten hield, want de grote hoeveelheid beveiligingscamera's wees erop dat Maggie Bird een vrouw was die alles in de gaten hield. Een vreemde vrouw. Jo kon geen vat op haar krijgen. Ze was zo kalm gebleven toen ze het lijk op haar oprit had gezien. Jo vroeg zich af of dat kwam door de schok en dat de reactie pas later zou komen. Misschien zou de realiteit van dit alles morgen pas goed tot haar doordringen en zou ze dan de schrik in de benen krijgen, net zoals de meeste mensen die het slachtoffer van een moord op hun oprijlaan aantroffen.

Of misschien was deze vrouw echt zo onverstoorbaar als ze er vanavond had uitgezien.

Ze keek naar Alfond en dokter Wass, die op hun hurken bij het lichaam zaten en de verwondingen bespraken. Laten zij zich maar bezighouden met de dode vrouw, dacht Jo. Zij ging de levende vrouw onder de loep nemen.

Een meisje en een koe liepen over het besneeuwde veld. Jo keek door haar wimpers in het scherpe ochtendlicht en zag dat het geen grote koe was, een makke jersey zo te zien, maar omdat het meisje wij tenger leek en het dier minstens driehonderd kilo zwaarder was dan zij en omdat ze zo dicht bij elkaar liepen, maakte de aanblik Jo nerveus. Ze was niet bang voor honden, slangen of ijzingwekkende afdalingen op steile skipistes, maar toen ze tien was, had er een keer een stier achter haar aan gezeten, waardoor ze een gezond respect had ontwikkeld voor grote boerderijdieren. Jo bleef ze bezorgd met haar ogen volgen toen het meisje en de koe naar de stal liepen, zonder dat een van de twee de ander aanvoerde, eerder alsof ze samen een eindje waren gaan wandelen. Toen het meisje stopte en naar Jo zwaaide, stopte de koe ook, als een afgerichte hond.

Jo wuifde terug. Ze had gehoord dat Luther Yount zijn kleindochter thuis les gaf, wat verklaarde waarom het meisje hier was met haar koe en niet in een klaslokaal zat. Het verklaarde waarschijnlijk ook waarom Jo nog nooit iets met het meisje te maken had gehad. De jeugd van de plaatselijke middelbare school wilde elkaar nog weleens tot kleine vergrijpen aanzetten, maar met een koe als gezelschap liep dit meisje weinig risico op het slechte pad te komen. Jo keek het tweetal na tot ze de stal waren binnengegaan, draaide zich om naar het huis van Luther Yount en liep het trapje op naar de veranda.

Voordat ze kon aankloppen, deed Yount open. Jo was gewend aan grote mannen, maar schrok evengoed toen ze oog in oog kwam te staan met een bebaarde reus.

'Meneer Yount?' vroeg ze. 'Ik ben Jo Thibodeau, Purity PD.'

'Gaat het om wat er hiernaast is gebeurd?'

'Ja.'

'Er is gisteravond een rechercheur met me komen praten. Robert... Dinges.'

'Dat zal rechercheur Alfond zijn geweest. De State Police heeft het onderzoek overgenomen.'

'Ik heb tegen hem gezegd dat ik niet wist dat er iets mis was tot ik al die zwaailichten zag.'

'Ik heb een paar vragen over uw buurvrouw. Mag ik binnenkomen?'

Een korte aarzeling. 'Ja, goed,' zei hij toen.

Voor zover ze wist had Yount nooit iets met de politie te maken gehad, waardoor ze zich afvroeg waarom hij had geaarzeld voordat hij haar had binnengelaten. In het huis zag ze niets wat haar verdacht voorkwam. Het meubilair zag eruit alsof Yount het meeste zelf had gemaakt en de stapels gevulde eierdoosjes vertelden haar dat ze een flinke toom kippen moesten hebben in de stal. In de hoek stond een oude potkachel, met daarop een gietijzeren pan water waarvan de damp broodnodige vochtigheid toevoegde aan de gortdroge lucht. Tegen het plafond zat een spinnenweb en toen Jo opkeek zag ze de spin aan een glanzende draad hangen. Naar het stof en het rommelige interieur te oordelen, stoorde Luther Yount zich niet aan een spin hier en daar. Het enige wat ze verrassend vond, was wat ze op de boekenplanken zag, want die stonden vol wetenschappelijke en agrarische studieboeken. Er zat meer achter de slordige man in zijn overall dan je zou denken.

Ze gingen aan de tafel zitten, waarop een halfvolle mok zwarte koffie stond. Ze had graag een kop koffie gewild, maar hij bood het niet aan. 'Uw buurvrouw, Maggie Bird,' zei ze. 'Hoelang kent u haar?'

'Sinds ze hier is komen wonen, ongeveer twee jaar geleden. Ze heeft Blackberry Farm gekocht toen Lillian was overleden. Lillian was een stuk chagrijn. Ze sprong uit haar vel toen Callies geiten een keer in haar tuin waren doorgedrongen, maar Maggie is een prima buur.'

'In welk opzicht?'

'Vriendelijk. Rustig. Steekt haar neus niet in andermans zaken.'

In tegenstelling tot jij, leek zijn blik te zeggen. Als Maggie Bird iets op haar kerfstok had, zou deze man daar waarschijnlijk puur uit principe met geen woord over reppen, dacht Jo. 'Waarom vraagt u me naar Maggie?'

'Er lag gisteravond een dode bij haar huis.'

'Ja, dat weet ik. En die had voor hetzelfde geld bij een ander huis gedumpt kunnen worden.'

'Maar het lijk is voor háár huis gedumpt en de manier waarop ze reageerde was niet precies wat je zou verwachten.'

'Wat zou je dan verwachten?'

'Ze bleef eigenaardig kalm.'

'Ze is een kalm type. Ik heb haar nog nooit kwaad gezien. Zo is ze gewoon.'

De deur viel dicht achter Younts kleindochter. 'Zo is wie?'

'Callie, dit is agent Thibodeau,' zei Yount.

'Waarnemend korpschef Thibodeau,' verbeterde Jo hem.

'Ze heeft vragen over Maggie.'

'Waarom?' vroeg Callie.

'Het zijn routinevragen,' zei Jo, maar ze wist dat Yount dat niet geloofde en het meisje voelde zijn twijfel ongetwijfeld aan, want ze fronste haar wenkbrauwen. Callie droeg een vlekkerige jas en rubberlaarzen die een spoor van modder achterlieten. Er hingen een paar verdwaalde strootjes in haar haar. Jo vroeg zich af of ze de sociale dienst zou moeten inlichten over de situatie, want een meisje van haar leeftijd zou op school moeten zitten in plaats van op een boerderij te werken.

'Zit Maggie in de problemen?' vroeg Callie.

'Nee, lieverd, helemaal niet,' zei Luther.

Voor zover ik weet, dacht Jo.

'Gaat het om de vos?' vroeg Callie.

'Welke vos?'

'Ze heeft een vos geschoten en die aan ons gegeven,' zei Luther. 'De vos had kippen van haar gejat, en ook van Callie. Ze had het volste recht haar neer te schieten.'

'Ik ben niet gekomen vanwege een vos, meneer Yount. Ik wil alleen weten wat voor iemand uw buurvrouw is. U mag haar graag, begrijp ik.'

'Ze is nooit te beroerd om een handje te helpen als we ergens mee zitten. Laatst waren Callies geiten uit de wei ontsnapt en kwam Maggie meteen. U had haar heen en weer moeten zien rennen om ze terug te jagen. Dat was me wat!'

'En ze geeft me boeken,' zei Callie. 'Om mijn geest te verruimen, zegt ze.' Ze liep naar de boekenkast, pakte een boek en legde het voor Jo op de tafel. Het was een wereldatlas. 'Ze zegt dat dit me kan helpen te besluiten naar welke landen ik wil reizen als ik later groot ben. Ik heb tegen haar gezegd dat ik Parijs graag wil zien en ze zei dat dat een heel goede keus was.'

'Oké, ze is een goede buur,' zei Jo. 'Wat weet u nog meer over haar?'

Er viel een stilte. Yount en zijn kleindochter keken elkaar aan alsof ze allebei dachten dat de ander het wel zou weten.

'Ze kan goed schieten,' zei Yount. 'Ze heeft die vos met één schot geveld.'

Jo bleef daar even bij stilstaan. Een vrouw van zestig die goed met een jachtgeweer overweg kon was in het landelijke Maine op zich niet zo bijzonder, maar Maggie Bird was niet van hier en moest dat dus elders hebben geleerd. 'Is het juist dat u ook niet van hier bent, meneer Yount?' vroeg ze.

Nu ze het opeens over hem had, werd zijn gezicht ondoorgrondelijk. 'Dat klopt,' zei hij.

'Mijn opa heeft dit huis helemaal zelf opgeknapt,' zei Callie.

'En waar woonde u voorheen?'

'Boston,' antwoordde Callie opgewekt. 'Hij gaf les aan het MIT.'

'Kende u Maggie Bird toen al?' vroeg Jo.

'Nee,' zei Yount. 'We hebben haar voor het eerst ontmoet toen ze hier kwam wonen en we kunnen ons geen betere buurvrouw wensen. Ik weet niet waarom u dit allemaal vraagt, maar ik zou geen kwaad woord over haar kunnen zeggen.'

'Ik ook niet,' zei Callie.

Jo's blik ging heen en weer tussen de man en zijn kleindochter. Ze wist dat ze het net zo goed hierbij kon laten. Als ze iets achterhielden over hun buurvrouw, zouden ze het niet met de politie delen.

Buiten bleef Jo bij haar auto staan en keek naar Blackberry Farm. Het zicht werd gedeeltelijk geblokkeerd door de rij suikeresdoorns langs de oprijlaan, maar ze kon het huis zien en een witte SUV die aan het begin van de weg stond. Rechercheurs van de State Police waren hier de hele ochtend bezig geweest en er fladderde nog een stuk geel afzetlint boven de sneeuw, maar alle politieauto's waren vertrokken. Van wie zou die witte SUV zijn?

Ze reed Luther Younts erf af en nam de weg naar Blackberry Farm. Ze minderde vaart toen ze bij de SUV was. De auto had een kentekennummer uit Maine en was opvallend schoon voor deze tijd van het jaar, want de meeste wagens hier zaten vol modder van de ongeplaveide landwegen. Er stonden twee mensen op de oprit. Ze staken groetend hun hand op toen ze uit haar auto stapte en naar hen toe liep. Een ouder stel, beiden met een dik donsjack waardoor ze eruitzagen als sneeuwpoppen.

'Bent u korpschef Joanna Thibodeau?' vroeg de vrouw. 'We hebben elkaar gisteren telefonisch gesproken. Ingrid en Lloyd Slocum. Maggie was gisteravond bij ons.'

'Weet u dat dit een plaats delict is?'

'Jazeker. Daarom zijn we hier.'

'Pardon?'

'Het afzetlint is weggehaald, dus we vonden dat we wel een kijkje konden nemen. Maggie heeft ons de beelden van haar beveiligingscamera's laten zien, maar we wilden een aantal dingen met eigen ogen zien.'

'De opvallend kleine hoeveelheid bloed, bijvoorbeeld.' Lloyd wees naar de relatief kleine rode vlek in de sneeuw.

'En deze bandensporen,' zei Ingrid. Ze wees naar de sneeuw. 'Volgens mij zijn het banden van Goodyear. Het specifieke model kan ik online opzoeken.'

'Blijkbaar is ze ergens anders vermoord,' zei Lloyd. 'En toen hebben ze haar lichaam hier gedumpt. Verkeerde ze al in rigor mortis?'

'Jezus,' zei Jo. 'Bent u gepensioneerde rechercheurs?'

'Nee, hoor,' zei Ingrid. 'We zijn slechts amateurs. We lossen graag misdaden op.'

'U bent eerder vampiers.'

'Waarom vampiers?'

'Die houden ook van plaatsen waar lijken hebben gelegen.'

'Maar voor ons is het geen entertainment. We zijn heel serieus. Maggie is een goede vriendin van ons en ze vindt het niet leuk dat er bij haar huis een lijk is gedumpt.'

'Ik moet haar spreken.'

'Ze is niet thuis. Ze is met Declan naar de Harbourtown Inn om met de manager te praten.'

'De Harbourtown? Hoe weten zij...'

'Hoe weten zij waar Bianca een kamer had genomen? Heel eenvoudig,' zei Ingrid. 'Er zijn in deze tijd van het jaar maar drie hotels open. Lloyd kent de kok van Harbourtown en die zei dat de vrouw daar een kamer had.'

'Je kunt er nu ook ontbijten,' zei Lloyd. 'Daartoe heeft de directie besloten nadat ik de kok mijn recept voor gepocheerde eieren had gegeven.'

Jo haalde diep adem om haar zelfbeheersing te bewaren. 'Wat doen ze in het hotel?'

'Uitzoeken wanneer en waar Bianca is ontvoerd. Haar huurauto is ook nog niet gevonden.'

'Hoe weet u dát nu weer?'

'De State Police heeft vanochtend het parkeerterrein bekeken en geen enkel voertuig weggesleept. Of is de auto inmiddels gevonden?'

Jo perste een ogenblik haar lippen op elkaar. 'Dat weet ik niet. De zaak is nu in handen van de State Police.'

'O.' Ingrid schudde meelevend haar hoofd. 'Dat vindt u vast niet leuk.'

Wat ik niet leuk vind, dacht Jo, is dat deze mensen, doodgewone burgers, precies evenveel weten als ik. Dat zou niet mogen.

En wat haar nog minder beviel was dat zij, de waarnemend korpschef van Purity, niet werd betrokken bij het onderzoek naar een moord die in háár stad was gepleegd.

'Ik had graag dat u dit terrein nu verliet,' zei ze.

Ingrids kin kwam meteen omhoog. Ze was niet langer dan Jo en haar haar was half zilver, maar haar blik zei heel duidelijk dat niemand haar kon vertellen wat ze moest doen. 'Maggie heeft gezegd dat we een kijkje mochten nemen.'

'Het is een plaats delict. U zou sporen kunnen bederven.'

'Zo dom zijn we echt niet.'

Lloyd legde sussend een hand op de schouder van zijn vrouw. 'Kom, lief, we waren hier toch al klaar.'

De twee vrouwen bleven elkaar aankijken, elkaar taxerend. Toen knikte Ingrid kort. 'Goed, we gaan. Als u later onze hulp nodig mocht hebben, kunt u ons bellen.'

Als ik hun hulp nodig mocht hebben? dacht Jo. Wat denken die lui wel?

Jo wachtte tot ze waren weggereden, ging toen in haar auto zitten en staarde naar Blackberry Farm. Jij en je vrienden zijn me een raadsel, Maggie Bird, dacht ze. Niet dat ze de vrouw ervan verdacht iets te maken te hebben met het lijk op haar oprit, maar de hele situatie was, bij gebrek aan een beter woord, eigenaardig. Natuurlijk werden er zelfs in een stadje als Purity misdrijven gepleegd, maar meestal ging het om mensen die daarvoor een duidelijk motief hadden, mensen die ze met naam en toenaam kende en die ze haar hele leven had gekend. Dat was het voordeel als je als politieagent in je geboortestad bleef wonen: je wist precies in welke huishoudens je problemen kon verwachten. De afgelopen jaren waren er echter nieuwelingen gekomen, mensen van buitenaf, die waarschijnlijk dachten dat ze in een stadje als Purity, Maine, konden ontsnappen aan de hoge kosten van levensonderhoud, de files en de misdaden van de grote stad. Jo kende deze nieuwelingen nauwelijks en zij haar net zomin, waardoor gesprekken zoals het onderhoud met de Slocums van zojuist voorlopig gekleurd zouden zijn door twijfel en wantrouwen.

Met al die nieuwelingen veranderde de stad veel te snel. Jo had daar niet zoveel mee op, maar kon de veranderingen niet tegenhouden en wist dat dorpen zonder vers bloed verschrompelen en sterven. Ze zou gewoon doen wat ze altijd deed: haar ogen openhouden en haar oor te luisteren leggen.

Iemand wist waarom er een lijk voor dit huis was gedumpt, en die iemand zou uiteindelijk wel iets verklappen.

7

Diana

Bangkok, heden

Het uitgemergelde gezicht dat naar haar kijkt op het scherm van de computer in het internetcafé leek absoluut niet op de man die ze bijna twintig jaar geleden had gekend en ze wist haar verbijstering over zijn drastisch veranderde uiterlijk niet te verbergen. 'Gávin?' zei ze in het microfoontje van de headset.

Het ingevallen gezicht op het scherm zuchtte berustend. 'Zoals je ziet, heeft het verstrijken der jaren me geen goed gedaan.'

'Dat geldt voor ons beiden.'

'Doe geen moeite barmhartig te zijn, Diana. Het is te doorzichtig.'

Hij kende haar te goed en dat was jammer. Karma, had ze inmiddels begrepen, was niet alleen een abstract concept. Ze keek om zich heen. Zelfs om middernacht zat het internetcafé stampvol toeristen die druk zaten te tikken op de toetsenborden. De airconditioning was niet opgewassen tegen zoveel warme lichamen en het zaaltje stonk naar zweet en kokosnootolie. Iedereen was gefocust op zijn eigen scherm; niemand lette op hun gesprek.

'Ik heb... een probleem,' zei ze zachtjes.

'En wat wil je van mij?'

'Een onderduikadres. Voor een paar weken, zodat ik kan uitzoeken wat er aan de hand is.'

'Wat is er gebeurd?'

'In Parijs zijn twee mannen naar mijn appartement gekomen. Ik heb met ze afgerekend. Het kan iets te maken hebben met Malta. Als dat zo is, ben ik niet de enige die moet oppassen.' Op het scherm bleef Gavins uitdrukking volkomen neutraal. Hij had daar lang op geoefend en misschien was dit uitdrukkingsloze masker nu permanent geworden. Of zou er vanwege zijn ziekte geen beweging meer in zijn gezicht zitten? Ze zag een groene zuurstoffles achter zijn schouder, maar hij was niet in een ziekenhuiskamer, te oordelen naar de decoratief bewerkte lambrisering op de achtergrond.

'De Agency stelt inderdaad vragen over Malta,' zei hij.

'Wat? Wanneer?'

'Vorige week. Operatie Cyrano schijnt weer op hun radar te zijn verschenen. Ze doen onderzoek naar alles wat er in Malta is gebeurd, en vroegen wat ik me kon herinneren over de toedracht.'

'Waarom nu? Het is al zo lang geleden.'

'Ik neem aan dat er nieuwe informatie onder hun aandacht is gebracht. Ze zullen ook met jou willen praten.'

Dan zullen ze me eerst moeten vinden, dacht ze. 'Heb je Maggie gesproken?' vroeg ze.

'Dat zou ik waarschijnlijk moeten doen. Ik heb haar nooit het hele verhaal verteld, Diana. Misschien zou ik dat moeten doen. Misschien is het tijd dat ze het te horen krijgt.'

'Wat heeft dat nu nog voor zin?'

'Als ze jou zoeken vanwege Malta, zitten we allemaal in de problemen. Maggie het meest. Weet je wie die kerels op je heeft afgestuurd?'

'Ik ging ervan uit dat het Moskou was.'

'Misschien moet je aan andere mogelijkheden denken.'

Ze fronste. 'Hoezo? Wat heb je gehoord?'

'Hardwicke.'

Ze staarde hem aan. 'Dat bestaat niet.'

'De Agency denkt daar anders over.'

Haar adem stokte. Ze keek weer om zich heen, naar de toeristen die op de toetsenborden tikten en naar de schermen tuurden. Ze sprak nog zachter. 'Ik heb tijd nodig om hierover na te denken, Gavin. Als je me een plek kunt geven waar ik –'

'Nee.'

'Nee?'

'Nee.'

'Kun je het niet of wil je het niet?'

'Dat mag je zelf uitmaken, Diana.'

Zo'n hardvochtige afwijzing had ze niet verwacht, al verbaasde het haar niet. Na Malta waren ze met ruzie uit elkaar gegaan en zij was nooit iemand geweest die loyaliteit opwekte bij haar collega's. Ze had dat nooit nodig gevonden.

Maar nu wel.

'Je hebt mijn hulp niet nodig,' zei hij. 'Overleven is waar jij in uitblinkt.'

'Misschien sta jij ook op de lijst van doelwitten.'

'Ik kan wel op mezelf passen. En Maggie ook.'

Met haar ogen op het scherm gericht voelde ze opeens een prikkeling in haar nek. Ze liet haar blik over de mensen in het zaaltje gaan en had hem snel in de gaten: bruin haar, een versleten T-shirt, lichte cargobroek. Hij had een willekeurige westerse toerist in Bangkok kunnen zijn als hij niet had gereageerd toen haar blik de zijne kruiste. Hij keek meteen weer naar zijn computer. Beschouwde hij haar als een goede kans op een snelle wip of was er een andere reden voor zijn belangstelling?

Ze keek weer naar Gavin. 'Doe dan iets anders voor me. Zoek uit waarom de Agency vragen stelt over Malta.'

'Doe het zelf. Je hoeft ze maar te bellen.'

'Ik weet niet of ik daarmee een risico neem.'

De eerste hint van emotie flikkerde in zijn ogen. Schrik. 'Je denkt toch niet dat de Agency erachter zit?'

'Na Parijs vertrouw ik niemand meer. Iemand wil me dood hebben en als het iets te maken heeft met Operatie Cyrano, wil dat zeggen dat iemand onze namen heeft gelekt. Van jou, mij en Maggie.'

Ze wierp een blik opzij en betrapte de man met de cargobroek erop weer naar haar te kijken. Daar moest ze iets aan doen en wel nu meteen. 'Ik moet gaan,' zei ze. Ze logde uit.

Ze verliet het internetcafé en was niet verbaasd toen de man met de cargobroek een paar seconden later ook naar buiten kwam. Ze liep rustig door de straat, als een toerist, en stopte af en toe bij een winkel om in de etalageruit de weerspiegeling van haar omgeving te bekijken. Vanuit haar ooghoek zag ze dat de man dan ook steeds stopte. Hij bleef op een afstand, maar het was duidelijk dat hij haar schaduwde.

Het was tijd om een eind te maken aan het vervelende spelletje.

Zelfs op dit late uur was het in de hoofdstraat nog druk. Ze sloeg een zijstraat in waar de kans op getuigen kleiner was.

Hij volgde.

Er waren inderdaad minder mensen, waardoor hij niet meer kon verbergen dat hij haar volgde. Hij deed het nu brutaal, openlijk, bleef naar haar kijken. Hij was ofwel een beginneling, of hij dacht dat hij niet omzichtig te werk hoefde te gaan voor zo'n makkelijke vellen prooi. Ze zag rechts een steegje. Smal, onverlicht, vol kratten.

Ze sloeg de hoek om en dook weg achter de kratten. In het donker hoorde ze zijn voetstappen naderen tot hij zo dichtbij was dat ze de broekspijpen van zijn goedkope cargobroek tegen elkaar hoorde schuren.

Hij zag haar aanval niet eens aankomen.

In een flits bevond ze zich achter hem. Ze greep zijn haar, trok zijn hoofd achterover om zijn keel bloot te leggen en drukte haar mes op zijn strottenhoofd. 'Wie ben je?' vroeg ze.

'Ik… ik wilde alleen…'

'Wie bén je?'

'Dave. Dave Barrett.' Hij hijgde paniekerig. 'Doe me alsjeblieft niks. Ik wilde alleen…'

'Wie heeft je gestuurd?'

'Niemand.'

'De Agency? Moskou?'

'Wat? Nee, ik...'

'Geef antwoord, of ik verbouw je smoelwerk.'

In paniek greep hij haar pols om het mes bij zich vandaan te trekken. Het was een onhandige zet, waar hij niets mee opschoot, maar die haar pissig maakte. Er zat niets anders op. Haar instinct nam het over en wat er gebeurde was even efficiënt als meedogenloos. Ze bracht haar mes naar zijn borst en stootte met de punt van het lemmet onder zijn borstbeen in zijn hart. Zijn hele lichaam schokte. Het mes bracht zijn hart meteen tot stilstand, maar de man bleef nog een paar seconden bij bewustzijn. Hij wist dat hij stervende was. Dat deze donkere steeg het laatste was wat hij zou zien.

'Wie heeft je gestuurd?' vroeg ze nog een keer.

'Niemand,' fluisterde hij.

Zijn hoofd zakte achterover en ze liet zijn slappe lichaam op de grond vallen.

Ze wierp een snelle blik om zich heen. Er was niemand anders in de steeg. Ze deed haar zaklantaarn aan en fouilleerde hem snel. In de zakken van zijn cargobroek vond ze een paspoort, een portefeuille en wat kleingeld, maar geen wapens. Niet eens een zakmes. Ze keek in het paspoort en zag dat hij echt David Barrett was, drieëntwintig jaar oud, uit Saint Louis, Missouri.

Ze had een toerist vermoord.

Als je een onschuldige doodt, krijg je tien nieuwe vijanden, had een van haar instructeurs in de Farm gezegd, maar na jaren veldwerk wist ze dat het soms onvermijdelijk was. En deze man was niet geheel onschuldig. Hij was achter haar aan gekomen, ofwel om haar te beroven ofwel omdat hij seks wilde. Als een roofdier.

'Mijn fout,' mompelde ze.

Ze veegde haar mes af aan zijn T-shirt en pakte alles wat ze had aangeraakt, alles waar haar vingerafdrukken op konden staan, bij elkaar. Dat zou ze zo dadelijk in de rivier gooien. Wat zijn lichaam betrof, mocht de politie haar eigen verkeerde conclusies trekken.

Pas toen ze terug was in de hoofdstraat en langs de nachtelijke voedselkraampjes en lawaaierige bars liep, werd het hijgen minder en zakte haar hartslag tot een normaal ritme. Hoe overbodig het incident in de steeg ook was geweest, het had een belangrijk stuk informatie opgeleverd: degenen die haar zochten, wisten niet waar ze was. Een van hen had haar in die steeg met gemak kunnen afmaken toen zij was afgeleid door David de toerist.

Voorlopig zat ze nog goed.

Ze was vanavond nog iets te weten gekomen, iets wat ze al had vermoed en wat nu door Gavin was bevestigd. De Agency had het dossier over Operatie Cyrano heropend. Ze stelden vragen, ze wilden meer informatie van degenen die er het diepst in hadden gezeten. Ze wist dat er nog steeds geheimhouding op dit dossier rustte. Als die was opgeheven hadden ze haar, een van de sleutelfiguren van de operatie, daarvan op de hoogte moeten stellen. Had iemand bij de Agency hun namen gelekt? Waren er nog meer dingen gelekt? Het kon zijn dat Gavin dat echt niet wist. Maar het kon net zo goed zijn dat hij tegen haar niet helemaal eerlijk was geweest.

Er kon nog veel schade aangericht worden, via operationele informatie die nooit aan het licht mocht komen. Details waarvan niemand op de hoogte was. *Als je een onschuldige doodt, krijg je er tien nieuwe vijanden bij.* Ze had al genoeg vijanden; ze wilde geen nieuwe.

Ze was aangekomen bij de rivier, de Chao Phraya, en gooide het paspoort en de portefeuille van Dave de toerist in het zwarte water. Dat krijg je ervan als je de verkeerde vrouw stalkt, dacht ze. Door haar te onderschatten had hij een fatale fout gemaakt.

Hij was niet de eerste man die dat had gedaan, en hij zou niet de laatste zijn.

8

Jo

Purity, Maine

Jo had tot nu toe maar één autopsie bijgewoond en dat was jaren geleden, tijdens haar opleiding tot politieagent aan de Maine Criminal Justice Academy. Ze was de kleinste van de klas en moest op haar tenen staan om over de schouder van een klasgenoot te kunnen kijken. Op een gegeven moment sneed dokter Wass de buikwand open en toen de stank van de darmen vrijkwam, viel een van de studenten flauw. Meteen had Jo vrij zicht op het mes van de patholoog.

Al haar klasgenoten concentreerden zich op de anatomische details van de ontleding – uit hoeveel blaasjes een long bestaat en de positie van de milt ten opzichte van de lever – maar Jo dacht in plaats daarvan aan de overledene, en vroeg zich af hoe de laatste momenten van zijn leven waren geweest. Het was een oude man, stokoud zelfs. Zijn gezicht en armen zaten vol levervlekken, als bruin mos op een oude boomstam. Hij was levenloos aangetroffen in zijn bed in het verzorgingshuis, wat voor de familie als een schok was gekomen, omdat hij de avond ervoor nog springlevend was geweest. Er waren in de weken daarvoor nog vier bewoners van het tehuis overleden, allemaal onverwacht, en de familie van deze oude man was tot de conclusie gekomen dat er iets niet pluis was in het tehuis.

Misschien deed een doodsengel, vermomd als verpleegkundige, gewapend met een spuit insuline, de ronde langs de kamers. Het zou niet de eerste keer zijn dat dit voorkwam.

Jo keek naar de man en vroeg zich af hoe het voor hem was

geweest om zijn laatste jaren te slijten in een verzorgingstehuis waar hij dag in, dag uit naar dezelfde vier muren staarde. Had hij ernaar verlangd nog een keer de kus van sneeuw op zijn gezicht te voelen, en het knisperen van dode bladeren onder zijn voeten te horen, dingen waarvan hij wist dat hij ze nooit meer zou meemaken? En was er toen 's avonds laat een verpleegster met een spuit gekomen om een einde aan zijn lijden te maken? Was zoiets een barmhartige daad of was het moord? Jo wist het niet. Ze wist alleen dat het niet fijn was als je uiteindelijk in de snijzaal van het mortuarium terechtkwam om ontleed te worden terwijl een groep studenten elk intiem detail van je lichaam bekeek. Misschien was het medeleven op haar gezicht af te lezen, want dokter Wass vroeg: 'Gaat het wel?'

Het duurde een paar seconden tot ze besefte dat hij het tegen haar had. Toen ze hem over de tafel aankeek, voelde ze dat haar klasgenoten de uitwisseling volgden. Had hij haar dit gevraagd omdat zij de enige vrouw was? Was het een manier om haar te bestempelen als een zwakke persoon? Als dat het geval was, kon ze dat snel in de kiem smoren door haar schouders op te halen, of zelfs te lachen.

In plaats daarvan zei ze: 'Hij heeft een zwaar leven gehad. Ik vind het triest dat hij op deze manier is gestorven.'

'Waarom zeg je dat hij een zwaar leven had?'

Ze wees. 'Het eerste kootje van zijn wijsvinger ontbreekt. En ziet u al die littekens op zijn handen? Hij werkte met scherp gereedschap. Misschien in een houtzagerij of een vleesfabriek.'

Dokter Wass gaf daar geen antwoord op, maar bleef even naar haar kijken, alsof hij haar gezicht in zijn geheugen wilde prenten. Alsof hij wist dat dit niet de laatste keer zou zijn dat ze elkaar zouden spreken.

Jaren later, toen ze elkaar weer ontmoetten bij het lichaam van de arme Glen Cooney dat in de berm van de weg lag, wist hij nog hoe ze heette. En toen ze gisteren had gevraagd of ze de sectie op de vrouw die op de oprijlaan van Maggie Bird was achtergelaten, mocht bijwonen, had hij meteen ingestemd, ook al was ze officieel geen lid van het onderzoeksteam.

Ze hadden inmiddels een naam voor de vrouw: Bianca Miskova. Althans, dat was de naam die ze had gebruikt toen ze een kamer had genomen in de Harbourtown Inn. De eigenaresse van het hotel had aan het in Colorado uitgegeven rijbewijs van de vrouw niets gezien wat twijfel kon opwekken over de authenticiteit. De Mastercard was ook in orde, het bedrag van honderdvijfennegentig dollar was zonder problemen goedgekeurd. Jo vond het trouwens een schandalig hoog bedrag, zeker in het laagseizoen, maar wie midden in de winter een hotel zocht in Purity, had niet veel keus. Toen de vrouw had uitgecheckt, rond het middaguur op de dag dat ze was gestorven, had ze haar kamer keurig netjes achtergelaten. Waar ze naartoe was gegaan, wie ze had ontmoet en waar haar auto nu was, waren vooralsnog grote vraagtekens.

De deur van het mortuarium zwaaide open en rechercheur Alfond kwam binnen. Hij was bezig de koordjes van zijn beschermschort vast te binden en bleef na drie stappen abrupt staan toen hij Jo zag, alsof hij per ongeluk het damestoilet was binnengegaan.

'Ik heb korpschef Thibodeau verzocht de sectie bij te wonen,' zei dokter Wass tegen hem. 'Een extra paar ogen kan nooit kwaad.'

Alfond liep zonder iets te zeggen naar het voeteneinde van de snijtafel. Hij vond het blijkbaar niet nodig iets te zeggen; Jo was maar een dorpsagent, bestemd om bekeuringen uit te delen, inbraken te onderzoeken en vechtende echtelieden uit elkaar te halen. In deze zaal was ze slechts een bezoekster, die mocht kijken hoe de grote jongens hun werk deden, als ze tenminste braaf haar mond dichthield.

En dat deed ze, toen dokter Wass het laken wegnam en het lichaam onthulde. De vrouw was in ieder opzicht een prachtig voorbeeld van het menselijk ras, met de smalle heupen en gespierde bovenbenen van een gymnaste. Jo had het stoffelijk overschot al bekeken op de plaats delict, waar ze de omgebogen vingers, gebroken handen en kogelwonden in de schedel had gezien, maar onder de felle lampen van de autopsiezaal zagen deze verschrikkingen er uit alsof ze van plastic waren. Onecht. Ze keek naar Bianca's halfopen ogen en net zoals bij de oude man uit het verzorgingstehuis vroeg ze zich af hoe de laatste momenten van het leven van deze vrouw waren geweest. Ze had afgrijselijk veel pijn geleden en moest het als een verlichting hebben beschouwd toen met de fatale kogel een einde was gekomen aan het ombuigen van haar vingers en het breken van haar gewrichten. Het moest op een afgelegen plek zijn gedaan, waar niemand haar gegil kon horen. De moordenaar zou geen moeite hebben gehad zo'n plek te vinden, want rond Pur[illegible] waren kilometers verlaten wegen en dichte bossen. Dokter Wass knipte de ribben door en tilde het borstbeen op. Ook toen hij zijn handen in de borstkas stak en het glanzende hart en de longen eruit tilde, bleef Jo naar de verminkte handen van de vrouw staren. Ging het om een afstraffing of een ondervraging?

Waar was hij op uit? Wat wilde hij van je weten?

Ze keek op toen de zoemer van de intercom aan de muur ging.

'Ja?' riep dokter Wass.

De stem van zijn secretaresse kwam door de luidspreker: 'Ik heb het kantoor van de gouverneur aan de lijn.'

'Zeg maar dat ik terugbel. Ik zit midden in een autopsie.'

'Daarom belt ze. U moet met de sectie stoppen.'

'Wat?' Dokter Wass stroopte zijn handschoenen af en liep naar de muurtelefoon. 'Wat is er aan de hand?'

Jo kon nu alleen dokter Wass' kant van het gesprek horen.

'Ik sta op het punt de schedel te openen... wat eigenaardig . hebben ze gezegd waarom?'

Jo keek naar Alfond. Hij leek er net zomin iets van te begrijpen als zij.

Wass hing op en draaide zich naar hen om. 'Heb je het ooit zo zout gegeten? Ik moet het lichaam inpakken en gereedmaken voor transport.'

‘Transport? Waarheen?’ vroeg Alfond fel.

‘Boston. Een of andere overheidsinstantie neemt het over. Het is alsof ze denken dat een eenvoudige patholoog in Maine niet goed genoeg is voor deze klus.’

‘Wat is er in vredesnaam aan de hand?’

Dokter Wass keek naar het lichaam, dat er uitgehold bij lag, omdat de meeste van de organen al waren verwijderd. Wat er over was, was niet meer dan een omhulsel van beenderen en spieren. ‘Geen flauw idee.’

9

Maggie

'Opa zegt dat we nu over je moeten waken,' zegt Callie. We zijn in hun keuken bezig de eieren schoon te maken die we vanmiddag bij haar en bij mij hebben geraapt. Het is een mooie mengeling van bruine, witte en lichtblauwe eieren. De blauwe zijn van mijn araucana's. Morgen brengt Luther de doosjes naar de supermarkt. Het schoonmaken is een prettige, zen-achtige bezigheid. Met een vochtig doekje wrijven we voorzichtig de vlekjes modder en poep van de eieren, die we dan in de kartonnen doosjes zetten, met de verschillende kleuren zo goed mogelijk verspreid. Dit klusje is precies wat ik nodig heb na de verontrustende gebeurtenissen van gisteravond. We zijn vandaag nog geen millimeter opschoten met de zaak. We weten alleen dat Bianca een kamer had genomen in de Harbourtown Inn en gisteren rond het middaguur voor het laatst is gezien, toen ze uitcheckte. Tegen de tijd dat de State Police vanochtend haar kamer ging doorzoeken, was die al schoongemaakt, waardoor het zeer te betwijfelen is dat er iets van waarde is gevonden.

Ik ben door de gebeurtenissen een beetje uit mijn evenwicht geraakt. Vandaar dat ik blij ben dat ik nu in Luthers keuken gedachteloos eieren kan schoonmaken.

'Opa zegt dat je bij ons kunt logeren, als je wilt,' zegt Callie. 'Je mag in mijn kamer slapen.'

'En waar moet jij dan slapen?'

'Op de zolder.'

Ik denk aan de met spinnenwebben behangen zolder, waar nauwelijks kruipruimte is, en grinnik zachtjes. 'Callie, je denkt toch niet dat ik jou uit je kamer zou verjagen en op de zolder zou laten slapen?'

'Het valt best mee. Ik slaap ook altijd op de hooizolder als de geiten op het punt staan te werpen.' Ze zet voorzichtig een blauw ei in een doosje. 'Ik zou het wel leuk vinden als je kwam logeren.'

'Waarom?'

'Het lijkt me gezellig. Alsof ik een moeder had.'

Ik kijk naar haar als ze nog een ei pakt en het aan alle kanten bekijkt, op zoek naar vuiltjes. Soms lijkt Callie ouder dan ze is, maar nu lijkt ze veel jonger en zo kwetsbaar. Ze doet me denken aan een ander meisje dat ik heb gekend en dat niet veel ouder was dan Callie. Een meisje dat net zo kwetsbaar was en veel meer hulp nodig had. Het lot van dat meisje drukt nog steeds op mijn geweten.

'Wat kun je je van je moeder herinneren?' vraag ik haar.

'Niet veel. Opa zegt dat ik pas drie was toen ze stierf. Hij zegt dat de stad geen goede plek is voor een klein meisje en dat we daarom hier zijn komen wonen.'

'Jouw opa is een wijze man.'

'Waarom ben jij hier komen wonen?'

Het is een vraag die ik niet had verwacht en waar ik geen antwoord op wil geven. Geen eerlijk antwoord, in elk geval.

'Ik was eraan toe om met pensioen te gaan. Ik was naar Maine gekomen om vrienden op te zoeken, en hoorde dat Blackberry Farm te koop stond. En dat ik daar heel fijne buren zou hebben.' Ik trek speels aan haar paardenstaart. Ze lacht.

'Opa had een hekel aan Lillian, omdat ze altijd tegen hem tekeerging. Hij is blij dat jij er bent komen wonen.'

'Daar ben ik ook blij om.'

We zwijgen weer en gaan door met het schoonmaken van de eieren.

'Opa heeft niemand,' zegt ze. 'Ik bedoel, geen vaste vriendin. Voor het geval je het je afvroeg.'

Ik onderdruk een lach. Dit meisje kent geen gêne en dat vind ik prachtig. 'Hij heeft zijn handen vol aan jou, lieverd. Dat is hem vast genoeg.'

De deur gaat open en Luther klost naar binnen met twee volle boodschappentassen. Als hij de winterpenen, aardappelen en gehakt eruit haalt, zegt hij: 'Ik kwam Bonnie tegen. Ze zei dat de eieren helemaal uitverkocht zijn en vroeg wanneer ik een nieuwe voorraad kom brengen.'

'We zijn ermee bezig, opa.' Callie sluit een doosje en zet het op de stapel in de plastic krat. 'Twaalf dozijn. Dat maakt vierentachtig dollar.'

'Die zijn binnen een dag uitverkocht. Vooral nu jullie die mooie blauwe van Maggie erbij doen.' Hij kijkt me aan. 'Jouw kippen moeten wat sneller leggen.'

'Ik zal het aan de dames doorgeven,' zeg ik glimlachend en dan doe ik het laatste doosje dicht. 'Bedankt dat je alles voor ons naar de super brengt, Luther.'

'Houden jullie wel bij hoe het geld verdeeld moet worden?'

'Ja, dat doe ik,' zegt Callie. Natuurlijk doet ze dat. Ik ben afgeleid door de moord, maar zij zal haar administratie nooit laten verslonzen. Het gaat om niet veel geld, de eieren van mijn kippen leveren misschien twintig dollar op, maar ik zal Callie niet beledigen door te zeggen dat ze mijn deel van de opbrengst mag houden. Liefdadigheid is iets waar ze vast geen prijs op stelt.

'Ik moet naar huis,' zeg ik, en ik pak mijn jas van de haak aan de muur.

'Wil je niet blijven eten?' vraagt Callie.

Ik denk aan de weemoedige opmerking van daarstraks, over hoe het zou zijn om een moeder te hebben, en vind het jammer dat ik die rol vanavond niet voor haar kan vervullen. Misschien een andere keer.

'Ik krijg vanavond vrienden te eten, maar ik kom graag een

andere keer voor de kip en dumplings die je me hebt beloofd.'

Callie grinnikt. 'Zeg maar wanneer. Ik zal speciaal voor jou een van de haantjes zijn nek omdraaien.'

'De Agency weigert toe te geven dat Bianca een van ons was, en dat is zorgwekkend,' zegt Ben.

Hij en Declan zitten in mijn keuken. De restanten van ons diner staan nog op de tafel. Ik had een lamsstoofpot gemaakt, want dat maak ik altijd als ik behoefte heb aan troostvoedsel. Het is een van de redenen waarom ik nooit vegetariër kan worden; ik zou deze stoofschotel te veel missen. We hebben met ons drieën al een fles cabernet op en zijn begonnen aan de tweede. Ik schenk iedereen nog een keer bij. Ik ga er prat op dat ik net zo goed kan drinken als de mannen. Zij een glas, ik een glas.

'Er zijn vierentwintig uur verstreken,' zeg ik. 'Wat weten we wél?'

'De State Police heeft haar identiteit nog niet bevestigd,' zegt Declan. En Declans bronnen zijn heel betrouwbaar. Hij is een kei in netwerken. In de zes jaar dat hij nu in Purity woont, is hij bevriend geraakt met mensen bij de State Police, de brandweer en met de patholoog. Daarin zijn we getraind: contactpersonen kweken, zoals je een moestuin kweekt. Netjes op tijd water en compost geven, tot het tijd is voor de oogst. Declan doet dat als geen ander, en het helpt vast wel dat hij zo'n knappe vent is en van Ierse origine, en dat hij op verschillende kostscholen heeft gezeten, waar het sluiten van de juiste vriendschappen van levensbelang is.

Ik kijk Ben aan. 'Wat zeggen jouw bronnen in de Agency nu eigenlijk?'

Hij neemt bedachtzaam een slokje en zet het glas neer. 'Ze zeggen niets.'

'Wat?'

'Dat zegt op zich heel veel. Het is mogelijk dat ze niet voldoende clearance hebben om meer te weten te komen. Het kan ook zijn dat ze wél weten hoe het zit, maar geen toestemming hebben het aan mij te vertellen. Als jouw mysterieuze Bianca een van ons was, is niemand bereid dat toe te geven.'

Ik denk aan wat we over Bianca weten: ze had een vals identiteitsbewijs bij zich en haar vingerafdrukken komen in geen enkele database voor. Ze heeft me anderhalve dag geleden hier in deze keuken verteld dat Diana Ward was verdwenen. Ik mocht Diana vroeger niet en nu ook niet en als ze in de problemen is geraakt, zal dat wel haar eigen schuld zijn.

Maar Bianca is dood en ik ben betrokken geraakt bij een moordonderzoek en alles voert terug naar Diana. Zoals altijd.

'Hoe zit het met Bianca's identiteitsbewijs?' vraag ik.

'Ze gebruikte een rijbewijs, uitgegeven in Colorado, op naam van Bianca Miskova,' zegt Declan. 'Drieëndertig jaar oud, zwart haar, bruine ogen, lengte één zeventig, gewicht negenenvijftig kilo. Klopt dat?'

'Ja.'

'Het was vervalst.'

'Hoe goed vervalst?'

'Op het niveau van onze mensen.'

'Ze kan dus een van ons zijn geweest.'

'Ze kan ook voor het andere team hebben gespeeld. En dat is dan waarschijnlijk de SVR.' De Russische geheime dienst. Die zijn ook geen amateur in het vervalsen van documenten en het infiltreren van spionnen.

'Wie heeft haar dan vermoord?' vraag ik. 'Zij? Of wij?'

Op mijn vraag volgt slechts stilte. Ben en Declan weten het niet. Ik ook niet, althans, ik heb op deze vraag geen antwoord dat logisch zou zijn.

Declan zegt: 'Maggie, we moeten meer weten over de reden waarom Bianca bij je is gekomen. Je zei dat ze op zoek was naar je voormalige collega.'

'Ja, maar ik kon haar niet helpen. Het is jaren geleden dat ik die collega heb gezien en ik heb geen idee waar ze nu is.'

‘Hoeveel jaar geleden?’

‘Zestien.’

‘Is het niet zestien jaar geleden dat je de Agency hebt verlaten?’

Ik knik. ‘Zij is een van de redenen waarom ik ontslag heb genomen.’

‘Een van de redenen?’

‘De voornaamste reden.’

‘Wie is die collega?’ vraagt Ben. ‘Je hebt ons niet verteld hoe ze heet.’

Ik geef niet meteen antwoord. In plaats daarvan pak ik de lege schalen en zet ze in de gootsteen. Ik blijf staan met mijn rug naar hen toegekeerd en kijk naar mijn spiegelbeeld in het raam. Buiten is het donker. Afgezien van de zwakke gloed van Luthers huis is het landschap zwart. Ik heb deze plek gekozen omdat hij zo afgelegen is en ik er veel privacy heb, maar dat is tevens het nadeel. Ik zit hier helemaal alleen, samen met mijn kippen.

Ik draai me weer om naar de mannen. ‘Haar naam is Diana Ward.’

Of de naam zegt hun niets, of ze zijn te goed in het verbergen van hun reacties. Ik hou het erop dat ze Diana niet hebben gekend. Wij zijn de oude garde. Diana zat nog in de brugklas toen wij onze eerste veldopdrachten kregen. Bovendien werkten zij in andere delen van de wereld. Declan in Oost-Europa, Ben in het Midden-Oosten. Ze hebben Diana waarschijnlijk nooit gezien.

‘En nu wordt ze vermist?’ vraagt Ben.

‘Bianca wilde mijn hulp om haar op te sporen. Ik heb tegen haar gezegd dat ik geen idee heb waar Diana is.’

‘Is dat waar?’

Ik kijk van de een naar de ander. ‘Geloven jullie me niet?’

Ben lacht. ‘Hoelang kennen we elkaar al, Maggie?’

‘Achtendertig jaar. Sinds de Farm.’

‘Dat is langer dan ik mijn vrouw heb gekend, en toen Evelyn stierf, was er nog steeds heel veel dat ze niet wist over mij. Dingen die ik haar nooit heb verteld. Dingen waarover ik heb gelogen.'

'Ik lieg hier niet over.'

'Maar je hebt ons ook niet het hele verhaal verteld.'

'Delen staat niet in onze taakbeschrijving.'

'Maar je bent nu niet aan het werk. We zijn vrienden. We kunnen je niet helpen als je dingen achterhoudt.'

Ik keer terug naar de tafel en ga zitten. We kennen elkaar al zo lang, wij drieën. Achtendertig jaar geleden was ik de baby van dit trio, net afgestudeerd, maar ik was al zeker van mezelf. Te zeker. Ik was opgegroeid met een drankzuchtige vader op een boerderij waar een loodzware hypotheek op rustte en waar ik aan tractors sleutelde en de schapen hoedde. Ik wist uit New Mexico weg te komen door een kulverhaal op te hangen bij het toelatingsgesprek voor het college. Ik kreeg een volledige beurs voor de Georgetown University, waar iedereen in mijn ogen een genie was. Topcijfers en stratosferische SAT-resultaten waren niet voldoende om tussen die lui op te vallen, maar ik was ervan overtuigd dat ik iets bijzonders had. Een overleversinstinct, waardoor ik me altijd overal uit wist te redden.

Het trainingskamp van de CIA maakte daar korte metten mee. Ik had dan wel alle juiste vakjes aangevinkt op het rekruteringsformulier, maar na de Farm koesterde ik niet langer de illusie dat ik iets bijzonders was. De andere nieuwelingen waren net zo bijzonder, anders hadden ze daar niet gezeten.

'Ik weet echt niet waar Diana is,' zeg ik, 'en eerlijk gezegd kan het me geen lor schelen of ze nog leeft of niet.'

'Bespeur ik hier een zweem van bitterheid?' vraagt Declan.

'Ja.'

'Wat heeft ze je aangedaan?'

Ik zoek naar woorden om te beschrijven hoe Diana de lont in het kruitvat stak waardoor mijn carrière werd verwoest. En mijn leven.

'Ze heeft me in een verrader veranderd,' zeg ik.

De waarheid is veel ingewikkelder, maar als je leeft in een wereld die uit spiegels bestaat, is de waarheid altijd vertekend. Te vaak zien we wat we wíllen zien, terwijl we alle vervelende dingen negeren, de irritante details die in de weg zitten. We verlangen naar duidelijkheid en daarom maken we onszelf dingen wijs.

Wat ik mezelf de afgelopen zestien jaar heb wijsgemaakt, is dat Diana Ward mij kapot heeft gemaakt, maar in wezen heb ik dat zelf gedaan.

10

Vierentwintig jaar geleden

Waarom niet? is de reden waarom ik online een goedkope vlucht naar Londen zoek, zes maanden nadat ik Danny Gallagher heb ontmoet. *Waarom niet?* is wat ik denk als ik mijn koffer pak en een taxi neem van mijn appartement in Reston naar het vliegveld. Ik heb Danny Gallagher niet meer gezien sinds Bangkok, waar we uiteindelijk de volle vier dagen van mijn vakantie samen hebben doorgebracht. We slenterden door tempels, aten bij voedselkraampjes, dobberden op langstaartboten door de *khlongs*. En we hadden seks, uiteraard, de heftige, bandeloze seks die je alleen hebt als je denkt dat je de ander nooit meer zult zien.

En nu neem ik een nachtvlucht naar Londen, omdat ik in de zes maanden sinds Bangkok voortdurend aan hem ben blijven denken. De ansichtkaarten die hij stuurde hielden de herinnering aan hem ook levend. Eentje van een olifant uit Chiang Mai, een zonsopgang boven een tempel uit Siem Reap, de apengrot in Kuala Lumpur, met op elke kaart een kort bericht over de nieuwe gerechten die hij had uitgeprobeerd en de wonderbaarlijke dingen die hij had gezien. Bij elke kaart kreeg ik heimwee naar de tijd dat ik de wereld beschouwde als een heerlijke speeltuin en niet als een oorlogsgebied. Daarna kwamen er ansichtkaarten uit Londen, ouderwetse plaatjes van de Tower, de kroonjuwelen en London Bridge. Het tijdperk van de e-mail was al aangebroken, maar hij bleef me ansichtkaarten sturen, als een soort maf ritueel. Om de twee of drie weken lag er eentje in mijn brievenbus. Toen ging er een maand voorbij zonder dat er iets kwam en drong tot me door hoe ik aan het ritueel gehecht was geraakt. Elke dag stak ik mijn hand in de lege brievenbus en vroeg ik me af of het uit was tussen ons. Misschien had hij een ander meisje ontmoet en was hij onze eenzijdige correspondentie beu. Misschien was hem, God verhoede, iets overkomen.

Uiteindelijk zocht ik het e-mailadres op dat hij me had gegeven op de dag dat we afscheid van elkaar hadden genomen. Ik had zijn kaarten nooit beantwoord, maar toen ik acht weken niets ontving, hád ik het niet meer.

Ik ben over een paar weken in Londen, voor zaken.
Zin om ergens een hapje te gaan eten?

Ik klikte op verzenden. Hij zou zijn mails bekijken. Hij zou die van mij zien en zich afvragen waarom ik, na al die maanden, opeens een mailtje stuurde. Zou hij hem openen of verder scrollen?

Ik wilde net de laptop sluiten toen ik een pingeltje hoorde en zijn e-mail in mijn Inbox verscheen.

Drie weken later vlieg ik boven de Atlantische Oceaan. Ik heb in vliegtuigen altijd goed kunnen slapen, zelfs in stormachtig weer, maar op deze vlucht blijf ik klaarwakker. Ik zit me af te vragen of dit soms een vergissing is. Of ik een heel andere Danny zal zien, niet de door de warme gloed van mijn herinnering gebronsde minnaar, maar een Danny met een slecht gebit en een terugwijkende haarlijn. Ik heb in Bangkok geen foto's van hem genomen en hij niet van mij. Wie weet wordt dit voor ons allebei een enorme teleurstelling.

Opeens zie ik het vreselijk somber in. Ik ga naar mijn Londense hotel, neem een douche en kruip in bed, maar kan de slaap niet vatten. Ik kan alleen maar denken aan vanavond. Ik heb om acht uur met hem afgesproken in een restaurant. Neutraal terrein. Dat wilde ik per se voor deze hereniging. Ik wilde niet dat hij naar mijn hotel kwam en ik wilde ook niet bij zijn appartement aanbellen, omdat beide plekken een probleem zijn als je je op een elegante manier uit de voeten wilt maken. Ik zorg altijd dat ik een ontsnappingsroute heb, of het nu voor een vuurgevecht is of voor een romantische avond, en bij een restaurant kun je altijd vertrekken wanneer je wilt. Ik heb mijn smoesje al klaar: *Sorry dat we het zo kort moeten houden, maar ik ben maar een paar dagen in de stad.*

Hij heeft een tafel gereserveerd in Ballade, in Mayfair. Ik ken het niet, maar ik ben al anderhalf jaar niet in Londen geweest en restaurants schieten hier als paddenstoelen uit de grond. Een blik op het online menu en de prijzen vertelt me dat dit geen zaakje is waar je in een spijkerbroek kunt komen. Dit is een etablissement waar je een jurkje en hoge hakken moet dragen, en die heb ik toevallig bij me, omdat 'Wees paraat' niet alleen het motto van de padvinders is.

Om halfzeven gooi ik de deken van me af en hijs ik me in mijn avondharnas van blauwe zijde. Mijn schoenen zijn van een gesculptuurde elegantie, zij het met hakken van slechts vijf centimeter, want dat is een geschikte hoogte om door straten met kinderkopjes te lopen. Of te rennen. Ik maak me op, maar de wallen onder mijn ogen en de vermoeidheid op mijn gezicht laten zich slecht wegwerken. Niets aan te doen. Kome wat komt, ik ga op pad.

Ik neem de ondergrondse van Covent Garden naar Green Park en ben niet de enige die gekleed is op een avondje uit. Ze zien er zo jong uit, mijn medereizigers, vooral als ik mijn gezicht in de ruit weerspiegeld zie. Ik ben pas zesendertig, maar heb al genoeg ongelukkige verhalen verzameld om een heel leven mee te doen. Ik vraag me af of ik daar vanavond nog eentje aan zal moeten toevoegen: *Ik ben helemaal naar Londen gevlogen voor een prins die uiteindelijk een kikker bleek te zijn.* Bij Green Park stap ik uit en loop met de zich splitsende stroom mee naar de Jubileelijn. Op het perron zie ik meisjes in minirokjes en jongens in jacks met voetbalemblemen, allemaal smachtend naar hun volgende glas. Ik ben broodnuchter. Ik drink nooit iets voor een operatie en zo voelt dit. Operatie Danny.

Het is maar een etentje, en misschien seks. En daarna? Ik ben goed in verdwijnen. Het is mijn specialiteit.

Het is met de Jubileelijn maar een klein stukje naar Bond Street en als ik buiten kom, heb ik het gevoel dat ik terecht ben gekomen in een carnaval van licht en lawaai. Het is een normale zaterdagavond in Londen, maar vanwege mijn slaaptekort is het me allemaal te luid en te druk. Te veel.

Het naambord van Ballade is zo bescheiden dat ik het restaurant bijna voorbijloop. Er zijn geen ramen, er is niets waaraan je kunt afleiden wat zich achter de wand van licht hout bevindt. De deur is groot en zwaar, versierd met glanzend nikkel, een deur een fort waardig. Als ik hem opentrek, heb ik het gevoel een kasteel te hebben veroverd.

Van de drukke straat kom ik terecht in een cocon van elegante rust. Een gastvrouw met een volmaakte huid en een perfect geometrisch geknipt pagekapsel verschijnt als bij toverslag. Achter haar zie ik een zaal met wit tafellinnen, flonkerend serviesgoed en mooie mensen. Geen spijkerbroek te bekennen.

'Er is gereserveerd op naam van Danny Gallagher,' zeg ik tegen de gastvrouw.

Ze kijkt niet eens naar de lijst; in zo'n exclusief restaurant weet men welke tafels zijn gereserveerd en door wie. 'Ik vrees dat dokter Gallagher er nog niet is. Hij heeft gebeld om te zeggen dat hij is opgehouden. Loopt u alvast met me mee naar uw tafel?'

Ik volg haar door de zaal naar een tafel voor twee dicht bij de keuken. Niet de beste tafel, maar ik heb er goed zicht op de andere aanwezigen, en het is de plek die ik instinctief zelf altijd kies. Ongevraagd wordt er een glas champagne voor me neergezet. Het is zo'n restaurant waar oudere mannen dineren met twintig jaar jongere vrouwen, niemand zijn stem verheft of het zich verwaardigt naar de prijzen op de menukaart te kijken. Ik nip van de champagne en kijk op mijn horloge.

Na tien minuten is Danny er nog steeds niet.

Ik denk meteen het ergste. Hij heeft een ongeluk gekregen. Hij is op straat beroofd. Hij heeft zich bedacht en straks moet ik voor deze champagne betalen. In mijn werk moet ik altijd het ergste verwachten, waardoor ik een pessimist ben geworden. Ook al krijg ik van de champagne een iets lichter gevoel en zit ik in een schitterend restaurant, ik voel me ongemakkelijk.

Tot Danny binnenkomt.

Dit is niet de verfomfaaide Danny die ik me herinner van de drukke straat in Bangkok waar we ons aan een plastic tafeltje tegoed deden aan pikante vermicellisoep. Deze Danny heeft een kort kapsel en draagt een keurig overhemd en een colbert, en in plaats van een versleten rugzak hangt er een leren dokterstas over zijn schouder. Hij buigt zich voorover, geeft me een verlegen kusje op mijn wang en gaat tegenover me zitten. Zelfs na vier hartstochtelijke nachten in Bangkok zijn we vreemden voor elkaar. Ik stel het beeld dat ik van hem had snel bij, zodat het bij deze herziene versie past, maar alle veranderingen zijn slechts oppervlakkig. Ook al draagt hij nu een pak met een stropdas, zijn lach is nog precies zoals ik me die herinner.

Ik buig me naar voren en zeg zacht: 'Goeie genade, Danny. Wat een chique bedoening. Ik vrees dat dit etentje je heel wat zal kosten.'

'Een maandsalaris vermoedelijk. Ik weet het. Maar je bent in Londen en ik wil dat vieren.' Hij kijkt om zich heen. 'Ik ben hier zelf ook nog nooit geweest. Ik heb gehoord dat je maanden vooruit moet reserveren.'

'Hoe is het je dan gelukt om een tafel te krijgen?'

'Een van de bordenwassers is een patiënt van me en heeft me op de lijst laten zetten.' Nog zachter fluistert hij: 'Laten we nu maar gewoon doen alsof we erbij horen.'

Daar moet ik om lachen, omdat dit inderdaad een beetje op een verkleedpartij lijkt, twee vagebonden die zich hebben opgetut. Bij Danny voel ik me als een jongere, vrijere versie van mezelf, zoals ik was voordat ik werd gedwongen volwassen te worden. Voordat ik alle duistere plekken op de wereld te zien kreeg.

'Danny in een pak. Dat had ik nooit gedacht,' zeg ik.

'Ik was bang dat je helemaal nooit aan me dacht, na Bangkok.'

'Echt? Na al die ansichtkaarten?'

Hij trekt een benauwd gezicht. 'Te veel?'

'Nee, het was lief. Niemand stuurt nog ansichtkaarten. En toen kwam er opeens niets meer en besefte ik dat ik het erg miste.'

'Ik dacht dat je er misschien genoeg van had.' Hij kijkt me aan. Het licht van de kaars op de tafel wordt weerkaatst in zijn groene ogen. 'Niet dat we plannen hadden gemaakt om elkaar ooit terug te zien. Ik was verbaasd toen je me mailde.'

'Ik ook,' geef ik toe.

De kelner brengt de menu's en nog een glas champagne. Danny neemt een slokje. De champagne laat een glinsterend druppeltje achter op zijn lip. Opeens heb ik een sterke herinnering aan die lippen op mijn borst, zijn tanden rond mijn tepel, en herinner ik me hoe zijn brede handen mijn heupen omvatten toen hij in me stootte. Verward door deze beelden doe ik het menu open. Er staan geen prijzen bij de gerechten en ik werp een ongeruste blik op Danny. 'Staan in jouw menu de prijzen erbij?' fluister ik.

'Maak je je zorgen dat ik het niet kan betalen?'

'Laten we gewoon afspreken dat we fiftyfifty doen.'

'Ben je mal. Ik heb nu een vaste baan. Ik kan dit in termijnen afbetalen.'

Ik schiet in de lach en ontspan me. Ik kan de meeste mannen onder de tafel drinken, maar vanwege de jetlag en mijn lege maag voel ik dat glas champagne goed. Het is alsof de alcohol door mijn aderen bruist. Alles is een beetje omfloerst: de fluisterende zaal, het tafellinnen. Danny. Niet de bruinverbrande, verkreukelde Danny in Bangkok, maar een kraakheldere en net zo verleidelijke versie van hem. Ik drink met kleine slokjes, maar de drank stijgt evengoed naar mijn hoofd.

'Vertel me over je nieuwe baan,' zeg ik.

'Het was aanpassen.'

'Je klinkt niet enthousiast.'

Hij haalt zijn schouders op. 'Het is een doodgewone huisartsenpraktijk. Maar ik heb nu vaste werktijden en het betaalt niet slecht.'

'En geen patiënten met kogelwonden of malaria. Mis je dat?'

'Ik mis de uitdaging. Je in een crisissituatie zien te redden met alleen de broodnodige spullen. Maar mijn moeder is blij dat ik terug ben. Ik had me niet gerealiseerd hoe moeilijk het voor haar was, nadat mijn vader was overleden. Ik moest echt naar huis.' Hij glimlacht naar me. 'Ze wil je graag ontmoeten.'

Ik stok, met het glas tegen mijn lippen. Zijn moeder. Daar had ik niet op gerekend. 'Heb je haar over mij verteld?'

'Mocht dat niet?'

'We zitten nog niet in het stadium dat we elkaars ouders ontmoeten.'

'Ze is niet eng, hoor. Nou ja, misschien een beetje,' zegt hij. 'Maar niet zoals een seriemoordenaar.'

Ik proest het uit. Ik heb al maanden niet zoveel gelachen als vanavond, en ik ben zo op Danny gefocust dat ik geen erg heb in de opschudding aan de andere kant van de zaal tot er een wijnglas kapotvalt op de vloer en een vrouw begint te gillen. We kijken allebei opzij.

Een man buigt zich voorover en grijpt met twee handen naar zijn keel. Zelfs van deze afstand zie ik hoe angstig hij kijkt terwijl hij naar adem hapt.

Danny schiet meteen overeind en rent door de zaal. Terwijl iedereen met open mond zit toe te kijken, gaat Danny achter de angstige man staan en slaat zijn armen om zijn lichaam. Hij twijfelt geen moment, hoeft niet naar de juiste positie te zoeken; hij plaatst zijn vuisten onder de ribbenkast van de man en drukt hard. Drie keer. Vijf keer. Hij drukt elke keer zo hard dat de stoelpoten over de vloer schrapen.

De man wordt slap.

Danny slaat hem een paar keer hard op zijn rug, en herhaalt de heimlichmanoeuvre dan nog een paar keer.

Het hoofd van de man zakt naar voren.

Danny sleurt de nu bewusteloze man van zijn stoel op de vloer. 'Maggie!' roept hij. 'Mijn tas!'

Ik grijp de tas die over de rugleuning van zijn stoel hangt en sprint door de zaal, langs een publiek van mensen die als bevroren op hun stoel zitten. Terwijl Danny in de tas met medische instrumenten zoekt, kan ik mijn ogen niet van het gezicht van de bewusteloze man afhouden. Hij is in de zestig, heeft zilvergrijs haar en een dikke nek. Een man die zijn leven lang van goede maaltijden heeft genoten en nu misschien aan zo'n maaltijd zal bezwijken. Zijn dure colbert vertelt me dat hij zich een restaurant als Ballade makkelijk kan veroorloven, maar geld kan hem nu niet redden. Zijn bloed snakt naar zuurstof, zijn borst gaat niet meer op en neer. Ik kniel naast hem en leg mijn vingers op zijn pols. Zijn hart klopt nog, maar in een onregelmatig ritme.

Een vrouw achter me gilt: 'Wat dóén jullie?' Danny heeft een scalpel uit zijn tas gehaald.

Ik weet wat hij gaat doen. Hij heeft geen andere keus, omdat een ambulance niet op tijd zal komen om deze man te redden. Ik grijp linnen servetten van de tafel en buig me over de hals van de man, gereed om het bloed te stelpen. In de juiste handen is coniotomie een eenvoudige ingreep, maar in de verkeerde handen kan het fataal zijn. Ik heb het één keer zien doen, in een modderig veld, toen de keel van een man was geplet door rondvliegend puin. Het was een uiterste noodmaatregel en het werd gedaan door een angstige maat van ons die het nog nooit eerder had gedaan. De scalpel in zijn trillende handen raakte een slagader en veroorzaakte een bloedfontein.

Maar Danny weet wat hij doet. Hij zoekt snel naar de juiste plek, zet de punt van de scalpel op de keel en snijdt het membraan tussen het ringkraakbeen en het schildkraakbeen door.

De vrouw achter me gilt: 'Hij snijdt zijn keel open!'

Ik druk een servet op de hals om het bloed op te zuigen dat uit de wond sijpelt. De luchtpijp is nu geopend en lucht komt sissend naar buiten, maar de man heeft zo'n dikke hals dat zijn vlees de wond sluit als hij inademt. We moeten de wond open zien te houden.

Vlak bij me staat een kelner, die met grote ogen toekijkt. Ik spring overeind en gris de balpen uit zijn borstzak. Binnen een paar seconden heb ik de pen uit elkaar gehaald en geef ik het holle buisje aan Danny.

Hij kijkt me verrast aan en steekt het buisje van de pen in de wond, waardoor die zich niet kan sluiten. Lucht wordt naar binnen gezogen en komt weer naar buiten en de blauwe lippen van de man worden langzaam roze. Nu pas horen we het loeien van de sirene van een naderende ambulance.

Tegen de tijd dat de ambulancebroeders de man op een brancard de zaal uit rijden, beweegt de patiënt zijn armen en kijkt hij verward om zich heen, levend en wel. Danny en ik keren trillerig terug naar onze tafel. Ik zie bloedspatjes op zijn overhemd en als ik naar mezelf kijk, zie ik dat mijn zijden jurk er net zo aan toe is. Hij heeft de ingreep met koele precisie uitgevoerd maar ziet er geschokt uit, alsof nu pas tot hem doordringt dat dit net zo goed heel slecht had kunnen aflopen. Eén verkeerde beweging met de scalpel en we hadden nu in een erg bloederige omgeving gezeten. We zeggen niets. We moeten het allebei even verwerken. Iedereen in het hele restaurant is stil, en de tafel waaraan de man had gezeten, is verlaten. Zijn medegasten zijn weg en het restant van hun maaltijd staat nog op de tafel.

Danny vraagt me zachtjes: 'Hoe wist je het?'

'Hoe wist ik wat?'

'Wat je moest doen. Wat ik nodig had. De servetten. De pen, om als canule te gebruiken.' Hij fronst. 'Volgens mij heb je dit al eens eerder gedaan.'

Ik denk aan die dag in het modderige veld, toen we probeerden het leven van onze maat te redden. Ik herinner me de incisie in zijn hals en het krachtige spuiten van het slagaderlijke bloed, en zijn ogen die glazig werden toen hij stierf. 'Ik heb het een keer zien doen,' zeg ik.

'Waar?'

'Op tv. In zo'n doktersserie.'

'Op tv?'

'Ja.'

Hij staart me aan, alsof hij niet weet of hij dit moet geloven of niet. Als hij me nu niet gelooft, hoeveel twijfels zal hij dan nog over mij krijgen? Hoelang zal het duren tot hij begrijpt dat de vrouw die tegenover hem zit slechts een illusie is?

'Dokter Gallagher?'

We kijken op. Er staat een kelner bij onze tafel. Ik denk eerst nog dat hij ons zal vragen te vertrekken omdat onze kleren onder het bloed zitten. In plaats daarvan legt hij een visitekaartje voor Danny op de tafel.

'Een van onze gasten neemt de kosten van uw maaltijd op zich. Hij zegt dat u mag bestellen wat u wilt, ook van de wijnkaart.'

'Meent u dat?' Danny kijkt me verrast aan. 'Aan welke tafel zit deze meneer?'

'Hij wil u liever onder vier ogen spreken en verzoekt u morgen dit nummer te bellen. Geniet van uw maaltijd. En dank u.' Hij kijkt naar mij. 'U ook.'

Ik kijk om me heen en vraag me af wie van de aanwezigen de weldoener is, maar niemand kijkt in onze richting. Wie het ook is, hij wil voorlopig anoniem blijven.

'Wat staat er op het kaartje?' vraag ik.

Danny kijkt er fronsend naar en geeft het dan aan mij.

Op de voorzijde staat *Galen Medical Concierge* en een telefoonnummer. Ik draai het om en zie dat iemand op de achterkant een kort bericht heeft geschreven.

Kom voor een gesprek. We kunnen altijd mensen gebruiken.

'Ga je ze bellen?' vraag ik als ik hem het kaartje teruggeef.

'Misschien. Ik moet erover nadenken.' Hij doet het kaartje in zijn zak. 'Maar nu wil ik liever aan ons denken, en...'

'En?'

Hij kijkt me aan. 'En aan wat we hierna gaan doen.'

11

Heden

Declan zet zijn handen op mijn keukentafel, duwt zich overeind en opent het kastje waar ik mijn schat bewaar. Niet de alledaagse single malt whisky die ik bij de supermarkt koop, maar het goede spul. Hij is vaak genoeg hier geweest om te weten waar ik het verstop en nu haalt hij hem eruit, mijn fles dertig jaar oude Longmorn. Hij schuift de lege wijnflessen opzij en zet de fles whisky neer met een *bonk*, een teken dat het gesprek nu ernst wordt. Zijn lippen zijn vastberaden opeengeperst als hij whisky in drie glazen schenkt en er een naar mij toe schuift. Ik raak het mijne nog niet aan. In plaats daarvan kijk ik toe als Ben en Declan hun glazen heffen en een eerste teugje nemen. Ik ben vrij laat in mijn leven goede whisky gaan waarderen en ik kan het niet uitstaan dat een deel ervan nu door hun keel glijdt, ook al zijn het mijn beste vrienden.

'En heeft hij de baan bij die club genomen?' vraagt Ben.

'Het aanbod was zo verleidelijk dat hij het niet kon weerstaan. Het salaris, de extra's. Er hoorde een appartement bij dat eigendom was van de organisatie, in het beste deel van Londen. Het belangrijkste was echter dat zijn moeder zijn hulp dringend nodig had om haar hypotheek af te betalen en door die baan te nemen, kon hij haar in elk geval een rustige oude dag bezorgen. Dus ja, hij heeft de baan aangenomen. Met tegenzin.'

'Waarom met tegenzin?'

'Om wat Galen voor hem vertegenwoordigde. Privézorg is alleen voor rijke mensen. Voor mensen die zoveel geld hebben dat ze zich boven het zorgsysteem kunnen stellen waar de rest van de bevolking het mee moet doen. Ze knippen met hun vingers en als bij toverslag verschijnt er een arts, met alle pillen die ze nodig mochten hebben.'

'Dat wil ik ook wel,' zegt Ben.

'Niet voor de prijs die Galen in rekening brengt.' Ik pak nu mijn glas en neem een slokje. Samen met de prikkeling op mijn tong komen herinneringen aan Londen. Aan de eerste keer dat ik Longmorn proefde, met Danny.

'Hij is dus voor Galen gaan werken,' zegt Declan. 'Wat heeft dat te maken met Diana Ward?'

'Daardoor kwam Diana in ons leven. Daardoor leerde ze Danny kennen. Galen leidde naar Diana. En naar alles wat er daarna fout is gegaan.'

'Vertel ons nu over Diana Ward. Hoe en waar verscheen zij op het toneel?'

Ik zet mijn glas neer. Mijn tong prikkelt nog van de whisky. 'In Istanboel. Het is allemaal begonnen in Istanboel.'

12

Istanboel, achttien jaar geleden

Iemand houdt me in de gaten. Hier word je altijd in de gaten gehouden. Door nieuwsgierige straatkinderen, opdringerige tapijtverkopers, agenten van MIT, Millî Îstihbarat Teşkilatı, de Turkse geheime dienst, ook al hebben die geen reden mij te beschouwen als een verdachte. Ik ben alleen maar een Amerikaanse zakenvrouw die te voet op weg is naar haar kantoor aan het Taksimplein. Toch moet ik ervan uitgaan dat ik in de gaten word gehouden, en ik bereid me daar elke ochtend op voor. Ik geloof niet dat er in mijn appartement hier in Istanboel afluisterapparatuur is aangebracht of dat mijn vaste lijn wordt afgetapt, maar ik gedraag me alsof dat wél het geval is. De oude vrouw die de vloer veegt in het cafeetje aan de overkant lijkt bij te houden wanneer ik vertrek en wanneer ik thuiskom. Is zij gewoon een nieuwsgierig aagje, of krijgt ze geld van de MIT om mij in de gaten te houden? De Turkse geheime dienst houdt alle hier wonende buitenlanders in de gaten. Als ik het drukke Taksimplein oversteek, is de kans groot dat ik door iemand word geschaduwd en daarom probeer ik er ontspannen en zelfs verveeld uit te zien.

Vanochtend loop ik te gapen, maar dat is niet gespeeld. Dat komt omdat ik gisteren met vrienden ben uitgegaan en het erg laat is geworden. 's Avonds ben ik een nachtvlinder, overdag een werkbij met een kantoorbaan. Als ik het oude, vier verdiepingen hoge gebouw bereik waar Europa Global Logistics is gevestigd, neem ik de krakende houten trap naar ons kantoor op de tweede etage. Op de deur zit een eenvoudige bordje, dat speciaal is ontworpen om géén indruk te maken. Het laat eventuele bezoekers weten dat we niet op hen zitten te wachten en om ze nog meer af te schrikken is er een cijferpaneeltje waarop je een code moet intikken om binnen te kunnen komen.

Ik tik mijn zescijferige code in en ga naar binnen.

Het voorkantoor ziet eruit als wat het geacht wordt te zijn: een filiaal van een internationaal bedrijf dat is gespecialiseerd in import-exportlogistiek. Er staan twee bureaus. Op het ene staan ordners met Amerikaanse belastingformulieren, ISF-documenten en vrachtbrieven, en boeken met de in- en uitvoerreglementen van landen over de hele wereld. Het andere bureau, waarop mijn naambordje staat, MARGARET PORTER, is beladen met textielmonsters in alle kleuren van de regenboog: glanzende zijde uit Thailand, brokaat uit België, rijk gedetailleerde weefsels uit Turkije. Achter mijn bureau staat een kledingrek met japonnen van Turkse modeontwerpers, die naar New York moeten worden verscheept. Mijn specialiteit is mode en textiel en ik weet voldoende over deze bedrijfstak om geen figuur te slaan als ik mensen mocht tegenkomen die zich écht met in- en uitvoer bezighouden.

Ik loop door naar de binnendeur, tik weer een code in en ga het kantoor binnen waar de ware business van Europa Global Logistics zich afspeelt. Ik zet koffie en ga zitten om de laatste berichten van HQ te lezen die ons via een beveiligde route worden toegestuurd door het Amerikaanse consulaat. Er is de afgelopen vierentwintig uur niets wereldschokkends gebeurd, maar Gavin en ik hebben altijd een aantal dingen op een klein pitje staan, variërend van een contactpersoon die gecultiveerd moet worden tot een nieuwe bron die we willen aanboren zodra HQ ons daarvoor toestemming geeft. Ik tik een verslag waarin ik uitleg waarom ik een bepaalde bron wil aanboren, en verzoek om zo veel mogelijk achtergrondinformatie voordat ik daartoe de eerste stap zet.

Ik hoor Gavin binnenkomen. Hij heeft zijn bureau in het aangrenzende kantoor, maar komt eerst even bij mij binnen, begroet me met zijn gebruikelijke saluut en loopt meteen naar de koffiepot. We werken meestal afzonderlijk. Gavins dekmantel is de verkoop van agrarische apparatuur, waarvoor hij regelmatig naar het achterland reist, helemaal tot de grens met Syrië. Soms ga ik met hem mee, zogenaamd om textiel- en tapijtfabrieken te bezoeken. Gavin is vijftien jaar ouder dan ik en na dertig jaar veldwerk wil hij er graag mee stoppen. Hij zou al met pensioen zijn gegaan als hij geen hoge hypotheek had en twee kinderen die aan particuliere universiteiten studeren. Hij zal waarschijnlijk blijven werken tot hij erbij neervalt. We zijn nu drieënhalf jaar samen in Istanboel gestationeerd, hebben nog nooit onmin gehad en zijn erin geslaagd elkaar niet op de zenuwen te werken.

In ons beroep geldt dat als een ideale samenwerking.

Ik bekijk de laatste informatie voor de modeshow van veelbelovende Turkse modeontwerpers die vanavond wordt gehouden en zal worden bijgewoond door journalisten, exporteurs, kopers en een aantal van de mooiste vrouwen van de stad. Ik ga ook. Dit is een evenement waar iemand zoals ik, die zogenaamd in deze branche werkt, niet mag ontbreken.

Daarna bevestig ik mijn ticket voor de korte vakantie die over drie dagen begint. Ik vlieg zo vaak mogelijk naar Londen en als ik aan Danny denk voel ik me meteen een stuk beter. We zien elkaar niet vaak genoeg en daarom kunnen we zelfs na zes jaar nooit genoeg van elkaar krijgen. Het gezegde dat afwezigheid de liefde sterker maakt, lijkt waar te zijn. Afwezigheid stookt het vuur in de lendenen ook hoog op. De regeling bevalt ons goed – mij, in elk geval. Langdurig samen zijn zou te veel eerlijkheid vereisen en ik ben niet bereid daaraan tegemoet te komen. Wat ik hem kan geven, zijn korte rendez-vous in Londen, Parijs of Lissabon, waarna we ieder terugkeren naar ons drukke dagelijkse leven.

'Alles gereed voor vanavond?'

Ik kijk op naar Gavin, die voor mijn bureau staat met een kop koffie. Hij ziet er vanochtend moe uit. Zijn bruine haar pluist als een uitgebloeide paardenbloem, en de wallen onder zijn ogen zijn nog donkerder dan anders. Hij heeft geldzorgen en dat spijt me voor hem. Ik vind het sneu dat hij nog steeds hier zit, op het slagveld, terwijl hij zo graag met pensioen zou gaan om in Thailand met een koud biertje aan een rivier te kunnen zitten.

'Ik heb gehoord dat het volle bak wordt,' zeg ik. 'Acht modeontwerpers, livemuziek en cocktails. Het zal een mooie show worden.'

'En de andere show?' Hij hoeft niet uit te weiden. We weten allebei waar hij het over heeft.

Ik knik. 'Die gaat ook door.'

Ik hou niet van jazz, maar de Turken blijkbaar wel, want de band krijgt steeds veel applaus. Het is inderdaad volle bak. Alle stoelen in de zaal zijn bezet en achterin staan nog tientallen mensen. Ik ben blij met de grote opkomst, niet omdat ik belang heb bij het succes van de avond, maar omdat deze menigte zo dadelijk de zaal zal verlaten en naar buiten stromen als een menselijke vloedgolf waarin een bepaald gezicht niet zal opvallen. Ik wacht tot iedereen is opgestaan en in een roezemoezende exodus naar de uitgang schuifelt; dan loop ik in de tegenovergestelde richting naar de trap in de coulissen. Ik weet precies hoe het gebouw in elkaar zit. Boven loop ik langs de groene kamer waar de mannequins zich omkleden en hun make-up afnemen. Aan het eind van de gang is een kamer voor de optredende artiesten. Ik glip naar binnen, verruil mijn jurk voor een spijkerbroek en een donker jasje en bind een hoofddoek om. Dan duw ik de toneeldeur open en sta ik in een smalle zijstraat.

Ik hoor de stemmen van de zich verspreidende menigte aan de voorzijde van het theater. Ik loop de andere kant op en sla de hoek om naar een straat die parallel loopt aan de hoofdstraat. Met mijn hoofddoek zie ik eruit als een Turkse vrouw die op bezoek is geweest bij vrienden en nu naar huis loopt. Het is een eenvoudige vermomming, maar goed genoeg om geen achtervolgers aan te trekken. Ik heb niet ver te gaan: na een korte zigzagroute door de zijstraten bereik ik mijn bestemming: een onopvallende zwarte Toyota, die op de afgesproken plek geparkeerd staat.

Ik stap in, kijk om me heen om er zeker van te zijn dat ik niet ben gevolgd en rij weg. Tenzij de Turkse geheime dienst hiervan op de hoogte was en klaarzat om me in een andere auto te volgen, is alles in orde, maar ik neem evengoed de gebruikelijke voorzorgsmaatregelen. Ik sla rechts af en kijk of koplampen me volgen. Weer rechtsaf, weer kijken. Ik rij met een omweg naar het ontmoetingspunt van vanavond en als ik daar aankom, stop ik slechts lang genoeg om de man die in de schaduw van een portiek staat, te laten instappen.

Dan trek ik weer op en rijden we weg.

'Problemen?' vraag ik Doku.

'Nee.'

'Weet je zeker dat je niet bent geschaduwd?'

'Ik heb niemand gezien.'

'Hoelang hebben we?'

'Zo lang als je me nodig hebt. Ik heb vanavond geen andere plannen, behalve misschien met een fles wodka.' Doku's favoriete metgezel.

Ik sta mezelf toe me een beetje te ontspannen, omdat ik voel dat hij ontspannen is. Of is het overmoed? Ik vang de geur van alcohol op en meteen is de spanning terug. Hij is al begonnen met drinken. Dit is niet goed.

'Wil je iets met me delen?' vraag ik. Ik kijk weer in de achteruitkijkspiegel, maar zie niets alarmerends.

'Er is een breuk ontstaan in de leiding,' zegt hij. 'Murat heeft zijn buik vol van het emiraat. Hij vindt dat ze te weinig doen en gaat terug naar huis, naar de strijd. Hij neemt een voorraad wapens mee.'

'Heb je details? Wanneer? Welke route naar Tsjetsjenië?'

'Op de veertiende. De gebruikelijke route, door Georgië naar de bergen.'

‘Hoe komt hij aan de wapens?’

‘Ze zijn veertien dagen geleden geleverd op een schip uit Tunesië.’

‘Wie heeft dat betaald?’

‘Ik heb geruchten gehoord. Het zou zijn gefinancierd door een bron in Londen, maar het is nooit zeker waar het geld vandaan komt. Geld is geen water. Het stroomt tegen de heuvel op. Het stroomt vanaf de mensen die er te veel van hebben naar mensen die er nog meer van hebben.’ Hij lacht bitter. ‘Nooit naar mensen zoals ik.’

En Doku heeft het geld hard nodig, niet alleen om voor zijn eigen treurige pleziertjes te betalen, maar ook om zijn zus te onderhouden. Zijn zus is weduwe en ze is onlangs samen met haar zesjarige dochter net als hij naar Istanboel gevlucht. Doku heeft echter gevaarlijke vrienden en daarom woont zijn zus met haar dochter voor hun eigen veiligheid in een andere wijk. Ze verkeren voortdurend in levensgevaar, net zoals alle andere vluchtelingen in deze stad, en wonen in een krakkemikkig appartementengebouw met mensen die er net zo belabberd aan toe zijn als zij.

‘Om wat voor soort wapens gaat het?’ vraag ik.

‘Niet de gebruikelijke rotzooi met ontbrekende onderdelen. In deze lading zitten MANPADS, FIM-92 Stingers, Russische Igla’s, clusterbommen en witte fosfor. Miljoenen dollars waard.’

Sinds het einde van de Koude Oorlog is er een schat aan tweedehands wapens op de zwarte markt gekomen. Dergelijke wapens zal Murat meenemen naar Tsjetsjenië. De uiteindelijke bestemming ervan is voor de mensen die erin handelen van geen belang; voor hen is alleen winst belangrijk, of het nu gaat om bazooka’s of om babyvoeding.

‘Ik ben niet de enige die dit weet,’ zegt Doku. ‘De Russen zijn er vast ook van op de hoogte, en die spelen niet volgens de regels. Zij hitsen ons op tegen het emiraat, om de tegenstand te verzwakken.’ Hij zucht alsof hij het allemaal niet meer ziet zitten. ‘Ik denk niet dat Murat Tsjetsjenië levend zal bereiken. Zijn wapens zullen een nieuwe bestemming krijgen, voor een nieuwe prijs. Zuid-Amerika misschien.'

De trieste klank van zijn stem is symbolisch voor het uitzichtloze van al deze conflicten, en hoe hopeloos onze wereld is geworden. Doku wenst Murat niet dood, maar toch verraadt hij hem, omdat hij weet dat het op de lange termijn niets uitmaakt. Murat is al gedoemd en Doku kan net zo goed het beste zien te maken van zijn onvermijdelijke lot.

Ik rem af en stop langs de stoeprand. We bevinden ons in een stille wijk en ik heb in alle richtingen vrij zicht. In het licht van de straatlantaarn bekijk ik Doku. Elke keer dat ik hem ontmoet, ziet hij er nog slechter uit, verloederd. Zijn gezicht is pafferig en zijn ogen zijn gezwollen. Ik weet hoeveel hij van Istanboel houdt, hij heeft me dat vaak genoeg verteld. Hij haat de Russen om wat ze zijn geboorteland Tsjetsjenië aandoen, maar hij haat ze niet genoeg om zijn leven en de drank in deze stad op te geven en terug te keren naar de bergen om voor zijn land te vechten. Vandaar dat hij geld nodig heeft. Geld om zijn zus en haar dochter te onderhouden en om zelf in deze stad te kunnen blijven, waar zoveel genoegens binnen handbereik liggen. Hij is bereid daarvoor een paar geheimen te verklappen. Tot nu toe heeft hij ons geen grote geheimen verteld, het meeste vermoedden we al. Ik wist al van de breuk onder de soldaten van het Tsjetsjeense Emiraat. Een deel is de grens overgestoken om in Syrië samen met ISIS te vechten, de rest is gebleven om hun strijd tegen Rusland voort te zetten. Wat Doku me vertelt, is alleen maar een bevestiging daarvan. Ik zal moeten aandringen om waardevollere informatie te krijgen. Hij moet worden aangemoedigd dieper te graven, ons meer details te geven. Het is gevaarlijk werk en we koesteren geen van beiden de illusie dat het er eerlijk aan toegaat. Hij heeft gevaarlijke vrienden en nog gevaarlijker vijanden.

Ik overhandig hem waar hij voor is gekomen, een bundeltje Amerikaanse dollars, en kijk naar hem als hij ze telt. Dit verschilt eigenlijk niet veel van een transactie met een prostituee, maar ik moet zeggen dat ik Doku wel mag. De ware reden waarom hij voor de oorlog in Tsjetsjenië is gevlucht, is volgens mij dat hij in wezen geen vechter is maar een gewonde ziel. Hij heeft de ogen van een geslagen hond en als onze blikken elkaar kruisen, kijkt hij snel van me weg, alsof hij denkt dat ik een stok zal pakken om hem af te ranselen als hij me te lang in de ogen zou kijken. Hij is een sneue, trouweloze vent, maar hij is niet gevaarlijk. Tot hij in een hoek wordt gedrukt.

'Ik moet datums hebben,' zeg ik tegen hem. 'En routes. Ik wil ook weten waar het geld vandaan komt. Wie het in Londen financiert.'

'We hebben daar sympathisanten.'

'Ja, dat weet ik.' Mensen die woedend zijn om wat de moslims in Tsjetsjenië wordt aangedaan. Of die misschien het conflict daar alleen blijven opstoken om er rijk van te worden. Elke oorlog heeft voordelen.

Hij heeft het geld geteld. Het klopt met wat we waren overeengekomen. Hij steekt het in zijn zak. 'Ik heb nog één verzoek.' Het geld is nu dus niet meer genoeg. Zo gaat dat meestal. De verklikker vindt dat hij meer waard is, of zijn familie wil méér, of hij voelt dat zijn leven in gevaar is.

'Als mij iets overkomt,' zegt hij zachtjes, 'wil ik dat jij voor mijn zus Asma en mijn nichtje zorgt.'

Er glijdt een koude rilling over mijn rug. Ik kijk naar hem. Heeft hij een voorgevoel? Heeft hij iets voor me achtergehouden? Hij kijkt recht voor zich uit en ik kan in de donkere auto niets van zijn gezicht aflezen. 'Waarom vraag je me dit?'

'Zul je voor ze zorgen? Beloof het me.'

'Ja, natuurlijk, maar er zal jou heus niets gebeuren. Als je tenminste voorzichtig bent.'

Hij lacht zacht. 'Zelfs jij gelooft dat niet.'

Ik kijk om me heen. Er is niemand op straat. Ik kan hem hier veilig afzetten. 'Ga naar huis, Doku. Morgen zie je alles anders.'

'Niet hier. Zet me af bij de club.'

'Ik kan je niet bij de club afzetten. Daar zijn te veel ogen.'

'Om de hoek dan. Daar zal niemand ons zien.'

'Het is laat. Je kunt beter gaan slapen.'

'Ja, eigenlijk wel.' Hij klopt op de zak waarin hij het geld heeft gestopt. 'Maar iemand is hard aan een borrel toe.'

Dit bevalt me niet, maar het lukt me niet hem op andere gedachten te brengen. Hij wil per se dat ik hem naar zijn club breng, een populaire bar met uitzicht op de Bosporus, een verzamelpunt voor de duizenden Tsjetsjenen die nu in Istanboel wonen. Hij lijkt daar bijna elke avond te zitten en zal er vermoedelijk de helft van zijn net verdiende geld uitgeven.

Een paar straten bij de club vandaan stop ik. 'Verder ga ik niet.'

'Moet ik dat hele eind lopen?'

'Het is een mooie avond en een wandeling zal je goeddoen.'

Met een zucht stapt hij uit. Hij kijkt niet eens naar me om als hij in de richting van de Bosporus begint te lopen. We zijn weer vreemden voor elkaar, slechts verbonden door enveloppen met geld en een giftcard van Starbucks, die hij gebruikt om een kop koffie te kopen als hij contact met me wil opnemen. Ik pak een notitieboekje en noteer snel de details van wat hij me heeft verteld over Murat, de Stingers en de Igla's. Het is middernacht, ik ben moe, maar ik moet hierover nog een verslag schrijven en versturen. Ik blijf nog heel even zitten om na te denken over wat Doku me heeft verteld. Er is weer een lading wapens onderweg naar Tsjetsjenië en dat betekent nog meer weduwen en weeskinderen. Er zijn al genoeg weduwen en weeskinderen, onder alle volkeren, ongeacht waar ze voor strijden.

Ik start de motor en rij naar de Bosporus, in dezelfde richting die Doku een paar minuten geleden heeft genomen. Als ik aankom bij het kruispunt met de weg die langs het water loopt, sjeest een zwarte BMW me voorbij. Hij rijdt in de richting van Doku's club. Op dat moment weet ik dat er iets gaat gebeuren. En dat het om Doku gaat.

In de verte gilt iemand. Een vrouw.

Ik verstijf, verscheurd door de wens Doku te gaan helpen en de noodzaak me erbuiten te houden, onzichtbaar te blijven. Ik sla de hoek om. In de verte heeft zich een menigte verzameld voor de club. Ik hoor geschreeuw, rij langzaam door en kijk naar de mensen, alsof ik een nieuwsgierige voorbijgangster ben die zich afvraagt wat er aan de hand is. De BMW van daarnet is nergens te bekennen. Ze hebben toegeslagen en zijn meteen verdwenen. Twee mannen staan in hun mobieltjes te schreeuwen en maken paniekerige gebaren om hulp. Een paar mensen kijken naar mijn auto, misschien bang dat ik ben gekomen om nog meer bloed te laten vloeien, maar als ze achter het stuur alleen een vrouw met een donkere hoofddoek zien, wenden ze hun blik weer af. Ik zou dit niet moeten doen. Ik zou me niet moeten blootstellen aan al deze ogen, maar ik moet weten of Doku het heeft overleefd.

Dat is niet zo.

Hij ligt wijdbeens op de stoep, op zijn rug, en er stroomt een zwarte rivier van bloed naar de goot. Vanwege alle mensen kan ik zijn hoofd niet zien, maar ik weet dat hij het is, omdat ik een glimp opvang van de nep-Rolex om zijn pols. Hij was trots op dat horloge, ook al wist hij dat het een vervalsing was, net zoals veel andere dingen in het leven. We doen ons allemaal anders voor dan we zijn en sommigen zijn er beter in dan anderen. Ik heb geen bewijs nodig dat hij dood is; de hoeveelheid bloed die naar de goot stroomt vertelt me dat Doku's verwonding fataal is. Ik rij door, zoals ik meteen had moeten doen. Rustig doorrijden. Wegrijden.

Als mij iets overkomt, wil ik dat jij voor mijn zus Asma en mijn nichtje zorgt.

Zijn zus.

Als Doku het doelwit was, kan zijn zus nu aan de beurt zijn. Niet omdat ze iets weet, maar omdat haar dood een sterke waarschuwing aan alle potentiële verklikkers zal zijn dat zij niet de enigen zijn die zullen lijden.

Asma woont in Gazi Mahallesi, een van de armste wijken van Istanboel, een halfuur rijden hiervandaan. Ik heb haar nooit ontmoet en zij weet niets over mij. Dat zei Doku tenminste. Terwijl ik door de straten van Istanboel navigeer, die zelfs op dit uur verstopt zitten, denk ik na over wat ik zal zeggen en hoeveel ik kan onthullen. Ik zou haar niet persoonlijk mogen ontmoeten, maar er is geen tijd om een andere regeling te treffen. Ik moet Asma en haar dochtertje uit hun flat halen en ergens buiten de stad laten onderduiken. Daarna zie ik nog wel. Gavin zal me vermoorden, en misschien zal ons moederschip me er ook van langs geven, maar ik hoor Doku's stem nog in mijn oren. *Beloof het.*

Hij wist het. Op de een of andere manier wist hij dat zijn laatste uur had geslagen.

Ze moeten hier weg. Ze moeten hier weg.

Ik weet niet of zijn zus een beetje Engels spreekt, of zelfs Turks. Zal ik haar duidelijk kunnen maken dat haar broer dood is en dat ze moet vluchten? Ik zou de politie kunnen bellen, anoniem, om te zeggen dat deze vrouw in gevaar verkeert, maar dan zullen ze me vragen stellen die ik niet kan beantwoorden. En waarschijnlijk zullen ze mijn verzoek zelfs negeren.

Nee, ik moet dit zelf doen. Ik heb het hem beloofd.

Ik ben nog drie straten bij het adres vandaan als ik de felle rode gloed zie. *Nee, dat kan niet waar zijn. Laat het alsjeblieft om een ander gebouw gaan.*

Ik sla de hoek om naar haar straat en trap hard op de rem. Het flatgebouw waar ze woont, staat in lichterlaaie. Vlammen schieten hoog op. Doku heeft me verteld dat Asma op de zesde etage woont, in een gebouw waar de lift het niet doet, een gebouw waar ze met haar boodschappen zes trappen op moest. Ik kijk op, tel de etages, en besef dat niemand op de zesde verdieping deze brand kan overleven.

Als ze nog leefden toen de brand uitbrak.

Een politieman schreeuwt dat ik moet doorrijden. Ik roep in het Turks: 'Wat is er gebeurd? Zijn de bewoners gered?'

Hij schudt zijn hoofd en gebaart dat ik moet doorrijden. Ik hoor sirenes van bluswagens die te laat komen om nog iets te kunnen doen. Net zoals ik te laat was.

De politieman beveelt me door te rijden. Ik heb geen andere keus, dus rij ik door, langs het gebouw. Weer moet ik de doden achterlaten.

13

'Het is precies wat je al dacht.' Gavin geeft me het verslag van het ballistische onderzoek. Er zijn twee dagen verstreken sinds Doku is vermoord en dit verslag is nu pas gelekt door de Turkse geheime dienst. Ik lees wat erin staat over de twee kogels die uit Doku's lichaam zijn gehaald. Beide zijn afgevuurd met een AK-47 en volgens het verslag van de patholoog zou elk van de kogels op zich fataal zijn geweest. Op de plaats delict zijn geen patroonhulzen gevonden, omdat er geen hulzen zijn uitgestoten, niet uit dit wapen. Ik weet wat dat betekent.

'Heb jij geen schoten gehoord?' vraagt Gavin.

'Nee.'

'Weet je het zeker?'

'De auto reed mij op hoge snelheid voorbij en toen hoorde ik gegil maar geen knallen. Als er was geschoten met een gewone AK-47 zouden de knallen zo luid zijn geweest dat iedereen ze had gehoord.' Ik kijk op. 'Het moet een Groza zijn geweest. Dat wil zeggen dat de moordenaar zich op slechte-ademafstand van hem bevond.'

'Ja.' Gavin leunt achterover op zijn stoel en wrijft in zijn ogen. Ik sta voor zijn bureau. Buiten raast het chaotische verkeer, maar in dit kantoor bevinden we ons in een oase van stilte en we proberen met ons tweeën deze crisis op te vangen. De Groza is een wapen dat je niet op de vrije markt zult vinden. Het is ontwikkeld door het Special Design Bureau van de Russische wapenfabriek Tula. Het is een dubbelloops Derringer-achtig pistool, dat wordt geladen met 7.62x39 kogels en geluid noch vlam produceert als ermee wordt geschoten. Het doodt in stilte, waardoor het ideaal is als moordwapen. Het is ontwikkeld voor de Russische speciale eenheden. Dit is niet de eerste keer dat we het fatale resultaat van een aanslag met een Groza zien. Het afgelopen jaar zijn er in Istanboel nog twee Tsjetsjenen mee vermoord, beiden hoogstwaarschijnlijk door de Russen.

'We zijn niet geschaduwd toen we naar de club reden,' zeg ik.

'Weet je zeker dat er niemand was op de plek van jullie rendezvous? Kan het zijn dat jullie daarvandaan al zijn geschaduwd?'

'Nee. De moordenaar moet in de club zijn geweest. Hij moet hem daar hebben opgewacht. De drank was Doku's achilleshiel. En de club. Hij zat daar zo'n beetje elke avond. Het was te verwachten dat ze hem daar uiteindelijk te grazen zouden nemen.'

'En de auto die langs jou voorbij stoof?'

'Dat zal de auto zijn waarmee ze de moordenaar hebben opgepikt. De moordenaar stond waarschijnlijk bij de club op Doku te wachten. Hij zag hem, schoot hem dood en gaf de bestuurder een teken. Tegen de tijd dat de anderen merkten dat Doku bloedend op de grond lag, was het moordteam al een paar straten ver.'

'Zou iemand kunnen getuigen dat jij daar was?'

'Absoluut niet. Ik ben niet gestopt. Ik ben er alleen langsgereden.' Ik graaf in mijn geheugen naar details, want *absoluut* is een gevaarlijk woord. Het laat geen ruimte voor twijfel, voor waarheden die we liever niet zien. Ik denk aan de straat waar ik Doku heb opgepikt. Had iemand hem daar in de gaten gehouden en in mijn auto zien stappen? Kan er een andere auto in de buurt hebben gestaan die ons is gevolgd, een auto die ons ongemerkt heeft geschaduwd toen ik door de wirwar van kleine straten reed? Nee, ik ben niet zo onzorgvuldig dat ik zoiets zou laten gebeuren. Ik weet zeker dat ik geen fout heb gemaakt. Toch voelt het alsof het mijn schuld is, omdat het is gebeurd op de avond dat we hadden afgesproken en hij niet ver van de plek waar ik hem had afgezet, is vermoord. Het is gebeurd omdat ik geen voet bij stuk heb gehouden toen hij naar de club wilde. Ik had het moeten weigeren. Ik had hem ergens anders moeten afzetten, maar dit is wijsheid achteraf en het verandert niets aan het feit dat Doku een vrij man was die zijn eigen keuzes maakte en ik niets aan zijn gedrag had kunnen veranderen. We waren verwikkeld in een lastige dans, waarbij we allebei iets van de ander nodig hadden. Niet vriendschap maar wederzijds opportunisme had ons tot elkaar gebracht.

Toch rouw ik om zijn dood, want hij was geen slecht mens, hij was alleen maar zwak. Nu hebben we geen goede bron meer in de Turkse tak van het Tsjetsjeense verzet, en wie daar nog over zijn, worden systematisch afgemaakt door de Russen.

'Ik zal het bericht opstellen voordat ik naar Londen vertrek,' zeg ik tegen Gavin.

'Dit nieuws zal bij het moederschip hard aankomen, maar ik zou niet weten hoe we het zouden kunnen verzachten. Het ziet eruit als een blunder, Maggie.'

Hij zegt in feite dat het een blunder ís, en dat het mijn schuld is. Hij staat hier in Istanboel boven mij, maar hij ontslaat zichzelf van de verantwoordelijkheid hiervoor en ik neem hem dat niet kwalijk. Hij heeft financiële verplichtingen en studerende kinderen en hij wil niet dat zijn pensioen gevaar loopt.

Ik keer terug naar mijn kantoor met het gevoel dat ik uit de reddingsboot ben gesmeten. Het zij zo. In elk geval mag ik zelf het telegram opstellen, zodat ik het zo gunstig mogelijk kan inkleden. Elke Tsjetsjeense strijder in Istanboel loopt het risico geëxecuteerd te worden. De Russen hebben Doku om zeep gebracht; dat ging puur tussen hen.

Alleen was Doku een van onze bronnen en ik rouw om zijn dood. Ik rouw ook om de dood van Asma en haar dochter. Zij zijn de ware onschuldigen in deze zaak. Bijkomende schade heet dat dan, slachtoffers van een eeuwigdurende strijd.

Ik denk aan Asma en haar dochtertje als ik de volgende ochtend naar Londen vlieg. De foto van hun verkoolde lijken in het mortuarium is in mijn geheugen gebrand, net zoals andere foto's die me altijd zullen bijblijven, van andere slachtoffers, andere kinderen. Om tegen een vijand te kunnen strijden, moet je weten volgens welke methoden hij werkt, en wat ik inmiddels allemaal weet drukt zwaar op me en heeft mijn visie op de wereld bevuild. Als ik in het toestel van Turkish Airlines om me heen kijk, zie ik geen passagiers die wijn drinken, maar de verminkte lijken van Lockerbie. Als ik in de taxi naar Danny's adres zit en naar de Londense straten kijk, zie ik de bomkraters van Grozny.

Ooit was ik in staat het van me af te zetten, maar de nachtmerries beginnen me te overweldigen.

Danny is nog aan het werk in de kliniek als ik bij zijn appartement aankom. Ik tik de code in op het beveiligingspaneel en ga naar binnen. Hij woont hier nog niet zo lang. Ik bekijk de gloednieuwe keuken met het granieten aanrecht. De woonkamer heeft uitzicht op de privétuin van het gebouw en de hele flat ruikt nog naar verf. Ik vind Danny hier helemaal niet in terug. Dit appartement lijkt in geen enkel opzicht op zijn vorige flat in Brixton, in een drukke straat vol pubs en restaurants, die het tegengestelde was van deze exclusieve enclave in Knightsbridge. In de woonkamer staan een paar ingelijste foto's. Een van Danny en mij in Barcelona: twee gelukkige, verliefde mensen die toeristje speelden. Een van zijn moeder, die drie jaar geleden aan een hartinfarct is overleden. Ik heb Julia Gallagher niet goed gekend, maar toen ik haar ontmoette, zei ze dat ik de vrouw voor haar zoon was. 'Hij praat alleen maar over jou,' zei ze. 'Ik denk dat jij de enige bent die hem gelukkig zal maken.' Daarmee gaf ze ons haar zegen, maar ze wist niet dat onze relatie op leugens berustte.

Ik denk maar liever niet aan wat ze zou hebben gezegd als ze had geweten dat bijna niets van wat ik over mezelf heb verteld waar is.

In een badkamer vol glanzend marmer zet ik mijn toiletspullen neer en kleed me uit om onder de douche te gaan. In de spiegel zie ik hoe moe en futloos ik eruitzie na mijn vlucht. Je kunt de tijd niet tegenhouden en dat is goed te merken aan de dieper wordende kraaienpootjes, de rimpel tussen mijn wenkbrauwen en de eerste grijze haren aan mijn slapen. Toen ik vijfentwintig was, dacht ik dat ik deze versie van mijn gezicht nooit te zien zou krijgen. Ik had romantische fantasieën dat ik strijdend ten onder zou gaan voordat de eerste rimpels verschenen, maar ik ben er nog steeds en het is me aan te zien dat ik tweeënveertig ben. Een leven vol risico's houdt niet automatisch in dat je jong sterft; soms houdt het alleen maar in dat het zware leven op je gezicht geëtst komt te staan.

Misschien is dit een goed moment om iets anders te gaan doen. Ik kan ontslag nemen bij de Agency en in Danny's wereld opgaan. De moord op Doku heeft me dieper geraakt dan ik wens toe te geven, omdat ik waarschijnlijk de laatste persoon was met wie hij had gesproken voordat hij op een paar meter afstand van zijn favoriete club werd neergemaaid. Ik ben weliswaar slechts zijdelings betrokken bij die oorlog, maar ik ben evengoed een van de strijders.

'Maggie? Ben je er?' Het is Danny.

Ik doe geen moeite een handdoek te pakken, maar kom poedelnaakt de badkamer uit. Lachend trekt hij me naar zich toe en tilt me op. Het is vier maanden geleden dat we bij elkaar waren, maar het is net alsof er helemaal geen tijd is verstreken, zo goed passen onze lichamen bij elkaar, als puzzelstukjes die weer op hun plek zijn gelegd. We hebben elkaar nooit trouw beloofd, maar sinds ik hem heb ontmoet, heb ik nooit oog gehad voor een ander. Na vier maanden onthouding kan ik hem wel opeten.

'Heb je me gemist?' fluistert hij.

'Je weet niet half hoeveel.'

'Toch wel.'

Hij begint zijn kleren van zich af te gooien terwijl we al zoenend naar de slaapkamer lopen. Door een waas van begeerte zie ik zijn overhemd op de vloer vallen, terwijl hij uit zijn broek stapt. In zíjn haar zit nu ook al wat grijs, maar hij is nog steeds de Danny die ik in Bangkok heb ontmoet, de man wiens lust voor het leven, en voor mij, nooit vermindert. Tegen de tijd dat we op het bed neervallen, ben ik al zo hitsig dat zijn eerste paar stoten voldoende zijn om me over de klif te laten vallen.

Met een kreet kom ik weer op de aarde neer. Ik voel mijn hartslag dalen en mijn ademhaling kalmeren. *Lieve Danny, wat heb ik je gemist.*

We vouwen ons om elkaar heen en zien de schaduwen lengen terwijl we luisteren naar de verre verkeersgeluiden. Ik tel hoeveel dagen en nachten we samen hebben voordat ik naar Istanboel moet terugkeren en mijn blijdschap wordt meteen gedimd. Elke hereniging is een balans tussen verrukking en droefenis, omdat ons samenzijn altijd tijdelijk is. Deze keer gaat mijn droefenis veel dieper. Ditmaal wil ik niet vertrekken.

'Ik was van plan eerst samen uit eten te gaan,' zegt hij. 'En dan zou ik je op een romantische manier naar mijn bed lokken. In plaats daarvan kom jij volkomen onweerstaanbaar de badkamer uit en gooi je al mijn plannen in de war. Staat je netjes.'

'Ik hou er niet van om voorspelbaar te zijn.'

'Nee, alsjeblieft niet.' Een stilte. Dan, zachter: 'Ik heb je gemist, Maggie. Wanneer houden we hiermee op?'

'Met vrijen?'

'Nee. Met al dat heen en weer reizen. Ik ben hier, jij bent in Istanboel, of waar ze je ook naartoe sturen. Waarom moet het altijd via Heathrow als we elkaar willen zien?'

'Mijn werk...'

'Banen genoeg in Londen.'

'De bureaucratie is hier voor Amerikanen een verschrikking.'

'Dat zou geen probleem zijn als we getrouwd waren.'

Ik ben stil. We hebben het nooit over trouwen gehad. De afgelopen zes jaar hebben we met onze levens gejongleerd zonder ooit over iets permanents te praten. Onze plannen gingen nooit verder dan onze volgende vakantie, ons volgende avontuur. 'Danny Gallagher, doe jij mij een aanzoek?'

Hij lacht. 'Ja, op mijn typerend onhandige manier heb ik je ten huwelijk gevraagd. Ik weet dat dit niet is wat je van mij wilde horen, maar het is wat ik wilde zeggen.'

'Waarom?'

'Omdat ik het vreselijk vind als je weggaat. Ik vind het afschuwelijk als ik 's ochtends niet naast jou wakker word en ik wil er niet eens aan denken dat dit ons hele leven zo zal blijven.'

Ik ben zo verbluft dat ik niets zeg. Na een pijnlijk lange stilte gaat hij op de rand van het bed zitten, met zijn rug naar me toe, alsof hij zich wil beschermen tegen alle manieren waarop ik hem pijn doe, zonder dat ik het heb beseft. Ik steek mijn arm uit om hem aan te raken en zijn spieren spannen zich meteen.

'Het spijt me,' fluister ik. 'Ik wist niet dat je het er zo moeilijk mee had.'

'Jij dan niet?' Hij kijkt om. 'Vind jij het niet erg dat we elkaar steeds maanden niet zien? Dat we niet hebben wat andere stellen hebben? Een huis, een thúís, met een kat. Misschien zelfs met een kind.'

'O, Danny.'

'Nee, het is al goed. Ik weet dat dit niet is wat jij wilt.'

'Dat heb ik niet gezegd.'

'Je hoeft het niet te zeggen. Ik begrijp het.' Hij staat op en begint zich aan te kleden. In de schemerige kamer fladdert zijn overhemd als een spook. 'Je houdt van je werk. Je vindt het prettig om te leven zonder anker dat je op dezelfde plek houdt. Maar Maggie, ik wíl een anker. Ik wil mijn leven binden aan dat van een ander, zoals mijn vader en moeder hebben gedaan. Het is jammer dat je hen nooit samen hebt meegemaakt, want dan zou je weten wat ik bedoel. Ze waren niet rijk, ze hadden altijd schulden, maar ze hadden elkaar.' Hij heeft zijn overhemd dichtgeknoopt en gaat weer op het bed zitten, met zijn schouders gebogen. 'Ik hou dit niet vol, Maggie. Zoals het nu gaat.'

Gelach filtert de kamer in vanaf de straat, een geluid dat absoluut niet bij onze pijnlijke stilte past.

'Weet je zeker dat ik voor jou de ware ben, Danny?' vraag ik.

'Ja.'

'Maar je kent me nauwelijks. We zien elkaar maar een paar keer per jaar.'

'Als we zouden samenwonen, zouden we elkaar leren kennen. Jij kunt hierheen komen. Of ik kan naar Istanboel verhuizen.'

'Zou je je baan bij Galen opgeven?'

'Ik kan overal als arts werken. Mensen zijn mensen.'

'Zou je alles wat je hier hebt opgeven voor mij? Het salaris, dit appartement?'

'Maggie, in de vluchtelingenkampen woonde ik in een tent en was ik volkomen gelukkig. Dit appartement is niet eens van mij. Het is van Galen. Ik zou het absoluut niet missen en ook alle verwende mensen niet die van me verwachten dat ik al kom opdraven als ze maar een beetje verkouden zijn. Ik geef deze baan met plezier op als het betekent dat ik met jou samen kan zijn.'

Hij klinkt bitter. Hij is zijn werk zat, net zoals ik het mijne zat ben. Wat een stel zijn we. We willen allebei ontsnappen aan het hok waarin we onszelf hebben opgesloten. Ik denk aan hoe het zou zijn als ik met hem zou trouwen en in dit appartement zou wonen. Hoe het zou zijn om al het bedrog, groot en klein, waar ik al zo lang mee leef, aan de kant te zetten en door het leven te gaan als de vrouw van Danny Gallagher. Ik zou net zo vaak naar het British Museum kunnen gaan als ik wilde en langs de Theems kunnen wandelen zonder me zorgen te maken of ik word geschaduwd.

Hij zucht. 'Het was een dwaas idee. Ik had je niet voor het blok –'

'Ja,' zeg ik.

Hij staart me aan. 'Wat?'

'Laten we het doen. Trouwen en hier in Londen blijven wonen.'

En zo wordt het besloten. Het lijkt een spontaan besluit, maar dat is het niet. Niet echt. Het is een accumulatie van heel veel dingen.

De moord op Doku. Mijn vermoeide gezicht in de spiegel. De trieste waarheid dat mijn werk in het grote geheel weinig betekenis heeft. Er zullen altijd oorlogen zijn, er zullen altijd keizerrijken verkruimelen en alle stukjes informatie die ik van mijn bronnen heb gekregen, alle gecodeerde berichten die ik heb opgesteld, zullen worden ingevoerd in een apparaat van de overheid dat ze zal fijnmalen en uitspuwen als compost, als Doku's lichaam. Maar in tegenstelling tot de nepvriendschappen die ik in het kader van mijn werk heb gesloten, is Danny écht. Wat wij hebben, is écht.

'Meen je het?' vraagt hij. 'Echt?'

'Ja. Ja, ja, ja!'

Hij slaat zijn armen om me heen en knijpt me bijna fijn. Ik voel zijn tranen op mijn wang en nu huil ik ook, van blijdschap. Dat heb ik al heel lang niet gedaan.

Hier hoor ik thuis. Met Danny.

Als ik een week later terugvlieg naar Istanboel, heb ik de tekst van mijn ontslagbrief in gedachten al klaar. Ontslag nemen is niet slechts een kwestie van een brief naar HQ sturen. Er zullen debriefings worden gehouden en ik moet alle bronnen die ik de afgelopen drie jaar in Istanboel heb gekweekt, overdragen. Een maand geleden was ik eenentwintig jaar in dienst van de Agency, wat wil zeggen dat ik op mijn vijfenvijftigste recht heb op pensioen. Dit is een logisch moment om ermee op te houden. Veel overheidsambtenaren kiezen ervoor op die leeftijd iets anders te gaan doen. De nieuwe fase van mijn leven zal zich afspelen in Londen, als echtgenote van een arts.

Ik begin al afscheid te nemen van Istanboel als ik in de taxi zit van de luchthaven naar mijn appartement in Taksim. Ik heb van meer steden waar ik was gestationeerd afscheid genomen, maar dit vaarwel is bitterzoet, omdat ik dol ben op Istanboel: de energie, de geschiedenis, de mensen die zo vriendelijk zijn. Maar ik verlaat dit voor iets beters, voor Danny, en dat maakt het zoet. Ik neem me voor hem ooit deze stad te laten zien. Ik zal hem meenemen naar mijn favoriete köfte-restaurant in een zijstraat van Îstiklal Avenue, hem raki laten proeven, en naar zijn gezicht kijken als hij voor het eerst geniet van *iskender* en *pide* en gegrilde lamskoteletten.

Het is bijna middernacht als de taxi voor mijn gebouw stopt. Het café aan de overkant is in duisternis gehuld en de nieuwsgierige oude vrouw is nergens te bekennen. Een week afwezigheid heeft haar dagschema in de war gestuurd en ik kan voor de verandering mijn gebouw binnengaan zonder dat ik de ogen van dat ouwe mens in mijn rug voel. Het trappenhuis is donker. Ik druk op de lichtschakelaar, waardoor het licht net lang genoeg aangaat om de tweede verdieping te bereiken. Ik steek net mijn sleutel in het slot van mijn deur als het licht weer uitgaat en ik in het donker kom te staan. Ik haat deze energiebesparing; in mijn hart ben ik een Amerikaanse energieverkwister. Ik trek mijn koffertje naar binnen, tast naar de lichtschakelaar en verstijf.

Er is iets mis.

Het is zo donker dat ik zelfs de silhouetten van mijn meubels niet kan zien, maar op de een of andere manier weet ik, zelfs in het pikkedonker, dat ik niet alleen ben. Ik ruik de geur van een onbekende shampoo, hoor iemand bijna onhoorbaar ademen. Er is iemand in mijn appartement. Ik tuur ingespannen in het donker, maar zie niemand. Ik ruik ze alleen. En hoor ze. 'Schrik maar niet, Maggie,' zegt een bekende stem. 'Wij zijn het maar.'

'Gavin? Wat doe jij hier?'

'We mogen niet samen met jou gezien worden.'

We? Eindelijk vind ik de lichtschakelaar. Ik druk erop en zie Gavin in mijn leunstoel zitten. Hij zit er stijf en ongemakkelijk bij, in tegenstelling tot de blonde vrouw die bij de boekenkast staat. Ze is jong, pas eind twintig, en heeft platina haar dat zilver afsteekt bij haar zwarte coltrui. Ik heb deze vrouw nooit eerder gezien en ook al is dit de eerste keer dat ik haar zie, ik mag haar nu al niet omdat ze onuitgenodigd in mijn woning is. De manier waarop ze kijkt bevalt me ook niet, alsof ik een labmonster ben dat opengesneden en ontleed moet worden.

Ik kijk Gavin aan. 'Wie is dát?'

'Maggie, ik weet dat dit onverwacht is. Het spijt me dat we het zo moesten doen, maar we weten niet of je geschaduwd wordt.'

'Je hebt bij me ingebroken. Je hebt me de stuipen op het lijf gejaagd.'

'Het was noodzakelijk,' zegt de vrouw. 'Niemand mag weten dat ik hier ben.'

Ze komt kalmpjes naar me toe. Ze is ruim tien jaar jonger dan ik, maar ze beweegt zich met het zelfvertrouwen van iemand die de situatie onder controle heeft en dat zit me niet lekker. Het betekent dat ik het hier niet voor het zeggen heb.

'Ik vraag het nogmaals. Wie ben jij?' vraag ik.

'Diana Ward.'

'Is dat je echte naam? Of een schuilnaam?'

'Dat maakt niet uit. Dit gaat niet over mij. Het gaat over jou.'

Ik kijk Gavin aan. 'Weet jij waar ze het over heeft?'

Hij zucht. 'Jammer genoeg wel.'

'Vertel me over Danny Gallagher,' zegt Diana.

Deze verandering van onderwerp is zo abrupt dat ik haar fel aankijk. 'Wát?'

'Danny Gallagher. De man die je regelmatig in Londen ontmoet. De man met wie je de afgelopen zes jaar ook elders bent geweest. Barcelona, Rome, Parijs en nog meer plaatsen.'

'Op HQ weten ze van Danny. Ik heb het gemeld toen we een relatie kregen.' Dat zijn we verplicht, om te voorkomen dat de vijand je uitbuit. Verliefd worden op de verkeerde persoon kan bronnen en operaties in gevaar brengen. 'Ze hadden er niets op tegen en ik heb zelf ook een achtergrondcheck gedaan. Hij is wie hij zegt te zijn.'

'Ja, geboren in Leicester, zoon en enig kind van Frank Gallagher, de eigenaar van een pub, en Julia, beiden nu overleden. Heeft vijf jaar als arts gewerkt voor Crisis International en werkt nu in Londen.

Hij lijkt onschuldig en daarom deed dokter Gallagher aanvankelijk geen waarschuwingsbelletjes rinkelen op het hoofdkwartier.'

'Waarom vraag je nu dan naar hem?'

'Omdat jouw bron, Doku, dood is, waarschijnlijk vermoord door de Russen.'

'Ja, daar ben ik ook van uitgegaan.'

'Jij was zijn begeleider. Jij was dicht bij hem in de buurt toen hij werd vermoord. Reden voor ons om ons af te vragen of jíj de zwakste schakel was. HQ heeft me verzocht jou en iedereen met wie je omgaat onder de loep te nemen.'

'Wacht. Zeg jij dat ík voor de Russen werk?'

'Misschien niet jij, maar misschien iemand die je goed kent.'

'Dánny?' Ik schiet in de lach. 'Je bent niet goed wijs. Je hebt geen idee wie Danny is.'

Ze kijkt me recht in de ogen. 'Jij wel?'

14

Heel even geven die twee woorden me een schok. Dan denk ik aan de man van wie ik ben gaan houden, de man met wie ik de rest van mijn leven wil slijten, en wordt de grond onder mijn voeten weer stevig, zo stevig als een rots. 'Je zei dat jullie weten dat hij echt Danny Gallagher heet en dat hij echt in Leicester is geboren, zoals hij mij heeft verteld. Wat zou er dan niet kloppen?'

'Zijn werk.'

'Hij is echt arts. Dat heb ik zelf gecheckt. Ik heb hem bovendien in actie gezien, toen hij iemand nota bene het leven redde.'

'Oké, laten we het even hebben over zijn patiënten.'

De onheilspellende klank van haar stem ontgaat me niet. En dan valt alles voor mij uit elkaar. Hier had de waarheid op de loer gelegen, buiten mijn gezichtsveld.

Ze zet een laptop op de lage tafel en draait hem om zodat ik de foto op het scherm kan zien. Ik zie Danny, samen met een paar mensen. Ze dragen allemaal avondkleding. Naast Danny staat een donkerogige schoonheid in een glanzende rode japon met een diep decolleté. Ze kijkt Danny stralend aan. De andere twee zijn mannen van rond de vijftig, ieder met een glas champagne. Niemand kijkt naar de camera, wat me duidelijk maakt dat deze foto is genomen zonder dat zij het wisten.

'Deze foto is zeven maanden geleden genomen,' zegt Diana. 'Op een privéreceptie in Lausanne. Is dit dokter Gallagher?'

'Ja,' mompel ik. Mijn keel is zo droog dat ik niet eens kan slikken. 'Wie zijn de anderen?' vraag ik, maar eigenlijk wil ik alleen weten wie de vrouw is.

'De langere man rechts is Phillip Hardwicke, tweeënvijftig, een Brit. De donkerharige vrouw is zijn maîtresse, Silvia Moretti, zesentwintig, een Italiaanse.'

Ze was daar dus met een andere man, niet met Danny. Gelukkig niet met Danny. Van pure opluchting voel ik de impact van wat Diana daarna zegt niet meteen.

'En de gezette man is Simon Potoyev. Ik meen dat je die naam kent.'

Ik kijk Diana aan. 'Potoyev?'

'Een man die rond de twee miljard dollar waard is, maar zoveel kapitaal naar buitenlandse bankrekeningen heeft gesmokkeld dat we niet weten hoeveel geld hij in werkelijkheid heeft.'

Ik begin te begrijpen waarom ze me dit vertelt. De Russen hebben Doku vermoord en Danny drinkt champagne met een Russische oligarch. Ik ben ervan overtuigd dat er geen verband tussen deze twee dingen bestaat, maar ik snap dat het er verdacht uitziet.

'Wat weet dokter Gallagher over jouw werk hier in Istanboel?'

'Ik heb hem verteld dat ik import-exportanalist voor de Europese markt ben.'

'Weet hij wat je in werkelijkheid doet?'

'Nee.'

'Heb je hem ooit iets verteld over je contactpersoon? Heb je Doku's naam genoemd?'

'Nee. Ik ben niet achterlijk.'

'Maar je vriendje gaat om met een Russische oligarch. Heeft hij jou daar iets over verteld?'

'Hij heeft me verteld dat hij voor zijn werk in Zwitserland was. Dat patiënten hem soms verzoeken hen te vergezellen als ze op reis gaan.'

'Wat heeft hij je verteld over zijn patiënten?'

'Niets. Hij is discreet. In de kliniek waar hij werkt, staat vertrouwelijkheid hoog in het vaandel.'

'Je hebt het over Galen Medical Concierge.'

'Ja. Voor wie voldoende geld heeft, is in Londen dag en nacht de beste medische verzorging beschikbaar. En als je bereid bent nog iets meer te betalen, zorgt men ervoor dat een arts je vergezelt als je naar het buitenland gaat, ongeacht de bestemming.'

'Dat klinkt als een lucratieve baan.'

'Galens cliënten eisen het beste en zijn bereid ervoor te betalen.'

'Is het in dit geval de árts waarvoor deze cliënten in wezen betalen?'

Ik kijk naar Gavin en dan weer naar Diana. 'Wat bedoel je daarmee?'

'Misschien was je ontmoeting met dokter Gallagher in Bangkok geen toeval maar een valstrik en ben je erin getrapt. Misschien gaat het om jóú.'

Tot nu toe heb ik geluisterd terwijl ik nog recht overeind stond. Nu is het alsof mijn benen smeltende kaarsen zijn. Ik laat me op de bank zakken. Als ik inderdaad door Danny in de val ben gelokt, wat zegt dat dan over mijn beoordelingsvermogen? Welke fouten heb ik dan nog meer gemaakt? Ik race door mijn geheugen naar die snikhete dag in Bangkok, toen we elkaar voor het eerst hebben ontmoet. De Wang Lang-markt, de plastic krukjes. Ik spoel de film in fastforward door de jaren, naar onze hongerige rendez-vous in Londen, Spanje, Portugal, tot aan de afgelopen week, toen ik in Londen bij hem was. Heb ik hem ooit iets verteld waar de vijand zijn voordeel mee kon doen? Heb ik me ooit iets laten ontvallen over de verklikkers met wie ik werk, en de operaties waarbij ik betrokken ben geweest?

Nee, ik ben nooit zo onvoorzichtig geweest. En ik kén Danny. Ik ken hem door en door.

Ik kijk haar weer aan. 'Danny Gallagher is precies wie hij zegt te zijn. Hij is geen Russische spion. Hij is arts, een heel goede arts. Wat zouden de Russen met hem moeten?'

‘Het zou de Russen gaan om een bepaald doelwit.’

‘Je bedoelt mij.’

‘Het is een mogelijkheid die we in overweging moesten nemen.’

‘En wat was jullie conclusie? Dat ik inderdaad een doelwit ben?’

Ze bekijkt me een ogenblik en haalt dan haar schouders op. ‘Voor zover we weten, is je dekmantel nog intact en weten ze niet wat er achter Europa Global Logistics zit. Als ze wisten dat je een van ons was, hadden ze je al vermoord. Of geprobeerd je voor hen te laten werken.’

‘Dat hebben ze niet gedaan.’

Diana staart me aan. Ze probeert erachter te komen of ik lieg en al voor de Russen werk. Of ik al een verraadster ben. Ik staar terug, hopend dat ze in mijn ogen de waarheid zal zien.

‘Als je echt dacht dat ik voor Moskou werkte, zou je hier niet zijn,’ zeg ik. ‘Dan zou je me dit niet vertellen.’

Ze kijkt naar Gavin, die bijna onmerkbaar knikt. Als ze weer naar mij kijkt, glimlacht ze vaag. Dat is een teken dat de ware reden voor dit bezoek nu aan de orde komt.

‘Jouw relatie met Danny Gallagher,’ zegt ze, ‘kan voor ons van veel waarde zijn. Als arts komt hij in contact met mensen over wie wij informatie willen. Zoals deze man.’ Ze wijst naar de foto op de laptop.

‘Potoyev?’

‘Nee. Phillip Hardwicke.’

Ik frons. ‘Je zei dat hij een Brit is.’

‘Hij is ook de beste vriend van alle Russische oligarchen. Zij moeten hun geld uit Rusland weghalen, honderden miljoenen ponden per jaar. Hardwicke helpt hen dat geld om te zetten in Britse eigendommen. Restaurants, hotels, wolkenkrabbers. Die worden gekocht door consortiums met mooi klinkende Britse namen, maar in werkelijkheid zijn ze eigendom van en worden ze beheerd door Russen. De mensen die ervoor zorgen dat deze machine goed geolied blijft lopen, zoals Hardwicke, krijgen een mooi percentage dat ze in hun zak kunnen steken.’

'De Londense wasserij.'

Ze knikt. 'De corruptie is doorgedrongen tot de hoogste niveaus, waardoor wij niets kunnen beginnen. Er is te veel geld mee gemoeid en er zijn te veel machtige namen bij betrokken. De Britse autoriteiten kunnen of willen er geen stokje voor steken, en degenen die hebben geprobeerd Hardwicke te dwarsbomen...' Ze schudt haar hoofd. 'Voor hen is dat niet goed afgelopen.'

'Wat is er met hen gebeurd?'

Diana typt iets op haar laptop. Er verschijnt een foto van een man van middelbare leeftijd met een aardig, onopvallend gezicht in een net pak. Hij ziet eruit als een bankier en dat blijkt hij ook te zijn.

'Frederick Westfield, Bank of London,' zegt Gavin. 'Diana heeft me zojuist over deze gevallen ingelicht. Vijf maanden geleden is het lichaam van Westfield in Saint Albans gevonden, in zijn uitgebrande Jaguar. Zijn handen en voeten waren verbrijzeld en er zat rook in zijn longen. De autopsie heeft uitgewezen dat hij niet alleen is gemarteld maar dat hij nog leefde toen de auto in brand werd gestoken. De politie zegt dat het een ongeluk was. Wat ons uiteraard niet verbaast.'

Diana klikt naar de volgende foto, van een andere man in een net pak. 'Colin Chapman, HSBC,' zegt Gavin. 'Hij is uit het raam van zijn kantoor op de tiende verdieping gevallen. De politie zegt zelfmoord.' Weer een tikje op het toetsenbord, een nieuwe foto, nu van een glimlachende vrouw van in de veertig met een kunstig geknoopt zijden sjaaltje. 'Angela McFaul. Zij werkte als accountant voor Hardwicke Organization. Zij is dood aangetroffen in haar eigen huis. Ze had twee kogels in haar hoofd. De politie houdt het op een mislukte roofoverval, omdat er niets is gestolen. Deze drie mensen hadden één ding gemeen: ze waren op de hoogte van Phillip Hardwickes financiële handel en wandel en ze deelden die informatie met de Britse geheime dienst.'

Diana tikt weer op het toetsenbord. Er verschijnt een nieuwe foto. Van Hardwicke zelf, ditmaal met zijn gezicht naar de camera en een indringende blik. Een geposeerde foto. Ook al is het slechts een foto, ik voel me alsof hij me vanaf dat scherm kan zien.

'Dit is de man over wie we het hebben. Hardwicke zou persoonlijk opdracht hebben gegeven voor elk van de moorden, en afgaand op onze analyse van zijn persoonlijkheid, zal hij het beschouwd hebben als een noodzakelijk kwaad.'

'Vertel me meer over die analyse.'

'Je krijgt het volledige rapport. Ik kan je alvast vertellen dat hij hoog scoort op het gebied van agressie en narcisme. In combinatie met zijn hoge IQ maakt dat hem bijzonder gevaarlijk. Uit zijn dossier van Eton blijkt dat hij op school al zo meedogenloos was dat zelfs zijn leerkrachten bang voor hem waren. Hij is een man die iedereen onder de duim houdt en altijd krijgt wat hij wil, ongeacht wat het anderen kost.'

Ik kan mijn ogen niet van de foto van Hardwicke afhouden. Tot nu toe hebben ze me over drie mensen verteld die in opdracht van deze man zijn vermoord. Wie weet hoeveel anderen hij heeft laten ombrengen?

'Wat hebben wij hiermee te maken?' vraag ik. 'Als de Britten het zelf niet willen opknappen, waarom zouden wij dat dan moeten doen?'

'Omdat er met die witgewassen roebels niet alleen restaurants en onroerend goed worden gekocht. Het geld wordt ook gebruikt voor de meest winstgevende handel die we kennen.'

'Wapens,' zeg ik.

Diana knikt. We weten allebei dat oorlog een business is, net zoals elke andere business, en dat het een gezonde en continue bevoorrading vereist.

'Wat heeft dit te maken met Danny? Hij heeft niets met financiële zaken. Hij is arts.'

'En dat kan voor ons gunstig zijn. We weten dat Phillip Hardwicke aan epilepsie lijdt. De aandoening is slecht behandelbaar, wat de reden is waardoor er altijd een arts met hem meereist als hij Londen verlaat. We weten dat dokter Gallagher hem een paar keer heeft vergezeld. Hij heeft daardoor rechtstreeks toegang tot Hardwicke. En jíj hebt rechtstreeks toegang tot dokter Gallagher. We hadden ons geen betere situatie kunnen wensen.'

'Wil je dat ik Danny ga gebruiken om toegang te krijgen tot Hardwicke?' Ik schud mijn hoofd. 'Dat kun je niet van me verlangen.'

'Wat waren je plannen als ik je dit niet had verteld?'

'Ik was van plan met hem te trouwen.'

'We verlangen niet van je dat je iets aan die plannen verandert. We vragen je alleen je ogen en oren open te houden, en alle informatie die je te pakken kunt krijgen over Phillip Hardwicke en over de oligarchen met wie hij omgaat, aan ons door te geven. Dat is niet te veel gevraagd. Het is geen verraad. Het is wat iedere rechtgeaarde Amerikaan zou doen.'

'En als ik je heb gegeven wat je wilt? Wat dan?'

'Dan mag je samen met je man in een hutje op de hei gaan wonen en nog lang en gelukkig leven. Zolang je er niets over zegt, hoeft hij het niet te weten. Maar jíj zult weten dat je iets hebt gedaan om de wereld veiliger te maken.'

'En meer hoef ik niet te doen?'

'Nee. Zoek uit met wie Hardwicke omgaat en waar zijn geld vandaan komt. En probeer achter de namen van de andere patiënten van Galen te komen. Er zitten vast nog meer Russische oligarchen tussen. Geef ons hun namen, hun medische informatie, hun achilleshiel. Dingen die we kunnen uitbuiten.'

'Om in de database van de kliniek te komen, zou ik Danny's hulp nodig hebben.'

'Geen sprake van. Hij mag hier niets van weten. Niemand mag er iets over te weten komen. Dit blijft onder ons.'

Ik kijk naar Gavin. Hij knikt. 'Zo moeten we het spelen.'

'En HQ? Daar weten ze er toch wel van?'

'Een paar mensen. Niet iedereen.'

Ik frons. 'Vertrouwen jullie het moederschip niet?'

Diana en Gavin wisselen een blik. 'Ze zouden de info willen delen met de Britse geheime dienst,' zegt Diana. 'Dat risico kunnen we niet nemen.'

'Jullie vertrouwen de Britten dus niet.'

'Denk even na, Maggie. Er zijn twee bankiers en een accountant vermoord. We weten niet of iemand binnen de Britse geheime dienst hen heeft verraden. We moeten dit onder ons houden.' Ze zwijgt een moment. 'Je leven hangt er misschien van af.'

15

Heden

De Longmorn is op. Ben, Declan en ik hebben uiteindelijk de hele fles leeggedronken en ik heb geen idee of ik ooit nog aan een nieuwe kan komen. Ik pak mijn glas en laat de laatste druppels in mijn mond glijden. Ze smaken des te beter omdat het de laatste zijn.

'Jezus, Maggie,' zegt Ben. 'Waarom heb je ons dit niet eerder verteld?'

'Het is nog steeds geheim. Ik kón er niet over praten.' Ik zet het lege glas zo fel neer dat Ben en Declan ineenkrimpen. 'Ik wílde er niet over praten,' zeg ik dan zacht. Zelfs na alle whisky zijn we allemaal geprikkeld, omdat we weten dat er iets is veranderd in ons dorp. Een gevaarlijk element uit mijn oude leven is me tot hier gevolgd en dreigt nu onze schuilplaats te vergiftigen.

'Diana had me overgehaald mee te werken door mijn loyaliteit in twijfel te trekken. Door haar begon ik me af te vragen of het geen toeval was geweest dat ik Danny in Bangkok had ontmoet. Of de Russen hem hadden gebruikt om mij in de val te lokken, in de hoop dat ik uiteindelijk bereid zou zijn voor hen te spioneren. Wat Diana betrof was het best mogelijk dat ik voor de vijand werkte en ik zou niet de eerste zijn die in een liefdesvalkuil was gelopen.'

Ik kijk naar hun gezichten, op zoek naar een teken dat ze me geloven. Een paar decennia geleden, toen we op de Farm in training waren, hadden wij drieën een sterke band met elkaar gesmeed en ik beschouw deze mannen nog steeds als mijn beste vrienden, ook al zagen we elkaar soms maanden of jaren niet. Als we elkaar dan weer ontmoetten, meestal in een bar of een restaurant in een of andere hoofdstad, hadden we het over de goeie ouwe tijd, toen we nog geloofden dat we de wereld konden veranderen. Waar we nooit over praatten, waar we niet over kónden praten, waren de operaties waaraan we hadden deelgenomen. Iedereen heeft een geheim dat je nooit met anderen zult delen. Verraad zou beslist tot die geheimen behoren.

Ben snuift. 'Het idee alleen al dat jij voor de vijand zou spioneren is volslagen belachelijk.' Hij kijkt naar Declan en dan weer naar mij. 'Als wij elkaar niet kunnen vertrouwen, wie dan wel?'

'Dat is aardig gezegd, Ben, maar je weet wel beter. We weten allemaal beter. We zouden elkaar niet moeten vertrouwen. Dat kunnen we ons niet veroorloven, niet in onze tak van sport. Ik vertrouw mezelf niet eens. Stel dat ik inderdaad in een liefdesvalkuil was gelopen, wat zou dat zeggen over mijn beoordelingsvermogen? Had ik nog meer fouten gemaakt? Hadden nog meer mensen hun leven verloren omdat ik zo blind was dat ik de vijand niet herkende?' Ik sta met een ruk op en loop met mijn lege whiskyglas naar de gootsteen. Daar staar ik naar de duisternis. Het lijkt wel of ik altijd naar de duisternis staar, op zoek naar vijanden die te dichtbij zijn gekomen. 'Door Diana's bemoeienis begon ik aan mijn eigen gevoelens te twijfelen. Daarom interesseert het me geen reet of Diana Ward nog leeft of dood is. Alles wat er fout is gegaan, is bij haar begonnen.'

Declan zegt rustig: 'Het klinkt toch alsof ze alleen maar haar werk deed, Maggie. Ze waarschuwde je voor de man met wie je een relatie had.'

'Van wie ik hield,' verbeter ik hem.

'Van wie je hield?'

'Ja.' Ik draai me om naar de twee mannen aan mijn keukentafel. Ik heb dit nog niet eerder met hen gedeeld. Ze weten alleen dat ik zestien jaar geleden mijn ontslag heb genomen bij de Agency, en dat ik, tot Declan me een helpende hand reikte door me te vragen bij hen in Maine te komen wonen, jarenlang door de wildernis heb gezworven, op zoek naar een plek waar ik me kon settelen. Dat ik, net zoals zij, bepaalde herinneringen heb bewerkt, herinneringen die ik nooit heb gedeeld. 'Ik hield van Danny Gallagher. En nu zei Diana, in mijn eigen appartement in Istanboel, dat hij niet alleen mijn minnaar kon zijn, maar ook een kans om te benutten. Ze wilde dat ik zou kiezen. Koos ik voor mijn vaderland of koos ik voor een man die misschien voor de vijand werkte? Ik was voor mijn werk verplicht hem te gebruiken en zijn vertrouwen te beschamen. Ze zei dat elke rechtgeaarde Amerikaan zou weten wat juist was. Ik heb mijn keus gemaakt. Hoe pijnlijk het ook was, ik deed wat ik doen moest.'

'Heb je hem verlaten?' vraagt Declan.

'Nee. Ik ben met hem getrouwd.'

De mannen staren me aan, met stomheid geslagen. Ik merk dat ik ze niet in de ogen kan kijken en draai me weer om naar het raam, maar ik voel hun priemende blikken in mijn rug, als laserstralen. Ze zijn twee van mijn oudste vrienden en ze wisten niet eens dat ik getrouwd ben geweest en dat de man met wie ik het bed deelde, nog altijd mijn gedachten beheerst. Hij is de reden waarom ik nu geen partner heb, zelfs geen minnaar. Danny is wat mij betreft nog steeds mijn echtgenoot en dat zal hij altijd blijven.

'En toen?' vraagt Declan.

Ik geef geen antwoord. Ik blijf uit het raam naar de duisternis staren.

'Maggie?' Declan is zo stilletjes achter me komen staan dat ik hem niet heb gehoord. Hij legt zijn hand op mijn schouder. Hij is geen man voor openlijke uitingen van genegenheid, waardoor ik schrik van zijn aanraking. In al onze jaren van vriendschap is dit misschien het intiemste contact dat Declan en ik ooit hebben gehad en het wekt herinneringen op aan Danny's aanraking, Danny's omhelzing.

Ik krimp ineen, niet vanwege Declan, maar omdat de herinneringen te pijnlijk zijn. 'Ik ben moe. Als jullie het niet erg vinden, ga ik naar bed.'

'Natuurlijk,' zegt Ben. Hij komt overeind. 'We komen morgen wel terug. Kom mee, Declan. Tijd om op te stappen.'

Zodra ze de deur uit zijn, vergrendel ik die en schakel het alarmsysteem in. Ik blijf in de hal staan luisteren tot ik hun auto hoor wegrijden. Ik hoor de bekende geluiden van mijn huis: het zoemen van de koelkast in de keuken, het tikken van de klok in mijn woonkamer. Het fort zit dicht, denk ik.

In mijn eentje, zoals altijd, loop ik de trap op naar mijn slaapkamer.

Maar ik ben niet echt alleen. Danny is bij me. Hij is altijd bij me. Ik trek mijn flanellen shirt uit en hang het in de kast, waar het gezelschap heeft van soortgelijke praktische shirts. Er hangen maar twee jurken in de kast en ik heb die al heel lang niet gedragen. Ik raak een ervan aan, een rechte linnen jurk, versierd met kleine geborduurde roosjes. Hij doet me denken aan een andere jurk die ik ooit heb gedragen, een jurk die ik ben kwijtgeraakt tijdens mijn omzwervingen over de wereld. De jurk die ik droeg op de dag dat ik mevrouw Danny Gallagher werd.

16

Londen, zeventien jaar geleden

Danny en ik trouwen op een frisse, heldere dag in november. Ik draag een krans van gipskruid in mijn haar en een halflange, met roosjes bedrukte japon. Mijn bruidsboeket bestaat ook uit kleine rozen. We wilden een bescheiden bruiloft, omdat Danny een hekel heeft aan pracht en praal en ik zo weinig mogelijk aandacht op mezelf wil vestigen. De plechtigheid wordt gehouden in de achtertuin van een klein, landelijk hotel in Essex. Danny's bruidsjonker is zijn studievriend Georgie, een grappige, verfrissend gewone jongen die voor een liefdadigheidsorganisatie werkt die waterbronnen boort in Afrikaanse dorpen. Hij is een goedhartige idealist die zou schrikken als hij wist dat ik voor de CIA werk. Mijn bruidsmeisje is Josie, die zogenaamd een vriendin van me is uit de tijd dat ik in Georgetown studeerde. In werkelijkheid werkt zij ook voor de Agency en is ze speciaal hiervoor overgevlogen. Ze heeft alle informatie over mijn jeugd, familie en studietijd in haar hoofd gestampt en als iemand de moeite zou nemen haar verleden uit te pluizen, zouden ze zien dat Josie echt in Georgetown heeft gestudeerd.

Ik heb tegen Danny gezegd dat mijn vrienden over de hele wereld verspreid zitten en daarom niet kunnen komen. De bruidsgasten zijn allemaal van zijn kant. De meesten werken ook bij Galen Medical Concierge en het feit dat ze zoveel talen machtig zijn, zegt veel over Galens internationale clientèle. Een van de artsen spreekt vloeiend Russisch en Oekraïens (Natalia), een andere Arabisch (Amina), en weer een andere Frans (Hélène). Verder heeft hij dokter Leeds en dokter Chand uitgenodigd en officemanager Lottie Mason, die nog niet weet dat ze over een paar weken een ongeluk zal krijgen. Niet fataal, heeft Diana me beloofd, maar wel zo ernstig dat ze minstens vier weken uit de running zal zijn, waardoor er op kantoor een gat zal vallen, dat moet worden gevuld.

Ik zal me dan aanbieden als tijdelijke kracht.

Ik ken alle gasten en zij kennen mij, althans, dat denken ze. Ik ben Maggie, de vrouw die Danny in Bangkok heeft ontmoet, de vrouw op wie hij al jaren verliefd is. De vrouw die bij hem was toen hij in Ballade zijn scalpel in de keel van een man stak die dreigde te stikken, en die de tegenwoordigheid van geest had hem het buisje van een balpen te geven dat hij als canule kon gebruiken.

Iedereen kent dit verhaal en ze vinden het prachtig.

Diana en Gavin wonen de plechtigheid niet bij, maar zijn er wel. Ze doen zich voor als Amerikaanse toeristen die toevallig in het hotel verblijven. Ik herken ze bijna niet als ik ze aan een van de tafels in de eetzaal zie zitten, Diana met een bruine pruik en Gavin met een baard die hem erg goed staat. Gewoon een Amerikaans echtpaar dat het leuk vindt dat er toevallig in de tuin van hun hotel een bruiloft wordt gehouden. Ze hopen een glimp op te vangen van Phillip Hardwicke, maar hij woont de plechtigheid niet bij. In plaats daarvan zal hij als gastheer optreden bij het diner, dat op zijn kosten zal worden gehouden in een van de restaurants die eigendom zijn van de Hardwicke Organization. Het is een extravagant cadeau, dat Danny wilde weigeren, maar ik heb gezegd dat we het moesten accepteren, omdat het beledigend zou zijn om een geschenk van Hardwicke af te slaan.

En dan kan ik eindelijk met hem kennismaken.

Het restaurant heet La Mer en bevindt zich in Knightsbridge. Het is vanavond in zijn geheel gereserveerd voor onze bruiloftsgasten en gesloten voor het publiek. Om vijf voor halfacht komen Danny en ik – nu mevrouw Gallagher – bij La Mer aan, waar we worden ontvangen met gejuich en geheven glazen champagne. Deze avond is net een kabuki-voorstelling waar iedereen denkt dat alles echt is, behalve ik en mijn bruidsmeisje Josie, die de gasten onthaalt op verzonnen verhalen over onze studietijd. Danny en zijn vrienden en collega's hebben geen idee wie ze in hun kring hebben toegelaten. Ik nip champagne, glimlach alsof ik het meen en hou een oogje op de deur, in afwachting van Phillip Hardwicke.

Om vijf voor acht gaat de deur open en komt de reden voor deze voorstelling binnen. Ik heb Hardwickes dossier gelezen en tientallen foto's van hem bestudeerd, maar die hebben me evengoed niet voorbereid op de overdonderende uitstraling van deze man. Hij is lang, heeft de soepele bouw van een panter en zelfs op zijn tweeënvijftigste nog een dikke bos stroblond haar, maar het opvallendst zijn zijn ogen. Die hebben de kille blauwe kleur van zee-ijs. Zelfs als hij me een hand geeft en glimlacht, is er geen warmte in te bespeuren.

'Leuk om je eindelijk te ontmoeten, Maggie. Danny is een bofkont.'

'Het is mij ook een genoegen u te ontmoeten, meneer Hardwicke,' zeg ik. 'Dank u wel voor dit fantastische diner.' Ik kijk naar de lange tafel met het gesteven linnen en het flonkerende glaswerk. 'Erg genereus.'

'De besten verdienen het beste.' Hij glimlacht naar Danny, maar op een koele, zakelijke manier. Voor Hardwicke is dit diner een transactie. Hij is precies zoals hij in het dossier wordt beschreven: een man die voor alles wat hij doet iets in ruil verwacht en van Danny verwacht hij de beste medische verzorging.

Ik maak mijn blik los van Hardwicke en kijk naar de oogverblindende vrouw die samen met hem is binnengekomen. Ik herken haar van de foto die in Lausanne is genomen. Het is Hardwickes maîtresse, Silvia Moretti, en in levenden lijve is ze nog mooier, met donkere mediterrane gelaatstrekken en haar zo glanzend als zwarte zijde. Elke ronding van haar lichaam wordt geaccentueerd door haar superstrakke japon. Hardwickes hand rust nonchalant op haar heup, een teken dat zij zijn eigendom is. Haar mond vormt zich tot een glimlach, maar haar ogen blijven neutraal; er valt geen tevredenheid of ontevredenheid af te lezen op haar mooie gezicht.

Hardwicke kijkt geïrriteerd naar de twee mannetjesputters die achter hen zijn binnengekomen. Een van hen draalt bij de deur, alsof hij nog iemand verwacht.

En dan komt ze binnen.

Hardwickes dochter, Bella, is nog maar een tiener, maar op haar vijftiende weet ze al precies hoe ze verveling moet uitdrukken. Dat ze hier niet wil zijn, is te zien aan haar norse gezicht en het feit dat ze bij de deur blijft staan, alsof ze zoekt naar een smoes om te kunnen ontsnappen. Bella steekt erg ongunstig af bij de mooie Silvia en heeft ook bitter weinig moeite gedaan om haar uiterlijk te verbeteren. Haar rode krullen dansen om haar gezicht als de pony van een poedel en haar verveelde houding wordt door haar ronde schouders geaccentueerd. Ze draagt een roze designerjaponnetje met aangerimpelde rok, die absoluut niet geschikt is voor haar wat te volle figuur. In tegenstelling tot haar vader, die alle aandacht naar zich toe trekt, houdt Bella zich op de achtergrond en frunnikt ze aan een bandje van haar beha.

'Bella,' beveelt Hardwicke. 'Kom kennismaken met dokter Gallaghers bruid.'

Ze komt naar voren en geeft me een slap handje. Haar ogen zijn bleekgroen en bijna wimperloos, als van een zeedier dat door het glas van een aquarium naar me staart. Voor haar ben ik iemand uit haar vaders zakenwereld met wie ze van hem moet kennismaken. Ik heb in Hardwickes dossier gelezen dat ze het enige kind is dat is geboren uit zijn huwelijk met Lady Camilla Lindsey, van wie hij acht jaar geleden is gescheiden. Camilla, die nu in Argentinië woont met haar op polo verzotte echtgenoot Antonio, was beschreven als een 'schoonheid uit de beau monde'. Het is jammer dat haar dochter haar genen niet heeft geërfd. Het meisje moet zich ervan bewust zijn dat ze ongunstig afsteekt bij haar glamourmoeder. In het dossier stond dat Bella op een exclusieve meisjeskostschool in Brighton zit, waar ze, te oordelen naar de uitdrukking op haar gezicht, nu liever zou zijn dan het weekend in gezelschap van haar vader te moeten doorbrengen.

Ik hoor een harde klik. Hardwickes bewakers hebben de deur van het restaurant op slot gedaan om te voorkomen dat er zomaar iemand zou binnenlopen, en gaan voor de deur staan, zodat er ook niemand kan vertrekken zonder hun toestemming. We zitten hier voor de rest van de avond opgesloten vanwege Hardwickes obsessieve machtsdrift. Geen wonder dat Bella zo ongelukkig kijkt; als ze bij haar vader is, moet ze zich voelen als een gevangene.

Zo voel ik me tenminste.

Dit is mijn bruiloftsdiner, maar als ik naast Danny plaatsneem aan de met teer porselein en een woud aan wijnglazen gedekte tafel, heb ik het gevoel dat alles me uit handen is genomen. Hardwicke heeft de wijnen vooraf besteld. Uiteraard. Zijn creditcard, zijn keuze. Kelners in uniform komen de keuken uit met flessen Domaine Chanson-chardonnay en lopen efficiënt rond de tafel om de glazen te vullen. Als een van hen bij Bella is aangekomen, kijkt hij Hardwicke vragend aan.

'Toe nou, pap,' zegt Bella. 'Van mama mag het.'

'Je moeder is niet hier.'

'Ik mag altijd een glaasje als ik bij haar ben.'

Hardwicke fronst zijn wenkbrauwen. 'Een half glas. Meer niet.'

De kelner schenkt in en loopt dan naar het tafeltje waar de bewakers zitten.

'Zij niet,' snauwt Hardwicke. 'Zij hebben dienst.'

Arme bewakers.

Hardwicke heft zijn glas. 'Een toost op het bruidspaar!' Hij zit recht tegenover me, met Silvia links van hem en Bella rechts, en ik kan niet aan zijn blik ontkomen. Ik heb zijn dossier gelezen en weet wat hij heeft gedaan. Ik weet wat hij is. Mijn lot hangt af van wat hij níét weet over mij.

Alle gasten heffen hun glas en Danny legt zijn hand op mijn knie. Ik glimlach en neem een slokje. Het is vast een uitstekend jaar, maar ik proef het nauwelijks, omdat mijn keel lijkt te zijn dichtgeschroefd. Ik zie Josie aan het eind van de tafel lachen. Zij zit helemaal in haar rol. Ik hoor dokter Leeds iets lovends zeggen over de chardonnay. Ik voel me opgesloten in dit tableau, een figuur op een schilderij.

'Ik hoor dat jullie elkaar in Bangkok hebben ontmoet,' zegt Hardwicke. Hij kijkt me zo indringend aan dat ik nauwelijks merk dat de kelner de amuse op mijn bord heeft gelegd: in sherry gekookte kreeft op een maiskoekje.

'Maggie is zo'n ervaren globetrotter dat ze daar precies weet bij welke kraampjes je moet zijn.' Danny kijkt me glimlachend aan. 'Ik, daarentegen, liep rond als een kip zonder kop. Toen ik zag wat zij nam, besloot ik hetzelfde te bestellen en toevallig was er aan haar tafel nog een krukje vrij. Het was liefde op het eerste gezicht.'

'Wat een gelukkig toeval,' zegt Hardwicke. 'De juiste plek, het juiste moment. Hoe komt het dat jij Bangkok zo goed kent, Maggie?'

Ik voel mijn hartslag toenemen. 'Ik moet er soms zijn voor mijn werk.'

'Je zit in de import en export van modeartikelen, heb ik begrepen. En je kantoor was in Istanboel.'

Wat weet hij nog meer over mij? Ik werp een blik op Josie en zie dat ze oplettend kijkt. Als Hardwicke weet wie ik in werkelijkheid ben, weet hij ook dat zij hier slechts een rol speelt, en kunnen we allebei in gevaar zijn.

'Echt? Werk je in de mode-industrie?' vraagt Bella. Voor het eerst toont ze belangstelling voor me. 'Ben je modeontwerper?'

'Nee, maar ik werk met veel modeontwerpers. Ik help ze hun producten naar allerlei landen te verschepen. Er zijn heel veel schitterende japonnen door mijn handen gegaan. En prachtige stoffen.'

'Zulk werk lijkt mij nou fijn.'

'Is jouw japon van een Italiaanse modeontwerper, Bella?'

Ze zet grote ogen op. 'Kun jij dat zien?'

Het was eerlijk gezegd een gok, omdat de vriendin van Bella's vader Italiaanse is. Het is een mooi japonnetje, maar niet geschikt voor Bella's lichaam.

Mode interesseert Hardwicke duidelijk niet. Hij wenkt een kelner en wijst naar zijn lege glas. Bella heeft zich precies op tijd in het gesprek gemengd om te voorkomen dat het een gevaarlijke wending zou nemen en daar ben ik haar dankbaar voor.

Het voorgerecht wordt opgediend, perfect gerezen mini-champignonsoufflés, een bewijs dat de keuken is opgewassen tegen de uitdagende taak om een groep van achtentwintig mensen soufflés te serveren. De volgende wijn wordt binnengebracht, een Domaine Leroy-pinot noir. Een kelner schenkt een scheutje in het glas van Hardwicke, die de wijn in het glas laat ronddraaien, eraan ruikt, en proeft. 'Goed,' is het enige wat hij zegt, waarna de kelners de tafel rondgaan om alle glazen te vullen.

Weer stopt een van hen bij Bella.

'Zij heeft genoeg gehad,' zegt Hardwicke.

'Pap!'

'Een half glas heb ik gezegd.'

'Het was niet eens een half glas. Mama vindt –'

'Wat je moeder vindt, interesseert mij niet.'

'Nee, wat mama vindt heeft jou nooit geïnteresseerd.' Bella kijkt naar Silvia, die er onbewogen bij zit. 'Ik snap niet dat zíj dat van je pikt.'

'Haar naam is Silvia.'

Bella schiet overeind. 'Het valt me mee dat je ze uit elkaar weet te houden.' Ze loopt met grote stappen naar het toilet.

Er valt een stilte. Silvia neemt kalmpjes een slokje wijn en zegt dan: 'Het meisje mist haar moeder. Ze kan beter teruggaan naar Argentinië.'

'Denk je dat Camilla haar wil?' Hij snuift en richt zich weer tot mij. 'Excuses voor het drama. Als er een vijftienjarige bij is, wordt er altijd wel iets een drama. Ik hoor graag iets meer over jou, Maggie. Ik hoor graag waarom een Amerikaanse haar glansrijke, wereldomvattende carrière heeft opgegeven om mevrouw Gallagher te worden.'

Danny slaat zijn arm om me heen. 'Ware liefde is de reden.'

Hardwicke trekt één wenkbrauw op. Ik denk niet dat hij in ware liefde gelooft of überhaupt in dingen die niets met zaken te maken hebben. 'En wat ga je doen, nu je in Londen woont? Op je lauweren rusten?'

Danny lacht om dat idee. 'Ik heb deze dame nog nooit op haar lauweren zien rusten.'

'Je zoekt dus werk? Waar ben je goed in?'

Ik heb het gevoel dat dit een strikvraag is. Hij vist naar informatie en wacht op een verspreking.

'Om te beginnen zou ze een heel goede medische assistente zijn,' zegt Danny. 'Ik heb gezien hoe ze zich in een stressvolle situatie gedraagt.'

'Ja, ik heb dat verhaal gehoord, over de man in Ballade die bijna stikte en met een balpen is gered. Heel slim. Je schrikt dus niet terug van bloed?'

'Ik ben opgegroeid op een schapenfokkerij in New Mexico,' zeg ik. 'Onze lammeren werden vaak aangevallen door roofdieren.' Ik kijk naar mijn man. 'Ik zou best samen met Danny in de kliniek willen werken, al was het maar in een administratieve functie.'

'Meen je dat echt? Zou het bijhouden van dossiers je gelukkig maken?' Het is alsof Hardwickes blik als tentakels tot in mijn hersenen doordringt, waar ze alle geheime kloven weten te bereiken. Ik voel me alsof ik aan mijn stoel ben genageld, waardoor hij me op zijn gemak kan ontleden.

De kelners dienen het hoofdgerecht op. Dat stelt me in de gelegenheid even te ontsnappen.

'Neem me niet kwalijk,' zeg ik als ik opsta.

Ik ga naar het toilet en sluit me op in een van de twee hokjes. Ik hoef niet te plassen; ik heb alleen een ogenblik nodig om mijn evenwicht terug te vinden. Ik heb vaker terroristen in de ogen gekeken en ben getuige geweest van de bloederige resultaten van hun werk, maar ik heb me nog nooit zo bedreigd gevoeld als door de manier waarop Hardwicke naar me kijkt. Ik denk aan zijn bankier, levend verbrand in zijn Jaguar. Ik denk aan zijn accountant, doodgeschoten in haar slaapkamer. Ze zijn vermoord omdat iemand hen had verraden, iemand die wist dat zij verklikkers waren.

Diana heeft gelijk. We kunnen niets met de Britten delen. Als ik in leven wil blijven, moeten we dit binnen onze kleine groep houden.

Het is tijd om terug te keren naar de tafel en Hardwicke weer het hoofd te bieden.

Ik maak de deur van het hokje open. Als ik eruit kom, hoor ik dat er iets op de grond valt. Iemand zegt 'shit'. Een blauwe pil rolt onder de deur van het tweede hokje naar buiten.

Ik raap hem op. Het is een ronde pil en op één kant staat het symbool van een vlinder. Het hokje gaat open en Bella komt eruit. Ze kijkt meteen naar de pil in mijn hand.

'Die is van mij,' zegt ze. 'De dokter heeft ze voorgeschreven, tegen zenuwen.'

Ik kijk naar het plastic zakje in haar hand. Er zitten nog zeker zes van die blauwe pillen in en het is beslist geen officiële verpakking. Ze steekt haar hand uit naar de pil die op de grond was gevallen, maar ik geef hem niet terug.

'Deze is nu vies,' zeg ik.

'Dat geeft niet.'

'Hij is over de vloer van de toiletruimte gerold. Je gaat toch niet –'

'Alsjeblíéft.'

Ik geef haar de pil terug. Ze doet hem bij de andere in het zakje. Blijkbaar kan het haar niets schelen hoeveel ziektekiemen er kunnen zijn in een kleine ruimte waar mensen plassen en poepen.

‘Ik zal het aan niemand verklappen,’ zeg ik tegen haar.

Ze gelooft me niet. Ik zie het aan de manier waarop ze haar lippen op elkaar perst en met een snelle, nerveuze blik naar de deur kijkt. ‘Mijn vader…’

‘Is een controlfreak.’

‘Is dat je nu al opgevallen?’

‘Uiteraard. De vooraf bestelde gerechten en wijnen. De bewakers die ons in het restaurant hebben opgesloten.’

‘Bewakers?’ Ze snuift. ‘Dat zijn Keith en Victor maar. Die zijn zo dom. Weet je hoe vaak ik stiekem het huis uit glip zonder dat zij het merken?’

Tieners zullen volwassenen altijd te slim af zijn.

‘Bella, luister even. Ik wil je niet in de problemen brengen, maar je moet oppassen met die pillen. Het zijn Molly’s.’

‘Hoe weet je dat?’

‘Dat weet ik gewoon. Ze kunnen akelige neveneffecten hebben.’

‘Ik word er blij van. Als ik ze neem, voel ik me alsof alles in orde is, ook al weet ik dat het niet zo is.’

Ik raak haar arm aan. Ze is warm, bijna koortsig, alsof haar verdriet een oventje is dat in haar brandt. ‘Bella, ik had ook problemen met mijn vader. Ik begrijp hoe je je voelt. Als je eenmaal volwassen bent, kun je doen wat je wilt. Ik spreek uit ervaring.’

Ik zie een zweem van een glimlach. Ze stopt het zakje met de pillen in haar tas en ritst die dicht. ‘Zul je het echt aan niemand vertellen?’

‘Ik beloof het.’

‘Ook niet aan dokter Gallagher? Als hij het zou weten, zou hij het aan mijn vader moeten vertellen.’

‘Ik zal het zelfs niet aan Danny vertellen.’ Ik steek mijn hand omhoog. ‘Erewoord.’

Ze kijkt een beetje bevreemd bij dat gebaar, maar begrijpt wat het betekent: dat haar geheim bij mij veilig is. ‘Dokter Gallagher is een aardige man. Ik ben blij dat je met hem bent getrouwd,’ zegt ze en ze loopt het toilet uit.

Ik neem de tijd om mijn handen te wassen en te drogen. Ik wil niet laten merken dat Bella en ik daar een onderonsje hadden en dat het klikt tussen ons. Nu weet ik iets meer over Phillip Hardwicke en zijn familieleden. Ik weet dat zijn dochter een hekel aan hem heeft. En ik weet dat hij niet de absolute macht heeft die hij denkt te hebben.

Dat kan me nog van pas komen.

17

Ik slaap met de vijand. Zo moet ik over mijn gloednieuwe echtgenoot denken als ik in leven wil blijven.

Alleen lijkt Danny niet de vijand als we in bed liggen in ons kleine hotel aan de Turkse kust. Veel stellen gaan op huwelijksreis naar Spanje of Italië, maar wij brengen de week door in het lieflijke kuststadje Gümüşlük. Hier komen niet veel buitenlandse toeristen en daarom heb ik het gekozen voor onze huwelijksreis. Hier kunnen we door oude ruïnes slenteren, in blauwgroen water zwemmen en gegrilde vis eten met een lekkere Turkse wijn erbij. Hier hebben we geen pottenkijkers.

Dat hoop ik tenminste.

Ik draai me op mijn zij en kijk naar mijn slapende man. Ochtendlicht, gefilterd door de rolgordijnen, schildert gouden strepen op zijn blote borst. Het is een bescheiden hotel, geschikt voor Turkse bruidsparen die niet al te veel geld hebben. De lakens zijn niet superzacht en sommige van de vloertegels zijn beschadigd, maar de kamer is schoon, de hoteleigenaar is een vriendelijke man en we hebben uitzicht op zee. We hadden ook naar het Pera Palace Hotel kunnen gaan of naar een van de luxe resorts in Bodrum met marmeren vloeren, geüniformeerd personeel en masseuses die dag en nacht beschikbaar zijn, maar dit is het Turkije dat ik Danny wil laten zien. Dit is wat een bruid zou doen: met haar man naar een romantisch dorp aan de Egeïsche Zee gaan om wijn te drinken, de liefde te bedrijven en onszelf te vertellen dat wat we samen delen allemaal echt is.

Ik kijk naar zijn gebruinde schouders en de sproetjes die daar zijn verschenen als nootmuskaatstrooisel. Op dit moment vóélt het ook echt, maar dat neemt niet weg dat als ik mijn geheimen niet zorgvuldig bewaar, ze Hardwicke ter ore kunnen komen. Zelfs op onze intiemste momenten moet ik op mijn tellen passen en ervan uitgaan dat de muren oren hebben.

Danny doet zijn ogen open en glimlacht naar me. 'Hoelang ben jij al wakker?'

'Heel lang. Ik vind het leuk om naar je te kijken.'

'Lag ik weer te snurken?'

'Ja, maar heel lief. Als een spinnende kat.' Ik laat mijn hand over zijn borst en buik glijden. Hij is bijna net zo slank als op de dag dat we elkaar voor het eerst hebben ontmoet, maar na zeven jaar kunnen we niet om het feit heen dat de tijd zijn tol eist. We hebben allebei al wat grijze haren en de rimpeltjes op ons gezicht worden dieper. *Tot de dood ons scheidt*, hebben we elkaar beloofd, maar zullen we samen oud worden? Zal ons dat gegund zijn?

'Heb je honger?' vraag ik.

'Altijd.' Hij slaat een arm om me heen en draait me op mijn rug. 'Maar het ontbijt kan nog wel even wachten.'

De kelner heeft ons een tafel aan de rand van het terras gegeven, pal aan het water. Turken zijn verschrikkelijk romantisch ingesteld en onze kelner weet dat we pas getrouwd zijn en daarom verwent hij ons als een lieve oom. Hij brengt ons honing voor in de yoghurt en voegt extra olijven en driehoekjes feta aan ons ontbijt toe omdat hij heeft gemerkt dat Danny een gezonde eetlust heeft. We zijn vanochtend laat opgestaan en het terras is maar half vol. Er zit niemand aan de tafels naast ons, maar ik werp automatisch een blik om me heen om te controleren of iemand zou kunnen horen wat we zeggen en of ik andere gezichten zie dan die de afgelopen vijf dagen op mijn radar zijn verschenen. Ik moet ervan uitgaan dat Danny en ik niet alleen zijn, zelfs niet op onze huwelijksreis. Mensen van Hardwicke of van mij kunnen ons in de gaten houden, misschien zelfs onze gesprekken afluisteren. Als Danny 's ochtends onder de douche is, doorzoek ik altijd snel de hotelkamer, op zoek naar afluisterapparatuur. Tot nu toe heb ik niets gevonden, maar dat wil niet zeggen dat er niets is.

Op het terras zit een ouder Brits echtpaar dat twee dagen geleden is aangekomen, een Turks gezin met drie kinderen en een Nederlands stel op huwelijksreis. Echt op huwelijksreis. Ik ben een beetje jaloers als ik zie dat ze hand in hand zitten en zich naar elkaar toe buigen voor een zoen. Geen verborgen motief voor hun huwelijk, maar een eerlijke verbintenis. Dit is wat ik voor Danny en mij had gewild, maar wat door Diana's bezoek is verpest.

Ik kijk weer naar mijn echtgenoot en voel een steekje van onrust als ik zie dat hij me aandachtig bekijkt. Waren zijn ogen altijd zo groen, of komt het door de invalshoek van het zonlicht?

'Waar denk je aan, schat?' vraag ik.

'Dat we hier nog een week hadden moeten boeken. Of een maand. Of het hele jaar. Ik zou hier kunnen wonen.'

'Zou je je niet gaan vervelen?'

'In het paradijs?' Hij kijkt naar de zee. 'Soms denk ik dat we ons oude leven gewoon in de steek moeten laten, Mags. Rugzakken om en de wereld in. Alles achterlaten. Jij en ik, wereldburgers. Als we geld nodig hebben, werken we een poosje. We zouden zoveel goeds kunnen doen voor de mensheid, net zoals Georgie. Putten graven in kleine dorpjes.'

'Terug naar liefdadigheidswerk?'

'Waarom niet? Ditmaal kunnen we het samen doen.' Hij kijkt me aan met zo'n oprecht verlangen dat ik hem geloof. Ik geloof dat hij echt van de baan af wil waarin hij vastzit, en hij wil dat ik met hem meega. Maar dan neemt het gezonde verstand het weer over en is de impuls verdwenen. Hij zucht en schudt zijn hoofd. 'Maar ja, dat is iets waar je alleen maar van droomt. Van huis weglopen.'

'Waar ben jij voor op de vlucht, Danny?'

'Nergens voor. Ik zat maar een beetje te fantaseren.'

'Nee, nee. Vertel me wat je dwarszit.'

Hij kijkt naar de vissersboten die aan hun meertouwen deinen. 'Dit is niet wat ik had gedacht te gaan doen. Werken bij Galen. In plaats van in de loopgraven levens te redden, deel ik pillen uit aan rijke mensen. Pillen om wakker te worden, pillen om in slaap te vallen, pillen om je goed te voelen.'

'Zijn je patiënten echt zo lastig?'

'Sommigen. De meesten. Het zal wel komen door hun vette bankrekeningen.'

'Patiënten zoals Phillip Hardwicke?'

Als ik zijn naam noem, kijkt Danny weer naar mij. 'Je mag hem niet, hè?'

'Ik vond dat hij erg lelijk deed tegen zijn dochter. Als hij pillen slikt om je goed te voelen, werken die bij hem blijkbaar niet.'

'In zijn geval gaat het om pillen die hij echt nodig heeft.'

'Waarvoor?'

'Epilepsie. Het gevolg van een hoofdwond die hij als jongeman heeft opgelopen. Hij kan op elk uur van de dag of nacht een toeval krijgen. Ik werk met een neuroloog om verschillende medicijnen uit te proberen, maar het overkomt hem nog steeds af en toe. Daarom neemt hij me mee op zijn reizen, om er zeker van te zijn dat iemand hem kan helpen als een toeval te lang duurt.'

'Daarom ga je volgende week dus met hem mee naar Cyprus.'

'Ja, al zou ik liever niet gaan.'

'Wil je niet in zijn privéjet vliegen en in een mooi hotel logeren?'

'Het is werk, Maggie. Ik bleef liever thuis met jou. Laten we niet over hem praten.' Hij legt zijn servet neer. 'Zullen we een eindje gaan rijden en zien of we een mooi strandje kunnen vinden?'

We halen onze snorkels en een lunchpakket en rijden langs de kust. Via een ongeplaveide weg over een smalle landtong komen we bij een kleine inham waar niemand anders te bekennen is. Een plek waar iemand makkelijk kan verdwijnen, denk ik, als we door struikgewas naar het water lopen. Een plek waar een man zich van zijn nieuwe bruid kan ontdoen zonder dat iemand er getuige van is. Wat leven we in een ellendige wereld, als ik denk dat de man van wie ik hou een man is voor wie ik moet oppassen.

We zetten de tassen neer, spreiden de handdoeken uit en gooien onze kleren van ons af. Het zand is hier grof, gruizig, en ik loop voorzichtig naar de rand van het water. Daar blijf ik staan om mijn zwemvliezen aan te trekken en mijn snorkelmasker voor te doen. Danny duikt de zee al in en ik kijk hem na als hij door het glasheldere water zwemt.

Dan neem ik ook een duik en volg hem. Ik zwem naar de plek waar ik zijn zwemvliezen zie. Als ik bij hem ben, komt hij watertrappelend boven. 'Moet je kijken, Maggie!'

'Wat heb je gezien?'

'Kijk zelf maar.' Hij doet de snorkel weer in zijn mond en duikt.

Ik volg hem.

Het water is hier nog geen drie meter diep. Je hoeft nauwelijks moeite te doen om de bodem te bereiken. Hij wijst naar een verbleekt koraalrif, al lang dood en duidelijk erg oud, te oordelen naar wat erin gebed zit: een amfoor. Ik stel me voor hoe die hier duizenden jaren geleden terecht is gekomen. Overboord gegooid of gevallen en door de zee uiteindelijk hier gedeponeerd. Terwijl de eeuwen verstreken en op het vasteland steden werden gebouwd en in verval raakten, bleef onder water het koraal geduldig groeien rond dit verloren voorwerp.

Danny raakt mijn schouder aan en ik kijk naar hem door mijn masker. Hij glimlacht, opgewonden over de vondst. We zwemmen naar de oppervlakte, waar we watertrappen en hij de snorkel uit zijn mond haalt.

'Wat schitterend!' zeg ik.

'Maggie...'

‘Ik ben benieuwd of we nog meer zullen vinden.’

‘Ik hou van je.’

Ik lach. ‘Was dat niet de reden waarom je met me bent getrouwd?’

‘Ik wil gewoon dat we dit altijd zullen onthouden. Dit moment. Laten we elkaar dat beloven.’

We zijn hier alleen, niemand anders kan ons horen. Het enige geluid is dat van het kabbelende water en als er ooit een geschikt tijdstip was om hem de waarheid te vertellen, is het nu. Elke seconde dat ik wacht met antwoorden, vergroot mijn gevoel van schuld om de geheimen die ik voor hem achterhoud. Ik wil eerlijk zijn, maar kan het niet, omdat het niet in mijn aard ligt om mensen te vertrouwen. Ik heb al vroeg geleerd dat mensen vertrouwen je altijd duur komt te staan.

Hij kijkt naar het strand. Er is nog een stel gekomen. Ze leggen een plaid op het zand. We zijn niet meer alleen. De gelegenheid om hem de waarheid te vertellen, is vervlogen.

‘Laten we gaan lunchen,’ zeg ik, en ik zwem terug naar het strand.

18

Heden

Ik denk aan die huwelijksreis aan de Turkse kust als ik in mijn Kubota over het veld rij. Achter me klotst het water in de emmers. Het is koud, min tien. Het gemorste water in de laadbak zal binnen de kortste keren in een ijslaag veranderen. Wat is het lang geleden dat ik een badpak en sandalen heb gedragen en op een strand in de zon heb liggen bakken. In plaats daarvan draag ik een wollen trui, een donzen jack en rubberlaarzen. Ik parkeer bij de kippenren en schakel de stroom van de door zonne-energie gevoede elektrische omheining uit. Ik laat de kippen nog even in het hok als ik een zak voer en een emmer water binnen de omheining zet. Het werk op een boerderij is in wezen een sleur, maar ik vind het dagelijkse ritme ervan rustgevend: het klotsen van het water, het ruisende geluid van het voer dat uit de zakken in de voederbakken stroomt. Hoe meer werk, hoe minder tijd om na te denken over wat ik liever wil vergeten, maar vandaag lijk ik niet in staat te zijn de herinneringen van me af te zetten. Het klotsen van het water doet me denken aan zwemmen in de Egeïsche Zee. Het ruisende geluid van het voer dat in de trog stroomt, herinnert me aan het gruizige zand van dat Turkse strand en meteen ben ik weer daar, met Danny. Ik zet de deur van het hok open om de kippen naar buiten te laten. Mijn haan komt als eerste tevoorschijn. Hij beweegt zijn kop als een discodanser als hij het plankier afloopt. 'Goedemorgen, dames,' zeg ik als zijn harem volgt, zachtjes kakelend en elkaar verdringend om bij het voer te komen. Gelukkig zijn er vanochtend geen dode hennen. Ik ben er niet één meer kwijtgeraakt sinds de dag dat ik de vos heb geschoten, maar het is slechts een kwestie van tijd voordat een ander roofdier haar plaats zal innemen. Zo is het nu eenmaal.

Nu de kippen zijn afgeleid door het voer, raap ik snel de eieren uit de legbakken. Het zijn er niet veel op deze winterse ochtend, misschien twee dozijn, nauwelijks de moeite waard om naar de stad te rijden. Ze zien er wel mooi uit, net een mand paaseieren, met de verschillende kleuren blauw, bruin en wit. Ik zet de mand in de auto en loop naar achteren om de tweede emmer te halen. Over een paar uur zal alles bevroren zijn en zal ik opnieuw vers water moeten brengen.

Ik grijp het hengsel van de tweede emmer. Als ik hem uit de laadbak til, gebeuren er twee dingen vrijwel simultaan. Ik voel een schok door de emmer gaan en hoor een krakende knal over het veld echoën. Water spat tegen mijn broek en op mijn laarzen. Twee stroompjes lekken uit de gaatjes aan weerskanten van de emmer. Het is alsof de tijd vertraagt als mijn hersenen deze details verwerken, maar ik weet meteen wat dit betekent.

Ik laat me plat op de grond vallen. Mijn wang raakt de sneeuw als er weer een schot klinkt. Ik schuif snel onder de auto en voel mijn hart als een razende tekeergaan. Het vocht van de sneeuw dringt in mijn jack. De Kubota wordt met een metaalachtige *ping!* tweemaal geraakt. Waar komen de schoten vandaan? Ik spied de omgeving af en kom tot de conclusie dat de schutter in het bos moet zitten, links van mij.

Ik rol naar de passagierskant en heb de wagen nu tussen mij en de schutter. De voorruit spat uiteen en het regent glasscherven op de sneeuw. Het is duidelijk dat dit geen verdwaalde kogels zijn van een klunzige jager. Deze schutter heeft het op mij voorzien.

En mijn geweer ligt in de auto.

Ik richt me half op en maak het rechterportier open.

Kogels raken een van de banden. De lucht ontsnapt sissend en de band wordt plat.

Ik kruip in de cabine, grijp het geweer dat tussen de stoelen ligt, en laat me snel weer naar buiten zakken. Als ik door mijn vizier de bosrand afzoek, zie ik een beweging. Een menselijke gedaante, gekleed in een camouflagepak.

Ik haal de trekker over. Eén schot, omdat er nog maar drie kogels in mijn geweer zitten. De schutter heeft ongetwijfeld meer munitie dan ik, maar hij weet nu dat ik gewapend ben en niet van plan me zonder slag of stoot over te geven.

Ik speur de rand van het bos af, maar de man in het camouflagepak is met de omgeving versmolten. Zit hij er nog? Houdt hij zich verscholen tussen de struiken en wacht hij tot ik tevoorschijn zal komen? Als ik in de auto zou gaan zitten, zou hij me kunnen zien. Aan de auto heb ik sowieso niks, met die lekke band. Ik laat het vizier heen en weer gaan langs de bomen. *Waar zit je? Waar zit je?* De wind fluit over het veld en mijn natte broek begint te bevriezen. Ik kan hier niet eeuwig blijven zitten, maar ik kan ook niet over het besneeuwde veld wegrennen.

Ik hoor het ronkende geluid van een naderende auto, kijk om en zie een terreinwagen aankomen. Het is Luther. Hij stopt naast me, maar ik blijf door mijn vizier naar het bos turen en durf niet overeind te komen.

Hij stapt uit, hijgend in de kou. 'Wat gebeurt er, Maggie? Wie is er aan het schieten?'

'Dat weet ik niet. Ga liggen!'

'Callie heeft de politie gebeld. Die zullen wel –'

'Ga liggen!'

'Met deze krakkemikkige knieën? Ik kijk wel uit. Als ik ga liggen, kom ik nooit meer overeind.' Hij staart naar mijn met kogels doorboorde Kubota. 'Jezus. Dit is niet een achterlijke jager.'

'Nee. Hij jaagt in elk geval niet op wild.'

Luther staat nog steeds rechtop, als een levensgroot doelwit, dat de schutter met gemak zou kunnen raken. Hij tuurt naar de bomen. ‘Wie probeert jou te vermoorden, Maggie?’

‘Dat weet ik niet,’ zeg ik.

Ik weet niet wie, maar ik weet wel waarom.

Het is jammer dat Callie de politie heeft gebeld, want nu zit ik weer met waarnemend korpschef Thibodeau, die me een heleboel lastige vragen stelt. We zitten aan mijn keukentafel en haar blonde haar is ook vandaag strak naar achteren getrokken tot een paardenstaart, wat de scherpe hoeken van haar gezicht accentueert. In het daglicht zie ik details die me eerder waren ontgaan: een waas van sproetjes op haar wangen en een smal littekentje op haar bovenlip. Zelfs in februari heeft ze een gezonde, gebruinde huid, wat erop wijst dat ze vaak in de buitenlucht verkeert. Het is alsof ik een jongere versie van mezelf tegenover me heb, waardoor ze een lastige tegenstander is. Toen ik zo oud was als zij wist ik precies wanneer iemand zat te liegen en dat weet zij vast ook.

‘Iemand heeft geprobeerd u te vermoorden,’ zegt ze. ‘Hebt u echt geen idee wie het kan zijn?’

‘Ik heb geen gezicht gezien. Alleen –’

‘Een gedaante in camouflagekleding.’

‘Ja.’

‘Man of vrouw?’

‘Een man.’

‘Hoe weet u dat?’

‘Zijn postuur. De manier waarop hij zich bewoog.’

‘Een man die door het bos is gelopen om op u te schieten.’

‘Er zitten ook herten in het bos.’

‘Rond uw terrein staan bordjes VERBODEN TE JAGEN.’

‘Niet iedereen geeft daaraan gehoor.’

‘Denkt u echt dat dit een gewone jager was?’

‘Ja, maar eentje die een bril nodig heeft.’

Ze perst haar lippen op elkaar. Jo Thibodeau stelt humor niet op prijs. 'Ik heb met uw buurman, meneer Yount, gesproken. Volgens hem zit uw RTV vol kogelgaten en is de voorruit aan gruzelementen. Hij en zijn kleindochter hebben tien of meer schoten gehoord. Toen meneer Yount bij u aankwam, zat u in elkaar gedoken achter uw voertuig.'

'Ik zat niet in elkaar gedoken. Ik zat gebukt. Ik probeerde erachter te komen waar de schoten vandaan kwamen.'

'Dat is een erg nuchtere reactie.'

'Ik ben een nuchter type.'

'Hebt u eerder met dergelijke situaties te maken gehad?'

Die vraag had ik niet verwacht en ik wil hem niet beantwoorden. 'Ik ben opgegroeid op een schapenfokkerij,' zeg ik. 'Ik ben gewend om met vuurwapens om te gaan. En ik weet wat je moet doen als er iemand begint te schieten.'

'Wat heeft deze aanval te maken met de dode vrouw op uw oprijlaan?'

'Geen idee.'

'Wie wil ú dood hebben?'

'Geen idee.'

'U schijnt van veel dingen geen idee te hebben.'

'Dat kun je van meer mensen zeggen.'

'Ik kan u niet helpen als u mij niet wilt helpen. Ik heb antwoorden nodig op mijn vragen, mevrouw Bird. Houdt u zich voor iemand verscholen? Bent u ergens voor op de vlucht?'

Is niet iedereen ergens voor op de vlucht? denk ik, maar zo'n brutaal antwoord zal bij haar niet in goede aarde vallen en daarom zeg ik niks en schud mijn hoofd.

Ze werpt een blik om zich heen. Ik heb na mijn ontbijt de vaat niet gedaan. Op het fornuis staat een vettige koekenpan, op de tafel staan mijn koffiemok en een bord met de kruimels van een geroosterde boterham en aangekoekte stukjes roerei. 'De vorige keer dat ik hier was, heb ik uw beveiligingssysteem gezien,' zegt ze. 'Een heleboel camera's en bewegingssensors. Purity is maar een klein stadje.

Niemand heeft zo'n uitgebreid beveiligingssysteem als u.'

'Ik voel me er veilig bij.'

'Waarom zou u zich hier niet veilig voelen?' Ze kijkt me recht in de ogen en ik weet dat deze vrouw het nooit zal opgeven. Jo Thibodeau zal blijven graven. Niet dat ze er ooit achter zal komen wie ik ben, maar ze zal me het leven zuur maken.

Ik ben blij als we worden gestoord door een klop op de deur. Ik hoor Declan roepen: 'Mags?' Hij komt de keuken in. 'Alles in orde?'

'We zitten midden in een vraaggesprek,' zegt Thibodeau.

'Ik hoorde op de politiescanner over de schietpartij.'

'Meneer Rose, ik verzoek u...'

'Wie was het? Hebben we een signalement? Een voertuig?'

'Ik wil dit vraaggesprek graag afronden.'

Declan kijkt me aan. 'Waar is het gebeurd?'

'Ik was bij mijn kippenren.'

Declan draait zich om en loopt naar de deur.

Thibodeau roept: 'Meneer Rose!' Zonder zich iets van haar aan te trekken, loopt hij naar buiten. Daar krijgt hij gezelschap van Ben Diamond, die juist komt aanrijden. Door het keukenraam zie ik de mannen overleggen terwijl ze naar het veld kijken. Dan gaan ze samen op weg, over het besneeuwde veld.

'O, jezus,' kreunt Thibodeau. 'Ze gaan de plaats delict verpesten.' Ze springt overeind en grist haar jas van de haak. 'Wie denken ze wel dat ze zijn?'

Je moest eens weten, denk ik. Ik trek ook mijn jas aan en volg haar.

Declan en Ben lopen al een eind voor ons uit. Ze weten uiteraard dat ze geen nieuwe sporen mogen maken in de sneeuw en lopen daarom in de bandensporen die Luthers terreinwagen heeft achtergelaten toen hij me naar huis bracht.

'Pardon!' roept Thibodeau. Ze loopt in hetzelfde spoor. 'Heren!'

De mannen reageren niet.

'Zijn ze doof?' moppert ze.

'Ze hebben een missie,' zeg ik. 'Ze zijn niet achterlijk. Ze zullen de plaats delict niet verpesten.'

'Dat weten ze niet.'

'Ze weten meer dan u denkt.'

'Hoezo? Wie zijn ze?'

'Dat moet u maar aan henzelf vragen.'

Tegen de tijd dat we bij mijn auto zijn, zitten Ben en Declan op hun hurken de kogelgaten in de emmer te bestuderen.

Declan kijkt naar ons op. 'Een .308.'

'Hoe weet u dat?' vraagt Thibodeau.

'Ballistiek is mijn hobby.' Hij komt overeind. 'Als jij was geraakt, zou het een heel groot gat zijn geweest, Maggie. Je boft.'

'Pure mazzel,' zeg ik. 'Ik draaide me net om toen hij vuurde.'

'Kwam het schot daarvandaan?' Ben kijkt naar de bomen.

'Ja, ik zag hem door het vizier van mijn geweer. Dicht bij die beuken.'

Ben en Declan lopen naar de bomen. Thibodeau doet geen pogingen meer hen tegen te houden. Met een zucht volgt ze de mannen.

Algauw zien ze de schoenafdrukken die de schutter heeft achtergelaten.

'Zo te zien is het schoenmaat 43/44. Een rubberen zool, ik denk Vibram,' zegt Thibodeau. Ze haalt haar telefoon uit haar zak om foto's te maken. De schutter heeft een heleboel afdrukken achtergelaten, en een ervan is vrijwel geheel intact, beschermd tegen de wind en goed zichtbaar zonder storende takken. We geven haar de ruimte om haar werk te doen. Ze maakt foto's en verzamelt patroonhulzen. Ik kijk onwillekeurig naar de voetafdrukken van Ben en Declan. Beiden hebben een grotere maat dan de schutter, minstens 45. Ik ken deze mannen en ik vertrouw ze, maar sommige dingen leer je nooit af, zoals de loyaliteit van iedereen in je leven in twijfel trekken, inclusief de mensen van wie je houdt.

Júíst de mensen van wie je houdt.

'Je hebt hier vrij zicht op de kippenren,' zegt Ben, die tussen de bomen door naar het open veld kijkt. 'De schutter moet hebben geweten wat hij onder schot nam.'

'En dat was geen hert,' zegt Thibodeau. Ze kijkt me aan. 'Dat was u.'

Ze wacht op mijn reactie en moet teleurgesteld zijn als ik geen antwoord geef. Zwijgend staar ik naar mijn kippenren. Ik weet dat ik het doelwit was, en ik denk aan wat er nu moet gebeuren. Bedroefd kijk ik naar mijn kippen, die in de sneeuw rondscharrelen. Ik denk aan alle plannen die ik voor de boerderij had: zonnepanelen om het water in de drinkbakken te verwarmen. Een verrijdbare broedmachine. Warmtelampen voor de kuikens die ik heb besteld. Ik had op Blackberry Farm een zekere mate van rust gevonden, ik was er zelfs gelukkig.

Nu is alles me afgenomen.

Tussen de bomen staan we uit de wind, maar toch lijkt het hier kouder. Vochtiger. Ik zie mijn adem als witte wolkjes wervelen en voel de kou in mijn rubberlaarzen dringen. Ben, die meestal immuun is voor de kou, haalt een wollen muts uit zijn jaszak en trekt hem over zijn kaalgeschoren hoofd. De muts heeft een logo van Harvard, wat ik ironisch vind, omdat hij niet aan Harvard heeft gestudeerd en geen goed woord overheeft voor wie dat wel heeft gedaan.

'Laten we even nagaan hoe hij hier is gekomen,' zegt Ben en hij loopt het bos in.

We volgen hem in het voetspoor van de schutter, die op de heen- en terugweg dezelfde route heeft genomen. Niemand zegt iets maar we maken vrij veel lawaai: het knerpen van de sneeuw onder onze voeten, de kleine explosies van twijgen die breken, het ritselen van de laatste dode bladeren aan de takken. Declan, Ben en ik zijn allemaal in goede conditie voor onze leeftijd maar ik krijg pijn in mijn longen van de koude lucht die ik inadem en mijn oude enkelblessure speelt op. Ik vraag me af of Ben en Declan ook last hebben van oude verwondingen, maar als dat zo is zullen ze het nooit toegeven. We zijn drie soldaten die weigeren te erkennen dat onze uitrusting is begonnen te roesten.

We komen uit bij de ongeplaveide weg die mijn land scheidt van dat van een van mijn buren. Thibodeau gaat op haar hurken zitten om de bandensporen te bekijken op de plek waar een auto geparkeerd heeft gestaan. Ze neemt foto's, maar ik betwijfel of die haar kunnen helpen het voertuig op te sporen, omdat dit soort banden op elk van de tientallen SUV's zitten die dagelijks door Purity rijden. Op een landweg als deze zijn geen beveiligingscamera's die de auto hadden kunnen filmen toen hij aankwam en vertrok. Ik heb me altijd veilig gevoeld in het bos, maar de aanval van vandaag heeft mijn geloof dat er nog veilige plekken op de wereld zijn een flinke knauw gegeven.

Thibodeau komt zo soepel overeind dat ik jaloers ben op haar jeugdige leeftijd. 'Ik zal een onderzoek instellen,' zegt ze.

'Er is niet veel om mee te werken.'

'Het zou prettig zijn als u me meer informatie gaf, mevrouw Bird.'

'Ik heb u verteld wat ik weet.'

Ze gelooft dat niet maar voorlopig staakt ze haar pogingen om nog meer van me los te krijgen. Haar walkietalkie kraakt. Ze trekt hem van haar riem en draait zich om.

'Maggie,' zegt Declan zacht. 'Hiermee verandert alles.'

Ik zucht. 'Ik weet het.'

'Je moet wegwezen.'

'Ik weet het.' Ik draai me om naar het bos en het huis dat ik zal moeten achterlaten. 'Maar ik moet nog één ding doen.'

'Ik heb jouw kippenhok naast onze stal gezet,' zegt Luther. Hij schenkt een kop koffie voor me in. 'Dat is voor Callie het handigst. Al weet ik niet hoe ze jouw kippen en die van haar uit elkaar zal kunnen houden.'

'Je kunt ze net zo goed bij elkaar zetten,' zeg ik tegen Callie. 'Je mag ze sowieso houden.'

'Ik zou die van jou misschien kunnen markeren met spraypaint,' stelt ze voor.

'Nergens voor nodig. Ze zijn nu van jou, Callie.'

Ze fronst. 'Wil je geen kippen meer houden?'

'Jawel. Ik ben dol op mijn kippen maar ik moet weg en ik wil dat ze goed verzorgd worden.' Ik glimlach naar haar. 'Daarom geef ik ze aan jou.'

'Ik zal ze met plezier verzorgen tot je terugkomt. We zoeken later wel uit welke van jou waren.'

'Het probleem is dat ik niet weet wanneer ik terugkom.' Met beide handen rond de mok bittere koffie loop ik naar het keukenraam. Ik zie Declan in zijn Volvo achter mijn pick-uptruck zitten. Hij weigert me onbeschermd achter te laten en houdt de wacht. Hij ziet me en knikt geruststellend. Declan zal er voor me zijn zolang als ik hem nodig heb. Ik kijk naar mijn huis achter de rij suikeresdoorns. Toen ik een halfuur geleden mijn voordeur op slot deed, wist ik dat het misschien de laatste keer zou zijn dat ik dit huis zou zien. Ik blijf te lang dralen in Luthers keuken, omdat ik hier niet weg wil. Ik wil het leven dat ik de afgelopen twee jaar heb opgebouwd niet achterlaten. Maar dat leven wordt nu bedreigd door geesten uit mijn verleden.

'En Blackberry Farm?' vraagt Luther. 'Wat wil je dat we daarmee doen? Als je denkt dat je vrij lang zult wegblijven, kan ik de leidingen laten leeglopen en de hoofdkraan dichtdraaien.'

'Dat heb ik al gedaan. Je hoeft niets aan het huis te doen.' Ik kijk naar Callie, die aan de keukentafel zit en me aankijkt met haar vroegwijze ogen. Ze weet dat er iets heel erg mis is. Ik heb haar niet verteld wat de reden is voor mijn plotselinge vertrek, maar ze begrijpt dat de situatie ernstig is. Ik denk opeens aan een ander tienermeisje dat me haar vertrouwen had geschonken, omdat ze in me geloofde. Tegenover dat meisje ben ik jammerlijk tekortgeschoten en wat er met haar is gebeurd, zal me nooit meer loslaten. Dat zal ik met Callie niet laten gebeuren.

'Jullie mogen niet naar mijn huis gaan, oké?' zeg ik. 'Jullie mogen er niet naar binnen gaan en er zelfs niet bij in de buurt komen.'

'En die mooie grote aloë vera dan? Moet ik die geen water geven?'

'Nee.'

'Opa kan hem ook hierheen brengen.'

'Nee, hij is te zwaar.'

'Maar dan gaat hij dood.'

'Niks aan te doen.'

Ze is geschokt door dat antwoord. Ze kijkt naar haar grootvader en dan weer naar mij en begrijpt niets van de volwassenen in haar wereld.

'Lieverd,' zeg ik, 'ik kan een nieuwe kopen als ik terugkom.'

'Je komt toch wel terug?'

'Dat is wat ik het liefst wil, Callie, maar je moet me beloven dat je niet naar mijn huis zult gaan tot ik er weer ben, voor het geval...' Ik stop omdat ik niet weet wat daar nog op zou moeten volgen. Voor het geval iemand boobytraps aanbrengt? De boel opblaast of in de fik steekt? Ik mag er niet aan denken dat Callie daar dan zou zijn, gevangen in een vuurzee. Ik heb zelf geen kinderen en beschouw haar als een dochter. En zoals iedere moeder zal ik alles doen om ervoor te zorgen dat haar niets zal overkomen.

'Mag ik je bellen?' vraagt ze.

'Het is niet zeker dat ik telefoontjes kan beantwoorden.'

'Waar ga je naartoe? Kun je me dat in elk geval vertellen?'

'Ik wou dat het kon maar ik weet het zelf nog niet.'

Callie kijkt naar haar grootvader en dan weer naar mij, wanhopig op zoek naar antwoorden. Ze overvalt me een beetje als ze opeens naar me toe komt en me omhelst. Haar haar ruikt naar hooi en de rook van houtvuur en als ik haar tegen me aan druk, krijg ik tranen in mijn ogen. Dit is niet wat ik wil voelen; dit is wat ik al die jaren heb vermeden en nu klampt deze lieve meid zich aan me vast.

Ik moet gaan. Nu.

Ik maak haar van me los maar ze heeft me zo stijf omklemd dat ik het gevoel heb mijn eigen huid af te pellen. 'Doe je schoolwerk, Callie,' is het enige wat ik kan zeggen. Als ik nog meer zou zeggen, zou ik gaan huilen. Ik ga naar buiten.

Luther loopt achter me aan de veranda op en doet de deur achter zich dicht. 'Ik zou geen vragen stellen, Maggie, omdat ik vind dat het mijn zaken niet zijn, maar misschien is het verstandig als je me in elk geval vertelt waar je voor op de vlucht bent.'

'Dat is wat ik moet gaan uitzoeken.'

'Vlucht je voor de politie? Heb je iets misdaan?'

'Nee, ik vlucht niet voor de politie.'

'Oké.' Hij laat niet merken of hij daar blij om is. Misschien omdat hij ook wel weet dat er veel angstaanjagender dingen zijn dan op de vlucht zijn voor de politie. 'Voor wie dan?'

'Jaren geleden had ik een relatie met een man,' zeg ik.

'Een romantische relatie?'

'Ja. Toen kwam ik erachter met wat voor soort mensen hij omging.'

'Misdadigers?'

'Zo zou je ze kunnen noemen.'

'En ben je nu voor hem op de vlucht? Voor die man?'

Ik kan het net zo goed daarop houden. In zeker opzicht is het waar; ik ben op de vlucht voor Danny. Of voor de herinneringen aan hem.

'Goed,' zegt Luther. 'Nu weet ik in elk geval waar we tegenover staan.'

'Jullie staan nergens tegenover, Luther. Dit is mijn probleem en ik zal het oplossen.'

'Hoe?'

'Met behulp van een paar vrienden.' Ik loop het trapje af naar mijn pick-uptruck. Declan, mijn trouwe beschermer, wuift naar ons vanuit zijn auto.

Luther roept me na: 'Zijn wij niet je vrienden? Callie en ik?'

Ik blijf bij mijn auto staan en draai me naar hem om. 'Ja, jullie zijn mijn vrienden en daarom wil ik dat Callie en jij bij me uit de buurt blijven. Ik wil niet dat jullie iets overkomt.'

'Is hij zo gevaarlijk? Die man voor wie je op de vlucht bent?'

Ik denk aan Danny, die naar me glimlacht aan het plastic tafeltje in Bangkok. Die naar me lacht als we zij aan zij op een Turks strand liggen. Die zingt bij het fornuis als hij liefdevol een kaastosti voor me maakt. 'Ja,' zeg ik zacht. 'Zo gevaarlijk is hij.'

19

Londen, zestien jaar geleden

Ik zit op een bankje in Zaal 17 van het British Museum, waar ik vaak naartoe ga om naar de graftombe van de Lycische koning Arbinas te kijken. Ooit stond deze tombe in de stadstaat Xanthos, waar hij veel indruk moet hebben gemaakt met zijn gebeeldhouwde friezen, twintig zuilen en beelden van de Nereïden, die de goede gaven van de zee vertegenwoordigen. Over een periode van tweeënhalve eeuw raakte de tombe langzaam in verval en uiteindelijk liet een Engelse archeoloog hem naar Londen verschepen. Nu staat hij hier, in Zaal 17, als het zoveelste bewijs van archeologische plunderingen en om ons eraan te herinneren dat geen enkel koninkrijk eeuwig blijft bestaan. Ik heb heimwee naar Turkije. Dit marmeren monument doet me verlangen naar de Lycische kust, de warme stranden, de hete zon en de vruchten die aan de bomen tot zoete perfectie rijpen. Hier in Londen regent het. Het is al bijna juni, maar de vochtigheid is zo diep in mijn botten gedrongen dat ik het altijd koud heb. Ik kijk naar de gebeeldhouwde mannen die met elkaar in gevecht zijn. Er is aan de mensheid niet veel veranderd sinds de tijd van koning Arbinas. We zijn nog steeds verwikkeld in een eindeloze cyclus van conflicten en oorlogen, en nu hebben we wapens waarmee we de hele mensheid kunnen vernietigen.

Ik zie Diana niet binnenkomen, maar voel het aan. Mijn antenne bespeurt een beweging van de lucht, een licht verschil in temperatuur, en dan zit ze naast me op het stenen bankje. We zeggen niets en kijken ook niet naar elkaar. De tombe neemt zogenaamd mijn aandacht volledig in beslag.

'Interessante ontmoetingsplek,' zegt ze uiteindelijk.

Ik schuif een opgevouwen krant over het bankje naar haar toe. Tussen de pagina's zit een USB-stick met het medische dossier van Hardwicke, dat ik een paar dagen geleden heb gedownload op een computer in de Galen-kliniek. Als ze de krant terugschuift, is de USB-stick verdwenen. Ze heeft hem al in haar zak laten glijden.

'En?' zegt ze.

'Afgezien van essentiële hypertensie lijdt hij aan epilepsie als gevolg van ernstig hoofdletsel dat hij heeft opgelopen toen hij zesentwintig was. Hij had een subdurale bloeding, waaraan hij is geopereerd.'

'Hoe had hij het letsel opgelopen?'

'Hij was met de Lamborghini van zijn ouders tegen een stenen muur geknald.'

'Ach, wat een problemen hebben rijkeluiszoontjes toch.'

'Hij is in behandeling bij een neuroloog die zijn medicatie steeds aanpast, maar hij heeft nog steeds last van toevallen.'

'Hoe vaak?'

'De laatste was drie maanden geleden, in zijn kantoor in Hardwicke Tower. Die duurde maar een minuut of twee, maar als zo'n toeval niet overgaat, kan er status epilepticus optreden. Bij elke toeval is medisch ingrijpen noodzakelijk. Daarom neemt hij altijd een arts mee als hij op reis gaat. Dat geeft hem een veilig gevoel. Verder heeft hij sinds kort problemen met zijn kortetermijngeheugen, wat ook te maken kan hebben met het indertijd opgelopen hoofdletsel.'

'Hoe slecht is zijn geheugen?'

'Hij heeft moeite met namen en cijfers en daar maakt hij zich zoveel zorgen over dat hij Danny ervan op de hoogte heeft gebracht.'

Diana zwijgt als een groep rumoerige schoolkinderen samen met een leerkracht Zaal 17 binnenkomt. Hun hoge stemmen ketsen af op al het marmer. Er heerst opeens chaos in de zaal. Diana en ik blijven naar de graftombe van Arbinas kijken, alsof we verdiept zijn in de betekenis van de gebeeldhouwde friezen.

'O, een Griekse tempel!'

'Mevrouw Cummings, zijn dat goden die vechten?'

'Mogen we naar de volgende zaal?'

'Ik heb honger.'

Beelden van nimfen en graftombes van dode koningen interesseren kinderen niet. Zij willen spannende dingen zien.

'Waar zijn de Egyptische mummies, mevrouw Cummings?'

'Wanneer gaan we eten, mevrouw Cummings?'

De arme mevrouw Cummings drijft haar pupillen de zaal uit, maar het duurt even voordat het geluid van hun hoge stemmen is verstomd.

'Wanneer heeft Hardwicke de diensten van je man weer nodig?' vraagt Diana.

'Over drie weken. Dan geeft hij een feest op zijn landgoed, Manning House. Dat feest zal het hele weekend duren en Danny moet erbij zijn, voor het geval Hardwicke of een van zijn gasten behoefte heeft aan medische hulp.'

'Weet je wie de gasten zijn?'

'Zakenrelaties en hun partners. Hardwicke geeft om de paar maanden zo'n feest. Een typisch Engels evenement, met paardrijden en kleiduiven schieten. Er zal wel veel worden gezopen.'

'En als de wijn in de man is...'

'Ja, misschien zal iemand zich iets laten ontvallen.'

'Ga jij ook?'

'Ik ben uitgenodigd. Al weet ik niet goed waarom.'

Diana denkt hier een ogenblik over na en haalt dan een stukje papier uit haar zak. Ze schuift het over het bankje naar me toe. 'Let op of je dit daar ziet.'

Ik kijk wat er op het papier is geschreven. *Heme arginate*. 'Wat is dat?' vraag ik.

'Een medicijn. Zoek uit of patiënten van Galen dit de laatste tijd toegediend hebben gekregen.'

'Waar is het voor?'

'Acute porfyrie. Dat is een zeldzame erfelijke aandoening die hevige buikpijn kan veroorzaken. De aanvallen kunnen worden voorkomen door een regelmatige preventieve dosis heme arginate, die wordt geïnjecteerd. Het medicijn zit in flacons. Zoek uit of die in de kliniek op voorraad worden gehouden.'

Ik knik en doe het papiertje in mijn zak. Om aan deze informatie te komen moet ik weer gebruikmaken van de computer van de kliniek, wat op zich geen probleem is. De staf kent me nu. Ik ben de vrouw van dokter Gallagher, die hen soms op cake trakteert voor bij de thee. Die af en toe een handje komt helpen met archiveren en die nu de wachtwoorden van de computersystemen kent.

'Waarom heb je deze informatie nodig?' vraag ik. 'Naar wie zijn jullie op zoek?'

'Cyrano.'

Ik draai me naar haar om. Ik ken de naam. Cyrano is de codenaam van een Russische spion die al jaren door de Agency wordt gezocht. De CIA weet niet onder welke naam hij door het leven gaat, alleen dat hij is geboren in Rostov, en gerekruteerd en opgeleid door Ruslands Directoraat S, die hem met een nieuwe identiteit naar het buitenland heeft gestuurd om zich daar in te graven. We werden ons acht jaar geleden pas bewust van zijn bestaan door een onderschept bericht waarin de codenaam Cyrano onder onze aandacht werd gebracht. We weten niet hoe hij eruitziet en welk beroep hij heeft; we weten alleen dat de naam Cyrano is opgedoken in berichten van het Russische Directoraat en dat in die berichten ook twee huidige parlementsleden worden genoemd. Net zoals andere buitenlandse geheim agenten zal hij opdracht hebben gekregen het machtssysteem te infiltreren en daar zijn invloed uit te oefenen ten gunste van Rusland.

'Is er nieuwe informatie over hem?' vraag ik.

'Een onderschept bericht van zijn *kurator*. Het ging over een kennis, een vrouw die regelmatig injecties van dat medicijn nodig heeft.'

'Denk je dat ze patiënt is bij Galen?'

'Dat weten we niet, maar we gooien een zo breed mogelijk net uit over de mensen die dit medicijn nodig hebben. Gezien de internationale clientèle zou een dergelijke patiënt ervoor kunnen kiezen zich bij Galen te laten behandelen.'

Ons gesprek wordt opnieuw gestoord door bezoekers aan Zaal 17, ditmaal een stel dertigers. Amerikanen, te oordelen naar de jeans en Nikes. Ze hebben weinig belangstelling voor de tombe en lopen door naar de volgende zaal.

'Dat weekend in Manning House,' zegt Diana. 'Probeer zo veel mogelijk te weten te komen over de gasten.'

'Goed.'

'Wij zullen de toegangswegen in de gaten houden om te zien wie er allemaal komen en proberen nog een paar oren op de gastenlijst te krijgen.'

'Nog een paar oren?' Ik frons mijn wenkbrauwen. 'Wie?'

'Het is voor iedereen veiliger als je dat niet weet.'

'Hebben jullie dan al een spion in Hardwickes entourage?'

Diana staart zonder antwoord te geven naar de graftombe. Ik heb mijn oude leven voor haar opgegeven, maar ze is niet eens bereid zulke belangrijke informatie met me te delen. Als ze mij niet vertrouwt, vraag ik me af in hoeverre ik háár kan vertrouwen.

Abrupt sta ik op. 'Als jullie daar al iemand hebben, hebben jullie mij niet nodig.'

'We hebben iedereen nodig. We werken in laagjes, omdat we ieder van jullie op elk willekeurig moment kunnen verliezen. Je weet met wat voor soort mensen we te maken hebben. Je weet waartoe ze in staat zijn. Of ben je dat vergeten?'

'Vergeten?' Ik draai me naar haar om. Er is niemand anders in de zaal, geen andere oren die me kunnen horen als ik haar fluisterend toebijt: 'Jij was er niet bij toen Doku in Istanboel doodbloedde. Jij was er niet bij toen ze zijn zus en haar dochter in levende toortsen veranderden. Ik weet heel goed met wat voor soort mensen we te maken hebben.'

'Dan zul je begrijpen waarom ik je niet kan vertellen wie onze spion is. Om zijn veiligheid en de jouwe.'

Afzonderlijke hokjes, zodat we elkaar niet kunnen verraden. We weten niets over elkaar en moeten ieder apart ons werk doen. Het is logisch, maar het bezorgt me een eenzaam gevoel. Diana had zíjn veiligheid gezegd. Het is dus een man. Wat weet hij over mij? Voldoende om me in gevaar te brengen als hij zou worden gedwongen te praten? Dat is het gevaar als je zou weten met wie je achter de frontlijn werkt. Het risico van verraad.

Als ik het museum uit kom, voel ik me erg onbeschut, zelfs te midden van de horden toeristen. Hier zijn altijd toeristen, Amerikanen met hun sportschoenen en buiktasjes, Japanners met hun selfiesticks. Tussen hen val ik niet op, maar ik voel me niet veilig. Mijn telefoon gaat. Er verschijnt geen naam op mijn scherm, maar als ik opneem, herken ik de stem. 'Meneer Hardwicke zou u graag willen zien.' Het is Keith, een van zijn bewakers.

Ik blijf onderaan de trap staan en laat mijn blik snel over de menigte gaan. Ben ik gevolgd? Weten ze dat ik hier met Diana had afgesproken?

'Zei hij waarom?' vraag ik, en ik probeer mijn stem niet te laten trillen.

'Voor een praatje.'

'Wanneer?'

'Nu. In zijn kantoor in Hardwicke Tower. Achtentwintigste verdieping.'

Ik vraag me af waarom Hardwicke me wil spreken. Heeft hij ontdekt voor wie ik werk? Is dit een valstrik?

'Sorry, maar ik zou toch wel graag willen weten waarom hij me wil zien,' zeg ik.

'Dat vertelt meneer Hardwicke u wel als u er bent.'

Hardwicke Tower, in de wijk Southwark, heeft dertig verdiepingen en uitzicht op de Theems. Sinds ik in Londen woon, heb ik er één keer met Danny in het restaurant gegeten en ben ik er een paar keer langsgekomen tijdens mijn wandelingen langs de rivier, maar ik ben nog niet in het hoofdkantoor van de Hardwicke Organization op de achtentwintigste verdieping geweest. Er is een aparte lift en om bij die lift te komen moet ik me inschrijven bij de balie, mijn tas laten doorzoeken en door een metaaldetector lopen. Dit is niet voor de show; Hardwicke maakt zich écht zorgen om zijn veiligheid. Dat had ik al begrepen bij ons huwelijksdiner, toen Keith en Victor ons in het restaurant opsloten.

Ik sta in mijn eentje in de lift, die me geluidloos naar de achtentwintigste verdieping brengt, en zie mezelf weerspiegeld in de glanzend gepoetste deur. Ik zie dat ik gespannen kijk en voel mijn hart bonken. *Beheers je. Blijf kalm.* Hij mag niet zien dat ik bang ben. Ik ben Danny's Amerikaanse vrouw, ik ben gekomen voor een gesprek. Maar waar wil hij me over spreken? Ik heb geen idee en dat is wat de onschuldige Maggie Gallagher moet uitstralen. Dat is wat er op mijn gezicht te lezen moet staan.

Een pingeltje geeft aan dat ik er ben.

Ik haal diep adem en stap uit de lift. Keith staat bij een bureau. Hij staat duidelijk op mij te wachten.

'Uw tas,' zegt hij. 'Ik moet hem doorzoeken.' Even charmant als altijd.

'Dat heeft de bewaker beneden al gedaan.'

'Meneer Hardwicke maakt de regels.'

Ik zet mijn tas op het bureau en kijk toe als hij erin rommelt.

'U moet uw telefoon hier laten,' zegt hij.

'Pardon?'

'U krijgt hem straks terug.' Hij houdt me een doosje voor. 'Dit geldt voor iedereen.'

In een zwaarbewaakte gevangenis misschien. Ik schakel mijn telefoon uit en leg hem met veel tegenzin in het doosje. Nu pas drukt hij op de knop van de intercom.

'Ze is er,' zegt hij.

Een paar seconden later wordt de deur door Hardwicke zelf geopend. 'Kom erin, Maggie.'

Ik ga naar binnen. Hij doet achter me de deur dicht en op slot. Ik krijg steeds meer het gevoel dat ik beter niet had kunnen komen, maar ik mag daar niets van laten merken. In plaats daarvan staar ik naar de wand van ramen, die van de vloer tot het plafond reiken en een indrukwekkend uitzicht op de Theems bieden.

'Jeetje. En daar mag u elke dag naar kijken?' zeg ik.

'Ja, en het verveelt nooit.' Hij nodigt me uit tegenover zijn rozenhouten bureau plaats te nemen. 'Ga zitten.'

Als hij is gaan zitten, heeft hij het raam achter zich, wat voor mij het nadeel heeft dat ik vanwege het tegenlicht geen subtiele veranderingen in zijn uitdrukking kan waarnemen, terwijl hij mij vol in het zicht heeft. 'Ik heb me een beetje in je achtergrond verdiept,' zegt hij.

'Echt?' Ik lach. 'Waarom in hemelsnaam?' Hij bekijkt me aandachtig. Mijn hartslag versnelt. Ik bedenk dat alleen Hardwicke en zijn bewakers weten dat ik hier ben. En dat de deur op slot zit. Ik weet hoe makkelijk iemand spoorloos kan verdwijnen, zelfs in Londen.

'Ik vind het altijd prettig om de mensen met wie ik omga iets beter te leren kennen. Ik wil graag weten wie ze zijn en hoe ze in mijn kring terecht zijn gekomen.'

'In mijn geval is dat duidelijk. Door Danny.'

'Ja, de man die je in Bangkok hebt leren kennen. Toen je werkte voor een import-exportbedrijf.' Hij kijkt naar een stapel paperassen op zijn bureau. 'Europa Global Logistics.'

Dat is hij dus ook nagegaan. Hoe diep heeft hij gegraven? 'Ik werkte als importanalist, gespecialiseerd in mode. Exotische stoffen.'

'Dat klinkt als een opwindende baan.'

'Op den duur wordt elke baan een sleur.' Inclusief spionage. 'Het grootste pluspunt was dat ik veel kon reizen.'

'En je hebt die mooie baan opgegeven om Danny's vrouw te

worden.' Hij trekt één wenkbrauw op. 'Serieus?'

We komen nu op gevaarlijk terrein, maar het lukt me te lachen. 'U weet hoe het is. Liefde gaat boven alles.'

'Nee, dat weet ik niet.'

'Gelooft u er niet in?'

'Wat denk je? Ik ben gescheiden.'

'Ik vind Silvia een erg mooie vrouw.'

Hij haalt zijn schouders op. 'Dat is ze ook.'

Hij kan niet ontkennen wat duidelijk is voor iedereen die Silvia ziet, maar zijn onverschillige houding is een teken dat het hem weinig doet. Silvia is niet zijn eerste vriendin en zal waarschijnlijk ook niet zijn laatste zijn.

'Ging het echt om de liefde?' vraagt hij.

'Waarom zou ik anders met hem getrouwd zijn?'

'Is het de enige reden?'

Weer gaat er een rood lampje branden. Dit kan een valstrik zijn, waar ik in zou kunnen stappen als ik niet oppas. Mijn hart gaat nog iets sneller kloppen. Hij bekijkt me zwijgend en ik voel mijn toekomst aan een zijden draadje hangen. 'Ik hou van mijn man, meneer Hardwicke. En ik vind het heerlijk om in Londen te wonen.'

'Mis je Istanboel niet? En je werk?'

'Ik mis het salaris uiteraard. Ik geef toe dat het een vreemd gevoel is om geen eigen inkomsten te hebben en afhankelijk te zijn van een ander. Voor wie als kind arm was, zoals ik, is geld belangrijk. Heel belangrijk zelfs.' Ik zie een glimmering van begrip in zijn ogen. Geld is iets wat hem aanspreekt. De vergulde lobby, de gouden accenten en de marmeren zuilen wijzen erop dat deze man er grote behoefte aan heeft gewaardeerd en gerespecteerd te worden. Hij wil dat iedereen weet dat hij bulkt van het geld. Ja, we begrijpen elkaar. Althans, dat denkt hij.

'Mag ik vragen wat de reden is voor dit gesprek? Het begint een beetje op een sollicitatiegesprek te lijken,' zeg ik.

'Het ligt in mijn aard om vragen te stellen.'

'Vraagt u zich af of uw arts zich heeft vergist? Of hij met de verkeerde vrouw is getrouwd?'

'Nee, het gaat om mijn dochter.'

'Bella?' Ik frons.

'Ze weet van toeten noch blazen en is te naïef om te kunnen beoordelen wie ze kan vertrouwen.' Hij leunt achterover en bekijkt me alsof ik een puzzeldoos ben die hij wil openmaken. 'Ik vraag me af of jij een goede invloed op haar hebt.'

'Ik denk het wel.'

'Het zal wel moeten, als jij deel gaat uitmaken van haar leven. Op een dag krijgt zij de sleutels van het koninkrijk, maar voordat het zover is, moet ze nog veel leren. Ik zou haar zelf het een en ander willen bijbrengen, maar ja, ik ben alleen maar haar vader. Jij, daarentegen… ze mag jou graag. Ze heeft al een paar keer gevraagd wanneer we jou en je man weer eens te eten vragen. Ze wil ook per se dat je naar mijn weekend komt.'

'Meent u dat?' Ik ben uiteraard niet verbaasd. Het komt door dat zakje blauwe vlinderpillen. Ik heb haar niet verraden en in de ogen van een tiener ben je dan een bondgenoot. Danny en ik zijn tweemaal op een cocktailparty in Hardwicke Tower geweest en beide keren was Bella de hele avond niet van mijn zijde geweken. 'Misschien komt het omdat ik in de mode-industrie heb gewerkt. Daar is ze erg in geïnteresseerd.'

'Ik zou het niet weten. Ik betaal alleen haar rekeningen.'

'Ik wil haar best adviseren op modegebied. Of met haar gaan winkelen.'

'Het is al genoeg als je haar kunt bezighouden en ervoor zorgen dat ze geen domme dingen doet. Silvia en ik hebben het te druk om haar in de gaten te houden en ik wil niet dat ze dwars gaat doen waar onze gasten bij zijn.'

'Over wanneer hebben we het nu?'

'Over het feest op Manning House. Je man zal daar het hele weekend zijn. Ik zou het prettig vinden als jij er ook bij was.'

'Bedoelt u als chaperonne voor Bella?'

'Ah.' Hij denkt dat hij het nu begrijpt. 'Je wilt ervoor betaald worden.'

'Nee, ik wil alleen duidelijkheid over wat u precies van me verwacht.'

'Dat je mijn dochter bezighoudt. Dat je ervoor zorgt dat ze zich netjes gedraagt.'

'Ze is een tiener.'

'Dat is nu juist het probleem. Denk je dat je het aankunt?'

Ik doe alsof ik erover moet nadenken. Ik moet niet te snel ja zeggen, want welke volwassene wil er met een tiener optrekken? 'Goed, ik wil het wel proberen.'

Hij haalt een chequeboekje tevoorschijn. 'Hoeveel wil je ervoor hebben?'

'U hoeft me er niet voor te betalen.'

'Ik betaal iedereen die voor mij werkt.'

'Niet voor dit. Ik mag Bella graag. Ik wil geen geld om haar gezelschap te houden.'

Hij bekijkt me van top tot teen, alsof hij zoekt naar een tekortkoming die hij over het hoofd heeft gezien. Voor hem klinkt dit niet logisch en ik vraag me af of ik zijn geld had moeten aanpakken.

Dan haalt hij zijn schouders op en stopt het chequeboekje weg. 'Zoals je wilt. Maar ik héb het aangeboden.'

Danny komt die avond tegen achten thuis. Ik heb al gegeten. Er staat een portie zalm met krieltjes voor hem klaar, die ik kan opwarmen. Ik zit met mijn dagelijkse glaasje whisky op de bank als ik de voordeur hoor opengaan. Als hij binnenkomt, brengt hij de geur van zeep, ontsmettingsmiddelen en vermoeidheid met zich mee. Hij ploft naast me op de bank.

'Dag schat,' zeg ik.

'Wat een dag. Het norovirus is uitgebroken. Iedereen is aan het overgeven. Ik heb vier huisbezoeken moeten afleggen, wat waarschijnlijk inhoudt dat ik het zelf ook zal krijgen.'

Ik sta op om iets voor hem in te schenken. 'Heb je zin in een glaasje whisky?'

'Ja, en in vakantie.'

Ik geef hem het glas. 'Arme jongen. Ik zal zo dadelijk je eten voor je opwarmen. En daarna zal ik tickets boeken. Zeg maar waar je naartoe wilt.'

'Dat maakt me niet uit. Zolang jij maar met me meegaat.' Hij trekt me naast zich op de bank. 'Wat heb jij vandaag gedaan?'

'Ik ben de stad in geweest.'

'Ik heb je gebeld, maar je nam niet op.'

'Wanneer?'

'Om een uur of twaalf, om te zeggen dat ik laat thuis zou zijn.'

Om twaalf uur zat ik in Zaal 17 van het British Museum met Diana. Daar mag hij niets van weten. Ik zoek snel naar een andere verklaring en kies er een die dicht bij de waarheid zit. 'Ik was bij Phillip Hardwicke.'

De spieren van de arm die hij om mijn schouders heeft geslagen, spannen zich. 'Wat? Waarom?'

'Hij had gevraagd of ik naar zijn kantoor kon komen.'

'Waarom?'

'Voor een praatje.'

'Waarover?'

'Zijn dochter. Bella. Zij schijnt nogal wat tienerproblemen te veroorzaken en hij heeft gevraagd of ik kan helpen haar in het gareel te krijgen. Hij vroeg of ik haar gezelschap kon houden tijdens het weekend in Manning House.'

Danny neemt een slokje van zijn whisky. 'Is dat de enige reden waarom hij met je wilde praten?'

'Ja.'

'En ga je het doen?'

'Ik hoef haar alleen maar gezelschap te houden. Hij bood aan me ervoor te betalen, maar dat wilde ik niet.'

'Weet je zeker dat je daar deel van wilt uitmaken, Maggie?' vraagt hij zacht.

'Samen met jou? Tuurlijk. Een weekend in een landhuis lijkt me best leuk. En ik kan Bella makkelijk aan.'

Hij zucht en kamt met zijn vingers door zijn haar. 'Ik waarschuw je dat de genodigden geen makkelijke mensen zijn. Ze leven in hun eigen wereld. In hun ogen zijn wij personeel.'

'Jij denkt dat ik het vreselijk zal vinden.'

'Voor ons zal het geen feestje zijn. Ik moet er zijn om hun verkoudheid en verzwikte enkels te verzorgen.'

'En ik ben de babysitter.'

'Ja, daar ziet het inderdaad naar uit. Dat meisje is trouwens een krengetje.'

'Ze is vijftien. Meisjes van vijftien zijn allemaal krengetjes. Ik was het ook.'

Hij lacht. 'Ja, dát wil ik graag geloven.'

Ik sta op om de whiskyfles te pakken voor een tweede rondje. Als ik terugloop naar de bank, staart hij voor zich uit. Ik ga weer naast hem zitten.

'Ik heb zitten denken over toen we elkaar net kenden,' zegt hij. 'Weet je nog hoe fijn het was om samen steeds naar een ander land te gaan?'

'We waren jonger. Armer.'

'Ja, maar vrij.'

'Ik had wel een vaste baan.'

'Een baan waar je van hield. Ik weet nog dat ik dacht: dit is een vrouw die haar leven precies zo heeft ingericht als ze wil. En nu zit je hier, in mijn appartement, en schenk je glaasjes whisky voor me in.'

'Maar ik ben bij jou, lieverd. Dit is waar ik wil zijn.'

'Echt?' Zijn vraag klinkt zo zacht dat het meer een gedachte dan een gesproken woord is. Alsof hij niet echt van plan was geweest het te zeggen, maar niet kon voorkomen dat zijn gedachten zich in woorden omzetten.

'Wat is er? Wat zit je dwars?'

'Ik wou dat we weer net zo konden zijn als toen. Voordat ik voor Galen ben gaan werken. Voordat ik me door geld heb laten verleiden.' Hij haalt diep adem. 'Wat zou je ervan zeggen als we het bijltje erbij neergooiden?' Hij zet zijn glas neer en kijkt me aan. 'Als we op een vliegtuig zouden stappen en naar Zuid-Amerika vertrekken? Of India? Of waar we ook maar naartoe willen?'

Hij meent het, hij meent het echt, en ik weet niet waar dit vandaan komt. Ik weet alleen dat ik word meegesleurd door zijn droom, door deze verleidelijke visie van ons tweeën ergens op de wereld, waar we alles kunnen vergeten: Diana, Hardwicke en de onbekende mannen met hun kogels en bommen. Maar die onbekende mannen zijn de reden dat ik er niet zomaar vandoor kan gaan. Ik moet blijven, om te vechten.

'Arme schat, je bent gewoon moe,' zeg ik. 'Na een goede nachtrust ziet alles er anders uit.'

Hij geeft geen antwoord, maar ik zie de opwinding uit zijn ogen verdwijnen. Ik voel me alsof ik iets hoopvols de grond in heb geboord, alsof ik de enige kans die we hadden, heb vernietigd. Maar ik moest wel. Het is mijn plicht. Voor de onschuldige slachtoffers.

'Als je maar voorzichtig bent,' zegt hij. 'Pas op voor Hardwicke. En voor zijn mensen.'

'Waarom?'

'Ik vertrouw ze voor geen cent.' Hij kijkt me in de ogen. 'En jij zou ze ook niet moeten vertrouwen.'

20

Ik heb foto's en satellietbeelden van Hardwickes buitenhuis bestudeerd en weet dus wat ik ervan kan verwachten, maar als ik mijn eerste glimp ervan opvang ben ik evengoed met stomheid geslagen. Danny en ik moeten stoppen bij een stenen portiersloge waar een bewaker onze namen afvinkt op zijn lijst. Aan het eind van een lange, door schitterende platanen omzoomde oprijlaan rijst het huis op achter een lieflijk meer. De foto's hadden het effect van het zonlicht op de rode bakstenen façade en het smaragdgroene gazon dat als een petticoat rond het huis ligt geen recht gedaan. Links en rechts zie ik de stallen, een koetshuis, een knooptuin en in de verte een folly aan het water. Het huis, dat zeven erkers en een toren met een omgang heeft, is in de zestiende eeuw gebouwd door een graaf. Ik vraag me af wat die graaf zou zeggen als hij wist dat zijn magnifieke landhuis nu eigendom is van een man die miljoenen verdient aan handel met Engelands vijanden.

'Jemig, Danny,' mompel ik. 'Het is een paleis.'

'Ja, maar in de winter krijgen ze het niet warm gestookt en het tocht er als de pest. Als het stormt rammelen alle ramen en het duurt een eeuw voordat je warm water hebt als je wilt douchen.'

'Je moet het niet mooier maken dan het is, Danny.'

'Paleis of geen paleis, wij zijn hier om te werken.'

Hij stopt voor de ingang. We stappen uit, stijf van de lange rit vanuit Londen. Als Danny onze bagage uit de kofferbak haalt, kijk ik omhoog en zie een gezicht achter een van de ramen. Het is Silvia.

De voordeur gaat open en een van Hardwickes lijfwachten komt naar buiten om ons te verwelkomen. 'Dokter Gallagher. Mevrouw Gallagher.'

'Keith,' zegt Danny.

'U hebt de *Mauve Room*. Twee trappen op, aan het einde van de oostelijke –'

'Ik weet de weg.'

Danny doet nooit zo bruusk. Het is een teken dat hij zich hier erg ongemakkelijk voelt. Hij draagt onze koffers naar binnen. We nemen de magnifieke trap naar boven. Aan weerskanten hangen portretten van voorname dames in ouderwetse japonnen en heren te paard, maar dit zijn niet de voorvaderen van Hardwicke; zijn familie heeft pas twee generaties geleden rijkdom verworven, toen zijn grootvader in de Tweede Wereldoorlog slimme investeringen deed in de wapenindustrie.

Oorlogen zijn voor de familie Hardwicke erg lucratief.

Boven leidt Danny me door een gang met vaste vloerbedekking, langs slaapkamers met koperen naambordjes op de deur. AMBER ROOM. SAPPHIRE ROOM. ROSE ROOM. Aan het eind van de gang is een deur naar het deel van het huis dat bestemd is voor het personeel. Achter de deur is een smalle trap. Op weg naar boven komen we een dienstmeisje in uniform met een armvol linnengoed tegen. Boven lopen we naar de kamer die ons is toegewezen.

De Mauve Room is echt mauve. Zowel de gordijnen als de sprei als het behang hebben een zachtpaarse kleur. Ik had een kleine kamer verwacht, maar deze is beslist comfortabel genoeg voor Hardwickes lijfarts. Ik speur automatisch naar beveiligingscamera's, maar zie er geen. Blijkbaar zijn wij niet belangrijk genoeg om bespied te moeten worden.

Als ik uit het raam kijk, zie ik vlak onder ons de moestuin en daarachter de parkachtige tuin. Een grindpad loopt langs stenen beelden en gesnoeide heggen naar een gemengd bos dat wordt doorkruist door wandelpaden.

Een bos met veel plaatsen waar iemand zich kan verschuilen.

Danny doet zijn koffer open en haalt zijn smoking, stropdas en nette schoenen eruit. Als hij de smoking in de kast hangt, ga ik achter hem staan en sla ik mijn armen om zijn taille.

'In elk geval zijn we het hele weekend samen,' zeg ik.

'En je zult kunnen zien hoe onbeduidend mijn werk hier is.'

'Je redt levens, Danny. Dat noem ik niet onbeduidend.'

'Als ik dit weekend een leven red, zal het zijn omdat iemand in plaats van een kleiduif een andere gast heeft neergeschoten.'

'Dat zou in elk geval voor wat opwinding zorgen.'

Hij draait zich om en slaat zijn armen om me heen. 'Niet zo opwindend als thuisblijven met jou. In plaats daarvan zijn we hier, met de nouveaux riches die doen alsof ze van adel zijn. Ze zullen het hele weekend schransen en zuipen en dan willen ze van mij een wondermiddel tegen hun kater.'

'Is dat het enige waar ze voor komen? Om te eten en te drinken?'

'En om op kleiduiven te schieten. Ze zullen zich best amuseren, en hun vrouwen ook, maar bij dit soort weekends gaat het eigenlijk om zaken. Deals, connecties.'

'Wat voor zaken? Wat doen deze mensen?'

'Dat weet ik niet en dat wil ik ook niet weten. Ik hou me altijd doofstom.' Hij doet de kast dicht. 'En dat raad ik jou ook aan.'

De chef-kok is een spraakzame vrouw die me vertelt dat er vanavond vierendertig gasten worden verwacht voor het diner. Keukenpersoneel weet bijna net zoveel als huisartsen over hun werkgevers en ook over hun gasten, en daarom ben ik allereerst naar de keuken gegaan. Ik doe alsof ik ooit in een restaurant heb gewerkt en benieuwd ben wat er voor vanavond op het menu staat. Ik krijg te horen dat er onder de gasten drie vegetariërs zijn, één persoon die allergisch is voor schaaldieren en twee met een glutenvrij dieet. Er zijn voor het grote gezelschap vele kisten wijn, hele wielen kaas, bouten rundvlees, hammen en een lading parelhoenders en kwartels geleverd. Het keukenpersoneel is bij het krieken van de dag begonnen met brood en cakes bakken en zal non-stop werken tot ver na middernacht, tot de laatste pan is afgewassen.

En morgen begint het weer van voren af aan.

De chef-kok, die ook in Hardwickes huis in Londen werkt, vertelt me dat Hardwicke een man is van aardappelen, vlees en groente, dat de Italiaanse Silvia geen pasta eet en dat Bella sinds kort van mening is dat het eten van vlees onverdraaglijk wreed is. ('Maar ze zal ongetwijfeld binnenkort weer van gedachten veranderen. U zult zien dat ze volgende week juist broodjes rosbief wil.') De kokkin weet hoe laat de gezinsleden ontbijten, dat Phillip Hardwicke vaak 's avonds laat nog een toastje met ansjovis eet en dat hij geen tomaten lust. Geen informatie waar ik veel aan heb, maar alles is meegenomen.

Hou de chef-kok altijd te vriend.

Na ons praatje ga ik naar buiten. Ik slenter over een grindpad tussen lavendel- en rozemarijnstruiken en lage buxushagen en ga op een stenen bankje zitten, waar ik zicht heb op de auto's die komen aanrijden met nieuwe gasten. Een moddervette kerel stapt uit een zwarte limousine. Een goede kandidaat voor een hartaanval. Misschien zal Danny dit weekend toch een leven moeten redden. Ik kijk hem na als hij naar de voordeur waggelt.

Opeens zegt een stem achter me: 'Ik weet wat de ware reden is waarom je hier bent, Maggie.'

Ik kijk om. Bella komt naar me toe. Ze is weer in het roze, knalroze, dat pijn doet aan je ogen en bijna lichtgevend lijkt tussen de zachte grijze en groene tinten van de kruidentuin. Het is een warme dag en ze ziet er verhit uit. Haar blozende wangen zijn vochtig en als ze naast me komt zitten, zie ik zweet glinsteren in de donshaartjes op haar bovenlip.

'Ik heb ze over je horen praten,' zegt ze.

‘Wie?’

‘Mijn vader en die achterlijke Victor. Ik weet wat je geheim is.’ Ze zegt het nonchalant, alsof ze me vertelt dat er voor morgen regen is voorspeld.

Er stopt nog een limousine voor het huis. Een stel van middelbare leeftijd stapt uit. Keith komt naar buiten om hen te verwelkomen. Keith en Victor, de dommekrachten. Ik denk aan de mensen uit Hardwickes omgeving die op een onaangename wijze aan hun eind zijn gekomen. Levend verbrand in een Jaguar. Uit een raam gegooid. In het hoofd geschoten. Als je Phillip Hardwicke kwaad maakt, loopt het slecht met je af.

Blijf kalm, denk ik. *Hou het luchtig.*

‘Waarom hadden ze het over mij?’ vraag ik.

‘Victor wilde meer over jou weten. Hij vroeg of het niet riskant was dat jij hier bent.’

‘Riskant?’ Ik lach. ‘Wat een onzin.’

‘Ja, Victor kletst uit zijn nek. Silvia kan hem niet uitstaan. Ze zegt dat hij naar haar borsten staart.’ Dat is op zich niet verwonderlijk. Silvia heeft erg mooie borsten.

Het zojuist aangekomen stel is naar binnen gegaan en de chauffeur rijdt door om de limousine bij de andere auto’s te parkeren op het terrein voor de stallen. Daar staan al meer dan tien wagens en die zijn allemaal gefilmd door de camera’s die langs de wegen naar Manning House zijn geïnstalleerd. Ik vraag me af of Diana’s contactpersoon hier al is. Ik wou dat ik wist wie het is en of ik hem in geval van nood om hulp kan vragen.

‘En wat zou mijn geheim zijn?’ vraag ik aan Bella.

‘Dat je hier bent voor mij.’

‘Voor jou?’

‘Dat mijn vader je betaalt om op me te passen.’

Ik kan me weer ontspannen. Dit gaat niet over mij, het gaat over Bella. Logisch. Tieners denken altijd dat de hele wereld om hen draait.

'Ik heb niet om geld gevraagd,' zeg ik.

'Maar je moet wel op mij passen.'

Ik kijk haar aan. 'Je vader heeft me verzocht een oogje op je te houden, maar dat wil niet zeggen dat ik daarin heb toegestemd.'

'Waar heb je dan in toegestemd?'

'Ik ben hier gewoon samen met mijn man. Ik krijg nergens voor betaald en ik ben hier zéker niet om jou te vertellen wat je wel of niet mag doen.' Ik kijk naar de knalroze jurk, die haar absoluut niet staat. 'Ik ben wel bereid je een kleine tip te geven, Bella. Je zou geen roze moeten dragen. Echt, met dat rode haar van jou zou je geen enkel roze kledingstuk in je kast mogen hebben.'

Ze kijkt naar haar jurk en fronst haar wenkbrauwen. 'Dat heeft niemand me ooit verteld.'

Ik zucht. 'Nu ben je vast boos op mij.'

'Je bent in elk geval eerlijk.'

'Ik probeer altijd eerlijk te zijn.' *Als ik niet hoef te liegen.*

'Oké.' Ze staat op.

'Waar ga je heen?'

'Ik ga deze stomme jurk uittrekken en in de vuilnisbak gooien.'

'Het is zo te zien een dure jurk. Je zou hem naar een kringloopwinkel kunnen brengen. Dan heeft een ander meisje er nog iets aan.'

'Oké.' Ze loopt in de richting van het huis, maar na een paar stappen draait ze zich om en komt terug. 'Zou je misschien met me mee willen gaan naar mijn kamer?'

'Ja, hoor. Waarom?'

'Jij bent de enige die me ooit heeft verteld dat roze mijn kleur niet is. Misschien kun je mijn kast bekijken en zeggen wat ik kan houden en wat ik beter kan weggeven. Als je dat niet vervelend vindt, natuurlijk.'

Ik kijk naar haar wimperloze ogen en begrijp heel goed hoe het voor haar moet zijn om in dit paleis te zitten met een ongeïnteresseerde vader en diens vriendin, die zo mooi is dat Bella naast haar nog ongunstiger afsteekt. Ik kan me ook heel goed voorstellen hoe het voor haar is op kostschool, met al die meisjes die misschien net zo rijk zijn, maar perfect haar en slanke heupen hebben.

'Nee, hoor, dat vind ik helemaal niet vervelend.'

Als we samen naar het huis lopen, zegt ze: 'Je hebt niets tegen mijn vader gezegd over die pillen, hè?'

'Natuurlijk niet.'

'Ik kan het niet uitstaan dat iedereen me altijd verklikt. Keith. Victor. Silvia. Zelfs de dienstmeisjes.'

'Dat zou ik je nooit aandoen.'

'Dank je wel.'

We kijken elkaar een ogenblik aan, twee samenzweerders die een band hebben gesmeed omdat we de waarde van zwijgen kennen.

'Ik ben goed in geheimen bewaren, Bella,' zeg ik.

Ze laat me een sluw glimlachje zien. 'Ik ook.'

De muren van Bella's luxueuze slaapkamer zijn smaragdgroen, de kroonlijsten en pilasters goud, en het hemelbed heeft dikke, fluwelen gordijnen. Een kamer die een prinses waardig zou zijn en dat is wat Hardwicke ongetwijfeld voor ogen had, maar het meisje dat zwetend voor haar kledingkast staat, ziet er niet uit als een prinses.

'Het is allemaal niks, hè?' zegt ze. Ze trekt nog twee japonnetjes van de hangers en gooit ze op de steeds hoger wordende stapel afgewezen kleding op het bed. 'Dat ik die troep ooit heb gekocht...'

'Het is geen troep, Bella. Ik pak een van de jurkjes, een mooi japonnetje van een Italiaanse modeontwerper, dat ongetwijfeld een fortuin heeft gekost maar een nauwsluitend model is dat Bella doodgewoon niet kan dragen. 'Je moet gewoon een stijl zoeken die bij je past.'

'Een stijl waarin ik niet opval.'

'Ben je mal. Je mag best opvallen. Maar op de juiste manier.'

'Dat is niet wat mama zegt.' Ze gooit een jurk met roze en oranje psychedelische strepen op de stapel. Ja, die moet zéker weg. 'Ik geloof dat ze zich voor me schaamt.'

‘Daar geloof ik niks van.’

‘Je kent haar niet. Mijn moeder is perfect. Ze is altijd perfect geweest.’

Ze staat met haar rug naar me toe, dus ik kan haar gezicht niet zien, maar ik hoor de snik in haar stem en zie haar schouders zakken, daar voor die kast met kleren die door de wrede mode-industrie lijken te zijn ontworpen om meisjes zoals zij doodongelukkig te maken. Ik wil mijn armen naar haar uitsteken en haar troosten, maar daarmee zou ik een emotionele grens overschrijden die terugkeer onmogelijk maakt. Ik moet onthouden dat ik hier niet ben om haar vriendin te zijn. Ik ben hier om gebruik van haar te maken, haar uit te buiten, en dan te verdwijnen. Ze mag zich niet aan me gaan hechten.

Ik loop naar het raam, dat uitzicht biedt op de oprijlaan met de statige platanen, en zie een Range Rover voor de ingang stoppen. Keith komt het huis uit om de bezoekers te verwelkomen, een jong stel met een verbijsterende hoeveelheid bagage.

Bella komt naast me staan. ‘Ik haat deze weekenden,’ zegt ze, terwijl ze naar de nieuwe gasten kijkt. ‘Al die mensen die mijn vader naar de mond praten en doen alsof ze mij aardig vinden.’

‘Waarom zouden ze je niet aardig vinden? Ík vind je aardig.’

‘Jij bent de enige reden dat ik dit kan verdragen. Anders was ik net zo lief het hele weekend op school gebleven.’

‘Heb je dat tegen je vader gezegd?’

‘Hij zegt dat ik erbij moet zijn om zijn gasten te leren kennen. Ik moet leren hoe ze heten en wat ze doen.’

‘Omdat hij wil dat jij op een dag de zaak overneemt.’

‘Maar dat wil ik helemaal niet.’ Ze kijkt me aan. ‘Ik zou liever doen wat jij deed. Iets met mode.’

Ik glimlach. ‘Je moet doen wat jíj wilt. Het is niet zijn leven, Bella. Het is jouw leven.’

‘Nee.’ Ze kijkt uit het raam. ‘Hij zegt dat ik de enige ben aan wie hij de business kan toevertrouwen. Wat moet ik daarop antwoorden?’

'Je kunt nee zeggen.'

Ze snuift. 'Jij kent mijn vader niet.'

Maar ik ken hem wél. Ik weet dingen over hem die zij niet weet, dingen die haar met afgrijzen zouden vervullen. Vanwege die dingen zou ik tegen haar willen zeggen: *Ga ervandoor, Bella, ga ervandoor voordat zijn gif invloed op je krijgt.* Maar dat kan ik niet zeggen. Ik kan haar niet redden. Ik kan alleen maar van een afstand toekijken, zoals een entomoloog onaangedaan een spin bestudeert als die zijn prooi inkapselt.

Opeens kan ik het niet langer verdragen om naar haar te kijken, dit arme kind dat door iedereen als een pion wordt beschouwd. Ik loop naar haar kast, bekijk de kleren die er nog hangen en pak een zwartzijden cocktailjurkje met een laag decolleté en een klokrok.

'Deze,' zeg ik. Ik draai me naar haar om. 'Doe deze vanavond maar aan.'

'Die heeft mama voor me gekocht.'

'Dan heeft jouw moeder een goede smaak.'

Ze pakt de jurk aan en fronst. 'Ja, maar zwart?'

'Het zal je heel goed staan.' Ik glimlach. 'Geloof me.'

Die avond verschijnt Bella in het zwarte cocktailjurkje op het terras aan de achterkant van het huis. Zwart flatteert iedereen. Ik sta wat achteraf met een glas ijskoude rosé als ik haar via de openslaande deuren naar buiten zie komen. Voordat iemand het kan verhinderen, pakt ze een glas witte wijn van een dienblad en slentert langs de genodigden, zonder met iemand te praten, alsof er rond hen een magnetisch veld is dat afstotend werkt. Ze loopt langs de buffettafel, waarop een grote hoeveelheid gerechten is uitgestald, legt met weinig animo wat asperges en reepjes wortel op haar bord en loopt langzaam door in mijn richting. Bij de tafel waar het vlees wordt gesneden, blijft ze abrupt staan en staart naar het grote ribstuk, dat sappig en glanzend onder de warmtelamp ligt.

'Dat is zo ongeveer een half kalf,' zegt ze.

'Aberdeen Angus ribstuk, juffrouw,' zegt de kelner. 'Het beste vlees dat er is. Kan ik een portie voor u afsnijden?'

'Alsjeblieft niet. Ik ben vegetariër.' Ze trekt haar neus op en loopt door tot ze bij me is.

'Dat jurkje staat je geweldig,' zeg ik.

'Hoe zijn mensen in staat zulk bloederig vlees te eten?'

'Wanneer ben jij vegetariër geworden?'

'O, eeuwen geleden.'

Ik herinner me anders nog goed dat ze vorig jaar bij mijn huwelijksdiner met veel smaak Beef Wellington had gegeten. Je moet wat tieners zeggen altijd met een korreltje zout nemen.

'Waar is dokter Gallagher?' vraagt ze. Ze kijkt om zich heen.

'Boven. Een van de gasten is in de tuin door een wesp gestoken en reageerde een beetje hysterisch. Ik ben blij dat jij er bent, want ik ken hier niemand.'

Bella doopt een reepje wortel in een klodder kaasdip. 'Het zijn altijd min of meer dezelfde mensen. Papa heeft ze al vaker uitgenodigd.'

'Ken jij ze?'

'De meesten. Papa vertelt me elke keer hoe ze heten. Hij wil dat ik alle namen onthoud.' Ze knabbelt aan de wortel en wijst ermee naar twee mannen die met elkaar staan te praten. 'Dat is Damien Cawley, de kredietacceptant van de Deutsche Bank. De man met wie hij staat te praten, heet Oleg. Hij komt uit Belarus en is eigenaar van hotels over de hele wereld, ook van het Battenberg in Londen, waar ik vorig jaar mijn verjaardagsfeest mocht houden.'

'Wat is zijn achternaam?'

'Dat ben ik vergeten. Iets Slavisch. Hij is een aardige man. Ik mocht van hem op mijn verjaardagsfeest zelfs een glaasje champagne.'

Drank lijkt haar meer te interesseren dan mensen.

Oleg en Damien staan dicht bij elkaar en praten zacht. Zwart geld ontmoet wasserette. Ik had niet verwacht dat Bella de zakenrelaties van haar vader zo goed kent. Hardwicke heeft daar duidelijk werk van gemaakt. Ze zegt dat zijn business haar niet interesseert, maar ze heeft wel degelijk opgelet.

Verderop begint een aangeschoten vrouw overdreven te schateren. 'Wie is dat?' vraag ik.

Bella snuift. 'De vorige keer dat ze hier was, heeft ze op het grasveld overgegeven waar iedereen bij was. Vreselijk. Ik snap niet waarom haar man met haar getrouwd blijft.'

'Wie is haar man?'

'Sandy Shoreham.' Ze wijst naar een man met een bril die de arm van de vrouw wrijft om haar te kalmeren. Ik ken hem van naam. Shoreham is een kleurloze figuur die niemand zou interesseren als hij geen belangrijke positie had als vooraanstaand parlementslid van de Conservative Party.

Silvia dwaalt langs ons. Haar glanzende zwarte haar hangt los en haar nauwsluitende jurk omvat de rondingen van haar billen. Een aantal mannen volgt haar met hun ogen, maar zij lijkt in een verdoofde waas te zitten en er geen erg in te hebben. Ik heb haar vanavond nog niets zien eten; om zo'n figuur te houden, moet je een ijzeren wilskracht hebben.

'O, help,' zegt Bella. 'Hou mijn glas even vast.'

'Wat is er?'

'Daar is papa.' Ze duwt me haar glas in handen en ik heb het net aangepakt als Hardwicke in onze richting kijkt. Hij fronst als hij ons samen ziet. Bella glimlacht onschuldig naar hem. Ja, de oppas is er en houdt een oogje in het zeil. Hij knikt kort en draait zich om naar een aantal van zijn gasten.

Bella neemt haar glas weer van me over en drinkt het snel leeg.

De vrouw van Sandy Shoreham lacht weer zo hard, met haar hoofd achterover, wiebelend op haar hoge hakken. Op elke cocktailparty heb je zo iemand, een gast waar iedereen hoofdschuddend naar kijkt en die de volgende ochtend beschaamd wakker wordt. Ik heb bijna medelijden met haar. Zij wordt ook maar steeds meegesleept naar vreugdeloze avonden, omdat haar man banden wil smeden met bankiers en oligarchen, want zo doet men zaken, zowel legaal als illegaal, en hier is het Hardwicke die ervoor zorgt dat alle radertjes in elkaar grijpen.

Ik zie hoe hij zich onder zijn gasten mengt, iemand een schouderklopje geeft, naar echtgenotes glimlacht. Victor, de lijfwacht aan wie Bella zo'n hekel heeft, de man die naar Silvia's borsten staart, blijft voortdurend bij hem in de buurt, op een meter of twee afstand. Hij kijkt in mijn richting. Ik weet dat hij vragen over me heeft gesteld en voel me zo ongemakkelijk onder zijn blik dat ik me omdraai en nu pas merk dat er een man achter me staat. Hij heeft donker haar, draagt een uilenbril en een smokingjasje dat hem te ruim is, alsof hij recentelijk erg is afgevallen. Een ogenblik kijken we elkaar aan; dan loopt hij weg en daalt de trap van het terras af naar het gazon.

'Wie is dat?' vraag ik Bella. 'De man die daar over het gras loopt?'

Ze haalt haar schouders op. 'O, ook een van papa's zakenrelaties. Ik heb hem nog maar een paar keer gezien.'

'Weet je hoe hij heet?'

'Stephen, geloof ik. Ik heb nog niet álle namen in mijn hoofd. O kijk, toetjes!'

Bella loopt terug naar de buffettafel, maar ik hou mijn oog op de man, die het grasveld oversteekt. Hij loopt met gebogen hoofd en zijn handen in zijn zakken, alsof hij probeert onzichtbaar te worden. Als hij om de hoek van het huis verdwijnt, zie ik Victor en Hardwicke achter hem aan gaan.

Er is hier iets vreemds aan de hand.

Ik zet mijn glas neer en loop met een omtrekkende beweging rond de gasten, terwijl ik Hardwicke en Victor in de gaten hou. Bij de trap blijf ik staan. Ik kijk om me heen of er iemand naar me kijkt, maar dat is niet zo. Wat de vrouw van de dokter doet, interesseert niemand.

Als ik op het gras stap, zakken mijn hoge hakken in de zachte grond. Victor en Hardwicke lopen zonder haast te maken naar de oostelijke vleugel van het huis, klaarblijkelijk met een doel voor ogen. Ik blijf op ruime afstand van hen, alsof ik gewoon een beetje rondwandel. Als ik de hoek van de oostelijke vleugel bereik, stop ik in de schaduw van een sering.

Hardwicke en Victor steken het plein over naar de stallen.

'Maggie?'

Ik draai me met een ruk om. Het is Danny. We staan allebei in de schaduw van de sering, waardoor ik niets van zijn gezicht kan aflezen, en hij ook niet van het mijne. We zijn gezichtloze silhouetten die elkaar in de schaduw hebben ontmoet. Misschien zijn we dat altijd geweest.

'Wat doe je hier?' vraagt hij.

'Ik... wilde iets uit de auto halen.' Ik wijs in de richting van het plein voor de stallen, waar de auto's geparkeerd staan.

'Wat dan? Zal ik het voor je halen?'

'Ja, goed. Mijn boek. Volgens mij heb ik het op de achterbank laten liggen.'

'Ik ga wel even kijken. Hoe is het feest?'

'Prachtig.'

'Gedraagt Bella zich?'

'Tot nu toe heeft ze alleen maar stiekem een glas wijn gedronken. Hoe is het met de vrouw die door een wesp is gestoken?'

Hij zucht en kijkt op naar de ramen van de slaapkamers. 'Die stelde zich aan alsof haar arm geamputeerd moest worden. Ik ga je boek wel even halen en dan zie ik je zo wel op het terras.'

Hij loopt naar onze auto, maar hij zal op de achterbank geen boek vinden, omdat daar geen boek ligt. Het zoveelste leugentje dat ik mijn man heb verteld.

Er zullen er nog meer volgen.

Om even na drie uur 's nachts kleed ik me aan en verlaat stilletjes onze kamer. Danny slaapt. Ik heb liggen wachten tot ik geen gerinkel van serviesgoed en geen geklater van water meer hoorde en het eindelijk stil werd in het huis. Nu loop ik de gedempt verlichte bediendetrap af. Over een paar uur gaat het keukenpersoneel al weer aan het werk om het ontbijt te maken, maar dit zijn de dode uurtjes tussen de duisternis en de dageraad, als het hele huis slaapt, en ik kom niemand tegen.

In de keuken brandt geen licht. In het donker zie ik de zachte glans van de roestvrijstalen apparaten. Ik loop op de tast langs de koelcel, de gootstenen en de werkbanken en doe de deur naar de moestuin open.

Het is tijd om een kijkje te nemen in de stallen.

Hardwicke, Victor en de man met de uilenbril zijn daar gisteravond naartoe gegaan. Hardwicke en Victor keerden pas na een uur terug naar het feest en ik wil weten wat ze al die tijd hebben gedaan.

Als ik over het tuinpad loop en langs de struiken strijk, komt de geur van lavendel en rozemarijn vrij. Bij de hoek met de voorkant van het huis blijf ik een ogenblik staan. Achter de ramen van de slaapkamers brandt nergens licht. Iedereen slaapt. Er zijn vanavond liters wijn en whisky doorheen gegaan en morgen zal er grote vraag zijn naar tomatensap en aspirine, maar nu is het stil.

Ik loop van schaduw naar schaduw langs de rand van het plein. Onder dekking van de geparkeerde auto's vervolg ik mijn weg naar de stallen. Er brandt geen licht en als ik naar binnen glip, kan ik de paarden niet zien maar wel ruiken. En dan hoor ik ze ook: het stampen van een hoef. Een zacht gehinnik.

Ik doe mijn zaklantaarn aan. Het licht vangt de glans op van een helder oog dat in een van de boxen naar me kijkt. Wat deden de mannen hier gisteravond? Ik denk niet dat ze voor de paarden kwamen. Ik laat het licht van mijn zaklantaarn heen en weer gaan over de met stro bedekte vloer. Ik weet niet wat ik zoek, maar zal het herkennen als ik het vind. Een stukje papier. Een sigarettenpeuk met de bonus van DNA. Ik zoek een aanwijzing, iets wat me kan vertellen wat ze hier hebben gedaan.

Eerst ga ik naar het kantoor van de stalbeheerder. Er staan een bureau en twee stoelen. Aan de wanden hangen foto's van schitterende paarden. Ik doorzoek het bureau en blader in een register dat in een van de laden ligt, maar alles daarin lijkt betrekking te hebben op paarden. Rekeningen van de dierenarts, de hoefsmid en leveranciers. Een dwaze gedachte flitst door mijn hoofd dat dít misschien de Londense wasserette is, dat Russisch geld via paardenvlees wordt witgewassen, maar dat lijkt niet logisch. Een paard is geen goede investering, behalve misschien als afschrijfpost, want een paard is een bodemloze put waarin je geld stort dat je nooit meer terugziet.

Ik laat de lichtbundel van mijn zaklantaarn over de stoelen gaan en zie dat de zittingen stoffig zijn. Hier heeft al geruime tijd niemand gezeten. De mannen zijn niet naar dit kantoor gekomen.

Ik verlaat het kantoor en loop langzaam door de stal terwijl de ogen van een zestal paarden me volgen. Mijn nachtelijke bezoek maakt de dieren onrustig. Ik hoor nerveus hoefgestamp, zacht gehinnik. Wat deden de mannen hier zo lang? Waarom waren ze hierheen gekomen?

Dan zie ik, helemaal achterin, sporen van iets wat over de met stro bedekte vloer is gesleept. De sporen eindigen bij de laatste box.

Ik maak de deur open en richt mijn zaklantaarn op het interieur. Iets weerkaatst het licht: een bril, die op het stro ligt. Mijn adem stokt, maar dat komt niet door de bril. Het komt door wat er naast die bril ligt: een hand, met de vingers bevroren tot een klauw.

Mijn lichtbundel glijdt van de hand over de arm naar de schouder. Naar het gezicht. Ik ben zo geschokt dat ik stokstijf blijf staan. Ik hap niet eens naar adem als ik naar de dode man staar die in de box ligt, een man wiens gezicht ik gisteravond heb gezien. De man met de uilenbril, die tijdens de fatale worsteling van zijn neus is gevallen of geslagen. Zijn tong puilt uit zijn mond en ik zie rode stipjes in het wit van zijn ogen. Dat vertelt me hoe hij is gestorven. Ik ga naast hem op mijn hurken zitten, richt de lichtbundel op zijn hals en zie de donkere striem van het koord dat om zijn nek heeft gezeten. Dit is het werk van een beroepsmoordenaar.

Wie ben je? Waarom wilde Hardwicke dat je zou sterven?

Ik hoor buiten mannenstemmen die dichterbij komen.

Ik spring overeind, verlaat snel de box met de dode man, en doe de deur weer dicht en op de knip. Gejaagd zoek ik naar een plek waar ik me kan verstoppen.

Het geluid van de stemmen wordt sterker. Zo dadelijk komen ze de stal in en die heeft maar één in- en uitgang.

Ik doe de deur van de aangrenzende box open, glip naar binnen en doe de deur weer dicht. Ik ben daar niet alleen; er staat een paard naast me, een paard dat is geschrokken van mijn plotselinge verschijning. Hij schopt tegen de wand en hinnikt nerveus.

In de stal gaat het licht aan.

Ik kan de box nu niet verlaten. Ik zit hier gevangen met een nerveus paard dat snuift en stampt. Ik kruip weg in de hoek en maak me zo klein mogelijk.

De mannen lopen door de stal. Ik herken de stemmen van Keith en Victor.

'Waarom is dat paard zo onrustig?' vraagt Victor.

'Vind je het gek? Hij ruikt hem natuurlijk.'

Nu klinkt er een derde stem en ik maak me zo mogelijk nog kleiner. 'Schiet op. Haal hem weg,' beveelt Hardwicke. Ik hoor het piepen van wielen. Ze hebben een kar meegebracht om het lijk te vervoeren. Net zoals ik hebben ze gewacht tot het hele huis sliep en er geen getuigen zouden zijn van wat ze gingen doen.

Het paard snuift en geeft zo'n harde trap tegen de wand dat ik in mijn hoek zit te bibberen, bang dat een van die hoeven me zal raken. Ik hoor de deur van de laatste box piepend opengaan. De mannen zijn zo dicht bij me dat ik Victor en Keith hoor kreunen als ze het lichaam optillen en op de kar leggen.

'Zijn bril,' snauwt Hardwicke. 'Vergeet die niet.'

Gehijg. Het geluid van schoenen op het stro.

Het paard schopt weer. Hij hinnikt zo luid dat het klinkt als gegil.

'Wat is er, jongen?' zegt Victor. Ik kijk op en zie zijn arm over de deur van de box komen om het paard te aaien. Als hij naar beneden zou kijken, zou hij me zien.

'Die grote tanden kunnen tot op het bot bijten,' zegt Hardwicke. 'Blijf bij hem vandaan.'

Victors arm verdwijnt. 'Waarom houdt u hem?'

'Míj bijt hij niet.' Hardwicke lacht. 'Hij weet wat er dan zou gebeuren.'

Als de kar piepend de stal uit wordt getrokken, blijf ik in mijn hoekje zitten. Ik hoor het geluid van twee automotoren die worden gestart, het knerpen van het grind onder de banden en dan het wegstervende geronk van de motoren. Ik kan nu ontsnappen, maar het licht in de stal is nog aan. Hebben ze vergeten het uit te doen, of zijn ze van plan terug te komen?

Ik kom langzaam overeind. Dan verstijf ik.

Iemand fluit. Het is Hardwicke. Waarom is hij achtergebleven? Waarom gaat hij niet weg?

Hij weet het. Hij weet dat er iets mis is.

Het gefluit komt dichterbij. Het melodietje is 'Scotland the Brave'. Een melodieus en vrolijk lied. Het jaagt me de stuipen op het lijf. Steeds dichterbij komt het gefluit. Ik span mijn spieren en bereid me voor om zo nodig overeind te springen en hem te overmeesteren. Mijn aanval moet snel zijn. Een stomp tegen zijn keel, een vinger in zijn oog. Mijn hele lichaam is gereed.

Het fluiten stopt.

Ik hoor de klap van zijn hand op paardenvlees en zacht gehinnik als antwoord. 'Braaf,' zegt hij. Hij is bij een van de boxen blijven staan om zijn paard te aaien. Een paardenliefhebber die met net zoveel gemak genegenheid schenkt als dood zaait.

Hij begint weer te fluiten, maar nu komt het geluid niet dichterbij, maar beweegt het zich bij me vandaan. Terwijl 'Scotland the Brave' steeds zwakker wordt, haal ik onhoorbaar adem. Het licht in de stal gaat uit. Het grind knerpt onder zijn voeten.

Ik wacht, ook als hij de stal heeft verlaten. Ik wacht lang genoeg om hem de tijd te geven terug te keren naar het huis. Zelfs dan weet ik niet zeker of ik tevoorschijn kan komen, maar ik kan hier ook niet de hele nacht blijven zitten. Zo dadelijk wordt het keukenpersoneel wakker om voorbereidingen te treffen voor het ontbijt. Ik moet terug zijn in mijn kamer voordat iemand in de gaten krijgt dat ik het huis heb verlaten.

Met bonkend hart verlaat ik de box en loop door de stal. Buiten zie ik twee lege plekken op het plein, waar de auto's hebben gestaan. In een daarvan wordt nu een dode man afgevoerd. Morgenochtend zal er voor de gasten en het personeel een eenvoudige verklaring zijn voor zijn verdwijning: hij had een telefoontje gekregen en moest midden in de nacht vertrekken.

Ik loop weer onder dekking van de bomen. Het is frisjes geworden, maar ik zweet en tril. Ergens ontdoen twee mannen zich van een auto met een dode, terwijl Phillip Hardwicke boven rustig in zijn bed ligt. Over een paar uur wordt het licht en zal Manning House ontwaken. Het ontbijt zal worden opgediend en daarna zullen de gasten naar buiten gaan om door de tuin te wandelen of kleiduiven te schieten. Ik ook, omdat iedereen dat van me verwacht. Het belooft een mooie dag te worden.

Een heel mooie dag.

21

'Hij werkte voor ons,' zegt Diana.

We kunnen het risico niet meer nemen in het openbaar samen gezien te worden en ontmoeten elkaar nu in een safehouse, waar de vijand ons niet kan afluisteren. Ik heb een grote omweg gemaakt, heen en terug met de ondergrondse en te voet door een wirwar van straten met winkels waar serviesgoed, elektronische apparatuur en sigaretten worden verkocht, om er zeker van te zijn dat ik niet werd geschaduwd. Ontmoetingen in het British Museum zijn nu verleden tijd.

Ik sta boven voor het raam. Het is druk op straat. Op het oog is het een normale doordeweekse dag voor de mensen die winkelen of een café zoeken om te gaan lunchen, maar wat ik vanuit onze geluiddichte kamer zie, zijn argeloze mensen die zich niet bewust zijn van duistere, gevaarlijke stromingen.

'Wie was hij?' vraag ik.

'Zijn naam was Stephen Moss. Hij was compliance officer bij UGB. Hij had een jaar lang melding gemaakt van verdachte transacties van en naar Hardwickes rekeningen, maar de bank deed er niets mee. Hij wond zich daar steeds meer over op en toen we vroegen of hij met ons wilde werken, stemde hij in.'

'Tegen betaling?'

'Nee. Daar ging het hem niet om.'

Een man met principes. Dat zijn de beste. Op hen kun je altijd rekenen, maar als je er een verliest, is de tragedie des te groter.

Ik draai me om en kijk naar de foto van Stephen Moss op het scherm van Diana's laptop. De man die ik tijdens het weekend op Manning House heb gezien was magerder, maar hij is het wel. Was hij wegens ziekte zo afgevallen of door stress omdat hij te dicht bij de vlammen vloog en wist dat die vlammen hem ieder moment konden vernietigen?

'Zijn Saab stond op het parkeerterrein van de luchthaven in Leeds,' zegt ze.

'En hijzelf?'

'Zijn lichaam is niet gevonden. Ik hoef je niet te vertellen dat dit een groot verlies is. Hij leverde ons bijzonder waardevolle financiële informatie over Hardwicke waardoor we precies wisten van welke rekeningen het geld afkomstig was en waar het naartoe ging. Nu varen we blind.'

Ik voel de haartjes op mijn armen omhoogkomen. De tinteling van angst. Ik heb nachtmerries over 'Scotland the Brave'. Ik hoor het in mijn slaap. 'Als hij is gemarteld, heeft hij misschien iets over mij losgelaten.'

'Nee, dat kan niet, omdat hij niet van jouw bestaan wist. Dat is precies de reden waarom we jullie geen van beiden over de ander hebben verteld.'

'Maar ze wisten dat hij voor ons spioneerde.'

'Maar dat weten ze niet van jou.'

'Hoe weet jij dat zo zeker?'

'Omdat je nog leeft.'

'Wie heeft hem verraden?'

Diana haalt haar schouders op. 'Misschien iemand bij UGB die wist dat hij in Hardwickes rekeningen zat te neuzen.'

'Kan er bij de National Crime Agency een mol zijn? Bij een van hun diensten?'

'Als dat zo is, hebben we een probleem,' geeft ze toe. 'Er gaat heel veel geld om in Londen en er bestaat altijd een risico dat mensen bij dergelijke diensten worden omgekocht. Anders waren jij en ik hier nu niet mee bezig.'

Ik ga zitten. Het huis staat aan een drukke straat, maar we horen niets van het verkeer omdat de geïsoleerde ramen en geluiddichte muren geen enkel geluid doorlaten. We zitten zwijgend tegenover elkaar aan tafel, waarop een theepot en kopjes staan. Nu ik al een tijd in Londen woon, heb ik me geschikt in de gewoonte 's middags thee te drinken, maar ik had liever een kop sterke zwarte koffie.

'Ik wil ermee stoppen,' zeg ik.

'Wat?' Haar kin gaat omhoog. 'Waarom?'

'Omdat je al één verklikker hebt verloren en je niet eens weet wie hem heeft verraden.'

'Maggie, ik begrijp hoe je je voelt. Ik weet dat je bang bent, maar –'

'Ja, ik ben bang, om Danny. Hij weet hier helemaal niets van. Als ze mij te grazen zouden nemen, zouden ze hem ook kunnen grijpen. Ik heb ervoor gekozen dit werk te doen, maar hij heeft er niets mee te maken en ik wil niet dat hem iets overkomt. Bovendien is het ontzettend moeilijk om een dubbelleven te leiden. Te slapen met een man die geen idee heeft wie ik in werkelijkheid ben.'

'Dat hoort bij deze baan. Dat weet je.'

'Ja, maar ik heb er genoeg van. Ik heb je gegeven wat je wilde.'

'Nog niet. Niet alles.'

'Jullie hebben Hardwickes medische dossier. Jullie zijn op de hoogte van elke sproet op zijn lichaam en elk pilletje dat hij ooit heeft geslikt. Dat is wat jullie van me wilden.'

'Maar nu zijn we Stephen Moss kwijt en krijgen we geen info meer over Hardwickes financiële transacties.'

'Ik ben niet zijn bankier. Ik heb daar geen toegang.'

'Je staat op goede voet met zijn dochter.'

'Ze is zestien. Ze weet nergens van.'

'Ze mag je graag. Via haar kun je dieper de familie binnendringen.'

'Ik zei dat ze pas zestien is.'

'Juist daarom zul je makkelijk haar vertrouwen kunnen winnen.'

Ik denk aan Bella, in haar belachelijke roze jurken, onaantrekkelijk, smachtend naar aandacht. Ongeliefde tienermeisjes zijn zo makkelijk te manipuleren, maar het voelt zo fout. Deze hele zaak begint te stinken.

'Je hebt mij niet meer nodig,' zeg ik. 'Als je Hardwicke te pakken wilt nemen, kun je dat waarschijnlijk nu doen. Vertel de politie over de moord op Moss, dan moeten ze een onderzoek instellen. Er is in de stal vast wel forensisch bewijsmateriaal te vinden.'

'Er is geen lichaam en dus geen bewijs dat er een moord is gepleegd.'

'Stel dat ze zijn lichaam vinden...'

'Dan ben jij de enige die weet waar en wanneer hij is vermoord. Ben je bereid een getuigenis af te leggen en je dekmantel op te geven?'

Ik denk aan Stephen Moss, zie hem in mijn verbeelding wanhopig aan het snoer klauwen dat rond zijn nek wordt aangetrokken. Ik denk aan wat Hardwicke met mij zou doen als hij erachter kwam voor wie ik werk. Ik zucht. 'Nee.'

'Dat dacht ik al. Bovendien is Hardwicke niet de enige die we willen grijpen. Hij is slechts een radertje in een veel grotere financiele machine. We willen weten wie de machine bedient, in opdracht van Moskou. We willen Cyrano.'

De Russische spion. De identiteit van de man is nog steeds een mysterie en zelfs na acht jaar hebben we niet meer dan flarden van informatie over hem, en het meeste daarvan is afkomstig uit onderschepte berichten van degene die hem zijn opdrachten geeft, zijn kurator. We weten dat hij een vrouwelijke partner heeft die aan acute porfyrie lijdt en daarvoor geregeld injecties nodig heeft van een geneesmiddel dat heme arginate heet. Bij mijn laatste ontmoeting met Diana in het British Museum vroeg ze of er bij Galen iemand met deze aandoening werd behandeld, maar ik heb daarover niets kunnen vinden.

'Ik heb je de gastenlijst van het weekend in Manning House gegeven. Misschien staat Cyrano daarop. Begin daarmee,' stel ik voor.

'Nee, hij was daar niet. SIGINT heeft kortgeleden een bericht uit Moskou onderschept,' zegt ze. 'We weten dat Cyrano momenteel in het buitenland is.'

'Dan wens ik jullie veel succes met het zoeken naar hem.' Ik sta op om weg te gaan. 'Ik ga mijn ontslagbrief schrijven.'

'Nog niet, Maggie. We hebben je nog nodig.'

'Ik heb jullie gegeven wat ik kon.'

'Je kunt nog één ding voor ons doen. Het laatste bericht van SIGINT ging over Malta.'

Ik kijk haar aan. 'Malta?'

'Er staat een bespreking gepland. Een onderhandeling.'

Meteen begrijp ik waarom ik nog geen ontslag kan nemen. Nog niet. 'Hardwicke gaat volgende week naar Malta,' zeg ik.

'Daarom hebben we je nodig. Gaat je man met hem mee?'

'Ja, maar dat reisje naar Malta stelt niks voor. Hardwicke gaat er alleen naartoe om Bella op te halen.'

'Wat doet Bella in Malta?'

'Haar moeder is daar met vakantie. Bella is ernaartoe gevlogen om wat tijd met haar door te brengen.'

'Dan wil ik dat jij ook naar Malta gaat. Zorg dat je wordt uitgenodigd om met Hardwicke mee te vliegen en zoek uit of er nog meer redenen zijn waarom hij erheen gaat.'

'Een ontmoeting met Cyrano, bedoel je.'

Ze knikt. 'Beide mannen, op hetzelfde eiland, op hetzelfde tijdstip. Dat schept veel mogelijkheden.'

Ik kijk naar haar laptop. Het scherm is nu zwart, maar het gezicht van Stephen Moss is zo onuitwisbaar in mijn geheugen geëtst dat ik het nog zie, net zoals ik hem levenloos in die paardenstal zie liggen, met zijn uitpuilende tong en de rode stipjes in zijn ogen. Dat is wat er met je gebeurt als je Phillip Hardwicke dwarsboomt.

'Nee, ik doe het niet. Zoek maar een andere manier.'

'Dit is onze beste kans. Misschien onze enige kans.'

'Je kunt Hardwicke in Malta laten schaduwen. Daar heb je mij niet voor nodig.'

'Niemand kan zo dicht bij hem komen als Danny. Hij is ons geheime wapen.'

'Hij is mijn man.'

'Echt, Maggie?' Diana lacht. 'Gaan gevoelens voor plichten? Ben je altijd zo slap geweest?'

Over de tafel staren we elkaar aan. Meer dan twintig jaar heb ik mijn land gediend. Ik heb talloze leugens verteld, ben keer op keer verhuisd, ik heb zelfs mijn leven op het spel gezet. Als ik deze opdracht weiger, hebben die dienstjaren niets meer te betekenen.

'Na Malta hou ik ermee op,' zeg ik uiteindelijk. 'Voorgoed.'

Ze knikt. 'Natuurlijk. Als dat echt is wat je wilt.'

'Ik zal je vertellen wat ik wil. Ik wil een gewoon leven, samen met mijn man. Ik wil een doodgewoon leven, ik wil een kat en een tuin. Ik wil samen met hem een wandeling kunnen maken zonder me af te vragen of we worden geschaduwd.'

'En dat krijg je allemaal, Maggie,' zegt ze en ze doet haar laptop dicht. 'Maar nu nog even niet.'

Danny kijkt door het matglas naar me als ik onder de douche de shampoo uit mijn haar spoel. Ik vond het altijd leuk als hij zo begerig naar me keek, maar ik heb nu geen tijd voor begeerte. Ik moet moeilijke beslissingen nemen, een toekomst uitstippelen.

Onze toekomst. Ik weet niet wanneer 'ik' is veranderd in 'wij', en wanneer 'mijn' veranderde in 'ons'. Het samensmelten van onze levens was zo'n geleidelijk proces dat ik niet heb gemerkt wanneer de persoonlijke voornaamwoorden veranderden, wanneer ik er opeens gewoon van uitging dat hij altijd bij me zou zijn.

Als ik uit de douche stap, staat hij te wachten met een handdoek.

'Ik krijg nooit genoeg van dit uitzicht,' zegt hij. Hij slaat de handdoek om me heen, duwt me zacht tegen de muur en drukt een kus op mijn lippen. Ook al zijn mijn hersenen bezig keuzes af te wegen en over mogelijke consequenties na te denken, mijn lichaam reageert automatisch op hem. Het was niet de bedoeling dat alles tussen ons zo intens zou worden. Hij was een avontuurtje, een lekker ding op een warme avond in Bangkok, niet iemand om verliefd op te worden en uiteindelijk mee te trouwen.

Ik zou het niet kunnen verdragen als ik hem zou verliezen. En dat betekent dat ik hem nooit zal kunnen vertellen voor wie ik werk en dat ons huwelijk deel uitmaakt van andermans plannen. Ik mag hem nooit iets vertellen over de leugens en het bedrog: mijn nepbruidsmeisje, ingehuurd om die rol te vertolken. Mijn clandestiene ontmoetingen met Diana. De dossiers van Galen die ik heb gekopieerd, waarbij ik niet alleen zijn vertrouwen maar ook dat van zijn patiënten heb geschonden. Hoe langer dit dubbelleven voortduurt, hoe groter het risico dat de waarheid bekend zal worden, en als dat gebeurt, zal hij zich gaan afvragen of ik echt met hem wilde trouwen of dat het alleen maar een noodzakelijk verzinsel was en niets met liefde te maken had. *Zou je me nog steeds willen, als je achter de waarheid kwam?*

Ik wil het antwoord op die vraag niet weten.

Als ik later in het donker naast hem lig, heb ik eindelijk vrede met mijn beslissing. Ik weet wat me te doen staat, omdat niets voor mij zo belangrijk is als Danny. Niet deze missie, niet mijn carrière, niet de hele ellendige wereld, alleen Danny en ik. Hij draait zich op zijn zij en legt zijn arm over me heen. Ik ben zo gewend geraakt aan zijn geur, dat die nu voelt als de mijne, alsof ik hem in me heb opgenomen via mijn huid.

Ik streel zijn arm en schud hem zachtjes wakker.

'Danny?'

'Hmm?'

'Weet je nog dat je een keer hebt gezegd dat we onze koffers moesten pakken en verdwijnen? Londen verlaten en iets heel anders gaan doen?'

Langzaam gaan zijn ogen open. 'Waarom begin je daar nu over?'
'Ik heb nagedacht over de toekomst.'
'O jee. Dat klinkt serieus.'
'Dat is het ook. Danny, ik vind dat we het moeten doen.'
Hij is nu helemaal wakker en kijkt me aan. 'Je was er anders niet happig op.'
'Ja, maar ik heb zitten denken over wat het belangrijkst is. Je hebt de baan bij Galen alleen genomen omdat je moeder haar schulden niet kon afbetalen en je haar wilde helpen. Nu is ze overleden en wij hebben het geld niet nodig,' zeg ik. 'En ik weet dat je niet gelukkig bent.'
'En wat wil jij, Maggie?'
'Ik wil niet dat je werk doet waar je een hekel aan hebt. Dat je voor mensen moet zorgen die je niet eens mag.'
'Sommigen van hen mag ik niet.'
'Galen betaalt je een vorstelijk salaris, maar het is een gouden kooi. De patiënten hebben je volledig in hun zak. Zo denken zij over mensen zoals wij. Op hun schaakbord zijn wij slechts de pionnen.'
Ik voel dat zijn lichaam zacht begint te trillen van opwinding. 'Als ik ontslag neem, moeten we weg uit dit appartement.'
'Het is sowieso niet van ons.'
'We zullen veel kleiner moeten gaan wonen. En met minder luxe.'
'Voor mijn part gaan we in een tent wonen.'
'En we moeten ergens de kost mee verdienen.'
'Ik heb spaargeld. En ik kan werk zoeken. Het is eerlijk gezegd niets voor mij om met mijn armen over elkaar te zitten.'
Hij lacht. Een echte, vrolijke lach. 'Misschien kan ík nu een poosje met mijn armen over elkaar gaan zitten.'
'Je kunt weer liefdadigheidswerk gaan doen. Dat vond je fijn.'
'Dat klopt. We kunnen weer gaan reizen. Teruggaan naar Thailand.'
'Of naar Zuid-Amerika.'

'Of Madagaskar!'

We lachen allebei om ons oude grapje, waarom we hadden gelachen toen we elkaar net hadden ontmoet. De nacht vult zich met aanlokkelijke toekomstbeelden. Ontsnappen is iets waar we allebei al heel lang naar verlangen en nu gaan we het doen. Samen.

'Ik zal mijn ontslag indienen,' zegt hij. 'Ze zullen het niet leuk vinden. Ze zullen een andere arts moeten vinden voor mijn patiënten, het hele schema omgooien.'

'Dit zal heus niet de eerste keer zijn dat een arts ontslag neemt bij Galen. Ze kunnen gewoon een ander zoeken.'

'Ik moet met Phillip Hardwicke naar Malta. Dat reisje kan ik niet meer afzeggen.'

'Nee, je hoeft het niet af te zeggen, maar geef wel aan dat het de laatste keer is. Als hij hulp wil met Bella, wil ik wel meegaan. En zodra we weer thuis zijn, pakken we onze spullen in en stappen we op een vliegtuig. Het maakt niet uit waarheen. Misschien komen we uiteindelijk toch nog in Madagaskar terecht.'

'Het maakt mij ook niet uit waar we naartoe gaan, Maggie. Zolang we bij elkaar zijn.' Hij haalt diep adem. 'Ik ga ontslag nemen.'

Ik ook. Twintig jaar heb ik mijn land trouw gediend. Ik heb voor Uncle Sam talloze leugens verteld, ben uit vliegtuigen gesprongen en door granaatscherven geraakt. Nu zeg ik: fuck it. Fuck Hardwicke en Cyrano en het eindeloze oorlogsgeweld.

Danny en ik gaan ervandoor.

22

Jo

Purity, Maine, heden

In het kader van haar werk had Jo met allerlei achterlijke jagers te maken gehad, mannen (ja, het waren vrijwel altijd mannen) die waren gestruikeld en zichzelf in de voet hadden geschoten, mannen die dachten dat ze een hert in het vizier hadden maar een koe neerschoten, mannen die rondliepen op een terrein waar overal bordjes VERBODEN TE JAGEN stonden, of die binnen een straal van honderd meter van een woning aan het schieten waren. Ze had zelfs een keer een man gearresteerd die tijdens de jacht zijn vader had vermoord; ze had alleen niet kunnen bewijzen dat hij het met opzet had gedaan. Glen Cooney was toen nog korpschef. Hij had haar uitgelegd dat een veroordeling wegens dood door schuld het beste was waarop ze konden hopen, maar Jo was er tot op de dag van vandaag van overtuigd dat die vent met moord was weggekomen. Elk jaar bereidde ze zich aan het begin van het jachtseizoen voor op de rampen die gebeuren als gewapende mannen de bossen in trekken om te schieten op alles wat een wit staartje heeft.

De man die op Maggie Bird had geschoten, had dat niet per abuis gedaan.

Dat was Jo volkomen duidelijk toen ze tussen de bomen stond op de plek waar de schutter had gestaan. Ze had alle hulzen verzameld die ze had kunnen vinden, het spoor van zijn voetafdrukken gevolgd tot aan de landweg waar hij zijn auto had geparkeerd en foto's van zowel de voetafdrukken als de bandensporen naar het forensisch lab van de State Police gestuurd. Het incident was misschien niet zo opwindend als een moordzaak, maar Jo was blij dat ze een onderzoek kon doen zonder dat haar de teugels uit handen werden genomen door kerels zoals rechercheur Alfond. Een voorval waarbij niemand gewond was geraakt en alleen een auto was beschadigd, was te kleinschalig voor een zelfingenomen rechercheur van de State Police. Deze zaak was van Jo en ze was blij dat niemand haar kon vertellen wat ze moest doen.

Ze sjouwde terug door het bos en stapte in haar auto, die op de landweg stond waar die van de schutter had gestaan. Waar ben je hiervandaan naartoe gegaan? vroeg ze zich af. Terug naar Purity?

Ze reed in oostelijke richting naar de stad, langs besneeuwde velden, kale bomen en een boerderij waar een tiental auto's wegroestte. De eerste winkel aan deze weg was de groothandel in dier- en tuinproducten, waar je behalve voer voor huisdieren ook zoutblokken voor paarden en onderdelen voor grasmaaiers kon kopen, en in het voorjaar zelfs dozen jonge eendjes waarvan een deel sterk genoeg zou worden om uiteindelijk zelfstandig uit te vliegen. Ze zette haar auto op het parkeerterrein en keek naar de ingang.

Hebbes. Als dat ding er nu maar niet alleen voor de show hangt, dacht ze.

Ze ging naar binnen.

'Hallo, Jo,' zei Vern, de eigenaar. 'Kom je nog een zakje hondensnoepjes halen?'

'Nee. Lucy is op dieet gezet. Ik mag haar geen snoepjes meer geven.'

'Ik vond haar anders helemaal niet dik.'

'Jij hoeft haar niet in de bak van een pick-uptruck te tillen. Nee, ik ben hier vanwege een onderzoek.'

'Naar die dode vrouw?'

'Nee, die zaak heeft de State Police overgenomen. Dit gaat over een incident op Blackberry Farm vanochtend. Doet de camera boven de ingang het? Zo ja, dan wil ik graag de opnamen van vanochtend bekijken, pakweg tussen acht en negen uur.'

Tot haar verbazing lachte Vern. 'Ik kan wel kijkgeld gaan vragen.'

'Hoezo?'

'Jij bent de tweede die me om die opnamen vraagt.' Hij liep naar de computer. 'Ik mail je het bestand wel even.'

'Wie heeft er dan nog meer naar gevraagd?'

'Die aardige vrouw die in het bestuur van de bibliotheek zit. Ze zei dat het bestuur heeft besloten een beveiligingscamera aan te schaffen en wilde zien hoe scherp de beelden van de mijne zijn. Voor het geval ze besluiten dit model te kopen.'

'Heb je haar de opnamen laten zien?'

'Ik heb haar een kopie gestuurd, zodat alle bestuursleden de kwaliteit kunnen beoordelen.' Hij zag haar fronsen. 'Ik dacht niet dat het kwaad kon. Er is vanochtend niets bijzonders gebeurd.'

'Hoe heet die vrouw?'

Vern tuitte zijn lippen en dacht na. De leeftijd. 'Je kent haar wel, Jo. De vrouw die altijd van die mooie sjaaltjes draagt. Zij en haar man hebben dat huis aan Chestnut Street gekocht.'

Jo zuchtte. 'De Slocums.'

Hij drukte zijn hand tegen zijn voorhoofd. 'O ja, natuurlijk.'

Dat stel weer. Waarom liepen die haar steeds voor de voeten? Jo was gewend aan nieuwsgierige dorpsgenoten, maar de Slocums maakten het wel erg bont.

Haar mobieltje ging.

'Ja, Mike?' Ze liep terug naar haar auto.

'Het forensisch lab heeft gebeld,' zei hij. 'Ze hebben de bandensporen van de auto van de schutter geïdentificeerd.'

'En?'

'Het zijn Goodyear Wranglers, all season, TrailRunner AT, 235/75R15. Geschikt voor vrijwel alle SUV's, dus we schieten hier niet veel mee op.'

Goodyear. Ze herinnerde zich opeens haar woordenwisseling met de Slocums op de oprijlaan van Maggie Bird. Ingrid Slocum had daar een ander bandenspoor in de sneeuw bekeken en gezegd: 'Ik geloof dat dit Goodyears zijn.'

'Bel het lab,' zei ze tegen Mike. 'Vraag het rapport op over de bandensporen die we eergisteravond op de oprijlaan van Maggie Bird hebben gezien.'

'Van de moordzaak? Maar daar gaan wij niet over...'

'Dat weet ik, maar ik wil evengoed dat rapport zien.'

Ze bleef in haar auto zitten wachten. Ze keek naar de weg en telde hoeveel auto's er voorbijkwamen. Dit was een van de wegen die rechtstreeks naar de stad liepen, maar er was weinig verkeer. Om de twee of drie minuten kwam een auto voorbij. 's Zomers was dat wel anders, als de mensen die vakantiehuisjes aan het meer hadden naar de haven reden om in een van de restaurants te gaan eten of bij zonsondergang een tochtje te maken met een van de windjammers. Midden in de winter was er bijna geen kip te bekennen.

Haar telefoon ging. Het was Mike.

'Ik heb het rapport ontvangen,' zei hij. 'Het waren Goodyear Wranglers, TrailRunner AT, 23...' Hij stopte. 'Hé, het is dezelfde auto.'

'Niet per se,' zei Jo, 'maar wel hetzelfde type banden. Er zullen hier wel meer SUV's zijn met Goodyear TrailRunners.'

'Ja, maar het is wel toevallig.'

Dat vond zij ook. Ze besloot een praatje te gaan maken met de automonteur van de garage bij het tankstation. Die zou wel weten hoeveel Goodyear TrailRunners er ongeveer waren in het dorp. Ze zou eigenlijk rechercheur Alfond hiervan op de hoogte moeten stellen, want de schietpartij kon best iets te maken hebben met de moord op Bianca, maar ze wilde eerst zien hoe ver ze in haar eentje kon komen. Glen Cooney had een keer tegen haar gezegd dat ze nooit een gelegenheid zou krijgen te laten zien wat ze kon als ze haar hele leven in Purity bleef. Dit was een kans om zich waar te maken, en het was fijn om zelfstandig te werken en te zien hoe ver ze zou komen met de aanwijzingen die ze had.

Voorlopig wezen alle aanwijzingen in dezelfde richting: naar de mysterieuze Maggie Bird.

23

Maggie

Declan woont in een oud huis aan het water dat ooit eigendom was van een kapitein van de grote vaart. Ik ben er al een paar keer geweest, maar nooit boven. Net zoals ik is hij iemand die van zijn privacy houdt en zijn leven in hokjes heeft verdeeld. Beneden is het openbare gedeelte, waar om de zoveel tijd een bijeenkomst van onze boekenclub wordt gehouden. Onder het genot van martini's wisselen we dan roddelpraatjes uit in zijn zitkamer, die uitzicht biedt op Penobscot Bay, en in de zomermaanden kijken we door zijn telescoop naar de schoeners die terugkeren van de tochtjes bij zonsondergang. Ik heb gegeten in zijn eetkamer, afgewassen in zijn keuken en soms gebruikgemaakt van het toilet, maar ik ben nog nooit boven geweest. De bovenverdieping houdt hij voor zichzelf gereserveerd. Hij is, net zoals ik, iemand die dingen strikt gescheiden houdt: boven/beneden, openbaar/privé, voor/na.

De aanval van de sluipschutter heeft ons kalme leven echter op zijn kop gezet. Vooral het mijne. Ik slaap nu tijdelijk in Declans logeerkamer, die boven is. De kamer ziet er heel anders uit dan ik had verwacht. Ik was ervan uitgegaan dat het interieur net zo ingetogen zou zijn als Declan zelf, met zuivere lijnen en weinig of geen snuisterijen, maar voor het raam hangt ouderwetse vitrage, op het bed ligt een oude quilt en op de ladekast staan nostalgische zwartwitfoto's, wat erop wijst dat Declan sentimenteler is dan ik dacht.

Een van de foto's is van een glimlachende vrouw met een donkerharige peuter op haar schoot. Ik draai het lijstje om. Achterop staat een jaartal. Dit moet Declan zijn met zijn moeder, die aan een blindedarmontsteking is gestorven toen hij vijf was. Hij praat daar nooit over, maar ik kan me goed voorstellen wat voor jeugd hij als moederloos kind heeft gehad. Ik weet dat hij op zijn twaalfde naar een kostschool is gestuurd, omdat zijn vader het als diplomaat te druk had met de problemen van de wereld om een goede ouder te zijn, en ik vergelijk het met mijn eigen tienerjaren, toen ik de zorg had voor mijn alcoholistische vader en zat te popelen om aan mijn ouderlijk huis te kunnen ontsnappen. Dat was een andere vorm van moederloosheid en geen van beide versies was fijn.

Ik hoor Declan onderaan de trap roepen: 'Maggie, Ben is er. We kunnen aan tafel.'

Ik laat mijn half uitgepakte koffer achter en loop de trap af, langs ingelijste foto's van steden waar Declan heeft gewoond en gewerkt. Boedapest. Praag. Warschau. Er is ook een foto van hem te midden van een groep studenten op de campus van een universiteit. Op een van de gebouwen staat iets in het Pools. Het is de Jagiellonische Universiteit in Krakau. Declans haar was toen zwart en veel langer dan nu, maar in zijn tweedjasje is hij al helemaal de academicus die hij zou worden. Wat was hij nog jong. Hoe snel is de tijd voor ons allebei gegaan. In de keuken hebben Ben en Declan ieder al een glas whisky voor zich staan. Op het fornuis staat een pan met de goulash die Declan uit de diepvries heeft gehaald, gemaakt volgens een recept dat hij vermoedelijk heeft overgehouden aan zijn tijd in Boedapest.

'Whisky, Mags?' Declan trekt de kurk uit de fles.

'Meteen maar grof geschut, zie ik.'

'De situatie vereist het.'

Ik pak het glas van hem aan. Vanavond ben ik er wel aan toe. 'Dank je wel, Declan, ook voor de kamer.'

'Je weet dat je niet terug kunt naar je eigen huis,' zegt Ben. 'In elk geval niet tot we erachter zijn wie jou probeert te vermoorden en waarom.'

'Bedankt voor deze bemoedigende samenvatting van mijn situatie.'

'Helaas is die wel correct,' zegt Declan. Hij schept goulash in drie kommen en zet ze op de tafel. Ik heb hem nog nooit met een schort voor gezien. Het is een zwart schort met het statige logo van Cunard, wat ik passend vind voor de zoon van een diplomaat. Hij is de enige man die ik ken die er zelfs met een schort voor elegant uitziet. We gaan zitten met onze whisky en kommen dampende, sterk naar paprika geurende goulash.

'We moeten de koppen bij elkaar steken om uit te zoeken wat er aan de hand is, want op de plaatselijke politie hoeven we niet te rekenen,' zegt Ben. 'Ook al lijkt Jo Thibodeau een pienter meisje.'

'Te pienter,' zeg ik. 'De teneur van haar vragen bevalt me niet. Het klinkt alsof ze míj ergens van verdenkt. Ze kan een probleem worden.'

Er wordt gebeld. Ik verstijf op mijn stoel en kijk in de richting van de zitkamer.

'Dat zullen Ingrid en Lloyd zijn,' zegt Declan. Hij staat op om open te doen.

'Hebben jullie hun verteld wat er is gebeurd?' vraag ik aan Ben.

'Natuurlijk. We zijn een team en het is nu alle hens aan dek. Het is weer net zoals vroeger.'

'Je lijkt er schik in te hebben.'

'Zeg nou zelf, Mags, pensioen is niks voor ons. Dit geeft ons de kans na te gaan of we nog net zo scherp zijn als vroeger. Ik ben blij dat ik weer iets nuttigs kan doen. Dat ik weer een speler kan zijn.'

'Alleen ben ík in dit spel de bal.'

Declan komt terug met de anderen in zijn kielzog. Ingrid heeft haar laptop meegebracht en Lloyd een lange kartonnen koker. Zoals altijd draagt Ingrid een van haar mooie sjaaltjes, ditmaal een met rijke gele en rode tinten. Herfsttinten. Het is mij nooit gelukt een sjaaltje zo kunstig te knopen. Ik staar ernaar als ze is gaan zitten en ben jaloers dat zij er altijd zo moeiteloos elegant uitziet met haar zilveren haar en haar porseleinen huid.

'Ruik ik goulash?' vraagt Lloyd en hij loopt meteen naar het fornuis, zoals we van hem gewend zijn.

'Met geitenvlees. Neem gerust,' zegt Declan.

Dat laat Lloyd zich geen twee keer zeggen. Hij schept een portie goulash in een kom en komt aan tafel zitten. Ik wist niet dat er voor vanavond een vergadering was belegd, maar blijkbaar heeft Declan het Bat-signal uitgestuurd en nu zitten we hier, vijf oude spionnen die vijf mensenlevens aan ervaring rijk zijn. Dat we gepensioneerd zijn, wil niet zeggen dat we opeens niets meer kunnen en ieder van ons heeft specifieke specialiteiten.

Lloyd slurpt een lepel goulash naar binnen en trekt dan de dop van het uiteinde van de koker. Eruit glijdt een topografische kaart, die hij op de tafel uitspreidt tussen de kommen en glazen. Ik herken de geografie meteen. Het is een regionale kaart waarop onder andere Blackberry Farm en Purity staan.

'Ik heb alle toegangsroutes naar jouw huis gehighlight.' Lloyd wijst naar de wegen die met geel zijn aangegeven. 'We weten via welke weg de schutter naar jouw terrein is gereden, omdat hij zijn auto op de landweg tussen jouw terrein en dat van je zuidelijke buurman had geparkeerd.' Lloyd kijkt me aan. Er kleeft wat paprikarode goulash aan zijn mondhoek, als bewijs van zijn ongegeneerde eetlust. Een van Lloyds charmes is de manier waarop hij alles in het leven vol enthousiasme aanpakt. 'Hoe goed ken je die buurman? Ronald Farrell heet hij, geloof ik?'

'Ja. Hij is de eigenaar van de boerderij, maar hij woont er niet,' zeg ik. 'Ik heb hem maar één keer ontmoet, toen ik hier net was komen wonen. Hij is tweeëntachtig en woont in een bejaardenhuis in Rockland.'

'Wat weet je nog meer over hem?'

'Hij heeft een zoon in Massachusetts en twee kleindochters in Maine. Zijn terrein valt onder milieubeheer.' Ik kijk de kring rond. 'Ik heb de achtergrond van al mijn naaste buren onderzocht voordat ik de boerderij heb gekocht. Ze waren allemaal oké.'

Lloyd knikt. 'Laten we ons dan concentreren op de route die de schutter heeft genomen om bij jouw terrein te komen.'

Ben wijst de landweg aan op de kaart. 'Hier hebben we bandensporen gevonden, waar hij de auto had geparkeerd.'

'De enige manier om daar te komen,' zegt Lloyd, 'is vanaf de West Fork Road. Die is geasfalteerd en loopt noord-zuid.'

'Dat weten we, Lloyd.'

'Geduld. De West Fork Road is via twee wegen te bereiken: de Pondside Road vanuit het noorden en de Village Road vanuit het zuiden. De Village Road loopt rechtstreeks naar Purity. Hij had vier beschikbare routes om het dorp te verlaten, noordwaarts of zuidwaarts langs de kust. Het is moeilijk om vast te stellen welke route hij heeft genomen en dus...' Lloyd keek naar zijn vrouw.

'En dus,' zegt Ingrid, 'heb ik mijn ding gedaan.'

Wat in het geval van Ingrid maar één ding kan betekenen.

Ze doet haar laptop open. 'Het probleem met het leven in een klein stadje zoals Purity is dat er relatief weinig beveiligingscamera's zijn.'

'Tot nu toe was dat voor ons een voordeel,' zegt Ben.

'Maar dat is het niet als je een moordenaar probeert op te sporen. Ik heb wat rondgereden om te zien waar camera's zijn. Aan de Pondside Road zijn twee huizen met beveiligingscamera's, maar die zijn gericht op de oprijlaan, niet op de straat. Aan de Village Road hadden we meer geluk, want daar is vrij dicht bij de stad een voor ons nuttige beveiligingscamera.' Met een potlood trekt ze een cirkel om de locatie op de kaart. 'Die van de dierenwinkel Simonton Feed and Grain. Ik ben een praatje gaan maken met de eigenaar en die heeft me zonder problemen een kopie van de beelden van vanochtend meegegeven. Voilà. Zeventien minuten over acht, bij benadering het tijdstip waarop de schutter ervandoor ging. Ik denk dat dit de auto moet zijn.'

Ze draait de laptop met het scherm naar ons toe. We leunen op de tafel om de foto te bekijken die uit de filmbeelden is gelicht. Het is een zwarte Toyota SUV en zou heel goed de auto kunnen zijn van de man die Bianca's lichaam op mijn oprijlaan heeft gedumpt. Vanwege de getinte ramen is de bestuurder helaas alleen maar een silhouet.

'Ik weet natuurlijk niet zeker of dit de schutter is,' zegt Ingrid. 'Het is altijd nog mogelijk dat hij in noordelijke richting bij het dorp vandaan is gereden, waar helemaal geen camera's zijn, maar gezien het tijdframe, het type auto en het feit dat iemand met precies hetzelfde model auto het lijk van een vrouw voor jouw huis heeft gedumpt, lijkt het me vijfennegentig, misschien zesennegentig procent zeker dat dit de man is die we zoeken.'

'En daarom ben ik met deze vrouw getrouwd,' zegt Lloyd bij het fornuis. Hij neemt nog een portie goulash.

'Ik ben nog niet klaar,' zegt Ingrid. Ze klikt op haar laptop naar een uitvergrote foto van de achterkant van de SUV waarop duidelijk een kentekenplaat van Massachusetts te zien is. 'Het is een huurauto van Alamo Rent a Car,' zegt ze. 'Hij is vier dagen geleden op Logan Airport gehuurd door een man met een rijbewijs uit Florida. Zijn naam is Frank Sardini.' Ze kijkt me aan.

'Die naam zegt me niets,' zeg ik.

'Dat dacht ik al.' Ze klikt naar een foto van Frank Sardini's rijbewijs. 'Volgens deze gegevens is hij een tweeënveertigjarige witte man, één meter achtenzeventig, bruin haar, bruine ogen. Ik neem aan dat je hem niet herkent,' zegt Ingrid tegen mij.

'Nee, ik heb deze man nog nooit gezien.'

'En dat is niet best,' zegt Declan. 'Want dat wil zeggen dat een volslagen vreemde naar Purity is gekomen om Maggie te vermoorden.'

'En dat is nog niet eens het ergste,' zegt Ingrid. 'Het rijbewijs en de creditcard van deze Frank Sardini zijn uitgegeven op basis van een gestolen identiteit. De echte Frank Sardini is eenenveertig jaar geleden gestorven, toen hij vier maanden oud was.'

Het wordt stil in de keuken. Ik hoor het bloed ruisen in mijn oren en voel mijn hart onheilspellend bonken.

'Een man met de gestolen identiteit van een dode,' zegt Declan zacht.

Ingrid knikt. 'Helaas.'

Dit is nog erger dan ik had gedacht. Vakkennis van dit niveau betekent dat we te maken hebben met mensen die buitengewoon gevaarlijk zijn. Ik kijk de tafel rond en zie dat de anderen net zo ongerust zijn als ik.

'We hebben meer van je nodig, Maggie,' zegt Ben. 'Wie wil jou dood hebben?'

Ik schud mijn hoofd. 'Ik weet het niet.'

'Jawel. Je weet iets, maar je vertelt ons niet wat het is.'

Dat is waar. Er zijn dingen die ik nooit aan iemand heb verteld, omdat ze me nog steeds zoveel pijn doen dat ik er niet eens aan kan dénken en al jaren probeer eraan te ontkomen.

'Laten we beginnen met wat we wél weten,' zegt Declan. 'Alles lijkt te draaien om Diana Ward, die vermist wordt.' Hij pakt het zoutvaatje en zet het midden op de tafel. 'Groep Een wil weten waar ze is en stuurt de mysterieuze Bianca om jou te vragen hen te helpen haar op te sporen.'

Ben zet de pepermolen naast het zoutvaatje. 'En nu hebben we Groep Twee.'

'Ja,' zegt Declan. 'Zij sturen Frank Sardini of hoe hij ook in werkelijkheid heet, om Bianca af te maken.' Hij duwt het zoutvaatje omver. 'En dan probeert meneer Sardini jóú te vermoorden. Waarom?'

Terwijl de anderen naar mij kijken, staar ik naar het zoutvaatje en denk aan het lichaam van Bianca op mijn oprit. 'Ze willen ons allebei voorgoed het zwijgen opleggen. Diana en mij.'

'Weet je waar ze is?' vraagt Declan.

'Nee. Ik heb de Agency zestien jaar geleden vaarwel gezegd en Diana is een paar maanden na mij vertrokken. Ik heb geen contact meer met haar gehad.'

'Waarom proberen ze je nu dan te grazen te nemen?' vraagt Ben.

Ik kijk hem aan. 'Het moet iets te maken hebben met wat er in Malta is gebeurd. Met Operatie Cyrano.'

Ze kijken elkaar aan. De details van de operatie en de namen van de betrokken agenten zijn nog steeds topgeheim, maar mijn vrienden hebben uiteraard wel gehoord van Cyrano, de Russische spion die tot de hoogste niveaus van de Britse elite was doorgedrongen en daar jarenlang in het geheim had gewerkt.

'Was jij betrokken bij de operatie om hem te ontmaskeren?' vraagt Ingrid.

'Ja. En Diana ook.' Ik zwijg even. 'De operatie had... onvoorziene consequenties.' Die consequenties waren zo pijnlijk dat ik nooit met iemand over de missie heb gesproken. Ik kan het niet verdragen die wond te moeten openen, maar nu heb ik geen andere keus. Ik kijk naar het zoutvaatje, dat Bianca's lichaam vertegenwoordigt en dat net zo goed het mijne had kunnen zijn. Vandaag hebben ze geprobeerd me te vermoorden en ze zullen het niet bij deze ene poging laten. 'Wat er in Malta is gebeurd, is de reden waarom ik bij de Agency ben weggegaan.'

'Maar waarom nu, na zoveel jaar?' Ingrid fronst haar wenkbrauwen. 'Je moet van goeden huize komen om iemand met de gestolen identiteit van een dode op pad te kunnen sturen om iemand van kant te maken. Dit is voor hen dus heel erg belangrijk.'

'Ik neem aan dat het mensen van Cyrano zijn. Dat ze op wraak uit zijn. De Russen vergeten en vergeven niets.'

'Dat neem je aan? Bedoel je dat het ook anderen kunnen zijn?'

'Die me naar het leven staan?' Ik lach vermoeid. 'Natuurlijk.' Ik kijk de kring rond. 'En ik ben hier waarschijnlijk niet de enige die dat kan zeggen.'

Niemand geeft antwoord. Niemand wil dit beamen.

Er piept een alarm op Declans telefoon. We zijn meteen alert. 'Bewegingssensor,' zegt hij. Hij kijkt naar het schermpje.

Dan wordt er aangebeld. Als het de moordenaar is, heeft hij blijkbaar besloten ditmaal gewoon via de voordeur binnen te komen.

'Verwacht je iemand?' vraagt Lloyd.

'Nee.' Declan klikt op de camerafeed en zucht. 'Relax. Het is Jo Thibodeau, onze allereigenste bulterriër. Ze begint wel een beetje vervelend te worden.' Hij staat op, doet zijn schort af en hangt hem over zijn stoel. 'Ik zal haar afpoeieren.'

We kunnen vanuit de keuken alles horen als Declan opendoet. Hij krijgt niet eens de kans iets te zeggen.

'Ik wil Maggie Bird spreken,' zegt Thibodeau plompverloren.

'Waarom denkt u dat ze hier is?' vraagt Declan.

'Omdat ze niet bij Ben Diamond is en omdat uw Volvo op straat geparkeerd staat. Staat haar pick-uptruck in uw garage?'

'Het komt een beetje slecht uit. We zitten net aan tafel.'

'Ik blijf niet lang.'

Thibodeau laat zich niet afpoeieren. Ze beent de keuken in en fronst als ze ons vieren rond Declans tafel ziet zitten. 'Serieus?' zegt ze tegen mij. 'Na wat u vandaag is overkomen, gaat u gezellig samen tafelen?'

'Dit zijn mijn vrienden,' zeg ik.

Ze kijkt naar de topografische kaart met de geelgekleurde wegen. 'Wat is dat?'

'We hebben toegangswegen van en naar Maggies boerderij bekeken,' zegt Lloyd. 'We proberen alleen maar u te helpen met het onderzoek.'

Thibodeau zucht. 'Oké, mensen, ik verzoek u allemaal te vertrekken. Ik wil mevrouw Bird onder vier ogen spreken.'

'Nee,' zeg ik. 'Ik wil dat ze erbij blijven. Het zijn mijn vrienden en ze kunnen u misschien helpen.'

'Dat betwijfel ik ten zeerste.'

'Denkt u dat wij daar niet toe in staat zijn?' vraagt Ingrid en ze kijkt Thibodeau aan met de ijzige blik die wij zo goed van haar kennen. Het is geen wonder dat ze een legendarische reputatie had als ondervrager.

Thibodeau krijgt een kleur. 'Dat heb ik niet gezegd, mevrouw.'

Declan houdt als een ware gentleman een stoel voor haar bij. 'Gaat u zitten, korpschef Thibodeau. Wij hebben geen geheimen voor elkaar.'

Thibodeau kijkt naar de stoel alsof ze zijn ouderwetse gebaar opvat als een belediging, maar gaat dan toch maar zitten en haalt haar notitieboekje tevoorschijn.

Het is mij allang duidelijk dat ze een vrouw is die zich niet met een kluitje in het riet laat sturen, en als we zouden proberen haar weg te duwen, zal ze twee keer zo hard terugduwen. Ben heeft haar achtergrond uitgeplozen. We weten dat ze in Purity is geboren, haar hele leven in Maine heeft gewoond en nu iets meer dan tien jaar bij het plaatselijke politiekorps is. Ze kent dit stadje en de bewoners veel beter dan wij en probeert nu ons in het vertrouwde beeld daarvan te passen. Ze is niet getraind in de subtiele kunst van het verzamelen van geheime informatie, maar heeft voldoende gezond verstand om te beseffen dat we haar een stap voor zijn en vraagt zich ongetwijfeld af hoe vijf grijsharige gepensioneerden dat voor elkaar hebben gekregen.

'Wat wilt u me vragen?' zeg ik.

Thibodeau doet haar notitieboekje open. 'Ik geloof dat we de naam van de schutter hebben. Frank Sardini, een tweeënveertigjarige man uit Orlando, Florida. Kent u deze man, mevrouw Bird?'

'Nee,' zeg ik.

Ze kijkt me aan, met licht opgetrokken wenkbrauwen. 'Dat was een snel antwoord. Hoeft u er niet eens over na te denken?'

'Nee,' zeg ik.

'Of wilt u niet toegeven dat u hem kent?'

'Waarom zou ik dat niet willen toegeven?'

'Dat weet ik niet. Waarom is een man uit Orlando helemaal hierheen gekomen om op een kippenfokster te schieten?'

'Dat moet u maar aan Frank Sardini vragen.'

'We hebben hem nog niet gevonden. We weten dat hij bij Alamo Rent a Car in Boston een zwarte Toyota SUV heeft gehuurd. Het kentekennummer is te zien op beelden van de beveiligingscamera van de dierenwinkel, rond de tijd dat hij ervandoor moet zijn gegaan.' Ze kijkt Ingrid verwijtend aan. 'U had daar niet mogen rondneuzen en zeker niet Verns opnames mogen opvragen.'

'Ik was er uit naam van het bibliotheekbestuur.'

'Ja, vast.' Jo snuift.

Ik ben eerlijk gezegd onder de indruk. Thibodeau heeft deze informatie veel sneller achterhaald dan ik van een agente uit een stadje van niks had verwacht. We hebben haar onderschat en dat zegt waarschijnlijk meer over ons dan over haar. Ik ben benieuwd of ze nog meer verrassingen voor ons in petto heeft.

'De huurauto had banden van het merk Goodyear TrailRunner,' zegt Thibodeau. 'De auto die is gebruikt om de dode vrouw bij uw boerderij te dumpen had banden van hetzelfde merk.' Ze kijkt me weer aan. 'Een interessant toeval, vindt u niet, mevrouw Bird?'

'U hebt meneer Sardini nog niet gevonden, zegt u?' vraagt Ben.

'Daar wordt aan gewerkt. Ik heb contact opgenomen met de politie van Orlando. Ze zeiden dat hij geen strafblad heeft, nooit is gearresteerd en uiteraard ook nooit veroordeeld. Maar bij de verzekeringsmaatschappij waar Frank Sardini werkt, heeft niemand van hem gehoord.'

'Dat komt omdat hij dood is,' zegt Ingrid.

Thibodeau kijkt haar aan. 'Wat?'

'De échte Frank Sardini was vier maanden oud toen hij aan wiegendood stierf. De man die in Boston de SUV heeft gehuurd, heeft zijn naam gestolen en ik denk niet dat u hem zult vinden, laat staan hem zult kunnen arresteren.'

'Hoe weet ú dat allemaal?'

Ingrid tikt op haar laptop en draait hem met het scherm naar Thibodeau. 'Ik heb zelf ook een onderzoekje ingesteld. Ik heb navraag gedaan over geboorteakten en overlijdensakten en een paar mensen gebeld in Orlando.'

Thibodeau staart naar de foto op het rijbewijs van de nep-Frank

Sardini. Ze voelt zich nu ongetwijfeld op vernederende wijze op haar plaats gezet, maar het is geen eerlijke wedstrijd. Ingrid heeft haar hele leven besteed aan het verfijnen van de kunst van het informatie inwinnen. Ze heeft bovendien binnen allerlei organisaties bronnen waar een eenvoudige korpschef van een dorp in Maine alleen maar van kan dromen.

'Wie hij ook is,' zegt Ben, 'hij is allang verdwenen.'

Thibodeau kijkt de kring rond. Naar de elegante Ingrid met haar zijden sjaaltje. De opgewekte, dikbuikige Lloyd. Ben met zijn kaalgeschoren gangsterkop, en Declan met zijn knappe Ierse trekken. En dan kijkt ze naar mij, de vrouw die doet alsof ze alleen maar een kippenfokster is, terwijl er een verminkt lijk op haar oprijlaan is gedumpt en een professionele schutter vanuit het bos op haar heeft geschoten.

'Wie zíjn jullie?' zegt ze dan.

'Wij zijn gewoon een groepje gepensioneerden,' zegt Lloyd.

'En waar hebt u gewerkt voordat u werd gepensioneerd?' Thibodeau kijkt daarbij naar Ingrid.

'Ik was directiesecretaresse van een multinational,' zegt Ingrid.

'En u?' vraagt Thibodeau aan Ben.

'Vertegenwoordiger in hotelbenodigdheden. Ik heb aan de beste hotels over de hele wereld meubilair en restaurantartikelen verkocht.'

'Ik was docent geschiedenis,' zegt Declan.

'En ik werkte als douane-expediteur, zoals ik u al heb verteld,' zeg ik. We kruipen moeiteloos weer in de rol van de personages die we zo lang hebben gespeeld. Het vertellen van leugens is voor ons een tweede natuur geworden.

Tot slot kijkt Thibodeau naar Lloyd, de enige die niet in het geheim werkte. De enige van ons die mag vertellen voor welke dienst hij werkte.

'O, ik was analist,' zegt Lloyd opgewekt.

'Bedoelt u psychoanalist?' vraagt Thibodeau.

Lloyd lacht. 'Hemel, nee. Ik zat de hele dag achter een bureau informatie te verzamelen en data te verwerken voor de overheid. Geen opwindende baan, moet ik zeggen.'

'We zijn allemaal gepensioneerd,' zegt Ingrid, 'en we houden allemaal van detectiveromans. Wie niet, zou ik bijna zeggen. Daarom hebben we dit clubje opgericht. En als je maar genoeg detectives leest, kom je heel wat te weten over politiewerk.'

'Laat me niet lachen,' mompelt Thibodeau binnensmonds. Ze kijkt weer naar de topografische kaart. 'En hoe heet dat clubje van u?'

Even blijft het stil. Ik denk aan de avond dat we met onze martini's bij Ingrids open haard stonden en de mysterieuze Bianca bespraken.

'De Martiniclub,' zeg ik. Mijn vrienden knikken en glimlachen.

'We dwalen af,' zegt Declan. 'We moeten ons concentreren op de man die zich Frank Sardini noemt.'

Thibodeau zucht. 'Jezus, dit is alleen maar nog ingewikkelder geworden.'

'En wij willen graag helpen,' zegt Ingrid. 'We zijn dan wel gepensioneerd, maar we hebben door de jaren heen een aardig speurdersinstinct ontwikkeld.'

'Door detectiveromans te lezen?' Thibodeau kijkt naar mij. 'Als hier íémand is die antwoorden moet hebben, bent u het. Iemand heeft geprobeerd u te vermoorden. Wie wil u dood hebben?'

Ik kijk naar het omgevallen zoutvaatje, dat Bianca's lijk vertegenwoordigt. Zij is slechts één persoon in een hele reeks van slachtoffers, een reeks die nog niet compleet is. 'Dat weet ik niet,' antwoord ik. Maar ik weet misschien wel waaróm.

Declan en ik zitten bij de open haard. De anderen zijn naar huis. Ik heb meer dan genoeg gedronken voor één avond, maar er zit nog een bodempje in de fles single malt whisky en Declan zegt: 'We kunnen dit net zo goed opmaken.' Hij verdeelt het restant over onze glazen.

In de haard branden alleen nog lage vlammetjes, maar hij legt er geen nieuwe houtblokken meer op, omdat we zo dadelijk toch naar bed gaan. We laten het vuur langzaam sterven. Een onvermijdelijke dood.

'Herinner jij je nog de eerste keer dat ik een whisky voor je heb ingeschonken?' vraagt hij.

'Ik dacht dat je probeerde me te vergiftigen.'

'Zo slecht was die nou ook weer niet. Weliswaar uit een vat van slechts acht jaar oud, maar wel een single malt, als ik me goed herinner.'

'Het was de eerste keer dat ik het proefde en daarom kon ik het niet waarderen.' Ik neem een teugje van wat hij zojuist voor me heeft ingeschonken en zucht genietend van de nasmaak van butterscotch op mijn tong. 'God, wat was ik toen nog een baby. In zoveel opzichten.'

'Ben noemde je "het groentje", en dat was je, zeker vergeleken met ons, want wij hadden al heel wat kilometers op de teller.'

Declan heeft inderdaad meer kilometers op de teller dan ik. Acht jaar meer, om precies te zijn. Toen we elkaar als rekruten leerden kennen was hij al dertig en had hij een PhD in Europese geschiedenis, wat goed van pas kwam toen hij als onofficieel geheim agent werkzaam was in de academische wereld. Zijn zwarte haar is nu doorweven met zilver en rond zijn ogen zijn lachrimpeltjes geëtst, maar hij is nog net zo knap als toen, zo niet knapper. De zoon van de vooraanstaande diplomaat ziet er nu zelf uit als een diplomaat.

'Vraag je je weleens af wat je anders met je leven zou hebben gedaan?' vraagt hij.

'Als ik niet voor de Agency was gaan werken, bedoel je?'

'Ja.'

'Misschien zou ik evengoed een baan hebben gezocht als douane-expediteur. Ik hield van dat werk.' Ik kijk hem aan. 'En ik denk dat jij evengoed docent geschiedenis zou zijn geworden.'

'Tweedjasjes, met klimop begroeide oude gebouwen, om de zeven jaar een sabbatical. Wie zou daar nee tegen zeggen?'

'En de hele dag mooie jonge studentjes om je heen.'

'Dat heb ik nooit beschouwd als een voordeel. Jong grut heeft me nooit aangesproken.' Hij neemt bedachtzaam een teugje. 'Als we voor iets anders hadden gekozen, hadden jij en ik elkaar nooit leren kennen. Dan zouden we hier nu niet samen zitten. Dat zou toch wel jammer zijn.'

'Maar we zitten hier nu samen.' Ik glimlach naar hem. 'Daar ben ik dankbaar voor.'

We staren een poosje zwijgend naar de haard. Een verkoold houtblok zakt in elkaar en doet een wolk vonken opwaaien.

'Wat is er in Malta gebeurd?' vraagt hij dan.

'In grote lijnen weet je dat al. Operatie Cyrano.'

'Ik weet dat hij toen is gepakt. Door de jaren heen heb ik geruchten gehoord dat er een Russische spion was doorgedrongen tot Downing Street.'

'De eerste aanwijzing kwam via SIGINT. Een onderschept bericht van een Russische operateur aan een van zijn agenten. De Britten en de Agency hadden geen idee wie de agent was. Een lid van het parlement? Iemand binnen de Conservative Party? Werkte hij soms bij het Britse National Crime Agency, en zat hij daar hoog genoeg om onderzoeken naar het witwassen van Russisch geld te dwarsbomen? We wisten niet eens zeker of Cyrano echt bestond of alleen maar een verzinsel was, ontsproten aan de paranoïde verbeelding van de geheime dienst.'

'Was het niet de taak van de Britten om dat uit te zoeken? Waarom werden wij het speerpunt?'

'Omdat de onderzoeken van de Britse geheime dienst herhaaldelijk werden gesaboteerd en er veel informanten werden vermoord. Acht jaar lang was de man een mysterie.'

'Tot Operatie Cyrano?'

Ik knik. 'Diana Ward had er de leiding over en kon al dan niet met recht met de eer strijken toen hij was ontmaskerd.'

'En wat was jouw rol?'

'Diana had mij erbij gehaald. Ik was alleen maar een radertje in het apparaat.'

'Dat lijkt me sterk, Maggie.'

'Ik was er niet bij toen ze hem oppakten. Ik was ook niet bij de ondervraging, nadat ze hem naar Marokko hadden gebracht. Daar ging Diana over.'

'Wat was jouw rol dan?'

Ik haalde mijn schouders op. 'Ik heb ze alleen de weg gewezen. Daarna heeft zij het overgenomen.'

'En wanneer heb je voor het laatst iets van haar gehoord?'

'Ik heb na Malta niets meer van haar gehoord. Ze heeft nooit contact met me gezocht en ik niet met haar. Daar had ik geen reden voor. Toen ze Cyrano te pakken hadden, heb ik onmiddellijk ontslag genomen.'

'Wil je me vertellen waarom?'

'Nee.' Mijn antwoord klinkt korzeliger dan de bedoeling was en even is hij stil. Ik staar naar de gloeiende sintels, maar voel dat hij naar me kijkt. Hij is een van mijn oudste vrienden, misschien mijn beste vriend, maar er staat een muur tussen ons, die door de jaren heen langzaam is opgebouwd uit de opstapeling van geheimen. En littekens.

'Het is zestien jaar geleden dat Cyrano is gepakt,' zegt hij. 'Denk je echt dat dit wraak is, na al die tijd?'

'De Russen in het Westen hadden een enorme dreun gekregen. We hadden de Londense witwasserij vernietigd en Britse corruptie op de hoogste regeringsniveaus aan de kaak gesteld. Het is logisch dat Moskou wraak wilde nemen.'

'Maar waarom zijn ze nu pas voor je gekomen?'

'Misschien omdat ze nu pas achter onze namen zijn gekomen. Bianca zei dat er iemand heeft ingebroken in de computers van de Agency. Iemand heeft toegang gekregen tot het Cyrano-dossier. Mijn naam staat daarin. Ze zullen wat tijd nodig hebben gehad om me op te sporen omdat ik mijn achternaam heb veranderd en jarenlang over de wereld heb gezworven. Costa Rica, Mexico, Azië. Toen kreeg ik jouw e-mail, waarin je schreef dat je je in Maine had gevestigd. Het klonk alsof je nirwana had gevonden.'

'Ik heb misschien iets overdreven.'

'Nee. Nee, je hebt niet overdreven. Ik voelde me in dit dorp echt thuis. Tot nu. Het spijt me dat ik de aandacht naar ons veilige plekje heb getrokken. Ik heb het gevoel dat ik jullie allemaal heb blootgegeven.'

'We overleven het wel. Dat doen we altijd.'

'Niet altijd. Als ik mezelf beschouwde als een soort superheld, is dat nu eens en voor altijd afgelopen.' Ik neem het laatste teugje whisky en sta op. 'Het is laat. Welterusten, Declan, tot morgen. En dank je wel. Niet alleen voor vanavond, maar voor... alles.'

'Je zou voor mij hetzelfde doen.'

Ik glimlach naar hem. Ja. Ja, ik zou voor hem hetzelfde doen. Ik loop de zitkamer uit en ben al bij de voet van de trap als hij me naroept: 'Je weet dat je hier kunt blijven, Maggie. Zo lang als nodig is.'

'Pas maar op, misschien doe ik het wel.'

'Het is een groot huis, misschien te groot voor mij. Ik kan je gezelschap wel gebruiken.' Een korte stilte. 'Ik hóú van je gezelschap.'

En ik van het jouwe.

Door de open deur van de zitkamer zie ik hem bij de haard zitten. Hij staart naar de as. Hij kijkt niet naar mij. We kennen elkaar al bijna veertig jaar, maar hij heeft altijd de afstandelijkheid van de ondoorgrondelijke intellectueel bewaard. Zelfs nu hij zijn huis voor me heeft opengesteld, voel ik tussen ons de afstand die automatisch ontstaat in een relatie tussen twee mensen voor wie wantrouwen een tweede natuur is.

'Ik zal er beslist over denken,' zeg ik.

Ik loop de trap op naar mijn kamer en doe de deur dicht. Ik doe hem ook op slot, gewoontegetrouw, ook al voel ik me veilig in dit huis, omdat alleen mijn vrienden en Jo Thibodeau weten dat ik hier ben. Declan heeft een perfect beveiligingssysteem en is gewapend, net zoals ik. Eerder op de avond zag ik hem een doosje kogels uit zijn wapenkluis halen en twee magazijnen vullen. Hij lijkt kalm, maar hij zal best gespannen zijn.

Mijn telefoon zoemt als er een bericht binnenkomt. Het is het antwoord op de versleutelde e-mail die ik vanmiddag heb verstuurd.

Bereid je te ontmoeten. Bangkok. Details volgen.

Ik weet nu waar ik naartoe moet gaan. Ik moet de vrouw opsporen die ik veracht, de vrouw die samen met mij in Malta was. Diana heeft de antwoorden. Zij weet wie ons probeert te vermoorden.

Maar als ik die avond mijn ogen sluit, kan ik zoals altijd alleen maar aan Danny denken. Ik herinner me hoe hij op die ochtend naar me keek toen hij voor de laatste keer zijn koffer pakte en zich over me heen boog om me een afscheidskus te geven. We zouden een heel ander leven hebben gehad als we ervandoor waren gegaan, zoals we van plan waren. Als ik die laatste opdracht had geweigerd en niet naar Malta was gegaan.

Daar is alles ingestort. In Malta.

24

Malta, zestien jaar geleden

Bella Hardwicke heeft het rode haar en de smetteloze witte huid van haar moeder geërfd, maar helaas niet Camilla's zwanenhals en statige houding. Als ik bij het ontbijt tegenover het tweetal zit, ontkom ik er niet aan de elegante moeder met haar lelijke eendje te vergelijken. Op deze bloedhete dag is het op het door druivenranken beschaduwde terras van Camilla's gehuurde villa heerlijk koel. Mussen kwetteren in de sinaasappelboom en een klaterende fontein laat een welkom waas onze kant uit drijven. Op een eiland waar groen schaars is en het landschap wordt beheerst door steen en beton, is het voormalige klooster een lommerrijk paradijsje, ver van de verkeersdrukte in Valletta.

'Ik zou niet weten waarom ik je niet met mijn jet naar Londen kan brengen,' zegt Camilla. 'Het lijkt wel alsof je vader mij zelfs dat niet toevertrouwt.'

'Papa zei dat hij hier sowieso moest zijn.' Bella schuift met haar vork aardbeien heen en weer op haar bord. Ik denk dat ze niet van aardbeien houdt, want ze heeft er niet één gegeten. In plaats daarvan schuift ze ze naast elkaar als een verdedigingslinie.

'Hij heeft dus een andere reden om hierheen te komen?' vraagt Camilla.

'Hij zei dat hij hier met iemand heeft afgesproken. Daarom vliegen we morgen pas terug. Hij komt niet voor mij. Hij komt voor zijn werk. Zoals gewoonlijk.' Bella zucht en legt haar vork neer.

‘En in het vliegtuig gaat hij me natuurlijk weer doorzagen over de business. Dat is het enige waar hij met mij over praat.’

Camilla’s gezicht krijgt een tedere uitdrukking als ze naar haar dochter kijkt. Ze weet heel goed wat de prioriteiten van haar ex-man zijn. ‘Dat komt omdat jij tenminste begrijpt waar hij het over heeft. Jij hebt veel meer gevoel voor zaken dan ik ooit zal hebben, lieverd.’

‘Dat kan best zijn, maar ik wil niet over geld praten. Laten we het liever hebben over wat we vandaag gaan doen.’ Bella kijkt mij aan. ‘Ik ben zo blij dat je er bent en dat je mama nu kent.’

‘Bella praat alleen nog maar over jou, Maggie,’ zegt Camilla. Ze kijkt vriendelijk, maar ik voel dat ze me slechts onder voorbehoud aanvaardt. Per slot van rekening maak ik deel uit van de entourage van haar ex en daarom weet ze niet of ze me kan vertrouwen.

‘Maggie werkt in de mode-industrie,’ zegt Bella.

‘Niet meer,’ verbeter ik haar.

‘Werk je nu voor Phillip?’ vraagt Camilla.

‘Nee, nee. Ik ben hier met mijn man, dokter Gallagher. Meneer Hardwicke had gevraagd of ik mee wilde gaan, zodat ik Bella op de terugweg gezelschap kan houden.’

‘Want wat ik te zeggen heb, interesseert hem niet,’ mompelt Bella.

‘Ja, zo is hij,’ zegt Camilla. ‘Maar zo is hij tegenover iedereen. Als ik had geweten wat voor soort man hij was toen ik...’ Ze slikt de rest van wat ze had willen zeggen in en kijkt naar de tuin, waar marmeren beelden rond een bleekblauw zwembad staan. De villa die ze heeft gehuurd is veel mooier dan het steriele hotel in Valletta, waar Hardwickes mensen en Danny en ik kamers hebben, en zo groot dat de anderen er ook makkelijk hadden kunnen overnachten, maar na de bittere echtscheiding blijven de voormalige echtgenoten ver bij elkaar uit de buurt.

‘Heeft hij die vrouw meegebracht?’ vraagt Camilla aan mij.

‘Bedoel je Silvia?’ Ik schud mijn hoofd. ‘Nee, zij is in Londen gebleven.’

'Keith en Victor?'

'Ja, die zijn hier.'

Camilla trekt haar mondhoeken naar beneden. 'Tweedledee en Tweedledum. Zonder die twee gaat hij nergens naartoe. Hoe gaat het trouwens met hem en die vrouw?'

'Mam,' kreunt Bella, 'kunnen we alsjeblieft niet over haar praten?'

'Je hebt gelijk.' Camilla zucht. 'Sorry. Ik ben gewoon benieuwd hoelang hij deze zal houden.'

'Tot nu toe langer dan de vorige,' zegt Bella. 'In elk geval zit Silvia mij niet aldoor af te katten.'

'Bella...'

'Wat? De vorige was...'

'Oké, laten we hier een streep onder zetten. We moeten doorgaan met ons eigen leven.'

Bella zakt onderuit op haar stoel en slaat haar armen over elkaar. Een ogenblik zitten we daar zwijgend terwijl de mussen kwetteren. Een dienstmeisje met een dienblad komt naar ons toe en begint de tafel af te ruimen. Als ze weg is vraag ik aan Bella: 'Voor wat voor zaken komt je vader hierheen?'

'Dat heb ik hem niet gevraagd. Ik weet alleen dat hij vanavond een bespreking heeft.'

'Met wie?'

Ze haalt haar schouders op. 'Met iemand.'

Met iemand. Ik werp een blik op Camilla, maar die schenkt nog wat koffie in haar kopje en lijkt niet te luisteren.

'En wij hebben fijn de hele dag voor onszelf,' zegt Bella. Ze kikkert daar zichtbaar van op. 'Laten we gaan winkelen!'

'Ik kan niet meegaan, lieverd,' zegt Camilla. 'Ik heb voor de lunch met je vader afgesproken. Maar jullie kunnen best samen de stad in gaan.'

Bella springt overeind. 'Ik ga mijn tas halen.'

Camilla en ik blijven zwijgend zitten als Bella over het tuinpad naar de villa loopt. Als haar dochter buiten gehoorsafstand is, vraagt

Camilla mij: 'Betaalt hij je ervoor? Om haar vriendin te zijn?'
'Geen cent.' Ik kijk haar aan. 'Ik bén haar vriendin.'
'Waarom?'
'Ik mag haar graag.'
'Is dat de enige reden waarom Phillip je heeft meegenomen? Omdat je Bella graag mag?'
'Mijn man ging mee en ik ben nooit eerder in Malta geweest, dus het leek me wel leuk.'
Dit klinkt haar logischer in de oren. Meer dan dat ik echt een vriendin van haar dochter zou zijn. Hoe rijk deze mensen ook zijn, Bella heeft het zwaar, met een vader die haar amper kan verdragen en een moeder die medelijden met haar heeft. Geen wonder dat ze zoveel behoefte aan liefde en aandacht heeft.
'Ze lijkt niet veel vriendinnen te hebben,' zeg ik.
'Die zal ze ook niet krijgen op die afgrijselijke kostschool.'
'Waarom zit ze daar dan?'
'Phillip zegt dat je daarvan een sterk karakter krijgt. Hij heeft zelf geleden op kostschool, dus moet zijn dochter ook lijden.'
'Dat lijkt me niet erg vaderlijk.'
'Hij voedt geen dochter op. Hij kweekt een kloon, iemand die later de teugels kan overnemen. Hij is daar al mee bezig sinds ze heeft geleerd dat twee en twee vier is. Bij hem draait alles om de business. Iets waar ik te laat achter kwam.'
Ze doet nog een schepje suiker in haar koffie, roert en tikt dan met het lepeltje op de rand van het kopje. Een mus in de sinaasappelboom geeft antwoord.
'Hoelang zijn jullie getrouwd geweest?' vraag ik.
'Acht jaar. En dat was zevenenhalf jaar te lang. Toen we gingen scheiden, wilde ik de voogdij over Bella, maar Phillip geeft nooit het eigendom over iets op, zelfs niet over dingen die hij niet eens wil. Gelukkig heeft hij er uiteindelijk wel mee ingestemd dat Bella bij mij op bezoek mag komen.' Ze buigt zich naar me toe en zegt zacht: 'Als je echt haar vriendin bent, pas dan een beetje op haar.'

'Natuurlijk.'

'En wees voorzichtig.'

Ik frons. 'Hoezo?'

'Kijk uit voor de mensen met wie hij omgaat. Ik ben bang voor die lui. Altijd geweest.'

'Bedoel je Keith en Victor?'

'Die? Nee.' Ze maakt een gebaar alsof ze hen aan de kant schuift. 'Nee, die tellen niet mee. Ik bedoel de anderen.'

'Welke anderen?'

'De mensen met wie hij zaken doet. Hou Bella bij hen vandaan. Als er iets misgaat, als een deal fout loopt, wil ik Bella niet bij haar vader in de buurt hebben.'

'Kun je dat misschien wat nader uitleggen?'

'Liever niet. Dat is voor iedereen beter.' Ze kijkt me een ogenblik peinzend aan. 'Is het echt waar dat hij je niet betaalt om haar gezelschap te houden?'

'Hij heeft het aangeboden, maar ik heb het geweigerd.'

'Dan ben jij de eerste die dat heeft gedaan.'

'Niet alles op de wereld is te koop.'

'Dat zou Phillip niet met je eens zijn.' Ze kijkt om als Bella terugkomt.

'Kom je, Maggie?' roept Bella. 'We gaan shoppen!'

Ik sta op. 'Bedankt voor de koffie.'

'En bedankt dat je mijn dochters vriendin wilt zijn.' Ze voegt er zacht aan toe: 'Als je dat echt bent.'

'Ik ben zo blij dat je bent meegegaan,' zegt Bella als we door de smalle straten van Valletta lopen. 'Van school wilde er niemand mee en mama...' Ze haalt haar schouders op. 'Nou ja, dat is mijn moeder, hè.'

'Komt ze hier elke zomer?'

'Nee, vorig jaar is ze naar Corsica gegaan. Ze zoekt gewoon een plek waar het warm is.'

'Maar in Argentinië is het niet koud.'
'Het is daar nu winter.'
'Maar het is er niet erg koud.'
'Mijn moeder vindt van wel. Zij houdt van warm, hoe warmer, hoe beter. Ik kan er slecht tegen, maar zij is net een hagedis.'
Bella blijft staan bij een kraam met goedkope sieraden. Ze heeft geen hoed op en haar gezicht begint te verbranden. Zweet glimt op haar dikke wangen. Ze ziet eruit als een glimmende roze strandbal.
'Hoe vind je deze?' vraagt ze. Ze laat me een paar filigraanoorbellen zien.
'Volgens mij waren deze bij dat andere kraampje goedkoper.'
'Hadden ze daar precies dezelfde?'
'Precies dezelfde.'
'Goh, jij ziet ook alles.'
Ja, ik zie alles. Ik heb Gavin vanochtend in de lobby van mijn hotel zien zitten, waar hij zogenaamd een krant las. Ik heb Diana in het hotelrestaurant gezien, een paar tafels bij Hardwicke en Keith vandaan. Diana's team zit in hetzelfde hotel als Hardwicke, erg luxe voor een surveillanceoperatie, maar het is Uncle Sam die ervoor betaalt.
'Ach, laat ook maar.' Bella hangt de oorbellen weer op de standaard. 'Zo bijzonder zijn ze nou ook weer niet.' Ze kijkt op naar de zon, die hoog aan de hemel staat. 'God, wat is het warm.'
'En je begint te verbranden. Je zou een hoed moeten dragen.'
'Nu klink je net zoals mijn moeder.'
'Wil je soms mee naar mijn hotel om af te koelen? Of zal ik je terugbrengen naar de villa van je moeder? Dan kun je daar meteen lunchen.'
Bella trekt haar neus op. 'Nee, dank je wel. De kok daar maakt alleen maar stomme salades en gegrilde vis. Weet je waar ik trek in heb?'
'Nou?'
'Een hamburger. Met patat. Dat kunnen we in jouw hotel vast wel krijgen.'

'Ik dacht dat je vegetariër was.'

'Ik heb het geprobeerd, maar het is erg moeilijk.'

Ik lach. 'Nou, op naar een hamburger dan.'

We lopen verder door de met kasseien geplaveide straatjes. We zweten allebei en proberen ons koelte toe te wuiven. Met winkelen hebben we weinig succes gehad. Bella heeft alleen een zijden sjaal gekocht. Ik denk aan haar kledingkast in Manning House, gevuld met een kapitaal aan kleren die haar niet staan. Ze heeft er blijkbaar al iets van geleerd, want ze is nu veel kritischer.

In mijn hotel is het eigenlijk al te laat voor de lunch en nog te vroeg voor het diner. De eetzaal ligt er verlaten bij, maar de hostess brengt ons naar een tafel op het terras, dat uitzicht heeft op de zee. Bella pakt meteen de menukaart en bestelt een hamburger, half doorbakken, met patat. Ze let niet op de andere mensen op het terras, maar ik zie Keith in de uiterste hoek, bijna uit het zicht. Dat betekent dat zijn baas hier ook moet zijn. Ik kijk om me heen en zie hem zitten aan een tafel achter een rij potpalmen, samen met Camilla. Ze zitten met strakke gezichten tegenover elkaar, als schakers die zijn verwikkeld in een bloedstollende wedstrijd. De potpalmen onttrekken hen gedeeltelijk aan ons zicht, maar we kunnen hen wel horen.

'... verrekte gevaarlijk! Ik wil niet dat zij daarbij wordt betrokken,' zegt Camilla.

Bella kijkt op als ze de stem van haar moeder hoort. 'O god,' kreunt ze. 'Ze zijn hier.'

'Gewoon doen alsof je er geen erg in hebt.'

'Dat kun jij makkelijk zeggen. Misschien kunnen we beter ergens anders gaan eten.'

Ik wil hier niet weg. Ik wil dat tweetal afluisteren. 'Je hebt al besteld,' zeg ik. 'Negeer ze en geniet van je hamburger.'

Hardwicke is nu aan het woord, maar hij spreekt erg zacht. Het enige wat ik opvang is 'niet wat we hadden afgesproken'.

'Ze is niet gelukkig.'

‘Ze heeft de stabiliteit nodig.’

‘Van die kostschool? Ze vindt het daar vreselijk.’

‘Zwemmen of verzuipen. Ze moet leren hoe de wereld in elkaar zit. Ik heb dat ook moeten doen.’

‘Het leven is geen trainingskamp. Ze kan veel beter bij mij komen wonen,’ zegt Camilla.

‘Dat hadden we niet afgesproken.’

‘We hebben niets afgesproken. Jij hebt alleen maar eisen gesteld.’

‘Ik kan het niet helpen dat jouw advocaten zulke sukkels waren.’

Ik kijk naar het stel, dat woedend naar elkaar staart. Geen wonder dat Silvia in Londen is gebleven. Ik kan me geen explosievere situatie voorstellen dan die waarin de ex-vrouw en de nieuwe vriendin zich op hetzelfde eiland bevinden.

Bella laat haar hoofd tussen haar handen zakken alsof ze acuut hoofdpijn heeft gekregen. ‘God, ik hoop dat ze mijn hamburger snel brengen.’

‘Doe alsof je ze niet kent. Dat deed ik ook altijd toen ik zo oud was als jij.’

‘Als je je ouders ergens zag?’

‘Mijn vader. Als hij dronken was en ik hem ergens op straat zag, liep ik gewoon door.’

‘Je hebt me nooit iets over hem verteld.’

‘Er valt niet veel te vertellen.’

‘Je praat niet graag over jezelf, hè?’

‘Er valt niet veel te vertellen.’

‘Zie je? Nu doe je het alweer. Je wilt niets over jezelf vertellen.’

Het is haar dus opgevallen. Ik vergeet soms hoe oplettend tieners kunnen zijn. Hoog tijd om van onderwerp te veranderen. Ik kijk naar haar ouders. ‘Ze kunnen elkaar echt niet luchten of zien, merk ik.’

‘Daarom ga ik nooit trouwen.’

‘Zeg nooit nooit.’

‘Tenzij ik iemand kan vinden zoals dokter Gallagher.’

Ik glimlach. 'Hij is al bezet.'

'Ik wil een man die naar mij kijkt zoals hij naar jou kijkt.'

Die opmerking geeft me te denken. Soms is er een oplettende tiener voor nodig om de vinger precies op de waarheid te leggen. Ik verstop me voortdurend achter leugens, maar Bella heeft het enige ware in mijn leven meteen blootgelegd: dat Danny en ik van elkaar houden. Ik vraag me af wat ze nog meer aan me kan zien. Het is haar al opgevallen dat ik haar vragen omzeil en niets over mezelf vertel. Ze zou er kapot van zijn als ze achter mijn grootste geheim zou komen: dat onze vriendschap slechts fictie is.

De kelner komt met onze bestelling en Bella schrokt meteen een paar frietjes naar binnen. Dan pakt ze de hamburger met beide handen en ze wil net een hap nemen als we haar moeder tegen Hardwicke horen zeggen:

'... en ze is vier kilo aangekomen. Hoe komt dat?'

Bella blijft als bevroren zitten, met de hamburger tegen haar lippen.

'Ze is gezond,' zegt Hardwicke. 'Wat maakt het uit hoeveel ze weegt?'

'Kan er bij jou thuis alsjeblieft iemand een beetje aandacht aan haar besteden? Desnoods die vrouw?'

'Laat Silvia erbuiten,' zegt Hardwicke.

'Welja, waarom niet? Waarom zou het haar iets kunnen schelen? Ze heeft al gekregen wat ze wil.' Camilla schuift haar stoel naar achteren en staat op. 'Ze is ook jóúw dochter. Je zou op zijn minst kunnen proberen haar wat genegenheid te tonen. Als je daartoe niet in staat bent, is ze beter af bij mij.' Camilla loopt bij Hardwicke vandaan en ziet ons, een paar tafels verderop.

'Dag, mam,' zegt Bella bedeesd.

Camilla kijkt naar Bella's maaltijd. 'Een hamburger? Bella...'

'Ik had er zo'n zin in.'

'Neem de volgende keer een maaltijdsalade.' Ze werpt een vernietigende blik op Hardwicke. 'Morgenochtend vlieg je met je vader mee terug naar Londen. Je kunt dus maar beter je koffer gaan pakken.'

'Ik heb nog niet gegeten.'

'Ze doen het wel voor je in een doosje. Kom.'

Bella zucht en legt de hamburger neer. 'Ik heb al geen trek meer.' Met een bedrukt gezicht staat ze op en zegt tegen mij: 'Bedankt voor het winkelen.'

'Ik zie je morgen op het vliegveld, Bella.'

Als Camilla en haar dochter door de eetzaal weglopen, blijft Hardwicke aan zijn tafel zitten, stijf rechtop. Hij kan het vast niet uitstaan dat zo'n rijk en machtig man als hij niet in staat is de vrouwen in zijn leven onder de duim te houden. Hij zit met zijn gezicht naar de zee, een donker silhouet, afgetekend tegen de trillende horizon. Ik kan zijn gezicht niet onderscheiden en weet daarom niet zeker wanneer het begint, wanneer een vonkje een elektrische storm veroorzaakt in zijn hersenschors.

De eerste aanwijzing dat er iets niet in orde is krijg ik als zijn glas op de vloer valt. Sufferd, denk ik. Dan zie ik dat hij opzijzakt en valt, waarbij hij het tafelkleed meetrekt, waardoor al het serviesgoed op de grond klettert. Iedereen kijkt op bij het lawaai en staart geschrokken naar Hardwicke, die stuiptrekkend op de grond ligt.

Keith rent naar hem toe, knielt naast hem en roept in zijn telefoon: 'Dokter Gallagher, hij heeft een toeval! Op het terras van het restaurant!'

De twee kelners staan als verlamd te kijken naar de stuiptrekkende Hardwicke. Ik zie glasscherven vlak bij zijn hoofd, loop snel naar hem toe en schop ze weg, maar hij is er al door verwond. Bloed druipt op de vloer. Ik hoor stoelpoten over de tegels schrapen en de geschrokken stemmen van de omstanders die naar het vernederende spektakel staren.

'Geef hem ruimte!' roept Keith.

Ik trek stoelen naar achteren, grijp een tafelkleed, frommel het tot een prop en duw die onder Hardwickes hoofd. Ik ben verbijsterd over de kracht van de stuiptrekkingen. Hoelang kan het lichaam zoiets verdragen? Hoelang duurt het voordat er botten breken of het hart blijft stilstaan?

Dan hoor ik Danny's stem. Hij beveelt iedereen opzij te gaan als hij tussen de omstanders door dringt. Hij knielt naast me met zijn dokterstas.

'Hij bloedt,' zeg ik.

'Dat kan wachten.' Hij trekt het dopje van een spuit, waardoor een tuitje zichtbaar wordt. 'Hou zijn hoofd stil.'

Met beide handen grijp ik Hardwickes hoofd. Zijn haar is kleverig van het bloed. Ik kijk naar zijn ogen. Ze zijn half open en alleen het wit is zichtbaar omdat de irissen helemaal zijn weggedraaid. Zijn hakken bonken op de vloer. Boem boem boem. We zouden makkelijk nu een einde aan zijn leven kunnen maken, denk ik. Zijn keel doorsnijden of een kussen op zijn gezicht drukken. Het zou een goede manier zijn om gerechtigheid te laten gelden, om de wereld ietsje beter te maken. In plaats daarvan help ik mijn man dit monster in leven te houden.

Danny duwt het tuitje van de spuit in een van Hardwickes neusgaten en drukt op de zuiger.

'Wat zit er in die spuit?'

'Midazolam. Het is nog niet officieel goedgekeurd voor dit soort toevallen, maar we weten dat het bij hem goed werkt,' zegt mijn onverstoorbare man, die me met zijn rustige stem meteen tot bedaren brengt. 'Wat is er gebeurd? Wat was de trigger?'

'Geen idee. Hij zat hier gewoon naar de zee te kijken.'

Danny werpt een snelle blik om zich heen. 'Zonlicht. Weerspiegelingen op het water.'

'Kan het daardoor worden veroorzaakt?'

'Flikkerend licht, ja.' Hij kijkt naar Hardwicke. De stuiptrekkingen worden al minder. 'Oké. Ik geloof niet dat hij een tweede dosis nodig heeft. We zullen even wachten tot hij bijkomt. Intussen kan ik die wond bekijken.'

Ik hoor een sirene.
Keith zegt: 'Wie heeft om een ambulance gebeld?'
'Ik,' zegt een van de kelners.
'Hij heeft geen ambulance nodig. En hij wil er ook geen.'
'Ik wist niet of...'
'Stil maar,' zegt Danny met een geruststellende glimlach voor de kelner. 'Hij krijgt soms zo'n toeval, maar dat kon u niet weten. Maggie, kun je me een pakje steriele gaasjes geven?'
Als ik in Danny's tas naar de gaasjes zoek, valt me opeens een etiket op. Een in zwarte lettertjes gedrukt etiket op een gewoon wit doosje, maar de naam van het medicijn schreeuwt naar me vanuit de diepte van Danny's dokterstas. Ik heb vaak genoeg in zijn tas gekeken om te weten welke medicijnen en instrumenten hij over het algemeen bij zich heeft. Het is voor het eerst dat ik heme arginate in zijn tas zie.
'Maggie?' zegt Danny.
Ik geef hem een pakje gaasjes. Hij scheurt het open en drukt een vierkant gaasje op Hardwickes hoofd. Het wordt meteen rood.
Cyrano is in Malta.
De ambulancebroeders arriveren met een brancard. Hardwicke doet zijn ogen al open en kijkt verward om zich heen.
'Laten we hem naar zijn suite brengen,' zegt Danny.
'Niet naar het ziekenhuis?' vraagt een van de broeders.
'Dat is niet nodig. Breng hem maar naar zijn kamer.'
Iedereen let op Hardwicke, niemand op mij. Het kan niemand iets schelen dat ik meeloop naar de lift, samen met hen instap en vlak achter hen blijf als ze op de vierde etage uitstappen.
Ze letten niet op me als ik hen volg naar Hardwickes suite.
Ik ben daar nog niet eerder geweest. Danny en ik hebben een kamer op de derde etage en ik heb geen reden gehad hier te komen. Niemand van Diana's team heeft hier kunnen komen, omdat kamermeisjes er niet zijn toegestaan en Keith of Victor altijd de wacht houdt. Dit is mijn enige kans om er een kijkje te nemen. Het is

een suite met drie slaapkamers. Twee deuren, vermoedelijk van de kamers van Keith en Victor, zijn dicht. In het woongedeelte staat een bankstel, bekleed met roomwit en gele zijde. Op de tafel staat een goedgevulde fruitmand, er is een bar met whisky en champagne, en aan de muur hangt een flatscreen-tv. Openslaande deuren leiden naar een balkon met uitzicht op zee.

In een hoek staat een bureau met een laptop.

Ik kijk door de open deur van Hardwickes slaapkamer, waar hij nu op zijn bed wordt gelegd. Iedereen is met hem bezig, niemand let op mij.

Ik loop naar de laptop en tik op het toetsenbord. Het scherm komt tot leven. Er is uiteraard een wachtwoord vereist, maar achter de laptop ligt een USB-multipoort-adapter en in een van de poorten zit een USB-stick.

Ik hoor het piepen van de brancardwieltjes. De ambulancebroeders vertrekken en er is geen tijd om na te denken over mijn volgende stap, geen tijd om de consequenties in overweging te nemen. Het enige wat mij voor ogen staat is deze unieke kans.

Ik trek de USB-stick uit de poort, laat hem in mijn zak glijden en loop de suite uit.

Ik neem de trap naar de derde etage. Aan het eind van de gang staat een karretje met linnengoed en schoonmaakartikelen. De kamermeisjes zijn blijkbaar bezig in een van de kamers. Niemand ziet me als ik naar kamer 302 ga, waar Diana haar hoofdkwartier heeft. Ik klop op de deur.

Diana doet open en kijkt me verrast aan. Ik glip langs haar heen naar binnen.

'Wat doe je hier? Je mag niet –'

Ik geef haar de USB-stick. 'Kopieer dit. Nu meteen.'

'Wat is het?'

'Hij zat in Hardwickes computer.'

Ze loopt meteen naar haar laptop en steekt de stick in een USB-poort. Hardwickes laptop was beveiligd, maar de USB-stick is dat misschien niet. Ik wacht met bonkend hart als de inhoud wordt gekopieerd. Een voor een glijden de dossiers naar Diana's laptop.

'Wat zijn dat voor dossiers?' vraagt Diana, die fronsend naar het scherm kijkt.

'Dat weet ik niet. Ik heb die stick gewoon uit zijn computer getrokken en ik moet hem terugbrengen voordat ze in de gaten krijgen dat hij weg is.'

'Bestaat er enig gevaar dat ze hebben gezien dat je –'

'Cyrano is hier. In Malta.'

Ze kijkt met een ruk om en staart me aan. 'Wat? Hoe weet je dat?'

'Er zit een doosje heme arginate in Danny's dokterstas. Hij moet het hebben meegebracht uit Londen. Het is de eerste keer dat ik het in zijn tas heb gezien.'

Er worden nog steeds dossiers gekopieerd, allemaal gelabeld met cryptische namen. Ik kijk op mijn horloge terwijl de seconden voorbijgaan. Schiet toch op! Waarom duurt dit zo lang? Ik moet terug naar de suite van Hardwicke om de USB-stick weer in de laptop te steken. Zelfs als dat me lukt zonder dat iemand het merkt, heb ik nog een ander probleem: op de laptop moet een bericht staan dat de stick niet op de juiste wijze is verwijderd. Hoe kan ik dat in hemelsnaam wissen? Misschien zullen ze het negeren, vanwege alle chaos die zijn toeval heeft veroorzaakt. En lijdt men na zo'n toeval niet tijdelijk aan geheugenverlies? Misschien zal Hardwicke denken dat hij het zelf per ongeluk heeft gedaan.

Overdracht voltooid. Eindelijk.

Diana trekt de USB-stick uit haar laptop en geeft hem aan mij. 'Heeft Danny gezegd voor wie het medicijn is?'

'Nee, en er is geen reden waarom hij het in zijn tas heeft. Voor zover ik weet is Hardwicke zijn enige patiënt op dit eiland.'

'Dan laten we hem schaduwen. Als Cyrano in Malta is...'

'... zal Danny ons naar hem toe leiden.'

25

Het voelt alsof ik een tikkende bom in mijn zak heb als ik de trap op ren, terug naar de vierde verdieping. Als Hardwickes mensen erachter komen dat ik de USB-stick heb, zou die net zo goed een bom kunnen zijn, want dan is mijn lot bezegeld. Dan weten ze dat ik hem uit die adapter heb getrokken.

En dan zullen ze me uit de weg ruimen. Maar pas nadat ze het nodige zullen doen om zo veel mogelijk informatie van me los te krijgen.

Ik voel me alsof die bom steeds harder gaat tikken als ik door de gang naar Hardwickes suite loop. De deur is dicht. Op slot. Mijn hart bonkt en mijn hand trilt als ik aanklop.

Victor doet open. Hij is nooit erg vriendelijk en bekijkt me nu achterdochtig. Of verbeeld ik me dat wegens mijn schuldgevoel?

'Ik was benieuwd hoe het met meneer Hardwicke gaat,' zeg ik.

'Hij slaapt.'

'Dan wil ik graag even met mijn man praten. Ik moet hem –'

'Uw man is hier niet.'

'Maar daarnet was hij er nog.'

'Hij en Keith moesten naar iemand toe. Ze komen straks terug.'

'Waar zijn ze naartoe?'

'Ik heb het druk, mevrouw Gallagher. Gaat u maar naar de bar of zo,' zegt hij onbeschoft en hij doet de deur dicht.

Keith en Danny moesten naar iemand toe.

Ik ren de trappen af naar de lobby. Daar zijn ze niet.

Ik loop naar buiten. Voor de overdekte ingang stopt net een zwarte Mercedes. Ik zie Danny nog steeds niet.

Ik pak mijn telefoon om Diana te waarschuwen: Ze hebben het hotel verlaten. Ik heb hulp nodig.

Dan zie ik Danny. Hij steekt samen met Keith de drukke straat over. Hij heeft zijn dokterstas bij zich.

Er is niemand van het team in de buurt om hen te schaduwen. Ik zal het zelf moeten doen.

De USB-stick zit nog in mijn zak, maar ik kan me nu niet druk maken over hoe en wanneer ik die kan terugbrengen naar Hardwickes suite. Ik moet me nu volledig concentreren op de twee mannen. Danny heeft er geen benul van dat hij wordt geschaduwd en kijkt niet één keer om. Het is Keith die op de hoek van de straat stopt en om zich heen kijkt. Ik bevind me in een heel gevaarlijke situatie. Als Keith me ziet, zal hij weten dat ik hen volg.

Ik hou mijn pas in om hun een grotere voorsprong te geven. Ze lopen over de boulevard. Daar zijn bijna geen mogelijkheden om dekking te zoeken, geen portieken waarin ik me kan verschuilen, geen winkels waar ik in kan duiken. Ik blijf zo ver achter dat ik hen nog maar nét kan zien.

Ze zijn op weg naar de jachthaven.

Een woud van masten deint op het water, in beweging gebracht door een motorboot die door de haven vaart. Danny en Keith lopen over een van de steigers. Ik blijf noodgedwongen staan, want op de steiger heb ik helemaal geen dekking meer. Als ik achter hen aan zou gaan, zouden ze me zien. Gefrustreerd kijk ik hen na. Ze lopen naar een motorbootje dat voor hen klaarligt en stappen in.

Pas als ze wegvaren, durf ik de steiger op te lopen. Ik laat de kleine boot geen seconde uit mijn zicht. Ze hebben niet ver te gaan, want de boot tuft naar de vloot megajachten die in de haven voor anker liggen. Het speelgoed van de multimiljonairs.

'Zijn dat ze?' zegt een stem.

Ik draai me om naar Gavin. Ik was zo op Danny en Keith geconcentreerd dat ik niet heb gemerkt dat mijn collega me te hulp is gekomen.

'Daar.' Ik wijs naar het jacht waarbij hun boot heeft aangelegd.

Gavin kijkt door een verrekijker. 'Ze gaan aan boord.'

'Wat is de naam van het jacht?'

'Kijk zelf maar.' Hij geeft me de verrekijker.

Ik richt de kijker op het achtersteven van het jacht en draai het wieltje tot ik de naam scherp in beeld krijg. RAVENOUS.

'Ik geloof dat we Cyrano hebben gevonden,' zegt Gavin.

Mijn werk in Malta zit erop. Niets weerhoudt me ervan mijn koffer te pakken en te verdwijnen. Dat is wat ik zou moeten doen. Wat operatie Cyrano betreft, ben ik klaar. Over twee uur zal Diana's team een inval doen op Ravenous, een jacht dat eigendom is van de zakenman en miljardair Sir Alan Holloway, een man die slechts op kleine schaal zaken doet met Hardwicke en nooit achterdocht heeft gewekt. De Agency bekijkt nu pas Holloways onduidelijke start in het zakenleven en zijn snelle klim naar de top van de Britse society. Zodra Holloway op een uitleveringsvlucht is gezet naar een detentiecentrum in Marokko, weten de Russen dat hun spion is ontmaskerd. Ze zullen ervan uitgaan dat iemand in Hardwickes kringen de informatie heeft gelekt.

Hardwicke zal snel genoeg begrijpen dat ik degene ben die hem heeft verraden.

Ik zou op een vliegtuig moeten stappen naar een plek waar Hardwicke en de Russen me niet kunnen vinden. Ik zou moeten verdwijnen, maar dat betekent dat ik Danny moet achterlaten, met alle gevolgen van dien, en dat kan ik niet doen.

Dus ga ik niet, maar wacht ik.

Het is buiten al bijna donker als Danny met zijn kaart de deur ontsluit. Hij komt binnen en zet zijn tas op de ladekast. Zijn zwijgen maakt me duidelijk dat er iets mis is. Er is iets veranderd.

'Waar zat je?' vraag ik.

'Ik moest naar een patiënt.'

'Hoe is het nu met Hardwicke?'

'Ik was niet bij Hardwicke. Ik moest naar iemand anders.'

'Heb je dan nog een patiënt hier op het eiland?'

'Ze woont aan boord van een jacht en had hulp nodig. Hardwicke had me verzocht bij haar langs te gaan.'

'Ben je op een jacht geweest? Hoe was dat?'

'Wat maakt dat nou uit?'

'Ik ben gewoon nieuwsgierig. Ik ben nog nooit op een –'

'Heb jij hem, Maggie?' vraagt hij zacht.

'Wat?'

'Heb jij de USB-stick?'

Een paar tellen weet ik niet hoe ik hierop moet reageren. 'Waar heb je het over?' vraag ik dan.

'Er ontbreekt een USB-stick in Hardwickes adapter. Er staat vertrouwelijke informatie op. Keith en Victor zijn bezig de hele suite overhoop te halen.'

'Waarom vraag je mij of ik hem heb?'

'Omdat jij in de suite was en ik je bij de laptop heb gezien.'

'Hoe kon jij...'

'Er is een spiegel in de slaapkamer. Toen we Hardwicke van de brancard naar het bed overhevelden, keek ik toevallig op naar de spiegel en zag ik jou in de zitkamer. Ik zag je bij zijn computer. Ik zocht er niets achter, tot ik hoorde dat ze op zoek waren naar een USB-stick. Toen begreep ik dat jij die misschien had gestolen.' Hij zucht alsof hij doodmoe is. 'Als jij hem hebt, moet ik hem terugbrengen voordat ze vragen gaan stellen. Voordat ze je komen halen.'

Mijn benen trillen zo dat ik moet gaan zitten. 'Heb je hun verteld dat je me daar hebt gezien?' vraag ik zacht.

'Nee, ik heb helemaal niets gezegd. Laat mij dit regelen. Voordat het te laat is.'

Ik kijk mijn man in de ogen. Ik geloof dat hij van me houdt, dat hij met me is getrouwd omdat hij zijn leven met mij wil doorbrengen, maar als ik het mis heb en hij in werkelijkheid trouw is aan Phillip Hardwicke, kan dit mijn dood worden.

Ik haal de USB-stick uit mijn zak en leg hem in zijn hand.

'Dank je.' Hij draait zich om naar de deur.

'Wat ga je ermee doen?'

'Dat weet ik nog niet. Proberen hem in zijn zak te stoppen of onder het bed te schoppen. Na een toeval bevindt de patiënt zich meestal in een postictale fase. Gedurende die tijd is hij nog in de war. Hopelijk zullen ze denken dat hij vergeten was dat hij die stick zelf uit de adapter had gehaald.'

'Je laat mij er dus buiten?'

'Ja.' Bij de deur blijft hij staan. 'Maar als ik terug ben, moeten we praten. Je zult me alles moeten vertellen.'

Als hij weg is, kom ik niet overeind. Ik zou moeten vertrekken voordat hij terugkomt, voordat hij Hardwicke vertelt dat ik het ben die hem heeft verraden, maar ik ben niet in staat me te bewegen. Ik zit aan de stoel gekluisterd, zo onbeweeglijk als een gevangene voor een executie. Het kan me niets meer schelen als iemand me nu zou doodschieten, want dat zou betekenen dat Danny mij heeft verraden en dan kan ik net zo goed dood zijn.

Buiten valt de avond, maar ik doe geen licht aan. Ik hoor muziek en gelach in het restaurant beneden en vraag me af of Danny nog zal terugkomen. Ik maak me zorgen dat hij in gevaar verkeert omdat hij met mij getrouwd is. Diana en haar team moeten inmiddels een inval hebben gedaan op de Ravenous. Sir Alan Holloway moet al zijn gearresteerd, samen met de vrouw die ons wegens haar afhankelijkheid van een zeldzaam medicijn naar hem toe heeft geleid.

Vlucht! Pak je koffer en verlaat dit eiland! Dat is wat mijn instinct zegt, maar ik zit nog steeds op de stoel als de deur weer opengaat en Danny binnenkomt. Hij doet de deur dicht en blijft in het donker staan.

'Maggie?' zegt hij.

'Ik ben hier,' zeg ik.

Hij doet het licht niet aan. Misschien kan hij het niet verdragen me te zien. 'Het is gelukt,' zegt hij. 'Ik heb de USB-stick in zijn zak gedaan. Ze zullen denken dat hij was vergeten dat hij hem zelf daarin had gestopt.'

'Dus het is voorbij?'

'Dat deel wel, ja.' Hij blijft tussen mij en de deur staan, een silhouet in het schemerdonker, alsof hij niet dichterbij durft te komen. Bang dat ik mijn klauwen in hem zal zetten. 'Ik ben een eindje gaan lopen,' zegt hij. 'Om me voor te bereiden op wat je me gaat vertellen.'

'Denk je dat je het aankunt?'

'Nee, want het kan niets goeds zijn.'

'Ga zitten,' zeg ik. 'Alsjeblieft, lieverd.'

'Is het zo erg?'

'Ik vrees van wel.'

Met een zucht gaat hij op het bed zitten. 'Zolang het maar de waarheid is.'

Ik vertel hem alles, in het donker, omdat ik niet wil dat hij mijn gezicht kan zien. Ik vertel hem wie ik in werkelijkheid ben en voor wie ik werk. Als ik alle geheimen stuk voor stuk onthul, voelt het alsof ik het gewicht van het bedrog waaronder ik al zo lang gebukt ga, laagje voor laagje afleg. Ik leg uit waarom we informatie over Phillip Hardwicke nodig hadden en de redenen waarom hij gevaarlijk is. Ik vertel hem hoe Stephen Moss in Hardwickes stallen is gewurgd. Ik vertel hem over de andere mensen die voor Hardwicke werkten en hoe hij afrekende met hun ontrouw: door middel van een kogel, een duw uit een raam, een levende crematie.

Ik vertel hem over Cyrano, de eigenaar van het jacht waar Danny die middag was geweest.

'Dit zijn monsters, Danny. Ze zetten mensen aan tot haatmisdrijven en leveren wapens aan huurlingen. Ze verdienen goud aan het bloed van onschuldige mannen, vrouwen en kinderen over de hele wereld door de verkoop van illegale clusterbommen, witte fosfor en zenuwgas. Ze leveren alles aan wie bereid is ervoor te betalen. Jij bent arts omdat je gelooft in het redden van levens. Dat geldt ook voor mij. Dat is de reden waarom ik dit werk doe, omdat ik geloof dat ik meehelp de wereld iets veiliger te maken. Ik geloof ook dat het doel soms de middelen heiligt. Daarom moest ik dicht bij Phillip Hardwicke zien te komen. Daarom moest ik een band smeden met Bella en in de familie infiltreren. Daarom moest ik die USB-stick stelen. We moeten weten waar zijn geld vandaan komt en waar het naartoe gaat, omdat we dan andere monsters in deze oorlogsmachine kunnen opsporen en elimineren. Ik heb het om de juiste redenen gedaan.'

'Maar je hebt mij daarvoor gebruikt.'

'Ik moest toegang zien te krijgen tot de patiëntendossiers van Galen.'

'Ben je daarom met me getrouwd? Om bij die dossiers te kunnen komen?'

'Ik ben met je getrouwd omdat ik van je hou.'

'Hoe weet ik of dat waar is?'

'Dat weet je niet. Het enige wat ik kan doen, is het eindeloos herhalen, elke dag, voor de rest van ons leven. Ik hou van je.'

'De rest van ons leven.' Hij zegt het alsof het woorden zijn in een vreemde taal. 'Denk je echt dat jij en ik nog samen kunnen blijven? Tot de dood ons scheidt?'

'Dat is wat ik wil, Danny. Daarom vertel ik je dit. Ik mag dit helemaal niet vertellen, aan niemand, maar ik vertel het aan jou omdat ik van je hou. Ik heb ervoor gekozen je te vertrouwen en ik hoop dat je in staat zult zijn mij ook te vertrouwen.'

Hij haalt diep adem. 'Ik weet het niet.'

We zitten in het donker en zeggen een poosje niets. *Ik weet het niet* is na alles wat er is gebeurd, alle leugens, het beste waar ik op kon hopen. Twijfel betekent dat er een kans is dat hij het me zal vergeven, een kans dat ons huwelijk dit zal overleven.

Maar eerst moeten we deze nacht doorkomen.

We liggen samen in bed zonder elkaar aan te raken. We liggen zij aan zij, niet in staat te slapen, terwijl de uren zich voortslepen. Uiteindelijk wordt het buiten licht.

Hij stapt uit bed en kleedt zich aan. Als ik hoor dat hij zijn koffer sluit, ga ik zitten.

'Ik zal ook mijn koffer pakken,' zeg ik.

'Nee.' Hij komt naast me op het bed zitten. 'Jij moet hier blijven, Maggie. Ik ga in mijn eentje terug naar Londen.'

'Wat? Waarom?'

'Het is veiliger als je bij Hardwicke uit de buurt blijft. Ik wil niet dat je meegaat.'

'Hoe ga je dat aan hem uitleggen? En aan Bella?'

'Ik zeg wel dat je nog iets meer van het eiland wilde zien.'

'En jij?'

'Ik moet met hem meegaan. Dat verwacht hij van me en daar kan ik nu niets aan veranderen.'

'Nee, Danny! Laten we samen verdwijnen. We kunnen naar een plek gaan waar hij ons niet kan vinden.'

'Ik moet dit doen, Maggie.'

'Omdat hij het van je verwacht?'

'Omdat ik wat tijd nodig heb. Zonder jou.'

Ik staar hem aan. In het vroege daglicht zie ik heel duidelijk in hoeveel opzichten zijn gezicht is veranderd sinds we elkaar al die jaren geleden in Bangkok hebben ontmoet. Ik zie meer grijze haren, meer vermoeidheid in zijn ogen. Juist nu ik voel dat ik hem dreig te verliezen, hou ik meer van hem dan ik ooit had gedacht van iemand te kunnen houden.

'Hoelang?' vraag ik zacht.

'Ik weet het niet. Ik heb tijd nodig om over alles na te denken en te besluiten wat we nu moeten doen.'

Hij zegt 'we'. Dat wil misschien nog iets zeggen, dat hij het meervoud gebruikt.

Hij buigt zich over me heen en kust me zacht op mijn voorhoofd. Ik geloof niet dat dit vaarwel is. Dat weiger ik te geloven. 'Ik bel je,' zegt hij. 'Misschien niet vandaag. Ik bel je als ik ertoe in staat ben.'

Als hij de kamer verlaat, blijf ik in bed zitten, terwijl ik eigenlijk mijn koffer wil pakken en achter hem aan gaan naar het vliegveld, waar Hardwickes jet op ons wacht. Wat zou Danny kunnen zeggen als ik aan boord van die jet ging en meevloog naar Londen?

Ik kan ook doen wat hij van me verlangt. Hem de tijd en ruimte geven die hij nodig heeft om een besluit te nemen en erop vertrouwen dat onze liefde dit zal overleven.

Ik raak mijn voorhoofd aan op de plek van zijn kus en probeer de herinnering van zijn lippen op mijn huid vast te houden. Hij heeft me talloze keren gekust, maar dit is de herinnering die zal blijven. De herinnering die ik moet vasthouden, want dit is zijn laatste kus.

Drie uur later explodeert Phillip Hardwickes jet boven de zee.

26

Jo

Heden

Betty Jones Realty was sinds jaar en dag gevestigd in een klein wit huis aan Main Street. Het makelaarskantoor was een van de weinige zaken die daar het hoofd boven water hadden kunnen houden. Jo herinnerde zich hoe ze als klein meisje het trapje naar de veranda was opgelopen en de bel boven de deur net zo had horen klingelen als nu. Door de jaren heen hadden haar vader en zij van de diensten van Betty Jones gebruikgemaakt voor de verkoop van het huis van haar overgrootvader en de boerderij van haar oudtante, en de koop van Jo's kleine bungalow en haar vaders stek aan Hobbs Pond. Vrijwel al het onroerend goed dat de afgelopen vijfenveertig jaar in Purity van eigenaar was veranderd, was behandeld door Betty Jones, die weigerde met pensioen te gaan en waarschijnlijk zou sterven met een verkoopcontract in haar vuist geklemd.

Toen het belletje klingelde keek Betty op. Ze was nu vierenzeventig, liet haar haar nog steeds inktzwart verven, droeg steevast een blazer en een witte bloes met een kraagje, en keek met onverminderde ondernemerslust uit haar ogen. 'Hallo, Jo,' zei ze. 'Hoe is het buiten? Wordt het al wat warmer?'

'Nog niet.'

'Men zegt dat de lente vroeg zal komen dit jaar.'

'Men zegt zoveel.'

'Schiet je vader al op met de installatie van de nieuwe keuken?'

'Daar weet je dus van?'

'Ik ving iets op in de ijzerhandel. Pete zegt dat je vader zo'n moderne inductieplaat heeft gekocht. Een nieuwe keuken is altijd een pluspunt als je je huis wilt verkopen, maar niet iedereen is bereid van het oude, vertrouwde gasstel af te zien. Daar had Owen aan moeten denken.'

'Pa is voorlopig niet van plan zijn huis te verkopen, Betty, maar als het zover is, geeft hij je wel een seintje. Zeg, ik vroeg me af...'

'En hoe is het met je broer? Werkt Finn nog steeds in het noorden?'

Jo dwong zichzelf haar tempo te vertragen. 'Niet meteen met de deur in huis vallen' had haar vader haar altijd voorgehouden, want Jo had de neiging altijd meteen ter zake te komen. Ze was geen type dat met iedereen die ze tegenkwam een babbeltje maakte. Ze wist dat dit vaak werd opgevat als onvriendelijkheid, maar in tegenstelling tot andere mensen had ze doodgewoon niet altijd iets interessants te zeggen. Over Finn had ze echter wel een nieuwtje.

'Hij heeft een zware week achter de rug. Het ijs is dit jaar veel dunner en op een van de meren was een jongen op een sneeuwmobiel door het ijs gezakt. De Warden Service werd ingeschakeld en uiteindelijk is Finn onder het ijs gedoken om het lichaam te bergen.'

Betty schudde haar hoofd. 'Wat afschuwelijk.'

'Ja, maar dat is zijn werk. Hij is ervoor opgeleid.'

'Doe hem de groeten van me. En zodra hij eraan toe is een huis te kopen, kan ik hem het een en ander laten zien.'

Genoeg gebabbeld, dacht Jo. 'Betty, ik vroeg me af of je me ergens mee kon helpen.'

'Ja? Zoek je zelf iets? Wordt de bungalow je te klein?'

'Nee, ik wil je iets vragen over een paar mensen die hier nog niet zo lang wonen. Ik neem tenminste aan dat ze hun huizen via jou hebben gekocht.'

'Vast wel. Om wie gaat het?'

'Om te beginnen Maggie Bird.'

'O ja. Zij heeft de boerderij van Lillian gekocht, Blackberry Farm. Dat ging van een leien dakje.'

'Verder gaat het me om Declan Rose, Ben Diamond en de Slocums.'

Betty glimlachte. 'Ja, allemaal klanten van me.'

'Wat kun je me over hen vertellen?'

'Nou, het huis aan Maple Street heb ik een jaar of tien geleden aan meneer en mevrouw Diamond verkocht. Jammer genoeg is zij een jaar later overleden. Ik meen aan een hersenbloeding. Daarna heb ik het huis aan Chestnut Street aan de Slocums verkocht. Zij zijn vrienden van Ben Diamond en toen ze hem hier kwamen opzoeken, waren ze zo van ons stadje gecharmeerd dat ze besloten hier te komen wonen. En daarna heeft een andere vriend van hen, meneer Rose, het huis van de kapitein kocht. Het was een beetje verwaarloosd en moest gerestaureerd worden, maar al het originele houtwerk kon behouden worden. Ik heb gehoord dat het erg mooi is geworden.'

'Deze mensen kenden elkaar dus al voordat ze hier kwamen wonen?'

'Ik heb inderdaad die indruk gekregen. Dat ze oude vrienden waren. Uit Virginia.'

'Mag ik de verkoopcontracten zien?'

Betty fronste. 'Wacht, ben je hier voor je werk, Jo? Wat hebben ze gedaan?'

'Niets. Ik wil gewoon iets meer over ze weten. Ze beter leren kennen.'

'Ik weet dat ze allemaal gepensioneerd zijn. Meneer Diamond is minstens zeventig. Ik kan me niet voorstellen dat deze mensen iets zouden uithalen.'

'Ze hebben ook niets uitgehaald.'

Betty keek haar aan. Waarschijnlijk woog ze schending van vertrouwelijkheid af tegen het feit dat ze Jo's familie al zo lang kende. In een klein stadje weet je wie je kunt vertrouwen en wie niet, en de familie Thibodeau, die hier al vele generaties woonde, had haar nooit reden tot twijfel gegeven.

'Ik kopieer ze wel even voor je,' zei ze toen.

Toen ze die avond thuiskwam haalde Jo een portie gehaktbrood uit de diepvries. Ze had nog een paar slappe worteltjes en een aardappel, die weliswaar al begon uit te lopen maar hopelijk niet giftig was. Dat kon ze online opzoeken of aan haar vader vragen. Hij was docent biologie geweest en wist dit vast wel, maar hij was naar Finn in Greenville. Ach, hoe giftig kon een uitlopende aardappel zijn? dacht ze. Ze schilde hem, sneed hem in partjes en terwijl die op een laag pitje gaar werden, las ze aan haar keukentafel de paperassen die Betty haar had gegeven.

De koopovereenkomsten bevatten niet veel persoonlijke informatie. Ze gingen meer over de woningen en percelen: locatie, bouwjaar, grondoppervlakte, eigendomsoverdracht. Er stond niets over de voormalige werkkring van de kopers, maar Jo zag dat ze in Virginia niet ver van elkaar hadden gewoond. De Slocums in McLean, Ben Diamond in Falls Church, Maggie Bird en Declan Rose in Reston. Dat hadden ze dus gemeen. Ze hadden bij elkaar in de buurt gewoond. Voor de koop van de huizen in Maine had geen van hen een hypotheek nodig gehad, wat misschien ongewoon was, maar niet verrassend. Vergeleken met Virginia waren huizen op het platteland van Maine goedkoop en de opbrengst van een woning in McLean zou ruim voldoende zijn voor een woning in Purity.

Tot nu toe was ze niet veel te weten gekomen over dit groepje gepensioneerden. Ook de sociale media hadden niets opgeleverd, omdat ze geen van allen Facebook, Twitter of Instagram hadden, althans niet onder hun eigen naam. Toen ze hen googelde kreeg ze wel een paar treffers. Declan Rose was inderdaad docent geschiedenis geweest, zoals hij had gezegd. Zijn naam stond op een oude lijst van een faculteit in Oost-Europa. Het enige wat ze over de anderen online kon vinden, was een recent artikel in de plaatselijke krant, waarin ze werden genoemd als donateurs van de bibliotheek. Voordat ze in Maine waren komen wonen, waren ze onzichtbaar geweest.

Jo keek weer naar de koopcontracten. Wat hadden een docent geschiedenis, een verkoper van hotelbenodigdheden, een directiesecretaresse, een douane-expediteur en een overheidsanalist met elkaar gemeen?

Een analist. Ze herinnerde zich wat Lloyd Slocum had gezegd over zijn werk als analist: 'Ik zat de hele dag achter een bureau informatie op te zoeken en data te verwerken voor de overheid. Geen opwindende baan, moet ik zeggen.'

Een overheidsanalist die in McLean, Virginia, woonde.

Jo schoof abrupt haar stoel achteruit, bijna op de poot van haar hond. Lucy piepte geschrokken. 'Ik ben een idioot,' zei ze tegen de hond. Ze deed het gas uit en greep haar jack van de haak. 'Kom, Lucy, we gaan een eindje rijden.'

Lloyd Slocum deed open met een schort voor en een hand in een ovenwant. Jo rook de geur van bradend vlees. Het heerlijke aroma bereikte zelfs Lucy, die in de geparkeerde auto zat en zachtjes begon te janken.

'Goedenavond, korpschef Thibodeau,' zei Lloyd. 'Kan ik u ergens mee van dienst zijn?'

'Mag ik binnenkomen?'

'Natuurlijk, kom erin. Neem me niet kwalijk, maar ik ben risotto aan het maken en zoals u weet moet je daar voortdurend bij blijven.' Hij keerde snel terug naar de keuken. Ze deed de deur dicht en volgde hem. Hij stond bij het fornuis in een pan zacht sudderende rijst te roeren. Jo zou ook wel willen dat ze een man had die voor haar kookte. Ze dacht aan haar eigen avondmaal, dat bestond uit ontdooid gehaktbrood en een mogelijk giftige aardappel, en keek vol afgunst naar de fijngesneden verse kruiden op het hakblok en de slablaadjes in de salademolen. Ze wist dat ze vaker rauwkost zou moeten eten, maar als ze al een krop sla kocht, vergat ze hem meestal in de koelkast tot hij was veranderd in een slijmerige massa.

'Waar is uw bende vanavond?' vroeg ze.

'Mijn bende?'

'Meneer Rose, meneer Diamond, Maggie Bird. Hoe noemt u zichzelf ook alweer? De Martiniclub?'

'Ik ben hun oppas niet. Bent u bij hen langsgegaan?'

'Ja, en ze zijn geen van allen thuis. Het lijkt wel alsof ze allemaal zijn vertrokken. Weet u misschien waarheen?'

Lloyd bleef onverstoorbaar zijn risotto roeren. 'Nee, waarom zou ik?'

'Weet u misschien wel waar uw vrouw is?'

'Ja, die zit boven te computeren.'

'En daar is ze vast erg goed in.'

'In computeren? Inderdaad.'

'En uzelf vast ook, meneer de analist. Dat was u bij de CIA, neem ik aan?'

Lloyd bleef in de pan roeren alsof hij haar niet had gehoord. Ze hoopte dat ze deze man nooit zou moeten ondervragen wegens een misdaad, want ze zou waarschijnlijk niet veel te weten komen.

'Heb ik gelijk?' zei ze.

'Heb ik het ontkend?'

'U hebt het niet toegegeven. Is het geheim? Mag u de waarheid niet vertellen?'

'Dat mag wel, maar dat doe ik liever niet. U bent van de politie en daarom mag u wel weten dat ik inderdaad als analist voor de Central Intelligence Agency heb gewerkt. Dat klinkt alsof ik een soort James Bond was, maar ik had echt gewoon een kantoorbaan. Ik dronk veel koffie en ging naar veel vergaderingen.'

'En uw vrouw? De "secretaresse"?'

Nu aarzelde hij een fractie van een seconde. 'Mijn vrouw was een erg goede secretaresse.'

'En wat was ze nog meer?'

'Dat moet u maar aan haar vragen.'

‘En als ze het me vertelt, moet ze me doden?’

Lloyd zuchtte vermoeid. ‘Dat heb ik altijd een nogal flauw grapje gevonden.’

De kookwekker ging. Lloyd deed de oven open. De hemelse geur van geroosterde varkensrollade verspreidde zich door de keuken. Hij haalde de pan uit de oven en zette hem op het fornuis. Jo keek hongerig naar het goudbruine vlees, glinsterend van het vet. Nee, serieus, waar zou ze een man kunnen vinden die voor haar zou koken?

‘Had u verder nog vragen, korpschef Thibodeau?’

‘Uw vrienden. De rest van de club. Werkten die ook voor de CIA?’

‘Waarom wilt u dat weten?’

‘Ik denk dat het iets te maken heeft met de aanslag op Maggie Bird.’

Hij roerde weer in de risotto, zonder naar haar te kijken. Een paar seconden verstreken, terwijl zijn houten lepel cirkels trok in de rijst. ‘Ik zal het met de andere bendeleden bespreken,’ zei hij uiteindelijk.

‘Waar zijn die?’

‘Dat mag ik u niet vertellen.’

‘U weet het dus wel.’

‘Misschien.’

‘Maar u gaat het mij niet vertellen.’

Hij legde de lepel neer en draaide zich naar haar om. Hij had dan wel een schort voor die onder de vetspatjes zat en hij was dan wel oud genoeg om haar vader te zijn, maar de ogen achter de uilenbril waren van een man die ze niet tegen zich in het harnas wilde jagen. ‘Ik zal u vertellen wát u moet weten wannéér u het moet weten, korpschef Thibodeau. Mijn “bende” is bezig aanvullende informatie te verzamelen. Dat kost tijd, er is enig graafwerk voor vereist, maar zodra we een beter beeld hebben, zullen we in overweging nemen of we het met u kunnen delen.’

‘In overweging nemen?’

‘Uit beleefdheid. We zijn graag behulpzaam,’ zei hij. Hij glimlachte weer, maar het was duidelijk dat ze verder niets van hem te weten zou komen.

Weer waren die bejaarden haar te slim af geweest, dacht ze toen ze naar huis reed.

Maar het waren niet zomaar bejaarden. Gepensioneerd, maar niet erg oud. Ze dacht aan haar grootvader die op zijn achtentachtigste nog steeds zelf hout hakte, en haar vader, die op zijn zevenenzestigste nog steeds de Tumbledown Mountain kon beklimmen zonder buiten adem te raken. Ingrid en Lloyd Slocum waren begin zeventig en leken nog helemaal geen gas terug te nemen. In die zilveren hoofden van hen moest een schat aan geheimen zitten die ze niet met haar wensten te delen.

Althans, nog niet.

27

Maggie

Bangkok, heden

Ik word geschaduwd.

Ik voel de blikken van mijn achtervolgers in mijn rug als ik over de Wang Lang-markt loop. Af en toe blijf ik staan om de uitgestalde waren te bekijken. Bij een kraam met zijden sjaals strijk ik met mijn vingertoppen over een caleidoscoop aan kleuren, elke sjaal apart verpakt in knisperend cellofaan. De verkoopster is een oud vrouwtje met twee ontbrekende voortanden en een huid die eruitziet als gelooid leer, maar met scherpe, donkere ogen die me in de gaten houden als ik in de koopwaar snuffel. Ik heb geen sjaal nodig, ik heb thuis al een kast vol zijden sjaals, die altijd handig zijn als cadeautje voor een jarige, maar ik besluit er evengoed een te kopen. Ik kies er een met grijstinten, wat ik het liefst heb, omdat je daarmee niet opvalt. Ik onderhandel met het vrouwtje tot we op zeshonderd baht uitkomen en loop door met de sjaal in een plastic tasje, dat ik nonchalant aan mijn pols laat bengelen. Ik heb geen haast, ik ben hier met vakantie, net zoals alle andere buitenlanders die over de markt slenteren, in het geijkte vakantietenue van shorts en sandalen. De jonge vakantiegangers zijn bijna allemaal langer dan ik. Misschien worden niet alleen mijn haren grijs en mijn gewrichten stijf, maar ben ik ook aan het krimpen. Ik ben allang niet meer zo aantrekkelijk als de jonge meisjes met hun gladde huid. Ooit moest ik me vermommen om onopgemerkt in een menigte op te gaan. Nu hoef ik die moeite niet te doen want er kijkt toch niemand naar me.

Behalve de twee mannen die me schaduwen.

Ik doe geen poging hen af te schudden. Het is altijd beter te doen alsof je er geen erg in hebt, want zodra de achtervolgers weten dat je ze hebt gezien, verandert het spel en wordt het veel moeilijker.

Als ik het deel van de markt bereik waar de voedselkraampjes zijn, vertraag ik mijn pas, niet als onderdeel van het kat-en-muisspel, maar omdat dit de plek is waar ik Danny heb ontmoet. Ook al is het lang geleden, het tafereel is nog hetzelfde en de geuren die opstijgen van de kraampjes zijn niet veranderd. Ik snuif het aroma van anijs en kaneel, basilicum en koriander op, en zie hem hier weer staan, met zijn versleten rugzak en zijn T-shirt met het opschrift dat hij niet had begrepen. En met zijn glimlach; niemand had ooit naar me geglimlacht zoals Danny. En dat werd mijn ondergang. Ik staar naar de kleine plastic tafels en de krukjes waarop we zaten toen we onze soep aten en het voelt alsof er een vloedgolf van verdriet over me heen slaat. De markt verandert in een waas van bewegende kleuren, gevlekt met goudblad. De geluiden smelten samen tot een geraas dat heel ver weg lijkt. Ik let niet meer op de mannen achter me, het kan me niet meer schelen of ik word geschaduwd. Voor mijn part sleept iemand me naar een steegje om een kogel in mijn hoofd te schieten. Als ik nu zou sterven, zou Danny's gezicht mijn laatste herinnering zijn.

Ik had niet naar deze markt moeten komen. Ik had de geesten niet moeten wekken.

De lucht om me heen is als een giftige wolk van stoom, zweet en kruiden. Ik draai me om, verlaat de markt en loop door de smalle straten. Ik stop bij de etalage van een willekeurige winkel en zie kleding, zijden japonnen die worden gedragen door etalagepoppen zonder hoofd. Ik haal een paar keer diep adem en vecht tegen mijn tranen. Als ik zogenaamd de jurkjes bekijk, zie ik mijn gezicht in de ruit weerspiegeld en dat doet pijn. Als er geen spiegels bestonden, zouden we ons kunnen verbeelden dat we er eeuwig jong bleven uitzien. De etalageruit maakt bruut een einde aan die illusie. Ik ben zestig en het is me aan te zien. De twee mannen die me hebben geschaduwd sinds ik mijn hotel heb verlaten, volgen me nog steeds. De ene staat bij een ijscokraam, de andere doet alsof hij van touw gemaakte beeldjes bekijkt. Ze kijken geen van beiden in mijn richting, maar ik weet dat ze me in de gaten houden en daar ben ik dankbaar voor.

Uiteindelijk kijkt Ben me aan in de ruit en haalt hij zijn schouders op. Zijn gezicht is verhit en zijn kale hoofd glimt. Thuis in Maine is het vandaag min vijf en Ben, Declan en ik zijn nog niet gewend aan de hitte van Bangkok. Toen we jonger waren, hadden we er geen enkele moeite mee om van de ene naar de andere tijdzone te reizen, uit het vliegtuig te stappen, een bar in te duiken en de volgende ochtend fris aan het werk te gaan. Die dagen zijn definitief verleden tijd. De vermoeidheid staat afgetekend op onze gezichten. Er is niets zo triest als drie bejaarde spionnen die proberen te bewijzen dat ze nog steeds hun mannetje staan.

Ik knik om aan te geven dat het tijd is om terug te gaan. We zijn niet meer bestand tegen de hitte en de jetlag, maar dit uitstapje naar de markt heeft ons in elk geval duidelijk gemaakt dat ik door niemand anders word geschaduwd. Ik leid hen terug naar ons hotel, zodat we allemaal een dutje kunnen doen.

Als de avond valt lukt het me eindelijk de tropische loomheid van me af te schudden en ga ik naar buiten, de fluweelzachte nacht in. Ik zie mijn vrienden aan het eind van het hotelterras. Ze staan bij de balustrade, Ben met zijn rug naar mij toe, uitkijkend over de rivier. Declan kijkt in mijn richting en staat er volkomen ontspannen bij, maar houdt het terras met argusogen in de gaten. Hun instinct is nog even scherp als vroeger. Ze hebben samen rondom zicht en zien me naderen, maar reageren niet tot ik bij hen sta.

Declan heft zijn glas bij wijze van groet. De ijsblokjes tinkelen en ik ruik de citrusgeur van een gin-tonic. ‘Lekker dutje gedaan?’ vraagt hij.

'Ja. God, ik was vergeten hoe warm het hier is. Hebben jullie ook geslapen?'

Declan kreunt. 'We worden oud, Mags. Middagdutjes zijn nu een vast onderdeel van ons dagritme.'

'En dat betekent,' zegt Ben, zich naar ons omdraaiend, 'dat we ons tempo moeten aanpassen.'

'Ja, tot kruipsnelheid.' Declan neemt een slokje van zijn gin-tonic. Het tinkelen van de ijsblokjes en het klotsen van het water tegen de oever van de rivier werkt als een tijdmachine en brengt me in één klap terug naar toen ik in deze stad werkte en op de oever van de Chao Phraya net zoals nu de vage geur rook van de dieselmotoren van de bootjes die over de rivier tuften. Kon die tijdmachine me ook maar mijn jongere lichaam teruggeven, de Maggie die geen middagdutjes nodig had en geen pijn in haar enkel kreeg als ze te lang liep. De Maggie met het glanzende, donkere haar.

Ben draait zich om en leunt met zijn rug tegen de balustrade. Het schijnsel van de gekleurde lichtjes van een passerende rondvaartboot glijdt over zijn gladde, glanzende schedel. 'Vandaag is er niets in ons sleepnet terechtgekomen.'

'Dit was pas de eerste dag,' zegt Declan. 'Misschien zien we ze morgen.'

'Voor hetzelfde geld zitten jullie hier je tijd te verdoen,' zeg ik. 'Misschien ben ik geen doelwit meer of hebben ze besloten geen pogingen meer te doen me te vinden. Ik red me verder wel. Ga maar naar huis. Of naar Phuket om de uitspattingen van jullie jeugd nog eens dunnetjes over te doen.'

Ben snuift. 'Het is niet hetzelfde als de enige vrouwen die naar ons kijken omaatjes zijn.'

'Omaatjes zijn best nog wat waard, hoor.'

'Dacht je nu echt dat we jou hier in je eentje zouden achterlaten?' zegt Declan. 'Nee, we gaan samen uitzoeken wat er aan de hand is.'

'Dit is niet jullie strijd, jongens, maar de mijne.'

'En daarom is het ook de onze.'

'We zijn de Musketiers niet meer. Vooruit. Ga naar huis.'

'Jezus, Maggie,' zegt Declan. 'Weet je nu nog niet dat wij je nooit in de steek zullen laten? We zijn er altijd voor elkaar geweest. Zelfs als we op verschillende continenten woonden, wisten we dat we op elkaar konden rekenen.' Declan kijkt me in de ogen. 'Daar is niets aan veranderd.'

'Ik wil niet dat jullie iets overkomt.'

'Vertel ons dan wie of wat we tegenover ons hebben,' zegt Ben.

We kijken elkaar aan in het schemerdonker, drie oude vrienden die elkaar zouden moeten vertrouwen maar ervaren genoeg zijn om beter te weten.

'Ik wou dat ik het wist,' zeg ik.

'Je hebt ons over Malta verteld. En over Hardwicke. Is er iets wat je hebt weggelaten?'

'Jullie weten precies evenveel als ik.'

'We weten dat Diana Ward is verdwenen,' zegt Ben. 'We weten dat iemand wil dat jij haar opspoort. En dat iemand anders juist niet wil dat je haar vindt en dat ze daarom iemand met een valse identiteit hebben gestuurd om je af te maken.'

'Dat is een accurate samenvatting van de situatie.'

'Wat betekent het? Om wie gaat het? Waarom zijn ze op zoek naar Diana, of zijn ze soms op zoek naar iets anders?'

'Ik heb geen idee.' Ik draai me om naar de rivier en zucht. 'Het is weer net zoals in de goeie ouwe tijd.'

Ver na middernacht verlaat ik ongezien het hotel en loop met een omweg naar de Sathorn Pier. Ditmaal ben ik alleen en ik voel me zowel kwetsbaar als vrij. Op dit uur zijn er niet veel toeristen meer op straat en degene die nog rondlopen zijn vrijwel allemaal aangeschoten. In uitgestorven straten merk je het snel als er iemand achter je aan komt, maar ik neem evengoed een zigzagroute. Af en toe stop ik bij een etalage om via de weerspiegeling in de ruit te kunnen zien wie zich achter me bevindt. Ik mag wat roestig zijn, maar ik ben deze truc nooit verleerd. Die zit zo diep in mijn hersenen gebrand dat het een reflex is geworden.

Er komt niemand achter me aan.

Ik loop naar de Sathorn Pier, waar dag en nacht langstaartboten te huur zijn. Er liggen er maar een stuk of zes op het water te dobberen, de ene nog havelozer dan de andere. Wie op dit uur van de nacht nog op een passagier hoopt, moet erge honger hebben. De schippers van de boten kijken op als ik hen nader. Ik kies de man die zo te zien het geld het hardst nodig heeft, een uitgemergelde vent die in een hospice zou moeten liggen in plaats van met toeristen rond te varen. Vannacht zal hij voldoende verdienen om er veertien dagen zijn gemak van te kunnen nemen.

Ik stap in zijn boot. Hij is verrast als ik hem in zijn eigen taal begroet. Mijn Thais is ook wat roestig, maar diep in mijn geheugen zit nog een behoorlijke woordenschat. Ik wil niet dat de andere schippers me horen, dus spreek ik zacht als ik hem vertel waar ik naartoe wil. Hij knikt en geeft een ruk aan het koord van de buitenboordmotor, die even antiek is als de boot zelf, maar hem waarschijnlijk al een halve eeuw trouwe dienst heeft bewezen.

We gaan op weg. De rivier strekt zich voor ons uit als een glad zwart lint. We tuffen langs hotels, winkelcentra en wolkenkrabbers, de nieuwe façade van een oude stad waarvan deze rivier met zijn vele zijarmen en kanalen de hoofdader is. Onze bestemming is een khlong aan de Thonburizijde van de stad. Mijn schipper stuurt de boot door een kanaal naar een sluis. Er zijn geen andere boten in de sluis en als we wachten tot het water zakt, spied ik naar beide oevers, waar het in alle hutten donker is. Dit is het voordeel van de nacht, want in deze kleine kanalen kan niemand je volgen zonder gezien te worden.

De sluis gaat open en we varen door.

Hier in de khlongs is het alsof je in een heel andere wereld bent beland. Als we door de schaduwen glijden, zie ik de silhouetten van de bananenbomen en palmen die deel uitmaken van een dichte jungle die voedsel en onderdak biedt aan de mensen die in de hutten op de oevers wonen. Onze motor is de enige die ik hoor, zachtjes ronkend in het donker. De kanalen worden steeds smaller. Mijn schipper weet slechts bij benadering wat mijn bestemming is en ik fluister aanwijzingen waar hij moet afslaan en wanneer hij vaart moet minderen. Het is vele jaren geleden dat ik deze wateren heb bevaren en de instructies die ik per e-mail heb gekregen zijn in deze schaduwwereld niet makkelijk op te volgen. Zitten we nog in de juiste khlong? Zijn we de ingang niet voorbijgevaren?

Dan zie ik de oranje gloed van een lantaarn op een steiger. Ik wijs ernaar.

De schipper stuurt zijn boot ernaartoe en legt aan. Ik geef hem een flinke dot bankbiljetten en klim via de houten ladder naar de steiger. Ik kan het gezicht van de man nu al niet meer onderscheiden, maar ik weet dat hij dik tevreden zal zijn met het bedrag dat ik hem heb gegeven. Tevreden genoeg om zijn mond te houden. Als hij wegtuft, steekt hij groetend zijn hand op.

Als het geluid van zijn motor is weggestorven, blijf ik nog even op de steiger staan. Ik kijk om me heen en luister naar het sjirpen van de insecten en het vage geronk van het verre stadsverkeer. Zelfs hier in de jungle valt daaraan niet te ontsnappen. Ik tuur naar de struiken en zie een tweede oranje lantaarn, die me als een baken de weg wijst.

Het pad dat ik volg loopt tussen gordijnen van groene ranken die van de takken hangen. Pas als ik bij de tweede lantaarn ben, komt het huis in zicht, half verborgen tussen de bomen. Het is een mooi houten huis op palen met een traditioneel steil Thais dak. Binnen brandt licht. Hij verwacht me.

Onderaan de trap stop ik om nogmaals om me heen te kijken, maar in deze dichte jungle kan ik onmogelijk zien of zich iemand in de schaduwen ophoudt. Er zit niets anders op dan door te gaan. Ik neem de trap naar een rijkelijk versierde deur die dik genoeg is voor de woning van een reus, maar die wordt geopend door een

Thaise zo klein als een kind. Als ik de zilveren lokken in haar haar zie, besef ik dat ze geen kind is maar een vrouw van mijn leeftijd met een kaarsrechte houding die niet onder haar jaren heeft geleden.

'Ik ben Maggie,' zeg ik.

'Hij verwacht u. Komt u binnen.'

Ze doet de deur achter me op slot en gaat me voor over de gepolijste teakhouten vloer. Pas als ik zie dat ze op blote voeten loopt, besef ik dat ik de zonde van de westerlingen heb begaan door binnenshuis mijn schoenen aan te houden, maar ze zegt er niets van. We lopen langs een paar gebeeldhouwde houten olifanten en een vaas vol dendrobium-orchideeën. Ze schuift een deur open en gebaart dat ik naar binnen mag gaan.

In de kamer blijf ik abrupt staan, geschrokken van wat ik zie. De vrouw trekt zich terug en doet de deur dicht om ons privacy te geven, maar ik ben zo onthutst dat ik geen woord kan uitbrengen. De man in de rolstoel lijkt in geen enkel opzicht op de vriend en collega van vroeger. Hij is een skeletachtige versie van de oude Gavin. De spieren van zijn gezicht zijn zo geslonken dat zijn aderen als blauwe wormen op zijn slapen liggen. Hij ziet mijn geschrokken gezicht en zucht berustend.

'Ouderdom is niet voor watjes,' zegt hij. Zijn stem klinkt ijl en amechtig. Van ouderdom of omdat de ziekte hem van zijn kracht heeft beroofd?

'Het klimmen der jaren doet ons geen van beiden goed,' zeg ik.

'Jij staat tenminste nog op je benen. Je ziet er goed uit, Maggie.'

Ik kan niet antwoorden wat ik denk: *En jij ziet eruit alsof je op sterven na dood bent.* Hij moet al lang ziek zijn. In de hoek staat een verstelbaar ziekenhuisbed, een verstuiver en een zuurstoffles. In een andere hoek is zijn communicatiecentrum, compleet met een laptop en een rij mobiele telefoons. Door zijn ziekte zit hij gevangen in zijn lichaam, maar hij is niet afgesneden van de rest van de wereld.

'Ik wist het niet,' zeg ik.

'Dat ik er zo slecht aan toe ben?'

'Ik wist alleen dat je na je pensioen naar Bangkok was verhuisd.'

'Dat was een verstandig besluit, gezien mijn gezondheidsproblemen. Dit land heeft uitstekende artsen en een niveau van medische verzorging dat ik me thuis niet had kunnen veroorloven. En als ik speciale apparatuur of medicijnen nodig heb, zijn die op de zwarte markt verkrijgbaar.' Hij knikt naar de deur, die de Thaise vrouw heeft gesloten om ons privacy te geven. 'Zij verzorgt me uitstekend. In tegenstelling tot mijn vrouw, Donna, die met echtscheidingspapieren begon te wapperen zodra de eerste spiertrekkingen in mijn been zich voordeden. Fasciculaties heten die volgens de dokter.'

'Wat is het precies, Gavin?'

'Het is ALS, maar gelukkig een trage versie. Stephen Hawking heeft tientallen jaren met de ziekte geleefd, dus misschien kan ik dat ook. Mijn lichaam gaat langzaam achteruit, maar mijn brein blijft gelukkig scherp.'

Ik kijk om me heen en vind het verdomd ironisch dat een man die in zoveel wereldsteden heeft gewoond, nu niet verder meer komt dan deze vier muren, maar Gavin lijkt zich te hebben aangepast aan de nieuwe omstandigheden. Mensen zijn veerkrachtig, zelfs als ze oog in oog staan met een afschuwelijke realiteit.

En daarbij helpen medicijnen natuurlijk ook.

'Ik was verbaasd toen ik je bericht ontving,' zegt hij. 'Na wat er in Malta is gebeurd, had ik niet gedacht dat je ooit nog contact met me zou zoeken.'

'Ik ook niet.'

'Hoe is het leven als gepensioneerde?'

'Goed. Gezond. Ik had nu graag thuis willen zijn, bij mijn kippen.'

'God, wat zijn we allebei diep gezonken.'

'Zo denk ik niet over mijn nieuwe leven. Ik hou van kippen, en dat kan ik niet zeggen over de meeste mensen met wie ik heb gewerkt.'

'Hoor ik daar ook bij?'

'Ergens wel, Gavin.'

'Je hebt het volste recht om er zo over te denken. We waren niet de sympathiekste mensen ter wereld. En in tegenstelling tot kippen zijn we niet eens in staat eieren te leggen.' Hij begint te hoesten. Ik hoor het rochelen van vocht in zijn borst.

'Heb je hulp nodig? Moet ik haar roepen?' vraag ik.

Hij schudt zijn hoofd. Het valt niet mee om te moeten toekijken als hij de longen uit zijn lijf hoest, maar na een poosje zakt het af. Hij zit uitgeput in zijn rolstoel. 'Zo zal het waarschijnlijk voor mij eindigen. Met een longontsteking. Maar nog niet.' Hij kijkt naar me op. 'Het spijt me erg, Maggie, wat er is gebeurd. Ik heb dat al jaren tegen je willen zeggen, maar ik wist niet hoe. Hoe dichter je bij je graf komt, hoe duidelijker alles wordt en ik begrijp waarom je toen met ons allemaal hebt gekapt. Ik was blij weer iets van je te horen.'

'Ik had geen keus. Toen ze me in Maine probeerden te vermoorden, moest ik wel.'

'Wie probeerde je te vermoorden?'

'Dat weet ik niet. Het enige wat ik je kan vertellen is dat er ene Bianca bij me kwam om te vragen of ik wist waar Diana was. Ik ging ervan uit dat ze door de Agency was gestuurd. Ik heb gezegd dat ik haar niet kon helpen en heb haar weggestuurd. Diezelfde avond werd haar lichaam voor mijn huis gedumpt. Ze was gemarteld en doodgeschoten.'

'Prettig visitekaartje. Wie had het gestuurd?'

'Waarschijnlijk degene die twee dagen later probeerde mij dood te schieten toen ik mijn kippen aan het voeren was. Als mijn buurman niet snel had gereageerd, had ik hier nu niet gestaan. Wat het echter nogal zorgwekkend maakt, is dat de schutter de valse identiteit had van een overleden persoon en dat zijn identiteitsbewijzen van uitstekende kwaliteit waren.'

'Jezus. Was hij er een van ons?'

'Dat weet ik niet. Daarom heb ik contact opgenomen met jou.'

'Waarom denk je dat ik hier iets over zou weten?'

'Omdat Diana vlak voordat ze is verdwenen hier in Bangkok is gezien. Ik moet ervan uitgaan dat ze hier was vanwege jou.'

'Omdat ik hier toevallig woon?'

'Schei uit, Gavin,' snauw ik. 'Jij was erbij, in Malta.'

'Er waren nog meer mensen bij. Er was een heel team nodig om Cyrano van zijn jacht te krijgen.'

'Maar jij was de enige die er vanaf het begin bij was. Jij, ik en Diana. De Londense witwasserij was te hoog gestegen in de voedselketen en Diana vertrouwde de Britten niet. Daarom zei ze dat we het onder ons moesten houden, alleen wij drieën, in een apart hokje.'

'Dat neem ik mezelf nog steeds kwalijk.'

'Wat neem je jezelf nog steeds kwalijk?'

'Dat ik niets heb gedaan toen ze jou er aan je haren bij sleepte. Toen ik haar manier van werken zag, besefte ik dat we haar niet konden vertrouwen, maar toen was het al te laat. De operatie was een sneltrein geworden waarvan de remmen het niet meer deden en het maakte haar niet uit wie erdoor werd vermorzeld.'

Hij zwijgt, met gebogen hoofd, moeizaam ademend. Dan draait hij zijn rolstoel naar zijn laptop en beweegt de muis om het scherm tot leven te wekken. 'Als je haar probeert te vinden, is het wel handig als je weet hoe ze er nu uitziet.'

'Heb jij dan recente foto's?'

'Ja, uit een videogesprek van vorige week. Ik heb geweigerd haar persoonlijk te ontmoeten.'

'Waarom?'

'Jij hebt de pest aan haar, maar ik ook. Ik heb twee maanden na jou ontslag genomen omdat in Malta alles was verpest. Nadat het vliegtuig was neergestort, was ik niet in staat te blijven.'

'Goh, was *jíj* niet in staat te blijven? Ik heb bij die crash mijn man verloren!'

'En daar heb ik al die jaren mee moeten leven, met het feit dat onschuldigen het slachtoffer waren geworden. Jouw man. Hardwickes dochter. Toen we Cyrano oppakten wisten we dat de Russen wraak zouden nemen. We hadden maatregelen moeten nemen om hen te beschermen zodra we hoorden...' Hij stopt en wendt zijn blik af.

'Wat?'

Hij zwijgt.

'Wat hadden jullie gehoord, Gavin?'

Schoorvoetend kijkt hij me weer aan. 'Vlak voordat we Alan Holloway oppakten, op het moment dat we aan boord van zijn jacht gingen, is hij erin geslaagd nog een laatste bericht aan zijn kurator te sturen. Het antwoord uit Moskou dat enkele minuten later kwam, werd onderschept door SIGINT.'

'Wat was het antwoord?'

'"Het moederland is dankbaar, kameraad. De verrader zal ervoor boeten."'

'De verrader,' zeg ik zacht. De verrader was ik.

'Ze dachten dat Hardwicke of iemand in zijn kringen Holloway had verraden. De bom in het vliegtuig was hun wraak. Het was ook een boodschap aan de rest van de wereld dat iedere operatie tegen Moskou snelle en wrede gevolgen zou hebben.'

'En Danny was nevenschade. Net zoals Bella. En de piloten.' Nu dringt tot me door wat Gavin zei over het bericht uit Moskou. 'Je zei dat SIGINT het snelle antwoord van de kurator had onderschept.'

'Ja.'

'Wanneer hoorde óns team iets over dat bericht?'

'Ik hoorde het een paar dagen later, bij de debriefing. Jij was toen al in Washington in veiligheid gebracht.'

'En Diana? Wanneer kwam zij erachter?'

Stilte.

'Gavin?'

Hij zucht. 'Diana is om middernacht geïnformeerd over het antwoord uit Moskou. Kort daarna hebben we Cyrano ingerekend.'

'Middernacht? Dan hadden de Russen úren om een bom aan boord van Hardwickes jet te plaatsen. Diana wist dat er represailles zouden komen. Waarom heeft ze me niet gewaarschuwd? Waarom heeft ze niets ondernomen?'

'Ze hád je moeten waarschuwen. Ze hád een manier moeten zoeken om ervoor te zorgen dat jij en dokter Gallagher niet in dat vliegtuig zouden stappen, maar ze wilde niet dat Hardwicke argwaan zou krijgen. Daarom heeft ze de jet laten gaan. Ze vond dat zij haar missie had volbracht. Ze had Cyrano ontmaskerd en kreeg daarvoor ook een fors schouderklopje. Toen ik hoorde dat SIGINT dat bericht had onderschept, was ik woedend en kort daarna heb ik ontslag genomen.'

'Ik wist hier niets van. Je hebt mij er niets over verteld.'

'Je had het al zo moeilijk. Alles zou voor jou nog veel erger zijn geweest, als je had geweten dat het ook anders had kunnen lopen. Dat we hadden kunnen verhinderen dat dokter Gallagher in dat vliegtuig stapte.'

'En het kon Diana niets schelen,' zeg ik zacht. 'Het kon dat klerewijf niets schelen.'

'Daarom heb ik nee gezegd toen ze me vorige week om hulp vroeg. En dat vond ze niet leuk.' Hij tikt op zijn laptop. Op het scherm verschijnt een gezicht. 'Kijk zelf maar.'

Ik kijk over zijn schouder naar de foto. Dit is niet de kordate, zelfverzekerde blondine die ik me herinner. Deze Diana Ward ziet er uitgeput en opgejaagd uit, met holle ogen als van een doodshoofd. Haar haar is bruin geverfd en zo slecht geknipt dat ik vermoed dat ze het zelf heeft gedaan.

'Ze is doodsbang. Dat zie je aan haar gezicht,' zegt hij.

'De Diana Ward die wij kenden, was nergens bang voor.'

'Er is veel veranderd.'

Ik staar naar de vrouw die me wegens haar eigen ambities heeft betrokken bij een operatie waarbij Danny is omgekomen. Ik ben geen heilige en voel gerechtvaardigde tevredenheid om haar gekwelde gezicht. Ik ben blij dat ze het moeilijk heeft en ze hoeft er niet op te rekenen dat ík haar te hulp zal komen.

Ook al ben ik nu hier.

'Ze wilde een plek waar ze zich een poosje kon schuilhouden,' zegt Gavin. 'En ze had geld en paspoorten nodig.'

'Dat kan ze zelf wel regelen. Ze is een overlever.'

'Niet nu die mensen op haar jagen.'

Ik zie het zweet op zijn bovenlip. 'Jij bent ook bang.'

'En jij zou ook bang moeten zijn. Een paar weken geleden heeft HQ contact met me opgenomen over Operatie Cyrano. Ze vroegen wat ik me herinnerde over Malta, over hoe Cyrano was opgepakt, hoe de operatie was uitgevoerd.'

'Waarom nu, na al die jaren?'

'Omdat de zaak weer op de radar van de Agency is verschenen. Een ongeautoriseerde persoon heeft zich onlangs toegang verschaft tot het Cyrano-dossier. Ze willen weten wie en waarom.'

'De Russen, neem ik aan.'

'Ja, dat lijkt logisch, dat Moskou nog steeds wil weten hoe hun spion is ontmaskerd. Nadat het beveiligde dossier was gehackt heeft de Agency opnieuw bekeken hoe de operatie op touw was gezet. Toen ze het dossier over Phillip Hardwicke nog eens onder de loep namen, kwamen ze voor een verrassing te staan. Ze zagen dat al zijn buitenlandse rekeningen – of liever gezegd alle rekeningen waarvan *wij* op de hoogte waren – waren leeggehaald. Gedurende een periode van vijf jaar waren miljarden dollars verdwenen.'

'En daar kwamen ze nu pas achter?'

'Toen Cyrano was opgepakt en Hardwicke dood was, hebben ze het dossier afgesloten. Er was niemand die op de rekeningen lette toen een jaar na zijn dood het geld begon te verdwijnen.'

'Ik wist hier niets van.'

'Ze hebben het jou niet verteld, omdat de Agency jou niet vertrouwt. Jij was zo diep geïnfiltreerd in Hardwickes kringen dat ze vreesden dat ze je hadden omgeturnd en dat je hem trouw was gebleven.'

'Maar hij is dood.'

'Dat is wat iedereen dacht. Dat Hardwicke boven de Middellandse Zee samen met zijn jet was geëxplodeerd. We hebben de nasleep in de gaten gehouden, de ontwikkelingen gevolgd. Het kreeg de nodige publiciteit. In de roddelkranten werd de crash breed uitgemeten. Foto's van de in het zwart gehulde Lady Camilla, huilend bij de begrafenis van haar dochter. Parlementsleden en aristocraten die kwamen om Hardwicke de laatste eer te bewijzen. Uiteindelijk zakte de belangstelling en ging de Agency over tot de orde van de dag. Tot iemand het dossier-Cyrano hackte. Door dat veiligheidslek werd de Agency gedwongen de dood van Hardwicke opnieuw te bekijken. De bergingswerkzaamheden waren heel moeilijk geweest omdat het vliegtuig in diep water was gestort. Er werden maar twee lijken geborgen, dat van Victor Martel en dat van een van de piloten. Maar niemand had die crash kunnen overleven.'

'Wie heeft Hardwickes rekeningen dan leeggehaald?'

'Dat is nu juist de vraag. Om bij dat geld te komen, waren wachtwoorden vereist die alleen Hardwicke had. En dat brengt ons op de mogelijkheid dat hij misschien helemaal niet in dat vliegtuig zat. Dat hij nog leeft.'

Het is alsof de vloer beweegt. Ik verlies zelfs bijna mijn evenwicht. 'Als dat waar zou zijn... Als Hardwicke nog leeft...'

Ik kan niet doorgaan, ik zie Gavin niet eens meer. Ik word meegesleurd door de tijd, naar het moment dat ik al die jaren uit mijn geheugen heb gebannen, het moment waarop ik hoorde dat het vliegtuig was neergestort.

'Als Hardwicke niet in het vliegtuig zat, zou het kunnen dat Danny...' Ik durf de woorden niet uit te spreken, maar we weten allebei wat ze zijn: *nog leeft.*

Gavin schudt zijn hoofd, maar ik voel de hoop al de kop opsteken, als een wilde, gevaarlijke bloem. Ik mag die niet tot bloei laten komen; ik zou het niet kunnen verdragen als die uiteindelijk met wortel en al uit de grond werd getrokken.

'Maggie,' zegt hij zacht, 'ik raad je aan dit gesprek te vergeten en naar huis te gaan. Naar je kippen en je boerderij. Doe geen moeite Diana op te sporen. Laat haar achter in de wildernis.'

'En Danny? Stel dat hij...'

'Het is zestien jaar geleden gebeurd. Denk je niet dat je iets van hem zou hebben gehoord als hij nog in leven was?'

'Maar ik moet het zeker weten!'

'Je weet het al, Maggie. Je weet het in je hart.'

Ik staar hem aan en denk aan die laatste dag in Malta, toen Danny afscheid van me nam. Ik herinner me het moment waarop ik hoorde dat Hardwickes jet was neergestort en dat Danny dood was. Ik had zijn dood gevoeld, alsof ik een dreun tegen mijn borst had gekregen, en ik was er zo kapot van dat ik slechts vage herinneringen heb aan wat er vlak daarna is gebeurd. Ik weet dat ik voor mijn eigen veiligheid op een vliegtuig werd gezet. Ik herinner me dat ik midden in de nacht in Washington aankwam en dat ik door een waas van verdriet naar een wachtende auto liep. Gavin heeft gelijk. Ik wist in mijn hart dat Danny dood was, omdat ik zijn afwezigheid voelde als een zwart gat dat al het licht opzoog.

Als hij het had overleefd, zou hij naar me op zoek zijn gegaan. Dat weet ik. En hij zou me hebben gevonden.

'Ga naar huis en vergeet dit,' zegt Gavin zacht.

'Ik kan niet naar huis. Daar krijgt hij me meteen te pakken. Na wat we Hardwicke hebben aangedaan, en Bella, zal hij ons willen elimineren. Ons allemaal.' Ik stop als er iets begint te piepen.

'Iemand heeft het buitenalarm geactiveerd,' zegt Gavin.

De deur glijdt open en de Thaise vrouw komt binnen. Ze spreekt zacht met Gavin, die knikt en mij dan aankijkt. 'Maak je geen zorgen. Het is mijn koerier.'

'Je koerier? Midden in de nacht?'

'Het gaat om een bestelling die beter niet overdag kan worden geleverd. Mijn koerier wordt erg nerveus van onbekenden, dus moet ik je vragen je even te verstoppen tot hij weg is.'

'Medicijnen.'

'Op de zwarte markt kun je alles krijgen, maar je wordt hier zwaar gestraft als ze je betrappen. Je wilt een stervende man vast niet zijn pijnstillers ontzeggen. We zijn zo klaar. Ik hoef hem alleen maar te betalen en dan gaat hij weer weg.' De vrouw loopt door de kamer en schuift een paneel in de muur open. Erachter is een opslagruimte. De vrouw doet het paneel achter me weer dicht. Door een betralied raam boven mijn hoofd komt genoeg licht binnen om de etiketten op de stapels dozen te kunnen lezen. Medische voorraden. Op de dozen staat de naam van een ziekenhuis hier in Bangkok, waar ze blijkbaar zijn gestolen. Voor een westerling met geld is op de zwarte markt inderdaad alles beschikbaar.

Vaag hoor ik de vrouw in het Thais met de koerier praten. Haar stem komt dichterbij als ze hem naar Gavins kamer brengt. Ze klinkt niet verontrust. De koerier antwoordt in het Thais.

De vloer kraakt zacht onder hun voetstappen. Ik hoor Gavin in het Engels vragen: 'Waar is Somsak?'

'Hij kan vanavond niet komen. Hij vraagt me u dit te brengen.'

'Hij had me vooraf moeten inlichten over de verandering in de plannen. Ik vertrouw erop dat de prijs is wat we zijn overeengekomen?'

'Natuurlijk.'

'Laat me zien wat je hebt gebracht.'

Ik hoor een sissend geluid als er een kartonnen doos wordt opengesneden en dan een stilte. 'Dit begrijp ik niet,' zegt Gavin, een seconde voordat ik het klikje van een pistool met geluiddemper hoor.

De eerste kogel doorboort de wand van mijn schuilplaats en raakt bijna mijn rechterarm. De baan van de tweede kogel is lager en die vliegt langs mijn enkel. Twee lichtbundels schijnen nu als laserstralen door de gaatjes.

Ik hoor de kreet van de vrouw. Ze heeft geen tijd voor een schreeuw, alleen voor een geschrokken kreetje. Het is het enige geluid dat ze nog kan maken voordat de derde, vierde en vijfde kogel in haar lichaam worden geschoten.

28

Ik sta doodstil, durf zelfs bijna niet te ademen, want het minste of geringste piepje of kraakje zal mijn aanwezigheid verraden. Weet de moordenaar dat er achter dit paneel een opslagruimte is? Weet hij dat zich een derde persoon in het huis bevindt? Ik ben niet gewapend, ik zal me niet kunnen verdedigen. Zonder de Walther op mijn heup voel ik me alsof er een ledemaat ontbreekt, maar ik kon hem niet meenemen naar Bangkok, want als je met een wapen in je bagage reist, kun je je dekmantel wel vergeten.

Voetstappen komen dichterbij en stoppen. Ziet hij de naad van de paneeldeur? Beseft hij dat de kogels de wand hebben doorboord en dat erachter dus een lege ruimte moet zijn? Als ik door een van de gaatjes zou gluren, zou ik hem misschien kunnen zien, maar ik durf me niet te bewegen uit angst dat een geluid me zal verraden. Met bonkend hart blijf ik staan. Dan hoor ik de moordenaar door de kamer lopen en het klikken van de toetsen als hij iets op Gavins laptop tikt. Hij gromt gefrustreerd. Hij krijgt geen toegang zonder wachtwoord.

Met een harde klik sluit hij de laptop en dan hoor ik het geluid van een snoer dat over de vloer wordt gesleept. De moordenaar loopt de kamer uit en dan wordt het stil.

Een heel lange tijd hoor ik helemaal niets, maar ik maak evengoed nog steeds geen geluid. Roerloos sta ik in het donker, dat wordt doorboord door de twee laserstralen van licht. Een goede jager is geduldig. Wacht de moordenaar ergens in het huis tot zijn prooi tevoorschijn zal komen? Mijn rug doet pijn en mijn kuiten worden stijf van het lange staan. Ik buig me voorzichtig naar het kogelgat dat op de hoogte van mijn arm zit en gluur erdoorheen.

Ik zie een langgerekt patroon van bloedspatten, als de staart van een komeet, op de muur tegenover me. Eronder ligt de Thaise vrouw op de vloer, opgekruld in een foetuspositie, alsof ze haar inwendige organen probeerde te beschermen. Gavin zie ik niet.

Ik buig me iets opzij om meer van de kamer te kunnen zien en stoot tegen een van de dozen. Er valt iets op de vloer met een geluid dat oorverdovend lijkt. Ik kijk wat het is: een plastic injectiespuit. Zo'n onbenullig voorwerp, dat zo fataal kan zijn. Ik verwacht ieder moment de voetstappen weer te horen, weet zeker dat de moordenaar het paneel opzij zal schuiven en mijn schuilplaats ontdekken.

Maar het blijft stil.

Uiteindelijk schuif ik met trillende handen het paneel een centimeter of twee opzij. Ik zie een plas bloed. Als ik het paneel nog iets verder openschuif, zie ik waar dat bloed vandaan komt: Gavin zit scheefgezakt in zijn rolstoel. Zijn mond hangt open alsof hij verbaasd iets had willen zeggen. Zijn laptop is weg, maar verder lijkt er niets te zijn ontvreemd.

'Het spijt me, Gavin,' fluister ik.

Ik kan niet uit de opslagruimte komen zonder in het bloed te stappen en laat een spoor van rode voetstappen achter als ik naar de vrouw loop. Wapens en beveiligingscamera's kunnen je niet beschermen tegen de mensen die je vertrouwt. Dat was hun fout. Ze hadden iemand binnengelaten van wie ze dachten dat ze hem konden vertrouwen. Ik stap over de vrouw en loop door de gang. Het is stil in huis. Doodstil. Ik loop langs de vaas met orchideeën en de gebeeldhouwde olifanten naar de voordeur.

Ik ga naar buiten en ruik de geur van vochtige aarde en rottende vegetatie. De lantaarns branden nog en wijzen me de weg terug naar de khlong. Ik sluip over het pad door de jungle. Opeens blijft mijn voet ergens achter haken. Een boomwortel zeker.

Ik kijk en zie dat het geen boomwortel is, maar een been dat dwars over het pad ligt. Onder het donkere struikgewas zie ik de rest van zijn lichaam, dat tussen het groen ligt, alsof hij hier uit de aarde is ontsproten. Dat moet Somsak zijn, de koerier die Gavin verwachtte. Het zoveelste slachtoffer in een oorlog waar hij part noch deel aan had.

Ik stap over het been en loop door. Het lijkt wel alsof ik er niet aan kan ontkomen overal doden achter te laten.

Bij de steiger liggen geen boten. Als de moordenaar via de rivier is gekomen, is hij vermoedelijk via dezelfde weg verdwenen. Ik vraag me af hoelang het zal duren tot de slachtoffers worden ontdekt en de politie een onderzoek gaat instellen. Zal de man die me hierheen heeft gebracht hun dan vertellen over de nachtelijke passagier, een witte vrouw die hem zo ruim had betaald, in contant geld? De politie zal proberen erachter te komen wie die vrouw was, maar daar zullen ze een harde dobber aan hebben. Ik heb de boot ver van mijn hotel gehuurd. Er zijn massa's witte toeristen in Bangkok en afgezien van de overdreven som geld die ik hem heb gegeven, is er aan mij niets opvallends. Dat is nu een van mijn superkrachten. Dat ik zo onopvallend ben.

En superkracht is wat ik nu nodig heb, want het is een heel eind lopen naar mijn hotel.

'Je bent niet goed bij je hoofd,' zegt Declan.

Hij staat in mijn hotelkamer en weigert weg te gaan als ik mijn smerige kleren uittrek. Ik ben te oud voor bescheidenheid en zo moe dat het me niet kan schelen wat hij ziet als ik mijn schoenen en broek uittrek en ze als een modderig hoopje op de vloer laat liggen. Declan en ik zijn nooit minnaars geweest en hij heeft me nooit naakt gezien, maar wat valt er te verbergen als je lichaam een landkaart is van oorlogslittekens en zonschade? Zelfs als ik mijn bloes openknoop draait hij zich niet om, maar blijft verbolgen naar me staan kijken. Ik gooi de bloes op de stapel, die stinkt naar de modder van de khlong.

'Ben en ik hebben uren naar je gezocht,' zegt hij.

'Jullie hadden beter kunnen uitslapen.'

'Waarom nam je je telefoon niet op?'

'Ik had hem afgezet. Zodat niemand me kon vinden.'

'Wij zouden je óók nooit hebben gevonden...'

'Ja, oké, maar ik leef nog.'

Declan bekijkt me van top tot teen en wendt zich dan af, alsof hij zich er nu pas van bewust is dat er een halfnaakte vrouw voor hem staat. Een vrouw die er niet best uitziet na een urenlange tocht door de jungle en de stad. Ik durfde geen taxi of langstaartboot te nemen, omdat de chauffeur of de schipper dan aan de politie had kunnen vertellen me te hebben gezien. Ik kon niet weten dat mijn vrienden radeloos naar mijn mobieltje waren blijven bellen en de hele buurt hadden afgezocht.

Nu weigert Declan mijn kamer te verlaten, uit angst dat ik er opnieuw in mijn eentje op uit zal gaan. We zijn naar Bangkok gekomen als een team, maar ik heb hem en Ben de eerste de beste avond al buitengesloten. Ik loop naar de badkamer, doe de deur dicht en trek mijn ondergoed uit. Het enige wat ik nu nog wil, is de stank van het zweet en het stilstaande water van me af schrobben. Ik draai aan de kraan van de douche tot het water bijna te heet is om te kunnen verdragen.

'Waarom heb je ons niet verteld dat je zou gaan?' roept Declan door de gesloten deur.

Ik geef geen antwoord en stap onder de douche. Met mijn ogen gesloten laat ik het water op me kletteren en al het vuil wegspoelen.

'Vertrouw je ons nog steeds niet, na al die jaren?' roept hij.

Misschien niet. Misschien ben ik niet in staat iemand te vertrouwen.

Ik draai de kraan dicht en wikkel een handdoek om me heen. Als ik uit de badkamer kom, is Declan er nog, en hij is nog steeds prikkelbaar.

'Ik moest dit in mijn eentje doen,' zeg ik.

'Waarom? Om in je eentje te sterven?'

'Gavin had het als voorwaarde gesteld. Bovendien wilde ik niet dat Ben en jij in de vuurlinie zouden zitten, als er iets misging.'

'Maar daarom zijn we juist hier. Om voor je in de bres te springen.'

Ik haal schone kleren uit mijn reistas. Declan draait zich nu eindelijk om. Ik trek ondergoed en een schone bloes aan.

'Dit is niet jullie strijd,' zeg ik terwijl ik de bloes dichtknoop. 'Het is te ingewikkeld geworden, te gevaarlijk. Ga naar huis, Declan.'

'En wat moet ik daar doen?'

'Bij de haard zitten. Whisky drinken. Van je pensioen genieten.'

Hij lacht en draait zich weer naar me om. Ik heb nog geen broek aangetrokken, maar zijn blik blijft op mijn gezicht gericht. 'Je bedoelt wegkwijnen in een rolstoel? Dat soort pensioen?'

'Je hebt helemaal geen rolstoel nodig.'

'Maar die dag zal komen. Daar ontkomt niemand aan. Ik ben nu nog gezond en helder van geest en ik ben niet van plan de laatste goede jaren van mijn leven achter de geraniums te zitten terwijl de strijd nog in volle gang is. Voor mensen zoals wij, die er middenin hebben gezeten, staat pensioen gelijk aan de eerste nagel aan de doodskist. Ik heb nu een reden om weer in actie te komen en het is jaren geleden dat ik me zo nuttig en zo levenslustig heb gevoeld.'

'Je bent hier dus omdat je je verveelde.'

'Natuurlijk niet. Daar gaat het niet om. Ik ben hier omdat jij in de problemen zit. Omdat je eindelijk weer in mijn leven bent gekomen en als jou iets zou overkomen...'

'Ja?'

Een ogenblik staart hij me alleen maar aan. 'Ach, verdomme,' mompelt hij dan en hij loopt naar de deur.

'Declan?'

'Kleed je alsjeblieft aan, en blijf hier tot we terugkomen.'

'Waar ga je naartoe?'

'Ben en ik hebben iets te doen.' Hij verlaat de kamer en gooit de deur achter zich dicht.

Ik staar naar de dichte deur. Na de hete douche voelt de lucht uit de airconditioning erg koud op mijn nog warme huid. Heb ik me verbeeld wat er zojuist is gebeurd? Probeerde Declan te zeggen dat hij verliefd op me is? Ik denk aan alles wat we samen hebben meegemaakt, vanaf de tijd dat we rekruten waren die alles wat de Farm ons aandeed dapper doorstonden. Ik denk aan alle avonden dat we shotjes dronken, altijd als groep, nooit wij tweeën samen. We waren de vier musketiers, Declan, Ben, Ingrid en ik. Hij heeft nooit laten merken dat hij zich tot me aangetrokken voelde, misschien omdat ik zoveel jonger was dan hij, meer het kleine zusje, en het er bij hem ingebakken zat zich als een heer te gedragen. Ik werd in Azië tewerkgesteld en hij in Oost-Europa en jarenlang wisselden we alleen e-mails uit, en als we door onze missies toevallig in dezelfde stad moesten zijn, ontmoetten we elkaar als vrienden en collega's. Er was nooit sprake van iets romantisch. Toen ontmoette ik Danny. Declan verdween naar de achtergrond, tijdelijk vergeten. Ik heb niets over mijn huwelijk gezegd, omdat ik niet wist of het echt was of alleen een onderdeel van een missie. Na Malta deed het te veel pijn om over Danny te praten, zelfs met mijn vrienden. Ik was zo ziek van verdriet, spijt en berouw dat ik als een vagebond van het ene land naar het andere zwierf en niemand wilde zien.

Tot Declan op een dag contact zocht via een e-mail.

> Ben en ik hebben een mooi plekje gevonden. Ingrid en Lloyd zijn hier ook komen wonen. Een rustig, vriendelijk stadje. Veel bomen, veel ruimte en frisse lucht. Het zou ook wel iets voor jou zijn. Misschien moeten de musketiers weer bij elkaar komen.

Deze mail kwam toen ik wanhopig op zoek was naar een veilige haven, een plek waar ik mijn leven opnieuw kon inrichten en het gedeukte omhulsel van de oude Maggie van me afgooien. Ik heb er geen moment bij stilgestaan dat zijn bericht misschien méér was dan een uitnodiging om een kijkje te komen nemen.

Nu denk ik aan alle aanwijzingen die ik heb genegeerd. Elke keer dat hij over zijn cocktailglas naar me keek. De zomerse boswandelingen, de uitstapjes naar rommelmarkten om meubels te zoeken. Zoveel aanwijzingen, maar ik negeerde ze omdat ik Danny nog steeds niet kon loslaten.

En misschien zal ik dat nooit kunnen.

29

Diana

Rome

Ik word langzaam maar zeker ingesloten, dacht ze toen ze een chianti dronk in een bar aan Via dei Volsci. Ze zat aan een hoektafeltje, met haar rug tegen de muur, op drie stappen afstand van de achteruitgang. Zo leefde ze nu, omdat de Agency haar in de gevangenis wilde zetten en Phillip Hardwicke haar wilde vermoorden.

Het was nooit in haar opgekomen dat Hardwicke misschien niet dood was, maar het was de enige verklaring voor de recente gebeurtenissen. Ze was blijkbaar in Malta de mist ingegaan en daar moest ze nu voor boeten. De dreiging van de Agency kon ze wel aan. Ze moest hun gewoon een paar stappen vóór blijven tot ze de gelegenheid had gehad haar financiële spoor te wissen. Hardwicke was een heel andere zaak. Hij moest veel meer geld hebben gehad dan zij had geweten, voldoende om zijn machine draaiende te houden, en hij had goede redenen om haar te willen vermoorden. Zelfs na zoveel tijd zou zijn woede niet zijn bekoeld. Ze kende zijn psychologische profiel en ze wist hoe het de mensen was vergaan die hem hadden gedwarsboomd. Ze had de post-mortemfoto's van zijn slachtoffers gezien en de beschrijvingen van hun marteldood gelezen. Ze wist dat narcistische psychopaten zoals Hardwicke werden gedreven door hun dorst naar wraak. Hij zou onvermoeibaar blijven jagen op degenen die de ramp in Malta hadden veroorzaakt. Met geld kon je alles kopen, zelfs toegang tot geheime dossiers van de Agency, en als hij het dossier over Operatie Cyrano in handen had gekregen, kende hij de namen van alle betrokkenen.

Het was slechts een kwestie van tijd tot hij haar zou vinden.

Ze bracht het glas naar haar lippen en bevroor toen twee mannen binnenkwamen. De mannen bleven bij de deur staan en lieten hun blik door het vertrek gaan. Zochten ze haar? Ze stak haar vrije hand onder de tafel, waar haar pistool op haar schoot lag. Ze had het nu altijd binnen handbereik, met een kogel in de kamer. Als ze hem hier moest gebruiken, zouden de mannen sterven op een veel te openbare plek, in tegenstelling tot Dave de toerist in Bangkok, die ze dood had kunnen achterlaten in een donker steegje. Hier waren getuigen. De politie zou meteen de jacht op haar inzetten en dan zouden er nog meer mensen zijn voor wie ze op de vlucht was.

Ze hield de jonge mannen in de gaten, met haar vinger al rond de trekker. Ze deden een paar stappen naar voren. Haar hart klopte sneller dan het ritme van de muziek uit de speakers boven de bar. De tijd vertraagde. Haar zenuwen zinderden, alles wat ze zag leek groter en scherper, alles wat ze hoorde werd versterkt. Het rammelen van de cocktailshaker. De glans van druppels op de tafel. Je voelt je nooit zo levend als vlak voor je dood. Ze nam het pistool van haar schoot om het boven de tafel te tillen en op haar doelwit te richten.

Toen riepen twee vrouwen: *'Qui, Enzo! Siamo qui!'*

De mannen draaiden zich om naar de vrouwen en wuifden. Grinnikend liepen ze naar hun tafel. Het viertal omhelsde elkaar.

Diana slaakte een diepe zucht en legde het pistool weer op haar schoot.

Ze keek naar de twee stellen die samen wijn dronken en was jaloers op hun ontspannen lach en hun normale leven. Ze zouden drinken en dansen en dan naar huis gaan. Ze zouden de hele nacht rustig slapen, wat zíj nooit meer kon doen. Ze dacht aan de jaren die nog in het verschiet lagen. Ze zou altijd over haar schouder moeten kijken en 's nachts wakker liggen, met haar oren gespitst of ze soms een indringer hoorde. Ze zou ongetwijfeld op wrede wijze worden vermoord, en ze vroeg zich af waar en wanneer het zou gebeuren.

Over een week? Een jaar? Tien jaar?

Zolang Hardwicke nog in leven was, zouden zijn mensen naar haar zoeken en ze wist niet hoe ze uit deze nachtmerrie kon ontsnappen.

Tenzij ik hem vermoord, dacht ze.

Ze betaalde haar drankje en verliet de bar. Het was tijd om op jacht te gaan.

30

Jo

Purity

'Oud staat niet gelijk aan uitgerangeerd, Jo,' zei Owen Thibodeau. Hij was bezig reepjes spek te braden op zijn gloednieuwe inductieplaat. 'Jonge mensen denken dat ze alles al weten, maar wij hebben jaren aan levenservaring. Onderschat ons niet.'

'Dat doe ik ook niet.'

Haar vader draaide zich om en keek haar aan over de rand van zijn bril. 'Maar je hebt die geheim agenten onderschat.'

'Wist jij dat het geheim agenten waren?'

Owen lachte en draaide zich weer om naar de hete pan. 'Nee, ik had geen idee. Misschien heten ze daarom geheim agenten.'

'Er komen hier steeds meer nieuwe mensen wonen en ik ken ze helemaal niet. Alles verandert zo snel.' Haar vader bakte elke dag vijf plakjes bacon, maar ondanks al dat vet en cholesterol was hij op zijn zevenenzestigste nog steeds slank en pezig, zoals alle mannen in de familie Thibodeau, terwijl de vrouwen allemaal behept waren met de brede heupen en gespierde dijbenen van boerinnen. Jo wou dat ze haar vaders genen had geërfd, maar die waren toebedeeld aan die bofkont van een Finn. Haar broer kon elke dag pizza's en cheeseburgers eten zonder ooit aan te komen.

'Betty Jones vindt dat je geen inductieplaat had moeten nemen,' zei Jo. 'Ze zegt dat het de waarde van het huis niet ten goede komt als je het wilt verkopen.'

'Ik ben helemaal niet van plan het te verkopen.'

'Zij denkt dat de mensen nog steeds de voorkeur geven aan een gewoon gasfornuis.'

'Het kan me niet schelen wat Betty Jones denkt.' Hij zette een bord roerei voor Jo neer. 'Maar mensen houden inderdaad niet van veranderingen. Waarom denk je dat je moeder zo lang bij mij is gebleven?' Hij zei het met een glimlach en het was fijn om een zweem van zijn gevoel voor humor te zien, dat was verdwenen toen haar moeder twee jaar geleden was gestorven. Dat was nóg een nadeel als je een vrouwelijke Thibodeau was: de vrouwen gingen allemaal te vroeg dood, terwijl de mannen het juist lang volhielden.

'Als ik te zijner tijd mijn ogen sluit is dit huis voor jou, met inductieplaat en al.'

Ze fronste. 'En Finn dan?'

'Je broer krijgt het huis aan Hobbs Pond. Volgens Betty zijn ze ongeveer evenveel waard, dus dat zit wel goed.'

'Oké, pap, maar hou er nu maar over op. Jij wordt vast honderd.'

'Ik hoop lang genoeg te leven om jullie allebei gelukkig getrouwd te zien. Een paar kleinkinderen zou ook fijn zijn. Daarna is het mij genoeg.' Hij ging zitten met zijn twee gebakken eieren en zijn vijf plakjes spek. 'Wanneer gaat dat gebeuren, Jo?'

'Als mijn prins naar Purity komt.'

'Misschien is hij hier al.'

Ze snoof. 'Dan is hij nog vermomd als kikker.' Ze begon aan haar roerei en gebakken aardappelen, het ontbijt dat haar vader altijd voor haar maakte als ze bij hem kwam eten, maar vandaag had hij paprika aan de aardappelen toegevoegd. Ze prikte de stukjes aan haar vork en legde ze op de rand van haar bord.

'Hou je daar niet van?' vroeg hij.

'Nou, het smaakt daardoor anders.'

Hij lachte. 'Jij houdt ook niet van verandering. Ik weet nog goed hoe je als kleuter van vier stond te blèren toen je moeder een nieuwe sprei voor je had gekocht.'

'Er was niks mis met de oude sprei.'

Haar mobieltje ging. Ze pakte het en zag Mikes naam op het schermpje.

'Het is je vrije dag. Moet je echt opnemen?' vroeg Owen.

'Mike zou me niet bellen als het niet echt nodig was.' Ze drukte op de toets. 'Wat is er aan de hand, Mike?'

'Ik denk dat je beter kunt komen, Jo,' zei hij.

'Waarom? Waar ben je?'

'Bij Luther Yount. Zijn kleindochter wordt vermist.'

Toen ze bij de boerderij aankwam, stonden beide patrouillewagens op het erf. Mike had de agenten die geen dienst hadden ook opgetrommeld. Met hun vieren probeerden ze Luther Yount te kalmeren. Toen Jo uit haar auto stapte keek Mike erg opgelucht dat er nu iemand anders was om het op te nemen tegen Yount, die huilend tegen hen tekeerging dat iemand 'godverdomme iets moest doen!'

Mike nam Jo even apart. 'Hij heeft zijn kleindochter om een uur of zeven vanochtend voor het laatst gezien, toen ze naar de stal ging om de dieren te verzorgen. Toen ze niet terugkwam, ging hij kijken waar ze bleef en zag hij –'

'Jullie staan hier allemaal je tijd te verdoen!' riep Yount. Hij richtte zich tot Jo. 'U! U bent toch de nieuwe korpschef? Wat gaat u doen om mijn Callie te vinden?'

Jo liep naar hem toe met haar armen gestrekt voor zich, de handpalmen naar beneden gekeerd, alsof ze een gevaarlijk dier tegemoet trad. 'Meneer Yount, we moeten eerst weten wat er is gebeurd. Is het mogelijk dat ze een eindje is gaan wandelen en – '

'Nee. Natuurlijk niet. Ze is ontvoerd!'

'Hoe weet u dat ze is ontvoerd?'

'Jo,' zei Mike zacht. 'Kom even mee naar de stal.'

'Een ogenblikje, alstublieft, meneer Yount,' zei ze. Ze liep met Mike bij het huis vandaan. Nog voordat ze bij de stal waren, zag ze al dat er iets mis was. De koe liep los op het erf en haar leidsel sleepte over de grond. Het dier zou makkelijk kunnen weglopen, maar bleef hier en bekeek hen achterdochtig. Het was een koude, heldere nacht geweest, waardoor de sneeuw keihard was bevroren en er geen voetafdrukken te zien waren die hun hadden kunnen vertellen wie vanochtend over het pad tussen de boerderij en de stal hadden gelopen. De staldeur stond wijd open en Jo hoorde het lawaaierige gekakel van de kippen en het mekkeren van de geiten. Geen tevreden geluiden, maar angstige.

'Het is binnen,' zei Mike.

De onheilspellende klank van zijn stem deed haar aarzelen in de deuropening. Ze deed een stap naar binnen en zag scharrelkippen met fladderende vleugels heen en weer rennen over het stro. In een hok stonden geiten dicht bij elkaar. De dieren hadden een wilde, nerveuze blik in hun ogen.

Jo begreep waarom ze zo bang waren, toen ze naar de achterwand keek.

De afgeslachte geit lag als een bergje grijs-witte wol op de vloer en één dood oog staarde naar haar. De keel was doorgesneden en slagaderlijk bloed was over de dennenhouten wand gespoten. Jo liep langzaam naar voren. Stro knisperde onder haar schoenzolen en haar mond was kurkdroog, maar ze keek niet naar de geit. Boven het dode dier was een vel papier tegen de wand geprikt en daarop stond in blokletters:

MALTA

EEN LEVEN VOOR EEN LEVEN

'Wat betekent het?' vroeg Mike zacht.

Ze slikte moeizaam. 'Ik heb geen idee.'

'Een leven voor een leven.' Mike keek haar aan. 'Willen ze iets in ruil?'

'Of misschien gaat het om wraak,' zei Jo. 'Vergelding voor iets wat Luther Yount heeft gedaan?'

'Jij hebt mij iets afgepakt, dus ik pak jou iets af?'

Opeens klonk buiten een hoop lawaai. Autodeuren werden dichtgeslagen en een van de agenten riep: 'U mag hier niet komen! Dit is een plaats delict!'

Jo liep de stal uit en zag Lloyd en Ingrid Slocum bij de agenten staan.

'Wat nou weer?' Jo liep met grote stappen naar het echtpaar.

'Deze mensen kwamen zomaar opeens opdagen,' zei een van de agenten. 'Ze willen per se met u praten.'

'We hoorden het via de politieradio,' zei Ingrid. 'Gaat het om een ontvoering?'

'U hebt hier niets te zoeken,' zei Jo.

'We kunnen helpen. Het kan er iets mee te maken hebben.'

'Waarmee?' vroeg Mike.

'Korpschef Thibodeau weet waar ik het over heb.'

Iedereen keek naar Jo.

'Ik wil mijn Callie terug!' zei Luther. 'Het kan me niet schelen hoe jullie het aanpakken. Als die lui kunnen helpen, laat ze dat dan doen.'

Jo keek over het veld naar Blackberry Farm. Daar was het begonnen, met een dode vrouw op de oprijlaan, gevolgd door een aanslag op Maggie Birds leven. Nu werd een veertienjarig buurmeisje vermist. Jo twijfelde er niet aan dat de ontvoering deel uitmaakte van deze puzzel. De Slocums, met hun connecties en hun unieke vaardigheden, zouden haar misschien kunnen helpen de stukjes op de juiste plaats te leggen.

'Komt u even met me mee,' zei ze.

Ze leidde hen naar de stal, waar de ongedeerde geiten nog steeds getraumatiseerd op een kluitje in hun hok stonden. Ingrid en Lloyd keken zwijgend naar het stuk papier aan de met bloed bespatte wand.

'Niet subtiel,' zei Ingrid.

'Iets wat de SVR zou doen?' zei Lloyd.

'Nee. Ik denk niet dat de Russen dit bericht hebben achtergelaten.'

‘Wat is de SVR?’ vroeg Jo. Ze negeerden haar.

‘Het is een oproep,’ zei Ingrid. ‘Zo lees ik het.’

‘Wiens leven willen ze in ruil?’ vroeg Lloyd.

‘Ik kan een gok doen. Maar Maggie zal dat wel weten.’

‘Zou u me willen vertellen wat dit te betekenen heeft?’ vroeg Jo fel.

‘Zo dadelijk,’ zei Ingrid. Ze haalde een telefoon uit haar zak. ‘Ik moet eerst even bellen.’

31

Maggie

Bangkok

Tegen zonsondergang belt Declan naar mijn hotelkamer. Hij vraagt of ik naar het terras kom. Ben en hij zitten aan een tafel aan het water, allebei met een gin-tonic. Het is nog te warm voor iets anders dan gin-tonic, dus bestel ik er ook een. Als de kelner mijn glas en een tweede ronde voor de mannen op tafel zet, wachten we zwijgend. De stilte wordt alleen doorbroken door het tinkelen van de ijsblokjes in de glazen. Declans gezicht is weer een kalm, ondoorgrondelijk masker. Danny's gezicht was altijd een open boek, maar Declan verstaat de kunst om niets van zijn gevoelens te laten blijken. Ik ben er altijd van uitgegaan dat er vrouwen in zijn leven moesten zijn, want waarom niet? Discretie is echter zijn tweede natuur en hij heeft over dit deel van zijn leven nooit iets blootgegeven.

Ook nu laat hij niet merken wat er in hem omgaat. Het is net alsof ik door een plaat bewasemd glas naar hem kijk, waardoor zijn gedaante onscherp en verwrongen is. Ben zal wel iets merken van de spanning die om ons heen hangt, maar pakt doodgemoedereerd een handvol nootjes uit het schaaltje dat op de tafel staat. Als de kelner weg is, zegt hij nuchter: 'De geruchten zijn dus waar. Je leeft nog.'

'Het heeft niet veel gescheeld.'

'We hebben uren naar je gezocht. Niet cool, Mags, om zomaar te verdwijnen en ook nog je telefoon af te zetten.'

'Sorry.'

'We begonnen al te denken dat we je lichaam uit de rivier zouden moeten vissen. Declan was danig in paniek.'

Ik kijk naar Declan. Hij ziet er nu niet uit alsof hij in paniek is en kijkt een andere kant op.

'Wat hebben jullie vandaag gedaan?' vraag ik.

'Met een langstaartboot een tochtje door de khlongs gemaakt,' zegt Ben. 'We zagen bij Gavins huis aardig wat politieagenten. De lijken zijn vanochtend gevonden door de huishoudster. Omdat Gavin een geheim agent was, houdt de Agency het politieonderzoek scherp in de gaten, voor het geval de moord iets te maken heeft met zijn werk. Volgens hun contactpersonen binnen het politieapparaat zoeken ze niet naar iemand met jouw signalement. Ik denk dat niemand weet dat jij daar was.'

Dan heeft de schipper van de langstaartboot niets tegen de politie gezegd, ofwel omdat hij nog niets over de moorden heeft gehoord of omdat de dikke bundel bankbiljetten die ik hem gisteravond heb gegeven, voldoende was om hem te laten zwijgen.

'Wat weet de politie wél?' vraag ik.

'De moordenaar heeft Gavins laptop meegenomen, wat inhoudt dat de opnames van de beveiligingscamera's ook weg zijn. De politie denkt dat het iets te maken heeft met de zwarte markt. Ze hebben in de jungle het lichaam van een koerier gevonden die bij hen bekend is, en in het huis lag een voorraad illegale medicijnen.'

'De medicijnen waren voor Gavin. Hij was erg ziek en had niet lang meer te leven.'

'Als ze denken dat het iets met de zwarte markt te maken heeft, is dat gunstig voor jou. Je kunt hier voor weinig geld iemand laten vermoorden. Je hoeft maar een maffiabaas te belazeren of er wordt een mannetje uit Chonburi opgeroepen. Voor tienduizend dollar maakt die iemand een kopje kleiner. Als de politie het hierop wil houden, zit jij goed.'

Ik zucht. 'Dat is tenminste íéts.'

'Bestaat er een mogelijkheid dat jij de moordenaar naar hem toe hebt geleid?'

'Nee, ik heb goede voorzorgsmaatregelen genomen en ik weet zeker dat ik niet ben geschaduwd. Gavin was trouwens al nerveus.'

'Waarom?' vraagt Declan.

Ik kijk hem aan en voel nog steeds een afstand tussen ons. Hij is weer in zijn zelfbeschermende omhulsel gekropen, waar ik hem niet kan bereiken. Waar ik hem geen pijn kan doen. 'Diana Ward heeft kortgeleden contact met hem opgenomen. Ze vroeg of hij haar kon helpen. Ze zei dat iemand haar probeerde te vermoorden en dat ze een schuilplaats nodig had. Hij heeft haar afgewezen.'

'Wreed.'

'Het is haar eigen schuld. Als je ooit met haar had gewerkt, zou je het begrijpen.'

'Wie probeert haar te vermoorden?' vraagt Ben.

'Waarschijnlijk de man die mij ook naar het leven staat. Phillip Hardwicke.'

Ben en Declan staren me aan. We zwijgen als een rondvaartboot met blèrende muziek en dansende mensen langs het terras vaart. Ik pak mijn glas, maar de ijsklontjes zijn gesmolten en mijn gin-tonic is lauw en waterig geworden. Ik voel me alsof ik zelf ook smelt. Mijn hersenen zijn dof van de hitte en de vermoeidheid.

'Leeft hij dan nog?' vraagt Ben dan. 'Zat hij niet in het vliegtuig?'

'Als dat zo is, gaat het misschien om wraak. Als Hardwicke het dossier-Cyrano te pakken heeft gekregen, weet hij hoe de operatie was gepland en wie erbij waren betrokken. Daarom is Gavin vermoord. Daarom is Diana op de vlucht. Ze is zo paranoïde dat ze zelfs de Agency niet vertrouwt.'

'Dan moet jij dat waarschijnlijk ook niet doen,' zegt Declan zacht. Hij kijkt eindelijk naar me. Kijkt écht naar me. 'Je kunt niet naar huis gaan, Maggie. Nu niet.'

Misschien nooit meer.

Ik denk aan Blackberry Farm en heb opeens zo'n heimwee dat er een steek door me heen gaat. Letterlijk een steek van pijn. Ik mis het uitzicht over de velden vanuit mijn keukenraam. Ik mis het getik van de waterleiding, de ijsbloemen op de ramen en het geluid van mijn voetstappen op de verse sneeuw. Ik mis mijn kippen.

'Ik moet nadenken over wat ik nu moet doen,' zeg ik.

'Ik zal je vertellen wat je moet doen: je moet onderduiken, terwijl wij een manier zoeken om hem op te sporen en de dreiging weg te nemen,' zegt Declan.

'En als dat niet lukt?' Ik kijk Ben aan. 'Denken jullie echt dat drie oude spionnen het kunnen opnemen tegen iemand als Hardwicke, met alles wat hij tot zijn beschikking heeft? Als een mol in de Agency voor hem werkt...'

'Ik ben het eens met Declan,' zegt Ben. 'Jij moet verdwijnen.'

'Ik heb al contact opgenomen met een vriend van me in Singapore,' zegt Declan. 'Iemand wie ik mijn eigen leven zou toevertrouwen. Hij heeft een safehouse waar niemand je zal vinden.'

'Mijn boerderij had mijn safehouse moeten zijn. Een plek waar niemand me kon vinden.' Ik kijk uit over de Chao Phraya. Matten vegetatie dobberen op het water als een groen tapijt, in scherp contrast met het uitzicht op mijn geliefde velden en bossen in Maine. 'Het heeft me jaren gekost om een plek te vinden die ik thuis kon noemen. Ik heb eindelijk wortel geschoten en wil niet wéér verkassen.'

'Het is maar tijdelijk, Maggie.'

'Denk je?' Ik kijk Declan aan. 'Misschien kan ik nooit meer teruggaan.'

Hij zegt niets, maar het antwoord ligt opgesloten in zijn zwijgen. Ik ben weer dolende, een zwerver, een dakloze, net zoals in de jaren na Malta.

Er komt weer een rivierboot langs, net zo lawaaierig als de vorige, waardoor ik eerst niet hoor dat mijn telefoon gaat. Het geluid komt uit mijn rugzak. Er zijn maar een paar mensen die het nummer van deze wegwerptelefoon hebben en twee van hen zitten hier bij me, aan deze tafel. Het nummer is gereserveerd voor noodgevallen en Ben en Declan zijn meteen alert. Ik haal de telefoon uit mijn rugtas en kijk wie het is.

Ingrid.

Als je geen gezin, geen kinderen, geen echtgenoot of geliefde hebt, heb je één voordeel: je bent onkwetsbaar. Elke persoon van wie je houdt, verzwakt je verdediging. Als je om niemand geeft, kun je onbevreesd zijn, omdat de wereld je niet kan vernietigen, zoals ik bijna ben vernietigd. Dat is de les die ik heb geleerd vanwege Danny en daarom heb ik jarenlang verbintenissen gemeden en ben ik gewend geraakt aan een leven zonder de ketens van de liefde.

Soms kun je het echter niet helpen dat je op iemand gesteld raakt. Je bent je er niet van bewust dat er elke keer dat je buurman naar je zwaait of zijn kleindochter naar je lacht als je hun keuken binnenkomt een beetje oxytocine in je bloedsomloop terechtkomt. Elke keer dat ik samen met Luther zijn afgrijselijke aangebrande koffie dronk, met Callie ahornsiroop maakte, we met hun terreinwagen mijn ingesneeuwde pick-uptruck lostrokken, en ik met Callie op een zomerse dag achter haar ontsnapte geiten aan ging, werden we door de draadjes van de genegenheid sterker met elkaar verbonden. Nu zit ik vast in dat web en kan ik Luther en zijn kleindochter onmogelijk de rug toekeren.

Callie is pas veertien.

Ik denk aan Bella, die al weer zo lang dood is en ergens op de bodem van de Middellandse Zee ligt, samen met Danny. Ik had haar kunnen redden. Ik had haar kunnen waarschuwen voor haar vader en haar kunnen helpen te ontsnappen uit de gevaarlijke wereld waarin hij leefde, maar dat heb ik niet gedaan omdat we haar zo goed konden gebruiken. Ze was nuttig. Bella is dood omdat ik niets heb gedaan.

Dat zal me met Callie niet gebeuren.

Als ik mijn kleren in mijn reistas prop, denk ik aan mezelf op die leeftijd. Ik was toen al onafhankelijk en werkte in een restaurant om de rekeningen te betalen die mijn vader op de keukentafel liet liggen. Ik was op mijn veertiende al volwassen, maar Callie niet. Zij is nog maar een tiener.

Malta. Een leven voor een leven. Dat was het bericht dat op de wand van de stal was achtergelaten, boven de afgeslachte geit, en het is duidelijk wat het betekent. Ze moeten mij hebben. Dit is een tijgerontvoering, bedoeld om mij te dwingen aan hun eisen te voldoen. Zij hebben hier ervaring mee en ze weten dat ik alleen zal meewerken als ik geloof dat ze zich aan de overeenkomst zullen houden.

'Je kunt niet naar huis gaan,' zegt Declan.

'Als Callie me nodig heeft, moet ik naar huis gaan.' Ik rol nog een T-shirt op en stop het in de tas.

'Ben en ik gaan terug om dit op te lossen. Jij moet onderduiken.'

'En werkeloos bij de telefoon zitten?'

'Ga naar Singapore en hou je gedeisd. We zullen al het mogelijke doen om het meisje op te sporen, maar jij kunt daar niet aan meedoen. Niet als jij het eigenlijke doelwit bent.'

Mijn mobieltje zoemt als er een bericht binnenkomt van Ingrid. Het is het antwoord waar ik de afgelopen negen uur op heb gewacht. Ik lees het, draai me zonder iets te zeggen om en loop naar het raam. Hier in Bangkok is de zon net opgekomen, maar thuis in Maine is het nu zeven uur op een donkere winteravond en Luther Yount moet buiten zichzelf van angst zijn. Hij zal zich afvragen of zijn kleindochter het koud heeft, of ze honger heeft, of ze God verhoede al dood is. Ik wil niets liever dan naar Purity terugkeren om hem bij te staan, hem te helpen naar haar te zoeken, maar Declan heeft gelijk. Ik kan niet naar huis gaan. Ik heb een missie en daarvoor moet ik ergens anders heen. Het is de enige mogelijkheid om het meisje in leven te houden.

Ik draai me om naar Declan. 'Goed,' zeg ik. 'Ik ga naar Singapore.'

'Goed.' Declan slaakt een zucht. Hij denkt dat hij deze strijd heeft gewonnen. 'Ben wacht beneden in de taxi. Er is om kwart over tien een vlucht naar Singapore.'

We rijden in stilte naar het vliegveld. Ben zit voorin, Declan en ik zitten op de achterbank. We kijken niet naar elkaar, zeggen niet wat twee oude vrienden tegen elkaar zouden moeten zeggen als ze misschien voor het laatst van elkaar afscheid gaan nemen. Ik heb me er al bij neergelegd dat we elkaar waarschijnlijk nooit meer zullen zien. Ben en hij gaan terug naar Maine om naar Callie te zoeken. Ik heb een andere bestemming en zal mijn missie waarschijnlijk niet overleven.

Maar dat is de deal waarin ik heb toegestemd. Een leven voor een leven.

Al die jaren heb ik Declan beschouwd als een vriend, een goede en trouwe collega. Nu pas, in de winter van ons leven, is tot me doorgedrongen hoeveel aanwijzingen langs me heen zijn gegaan in alle jaren die zijn verstreken. Dit is nóg iets wat ik kan bijschrijven op de lange lijst van dingen waar ik spijt van heb. Dat ik Declan nooit een kans heb gegeven.

Op de luchthaven blijven Ben en Declan bij me als ik bij de balie van Singapore Airlines mijn ticket koop, mijn valse paspoort toon en mijn instapkaart krijg.

'Mijn vriend wacht op je telefoontje,' zegt Declan als hij meeloopt naar de veiligheidscheck. 'Bij hem ben je veilig, Mags.'

'Zorgen jullie er nu maar voor dat jullie Callie vinden.'

'Doen we.' Hij glimlacht. 'De bende kan zich eindelijk weer laten gelden.'

We geven elkaar geen zoen, we omhelzen elkaar niet eens. Ik loop naar de rij voor de securitycheck. Pas als ik door de controle ben, kijk ik om. De mannen zijn verdwenen, op weg naar een andere terminal voor hun vlucht naar Boston. Ik wacht een paar minuten om er zeker van te zijn dat ze echt weg zijn. Dan verlaat ik de securityzone en loop ik terug naar de balies, omdat ik niet naar Singapore ga.

Weer haal ik mijn paspoort en portefeuille uit mijn rugtas. Ik koop een ander ticket.

Naar Milaan.

32

Maggie

Het Comomeer, Italië

Op een zacht glooiende heuvel aan het Comomeer gloeien de okergele muren van de villa in het late zonlicht. Het huis is omgeven door een perfect onderhouden tuin, een sprookjesland met artistiek gesnoeide bomen en een glad gazon dat tot aan het water reikt. Door mijn verrekijker zie ik achter het open hek een half dozijn voertuigen op de oprijlaan, waaronder twee grote bestelwagens. Mannen laden tafels en stoelen uit en dragen ze naar de tuin. Nu rijdt een auto van de catering door het hek. Kratten met etenswaren en wijn worden naar binnen gebracht. Te oordelen naar de hoeveelheid stoelen die worden neergezet, zijn er zeker honderd mensen uitgenodigd voor het feest dat hier vanavond wordt gehouden.

Ik richt de verrekijker op de smalle weg die eindigt bij het hek van de villa. Ik zie geen bewakers. Niemand zal een onuitgenodigde vrouw verhinderen door het hek te lopen en zich onder de feestgangers te mengen. De eigenaar van de villa, meneer Giacomo Lazio, denkt vermoedelijk geen moment aan de dreiging van huurmoordenaars. Meneer Lazio is rijk geworden met de fabricatie van dameslingerie, een bedrijfstak waarvoor over het algemeen geen lijfwachten zijn vereist, al zou een indrukwekkende villa zoals deze op zich wel een paar bewakers kunnen gebruiken.

Dankzij het bericht van Ingrid dat ik ontving toen ik nog in Bangkok was, weet ik dat Silvia Moretti nu in deze villa woont. Ingrid is in staat iedere persoon op de wereld op te sporen en had er minder dan vierentwintig uur voor nodig om te weten te komen dat Phillip Hardwickes voormalige maîtresse nu het bed deelt met een man die tweeëntwintig jaar ouder is dan zij. Silvia moet nu eind veertig zijn en is ongetwijfeld nog steeds een oogverblindende verschijning, maar de houdbaarheidsperiode van maîtresses is beperkt. De klok blijft onverbiddelijk tikken.

Een huis als dit en de locatie aan dit prachtige meer lijken erop te wijzen dat ze het opnieuw mooi voor elkaar heeft. Na de tragedie van Phillip Hardwickes dood is ze soepeltjes op haar pootjes terechtgekomen bij Giacomo Lazio. Als je een rijke minnaar verliest, vervang je hem gewoon door een andere.

De laatste tafels zijn uitgeladen. De mannen gooien de achterportieren van de vrachtwagen dicht. Er komt weer een bestelauto aanrijden. De bloemist. De ene na de andere schitterend opgemaakte vaas wordt uit de auto geladen. Ik laat mijn verrekijker zakken en kijk naar de wolkeloze hemel. Het is een opvallend warme dag voor eind februari, maar aan het Comomeer kan het 's avonds fris zijn. Toch kun je niet in een flanellen shirt naar zo'n feest gaan.

Ik start de motor van mijn huurauto. Hoog tijd dat ik op een avondjurk uitga.

Tegen negenen staat langs de smalle weg naar de villa van Giacomo Lazio een lange rij auto's geparkeerd. Ik laat de mijne achter aan het begin van de weg en ga te voet verder, langs de Ferrari's, Maserati's en Mercedessen. Het gietijzeren hek van de villa staat wijd open en wordt slechts bemand door twee valets in uniform, die naar me glimlachen als ik hen nader. Ik zie geen bewakers, geen wapens, alleen deze twee knappe donkerharige jongens, die *buonasera* zeggen als ik door het hek loop. De wereld van de dameslingerie is aangenamer dan die waar ik nu weer middenin zit. Ik probeer niet te zwikken als ik op mijn naaldhakken over de bestrate oprijlaan loop. Het is lang geleden dat ik hoge hakken heb gedragen en van het korte stukje van mijn auto naar het hek heb ik al een blaar gekregen. Ik mis mijn laarzen, spijkerbroek en flanellen shirts, maar vanavond is deze avondjurk mijn uniform. De zachte groene zijde strijkt langs mijn benen als ik over een tuinpad naar de geluiden van livemuziek en lachende mensen loop. Ik ben geen schoonheid meer, maar mijn heupen zijn nog smal, mijn armen zijn nog stevig en ik mag er nog best zijn in een avondjapon.

Het pad leidt naar het terras aan de achterkant van de villa, dat is verlicht met lampions die zacht bewegen in het briesje dat van het meer komt. Ik pak een glas champagne van het blad waar een kelner mee rondgaat, loop langzaam langs de rand van het terras en bekijk de gezichten. Het is een ander soort mensen dan die ik meestal in de gaten moest houden. Ze zijn jonger, hipper en aantrekkelijker. In plaats van zilverharige diplomaten, bankiers en politici zie ik jongemannen met golvend zwart haar en vrouwen zo mooi dat ze allemaal fotomodellen zouden kunnen zijn. Niemand let op mij en waarom zouden ze? Ik ben een anonieme en onopvallende figuur.

Ik loop langs de liveband die het bonkende elektronische lawaai voortbrengt dat tegenwoordig voor muziek doorgaat en neem wat van de mooi opgemaakte schalen met gerookte vis en bruschetta, kaas en Parmezaanse ham. Mijn Italiaans is een beetje weggezakt, maar is nog goed genoeg om flarden van gesprekken te kunnen verstaan.

In welk hotel zit jij?

Heb je gehoord dat Paolo haar heeft verlaten? Ze is doodongelukkig.

Mijn nieuwe dieet is wreed. Ik zou een moord doen voor een glas wijn.

Dan zie ik degene voor wie ik ben gekomen. Ze is omringd door een aantal van haar gasten. Silvia's haar is iets korter, maar nog steeds gitzwart en ze heeft nog altijd een schitterend figuur. Haar rode japon laat niets aan de verbeelding over. Hij omvat haar rondingen als een strakke huls die geen gram te veel vet toelaat. Misschien is ze een van de gelukkigen die nooit dik worden en zo niet, dan werkt ze blijkbaar hard om er zo te blijven uitzien.

Ik draai me om voordat ze in de gaten kan krijgen dat ik hier ben.

De glazen schuifdeuren van de villa staan open zodat de mensen van de catering moeiteloos heen en weer kunnen lopen tussen het terras en de keuken. Ik maak daarvan gebruik om het huis binnen te glippen.

Het interieur is strak en wit, met slechts een paar artistieke, strategisch geplaatste kleuraccenten, waaronder een dieporanje glazen beeld en een schilderij in turkoois en goud. Mijn hakken tikken akelig luid op het witte marmer. Ik trek mijn schoenen uit en ga blootsvoets verder. Binnen een paar seconden bereik ik een gang waar ik vanaf het terras niet meer te zien ben. Als ik iemand mocht tegenkomen, zal ik de rol spelen van de oude dame met de zwakke blaas die op zoek is naar het toilet. De deuren naar de kamers aan deze gang zijn geen van alle op slot. Ik kijk overal snel naar binnen en zie een badkamer (wit marmer, uiteraard), een logeerkamer en een linnenkast. Men lijkt in dit huis niets verborgen te willen houden.

Aan het eind van de gang kom ik bij de hoofdslaapkamer. Ik ga naar binnen en doe de deur dicht. Ook hier domineert wit marmer, een decor dat misschien elegant kan worden genoemd, maar in mijn ogen te koud en te neutraal is. Is het een afspiegeling van Silvia's smaak of had ze het interieur er gewoon bij gekregen toen ze bij Lazio introk?

De blauwe leesbril op het nachtkastje aan de andere kant van het bed moet van Silvia zijn. Ik loop om het bed en doe de la van het kastje open. Ik zie meteen haar paspoort en de gebruikelijke vrouwelijke benodigdheden: handcrème, een slaapmasker, inlegkruisjes.

Ik tast dieper en vind achterin een versleten adresboek. De pagina's hebben ezelsoren en sommige adressen zijn bijna helemaal verschoten. Ook al heeft iedereen tegenwoordig alle contactinformatie digitaal opgeslagen, niet iedereen is in staat de ouderwetse adresboekjes weg te doen. Ik blader naar de H en zie de naam die ik had verwacht: Hardwicke. Er staan telefoonnummers voor

Phillip en Bella, maar het zijn oude nummers, uit de tijd dat Silvia zijn maîtresse was. Er staat geen nieuwe contactinformatie, geen nieuwe telefoonnummers of adressen. Hier is de tijd wél blijven stilstaan.

Ik leg het boekje terug en wil net de la dichtdoen als de deur van de slaapkamer opengaat.

Ik heb geen tijd om naar de kast te rennen, zelfs niet om de la dicht te schuiven. Ik laat me op de vloer vallen en blijf doodstil liggen, met mijn wang op het koude marmer. Er komt iemand binnen. Ik kijk onder het bed door en zie een paar mannenschoenen die heen en weer lopen. De man spreekt in rad Italiaans in zijn telefoon. Hij klinkt geagiteerd. Iets over een fout. Hij wil weten wie er verantwoordelijk voor is.

Nu komen de schoenen naar het bed en het matras maakt een zuchtend geluid als hij gaat zitten. Ik zie dat de schoenen van bruin leer zijn, ongetwijfeld duur, en de man tikt met één hak steeds op de vloer. Hij gaat zo op in het telefoongesprek dat hij niet in de gaten heeft dat er iets mis is in zijn slaapkamer. Ik kijk op naar de open la van Silvia's nachtkastje. Ik kan die niet dichtschuiven en ook niet onder het bed kruipen omdat de ruimte te smal is. Als hij om het bed heen zou lopen, zou hij me zien.

De slaapkamerdeur gaat weer open. Ditmaal zie ik een paar hooggehakte avondschoenen. Het is Silvia.

Kijk niet naar het nachtkastje. Kijk niet deze kant op.

Silvia vraagt waarom Giacomo zijn gasten in de steek heeft gelaten. Ik voel de spanning die tussen hen hangt.

Hij snauwt in het Italiaans: 'Een ogenblikje!'

'Het is jóúw feest,' snauwt ze terug.

'Ik heb een probleem. In de fabriek.'

'Jij hebt deze mensen uitgenodigd, niet ik.'

'Goed, goed.' Het matras zucht weer als hij opstaat. 'Ik kom al.'

Ik zie hun schoenen de kamer verlaten. De deur gaat dicht.

Mijn hart bonkt als ik overeind kom. Ik schuif de la van het nachtkastje dicht, loop op mijn blote voeten naar de deur en druk mijn oor ertegen. Ik hoor geen stemmen, alleen het bonkende geluid van de band. Ik open de deur op een kier en gluur de gang in.

Niemand te zien.

Tegen de tijd dat ik weer op het terras ben, is mijn hartslag gezakt tot een normaal ritme. Ik trek mijn schoenen aan, pak nog een glas champagne en voeg me onder de mensen, al die mooie mensen met hun smetteloze huid en peperdure kleding. Ik weet nu dat zelfs hier, in dit stukje paradijs aan het Comomeer, het leven van Silvia en haar minnaar niet volmaakt is. Dat heeft het korte gesprek dat ik in hun slaapkamer heb opgevangen duidelijk gemaakt. Ik zie de zilverharige Giacomo praten met een paar gasten, maar Silvia staat niet bij hem. Ik laat mijn blik over de aanwezigen gaan tot ik haar zie. Ze loopt in haar eentje het trapje van het terras af.

Ik ga achter haar aan.

De stenen trap komt uit bij een glad gazon dat tot aan het water loopt. Daar is Silvia blijven staan, bij het zacht klotsende water. Ze staat met haar rug naar me toe en haar silhouet is omlijst door de zilveren glans van het meer. Ze staart naar Como als een vrouw die zich op de verkeerde oever bevindt en liever aan de overkant van het meer zou zijn.

Ze hoort me niet aankomen en schrikt als ik 'Hallo, Silvia' zeg. Met een ruk draait ze zich naar me om. 'Wie... Ken ik u?'

'Je herinnert je mij dus niet.' Dat is niet verwonderlijk. Het is lang geleden en ik was maar een figurant in haar leven, zo onbelangrijk dat ze zich nauwelijks van mijn bestaan bewust zal zijn geweest.

'Nee, sorry,' zegt ze.

'Mijn man was dokter Danny Gallagher, Phillips arts. Danny zat in dat vliegtuig. We hebben die dag allebei iemand verloren. Althans, dat heeft men mij wijsgemaakt.'

Ze schudt haar hoofd. 'Ik begrijp het niet. Wat doet u hier? Waarom bent u nu opeens hierheen gekomen...'

'Je weet dat Phillip Hardwicke nog leeft.'

Ze reageert niet. We staan aan de rand van het water, waar het donker is, waardoor ik de uitdrukking op haar gezicht niet kan zien. Ik zie alleen dat ze volkomen roerloos blijft staan.

'Nee,' fluistert ze.

'Weet je waar hij is?'

'Hij is dood.'

'Dat wilden ze ons laten geloven.'

'Het vliegtuig is opgeblazen. Ze zijn allemaal omgekomen, alle zeven.'

'Er zijn maar twee lichamen geborgen. We weten niet wie er aan boord was en wie misschien op het laatste moment is uitgestapt.'

Ze slaat haar armen om haar lichaam. Ik zie dat ze beeft. 'Als hij nog leeft, had ik dat geweten. Dan had ik dat gevoeld. En waarom heeft hij me dan niet gebeld? Waarom zou hij me willen laten geloven dat hij dood was?'

'Zo heeft hij in leven kunnen blijven. Door iedereen te laten geloven dat hij dood was. Hij leeft nog, Silvia. Hij leeft waarschijnlijk onder een valse naam, een valse identiteit.'

'Nee. Nee, dat kan niet waar zijn! Hij zou me niet hebben verlaten. Hij zou me niet zo hebben laten lijden.'

Ze klinkt verdrietig en ik besef nu dat het niet gespeeld is. Silvia wist écht niet dat Hardwicke nog leeft.

'Je hield van hem,' zeg ik verbaasd.

Ze draait zich weer om naar het water en zegt zacht: 'Natuurlijk hield ik van hem.'

'Hield hij van jou?'

'Ik dacht...' Ze laat haar hoofd zakken. 'Ik dacht van wel. Ik geloofde hem.'

'Maar hij heeft nooit contact met je gezocht? Heb je nooit meer iets van hem gehoord na de crash?'

'Nee.'

'Heb je enig idee waar hij nu is?'

'Op de bodem van de zee. Dat is wat ik toen geloofde en dat

is wat ik nu geloof.' Ze kijkt me aan. 'Waarom stelt u me al deze vragen? Wie bent u?'

Een ogenblik staren we elkaar aan. Lang geleden hebben onze levenspaden elkaar gekruist en het resultaat is dat we allebei iemand hebben verloren en altijd zullen blijven rouwen. 'Ik ben de vrouw van dokter Gallagher,' zeg ik. 'Meer hoef je niet te weten.'

Ik draai me om en loop terug naar het terras en de beau monde. Mijn bezoek heeft één ding opgeleverd: Silvia weet niet waar Hardwicke is. Ze gelooft echt dat hij dood is.

En nu heb ik geen idee waar ik hem zou kunnen vinden.

Mensen op de vlucht gaan onwillekeurig naar plekken die ze kennen, maar Hardwicke is slim genoeg om te weten dat hij dat niet moet doen. De enige manier waarop hij zich al die jaren heeft kunnen verschuilen, is door niet te doen wat je zou verwachten. Zijn enige fout is geweest dat hij het geld van zijn buitenlandse rekeningen heeft afgehaald. Misschien had hij het voor zichzelf nodig, misschien om nieuwe deals te sluiten. En uiteindelijk heeft iemand bij de Agency het gemerkt. Dat was zijn fout. Dat bewees dat hij nog leeft.

Ik denk na over wat ik nu moet doen. Ik kan niet naar huis gaan, misschien nooit meer. Voorlopig ben ik weer een zwerver, net zoals in de jaren na Danny's dood, toen ik van het ene land naar het andere trok, op zoek naar een landingsplek waar ik de oude Maggie kon achterlaten en iemand anders worden, iemand die niet werd gefolterd door gedachten over hoe mijn leven had kunnen zijn. Als ik die laatste opdracht in Malta had geweigerd. Als Danny en ik ervandoor waren gegaan. Dan zouden we nu samen zijn, met grijs haar en steeds diepere lachrimpels rond onze ogen. Ik zie ons op een warme plek, misschien in Zuid-Amerika, in een dorp waar kippen, geiten en kinderen op blote voeten vrij rondlopen.

In plaats daarvan ben ik helemaal alleen. Ik verlaat het terrein van de villa. Ik laat de muziek, het gelach en alles wat had kunnen zijn achter me en loop de hellende weg af naar mijn auto. De hooggehakte schoenen doen pijn aan mijn voeten en ik kom in de verleiding ze in de struiken te gooien en blootsvoets over de ruwe weg te lopen. Ik wil de pijn. Ik heb behoefte aan pijn, als boete voor mijn zonden. Na een bocht in de weg bereik ik mijn huurauto, die geparkeerd staat achter een zwarte Ferrari. Ik haal de sleutel uit mijn tas en klik het slot open.

Dan hoor ik wat steentjes over de weg rollen. Er is iemand vlak achter me komen staan.

Ik draai me om en zie Diana. Ze heeft een pistool op mijn borst gericht.

'Hallo, Maggie, wat een verrassing dat jij hier ook bent.'

'Doe dat pistool weg, Diana. We staan aan dezelfde kant.'

'Denk je?' Ze knikt naar mijn auto. 'Instappen. Jij rijdt.'

33

Ik had niet verwacht dat Diana Ward een kerk als schuilplaats zou gebruiken, maar ze liet me over een hobbelige weg een heuvel op rijden naar een vervallen stenen kapel. In het licht van de koplampen zie ik dichtgespijkerde ramen en een wirwar van taaie klimplanten die tegen de muren groeien. Als ik de motor afzet, is het pikkedonker. Een heuvel zonder huizen, zonder licht, zonder getuigen.

We gaan niet via de hoofdingang naar binnen, maar via een zijdeur. Diana zit hier blijkbaar al lang genoeg om het gebouw en de omgeving te hebben verkend. Als ze een petroleumlamp aansteekt, zie ik dat deze kerk al heel lang niet als gebedsruimte is gebruikt. De banken staan schots en scheef, de hoogste, onbeschermde glas-in-loodramen zijn gebroken, en spinnenwebben hangen als zijden gordijnen aan de balken. Op de plek waar ooit het altaar stond, staat nu een kleine tafel met daarop een rugzak, het restant van een broodje en een halfvolle fles wijn. Het is een goede schuilplaats, want zo te zien komt hier nooit iemand, terwijl je dicht genoeg bij de villa zit om Silvia en haar bezoekers in de gaten te kunnen houden. Dat is de reden waarom Diana in Como is. Om dezelfde reden als ik. Zij heeft ook begrepen dat Hardwicke nog leeft en ze denkt dat Silvia weet waar hij is.

Het is koud in de kerk. Diana draagt een zwarte spijkerbroek en een fleecejack, ik alleen de zijden avondjurk en een dunne omslagdoek, die ik om mijn schouders knoop als ik in het licht van de flakkerende lamp tegenover haar sta. Ze houdt haar wapen weer op me gericht en de loop van het pistool lijkt op een boos oog dat naar me staart.

'Waarom ben je in Como?' vraagt ze.

'Om dezelfde reden als jij. Ik dacht dat Silvia me kon vertellen waar Hardwicke is.'

'Wie heeft je gestuurd?'

'Jij. In zeker opzicht.'

'Doe niet zo belachelijk.'

'Iemand van de Agency is in Maine bij me gekomen. Ze zei dat jij was verdwenen en dat je hulp nodig had.'

'Ben je gekomen om mij te hélpen?' Haar lach echoot door de grote ruimte en verbrijzelt tot de stemmen van een heleboel hysterische Diana's. 'Maggie de superheldin!'

'Het interesseert me geen reet wat er met jou gebeurt, maar Gavin is dood. Hij is een paar dagen geleden in Bangkok vermoord. Ik was erbij. Jij en ik zijn waarschijnlijk de volgende twee namen op de lijst van de moordenaar.'

Ze blijft het pistool op me richten en haar handen trillen niet. 'Heeft Gavin je verteld waarom dit gebeurt?'

'Hardwicke leeft nog,' zeg ik. 'Dit is zijn wraak voor Malta.'

Ze lijkt niet verrast door deze onthulling. 'Weet je dat zeker? Dat hij nog leeft?'

'Bij de Agency denken ze het.'

'Wat voor bewijs hebben ze daarvoor?'

'Er is geld van zijn rekeningen gehaald. Veel geld. Daarvoor zijn wachtwoorden vereist, die alleen hij kent.'

Eindelijk laat ze haar wapen zakken. Haar haar zit in de war en haar wangen zijn ingevallen. Op haar gezicht zie ik de achtervolgingswaanzin die het resultaat is van te weinig slaap en te veel angst. Ze begint heen en weer te lopen langs de petroleumlamp. Ze is zo geagiteerd dat het haar niets meer lijkt uit te maken dat ik hier sta, en ik ben allang blij dat ze dat pistool niet meer op mij gericht houdt.

'We moeten Hardwicke uitschakelen,' zegt ze. 'We moeten samenwerken.'

'Net zoals in Malta?' Ik lach bitter. 'Waarom zou ik jou vertrouwen?'

'We hebben Cyrano samen te pakken gekregen.'

'En jij hebt mijn man gedood.'

Ze blijft staan en kijkt me aan. Snel wendt ze haar blik weer af. 'Dat was betreurenswaardig en ik wou dat ik iets had kunnen doen,' zegt ze, maar ik heb de waarheid in haar ogen gezien. De flits van schuld voordat ze haar blik afwendde.

'Je hád iets kunnen doen.'

'Ik kon niet weten dat er een bom aan boord was gebracht.'

'Gavin heeft me alles verteld. Jij wist al uren dat de Russen wraak zouden nemen maar je hebt niet de moeite genomen mij te waarschuwen. Je hebt dat vliegtuig gewoon laten vertrekken, met Danny aan boord.'

'Het dreigement in het bericht was te algemeen.'

'Je had evengoed iets kunnen doen.'

'Ik wist niet of het echt was.'

'Dat lieg je. Het kon je gewoon niets schelen!' De echo's van mijn stem schallen in mijn oren, als kreten van pijn, kreten die ik al die jaren in me opgesloten heb gehouden. Als de echo's zijn weggestorven, kijken we elkaar zwijgend aan.

Geronk doorbreekt de stilte. Er komt een auto aan.

Diana kijkt geschrokken. 'Ze zijn ons gevolgd. Ze zijn jóú gevolgd.' Ze doet de petroleumlamp uit en grijpt haar rugzak. Het enige licht in de kerk is nu de vage gloed van de lichtjes van een dorp verderop.

'Geef me een wapen,' fluister ik als we in het donker wegduiken.

'Hou je kop.'

'Als ze zijn gekomen om ons te vermoorden, heb je mij nodig om tegen ze te vechten. Geef me een vuurwapen.'

Ze neemt twee of drie seconden de tijd om haar kansen af te wegen en beseft dan dat ik gelijk heb. Ze heeft me nodig. Ik hoor haar in de rugzak rommelen en dan drukt ze een pistool in mijn hand. Een .9mm. Niet mijn vertrouwde Walther maar het is beter dan niets.

Iemand rammelt aan de voordeur, maar die is op slot. Zou het misschien alleen maar een opzichter zijn? God, laat het een ongevaarlijke oude man zijn die komt kijken wie de kerk heeft gekraakt. Dan hoor ik het sissen van een pistool met geluiddemper en wordt het hout versplinterd. Drie flinke trappen en de deur vliegt open. Ik zie de silhouetten van twee mannen die binnenkomen. Nee, het zijn er drie.

Diana aarzelt niet. Ze vuurt snel achter elkaar viermaal. Ik hoor een grom van pijn en dan schieten ze een salvo terug. Een kogel vliegt langs mijn gezicht en raakt de wijnfles op de tafel.

Diana vuurt nog tweemaal en trekt zich terug, dieper in de schaduw. Ze laat mij achter om het tegen de indringers op te nemen. Natuurlijk. Zo werkt ze. Zij kent het interieur van de kerk en alle plekken waar ze dekking kan zoeken en het enige wat ik kan doen, is haar volgen en hopen dat ze een verdedigbare positie zal weten te vinden. Mijn naaldhakken maken te veel lawaai. Ik schop ze uit, terwijl ik Diana's donkere schaduw in de gaten hou.

Kogels ketsen af op de muur. Steensplinters raken mijn wang. De mannen rukken op, iemand botst tegen een bank en ik schiet driemaal blindelings in die richting waar het geluid vandaan kwam. Dan ren ik weer achter Diana aan.

Ze heeft de enige mogelijke vluchtroute genomen: de wenteltrap van de klokkentoren. Ik haast me achter haar aan. De punt van een losse spijker dringt in mijn voetzool. Krimpend van de pijn klim ik verder. De wenteltrap is zo smal dat niemand me hier onder schot kan nemen. Als we ongedeerd de top kunnen bereiken, kunnen we op de aanvallers schieten als ze boven komen. Ik bereik de ruimte waar ooit een klok moet hebben gehangen. Diana zit gehurkt tegen de wand. In de vage gloed van het dorp kan ik nog net haar gespannen gezicht en de glans van het vuurwapen in haar handen zien.

Ik zeg geen woord, maar ga ineengedoken naast haar zitten. Samen wachten we op de aanvallers. Er zit voor mij niets anders op dan zij aan zij te vechten met de vrouw voor wie ik alleen maar verachting heb.

Boven het bonken van mijn hart uit hoor ik voetstappen op de trap. Een gedaante komt in zicht.

Diana en ik openen gelijktijdig het vuur. Onze kogels ketsen af op steen. Dit is ons laatste toevluchtsoord, maar we zijn in het voordeel. We kunnen ze van ons afhouden.

En dan is mijn munitie op. Ik doe een duik opzij en kom met mijn schouder hard op de oude houten vloer neer. Ik rol om, ga op mijn hurken zitten en zoek wanhopig naar een manier om te ontsnappen, maar de enige uitweg is een fatale duik over de rand van de torenomgang.

Zo zal ik dus aan mijn einde komen, blootsvoets, in de val gelokt door de vrouw die zestien jaar geleden mijn leven kapot heeft gemaakt, de vrouw die met haar harteloze beslissing mijn lot toen en nu heeft bezegeld.

Ik laat mijn lege pistool vallen. Ik geloof niet in een hiernamaals, ik geloof niet dat je door een heldendood in een walhalla zult komen. Ik weet wel dat een zinloze strijd de pijn alleen maar zal verlengen en ik kies ervoor de dood te accepteren. Maar Diana is niet bereid te sterven. Ze kruipt naar me toe en fluistert in paniek: 'Wat doe je? Pak je wapen!'

'Ik heb geen munitie meer. Het is voorbij, Diana.'

'Nee. Nee, het is niet voorbij.'

Ze valt aan met de snelheid van een cobra. Ze knelt haar arm om mijn hals. Ik wankel als ze me met mijn rug tegen haar lichaam drukt. Ik ben haar schild, een offer van vlees en bloed, dat haar moet beschermen tegen de kogels. Tot het bittere einde geeft Diana alleen om Diana, zelfs nu het niets meer uitmaakt, omdat zij ook zal sterven zodra haar munitie op is.

Het silhouet van een man verschijnt, en dan nog een. Diana

schuifelt naar achteren, mij met zich mee trekkend, tot ze met haar rug tegen de torenomgang staat.

'Een deal!' roept ze. *'Voglio fare un patto!'*

De mannen geven geen antwoord en laten hun wapens niet zakken.

'Ik heb geld,' roept ze. 'Ik kan jullie twintig miljoen dollar geven! Jullie krijgen het als jullie me laten gaan!'

Twintig miljoen dollar?

Zelfs nu ik mijn dood in de ogen kijk, verbaas ik me over deze onthulling. Ik begin puzzelstukjes te verschuiven. Ik denk aan de miljoenen dollars die van Hardwickes buitenlandse rekeningen zijn gehaald door iemand die de wachtwoorden kent. Ik denk aan Hardwickes haperende geheugen, het feit dat hij moeite had cijfers, namen en datums te onthouden. Meteen wordt het plaatje duidelijk. Waar had hij zijn wachtwoorden opgeslagen? Hij moest ze altijd bij de hand hebben, in een boekje of een telefoon.

Of op een USB-stick. Bijvoorbeeld de USB-stick die ik in Malta aan Diana had gegeven om te kopiëren.

Nog een puzzelstukje komt op zijn plek te liggen.

Diana had de wachtwoorden maar ze kon die niet gebruiken zolang Hardwicke nog leefde. Hij zou het merken als er geld van zijn rekeningen verdween. Ze moest zich van hem ontdoen. Hij moest dood en de eenvoudigste manier om dat voor elkaar te krijgen, was de Russen hun wraak te laten nemen. Ze liet zijn vliegtuig vertrekken, liet hem naar zijn dood vliegen, zonder zich er iets van aan te trekken wie er samen met hem zouden sterven.

Ik hoor de echo van nog meer voetstappen in het trappenhuis. Ze komen in een gestaag, ongehaast ritme naar boven, in het onheilspellende ritme van de kalme beul.

'Twintig miljoen dollar!' zegt Diana nogmaals. In haar wanhoop om een deal te sluiten, verslapt ze haar greep op mij. Ik wring me los en duik opzij. Ze staat nu onbeschermd tegenover de aanvallers, zonder schild om de kogels op te vangen.

'Dat is meer geld dan jullie ooit zullen zien,' zegt ze. 'Jullie mogen háár hebben. Schiet háár maar dood en laat mij gaan, dan zal ik –'

Het sissende geluid van een kogel uit een geluiddemper kapt haar woorden af. Haar hoofd klapt achterover en haar lichaam komt op de rand van de torenomgang te hangen. Een paar seconden lijkt ze in balans te blijven, met haar rug op de ijzeren reling. Dan wint de zwaartekracht het. Ze valt achterover en stort neer in de donkere diepte.

Ik zie haar niet neerkomen, maar hoor het wel. De bonk van vlees en botten die het harde beton raken.

34

Uit het donkere trappenhuis komt langzaam een gedaante naar boven. Ik verwacht Phillip Hardwicke te zien, maar het is een vrouw. De mannen doen een stap opzij om haar erdoor te laten. Ze loopt naar de torenomgang en kijkt naar beneden. Het is zestien jaar geleden dat ik haar voor het laatst heb gezien, maar ik herken haar meteen aan de brede heupen en de ronde vorm van haar schouders. In het maanlicht zie ik de rossige kleur van haar haar dat door de bries wordt bewogen.

'Ze had geen recht geld te bieden dat niet van haar was,' zegt ze. Ze kijkt me aan. In haar hand heeft ze het pistool waarmee ze zojuist Diana heeft vermoord en de loop is nu op mij gericht. 'Ik heb eindelijk het antwoord op mijn vraag gekregen. Zij was het.'

'Bella,' mompel ik. 'Hoe is dit mogelijk?'

'Mijn moeder,' zegt ze. 'Ik heb het aan haar te danken dat ik nog leef.'

'Je zat niet in het vliegtuig.'

'Ze verbood me naar het vliegveld te gaan toen ze hoorde over de inval op Alan Holloways jacht. Mijn moeder wist dat mijn vader deals sloot met de Russen. Ze wist waar die toe in staat waren. Toen het vliegtuig was neergestort, was ze bang dat de Russen mij ook zouden vermoorden, als voorbeeld voor wat er gebeurt met de familieleden van verraders. Ze heeft me in haar eigen jet mee naar huis genomen. Naar Argentinië.'

'Ik had geen idee dat je in leven was gebleven. Er is een begrafenis voor je gehouden. Je moeder was daarbij.'

'Natuurlijk was er een begrafenis. Dat hoorde bij het spel en ze speelde het uitstekend.'

'Je bent dus al die jaren bij haar geweest. Ik had geen idee.'

'Tot haar dood.' Bella's stem hapert en de loop van haar wapen zakt.

'Dat spijt me erg voor je, Bella,' zeg ik zacht. 'Ze hield van je. Ze wilde alleen maar wat voor jou het beste was.'

'In tegenstelling tot jou.' Het pistool wordt weer op mijn borst gericht. 'Toen ik eindelijk dat dossier te pakken kreeg, kwam ik erachter wie jij bent.' Haar stem snijdt als glas. 'En wat je hebt gedaan.'

'Ik was écht jouw vriendin.'

'Vriendin?' Ze lacht hard en bitter. 'Je hebt me gebruikt voor je eigen doeleinden. Jij hebt me de dood in gestuurd.'

'Ik had ook in dat vliegtuig moeten zitten! Ik zou samen met jullie zijn neergestort.'

'Maar je was niet aan boord.'

'Mijn man wel! De man van wie ik hield! Denk je dat ik hem zou hebben laten gaan als ik had geweten wat er zou gebeuren?'

Het blijft lang stil. 'Nee,' zegt ze dan zacht. Ze draait zich om naar de reling en kijkt naar beneden. 'God, wat was ik dom.'

'Je was pas vijftien. Je wist niet wat voor man je vader was.'

'Ik heb het niet over mijn vader. Ik heb het over jou. Wat jíj was. Ik wist niet voor wie je werkte, maar toen ontdekte ik dat iemand de rekeningen van mijn vader leegroofde, terwijl ik de enige was die de wachtwoorden kende. "De sleutel tot het koninkrijk" noemde hij die. Ik moest ze uit mijn hoofd leren, omdat hij problemen had met zijn geheugen. Iemand roofde de rekeningen leeg en ik had geen idee wie. Tot ik over Operatie Cyrano hoorde.'

'Hoe ben je daarachter gekomen?'

Ze haalt haar schouders op. 'Alles is te koop, Maggie. Loyaliteit.

informatie. Je kunt altijd iemand vinden die bereid is geheimen te verkopen, zelfs in jouw dierbare CIA.' Ze draait zich weer naar mij. 'Jij bent als enige over. De rest is dood. Wil je nog iets zeggen?'

'Hoe is het hierop uitgelopen, Bella? Hoe ben jij zo geworden?'

'Uit noodzaak. Ik ken namen. Ik weet hoe ik ze moet gebruiken. Dat heb ik in elk geval van mijn vader geleerd.'

'Jij bent niet zo. Ik weet hoe je was en ik wilde je vriendin zijn. Misschien geloof jij dat niet, maar het was echt zo.'

'Nou, je ziet nu de nieuwe Bella. Uiteindelijk is gebleken dat ik toch de dochter van mijn vader ben.'

Ik geloof dat niet. Als ik naar haar kijk, zie ik niet Phillip Hardwicke maar het onschuldige meisje van vijftien. En ik denk aan een ander onschuldig meisje, wier leven nu van mij afhankelijk is.

'Zul je Callie vrijlaten als dit voorbij is? Als je met mij hebt afgerekend?'

'Het meisje?'

'Ze is pas veertien.'

'Maakt het iets uit hoe het met haar afloopt?'

'"Een leven voor een leven". Mijn leven in ruil voor het hare. Dat was toch de deal? Ik ben alleen maar gekomen om haar vrij te krijgen. Mijn leven voor het hare.'

Een ogenblik bekijkt ze me zwijgend en herinner ik me weer het meisje dat ze was. Eenzaam, onaantrekkelijk, niet zeker van haar plaats op de wereld. Ze lijkt haar plaats gevonden te hebben. De dood van haar vader heeft haar genoopt deze zelfverzekerde, verbitterde vrouw te worden, een wraakzuchtige Medea die oog om oog eist. Hoe kan ik haar de waarheid laten zien? Ik was onderdeel van een machine die haar vader ten val heeft gebracht en aan zes mensen het leven heeft gekost, onder wie mijn man. En die machine heeft ook Bella's leven kapotgemaakt.

Het meisje dat ik kende, is er niet meer, en dat is deels mijn schuld. Ik heb geprobeerd voor mijn schuldgevoelens te vluchten, maar ik zal er nooit van afkomen. Ik zal ze meenemen in mijn graf.

Ik recht mijn rug. Ik ben gereed. 'Het spijt me, Bella. Ik weet dat het nu niets meer uitmaakt, maar ik heb echt spijt van hoe alles is gegaan.'

Ze richt het pistool op mijn hoofd.

Ik kijk haar in de ogen en wacht op de kogel. *Ik kom, Danny. Ik ben er bijna.* Seconden verstrijken. Ik blijf staan, blijf naar haar kijken. Ik wil dat ze ziet wie ik ben, de vriendin die haar geen kwaad toewenste. De vriendin die met net zo'n enorm verdriet moest leven als zij.

Ze werpt een snelle blik op haar mannen. 'Ga naar beneden.'

Na een korte aarzeling dalen ze de donkere wenteltrap af.

Langzaam laat Bella het pistool zakken. Ze kijkt weer over de reling, naar Diana's lichaam. 'Ze was bereid jou te vermoorden.'

'Zíj was nooit mijn vriendin.'

Een moment verstrijkt. Ze kijkt niet naar me. Ik zou haar nu moeten aanvallen, haar het wapen afnemen, maar ik ben er niet toe in staat. Ik heb het hart niet haar nogmaals af te vallen.

'Een leven voor een leven,' zegt ze zacht. Ze kijkt me aan. 'Jij hebt me Diana Ward gegeven. We staan quitte.'

'Bella...'

'Vaarwel, Maggie. Ik hoop je nooit meer te zien.' Ze draait zich om en daalt de trap af. Ik hoor haar voetstappen echoën in de toren.

Mijn knieën knikken. Ik laat me op de vloer zakken en blijf ineengedoken zitten, niet van de kou maar van de schok over alles wat er vanavond is gebeurd. De dood was zo dichtbij dat ik zijn adem in mijn oor voelde en ik begrijp niet goed dat ik nog leef. Ik had dood moeten zijn en elke ademhaling is vanaf nu een geschenk dat ik nooit licht zal opvatten, een geschenk dat ik niet verdien. De kou dringt door mijn dunne jurk en mijn botten doen pijn op de harde vloer, maar ik moet blij zijn met deze ongemakken, want dat ik ze voel, betekent dat ik nog leef.

Ik kom moeizaam overeind en kijk over de reling. In de diepte komen Bella en haar mannen naar buiten. Ze lopen langs Diana's lichaam naar hun auto.

'En Callie?' roep ik.

Bella staat stil en kijkt omhoog, maar geeft geen antwoord.

'Je hebt het beloofd. Een leven voor een leven!' roep ik. 'Waar is ze?'

Bella stapt achter in de auto en dan rijdt die weg.

Op slappe benen loop ik langzaam de wenteltrap af. Ik heb geen idee waar mijn schoenen zijn, en mijn tas met de autosleutels, en ik hoop niet dat ik op mijn blote voeten helemaal naar het dorp moet lopen.

Al heb ik wel ergere dingen meegemaakt.

De voordeur van de kerk staat open. Ik strompel naar de maanverlichte portiek en zie mijn schoenen en mijn tas, netjes naast elkaar, op een plek waar ik ze zeker zou vinden. Een toegeeflijk gebaar van Bella. Ik pak mijn tas en voel meteen het verschil in gewicht. Ik kijk erin en zie een mobieltje dat niet van mij is. Bella houdt een communicatiekanaal tussen ons open. Ik denk dat ik weet waarom en ik hoop dat ik me niet vergis.

Ik loop naar Diana's lichaam. Ze ligt op haar rug en de grond is doordrenkt van haar bloed. Het kogelgat in haar voorhoofd zal de politie duidelijk maken dat het niet om een zelfmoordsprong vanaf de toren gaat.

Ik moet zorgen dat ik heel ver weg ben voordat ze haar vinden.

Ik stap in de huurauto en rij weg. Weer laat ik een dode achter.

Het wordt net licht als ik Milaan bereik. Ik ga niet naar een hotel maar regelrecht naar Malpensa Airport, waar ik me omkleed en in een café ga zitten om op mijn vlucht te wachten. Over vier uur vlieg ik via Londen naar Boston. De adrenaline is uitgewerkt en mijn armen en benen voelen rubberachtig van vermoeidheid. Toen ik jong was kon ik rustig achtenveertig uur doorwerken, maar die vrouw ben ik niet meer. Ik drink de ene na de andere espresso om wakker te blijven en kijk steeds op de wegwerptelefoon in mijn tas, in afwachting van een bericht.

Er komt niets binnen.

Ik vraag me af of Diana's lichaam al is gevonden en wat de politie ervan denkt. Een maffiamoord? Een roofmoord? Een jaloerse minnaar? Alle gebruikelijke motieven zullen worden onderzocht, maar ik denk niet dat de ware reden in hun hoofd zal opkomen. Ik heb medelijden met de politie; ze hebben niet voldoende fantasie om wat ze zien te kunnen begrijpen.

Een leven voor een leven. Ik heb me aan de deal gehouden. Nu is de beurt aan Bella.

Ik drink nog een espresso en sta dan op. Mijn eerste vlucht vertrekt over twee uur. Het is tijd om naar huis te gaan en Callie te redden.

Vanaf Logan Airport is het nog vier uur rijden naar Purity. Om elf uur 's avonds komt het stadje in zicht en op hetzelfde moment pingelt het mobieltje. Dat moet het bericht zijn waarop ik heb gewacht. Op de een of andere manier weet Bella dat ik dicht bij huis ben. Het geeft me een ongemakkelijk gevoel dat ze me de hele reis van Milaan via Londen naar Boston en tot in Maine heeft kunnen volgen. Ongemakkelijk, maar niet beangstigend. Als ze me had willen vermoorden, had ze dat in Como gedaan.

Ik pak het mobieltje en mijn vermoeidheid verdwijnt meteen. Ik ben nu al bijna achtenveertig uur wakker en de tekst op het schermpje geeft mijn uitgeputte lichaam een stoot adrenaline.

Ik druk het gaspedaal in.

Vijftien minuten later sta ik voor een onbewoond huis aan Connor Road. Ik ben er weleens langsgereden, maar het is zo overwoekerd door onkruid en doornstruiken, dat je van het huis zelf bijna niets kunt zien. Het licht van mijn zaklantaarn glijdt over afbladderende verf en een wegrottende veranda. Ik weet dat hier al heel lang niemand woont, maar zie op de oprit verse bandensporen.

Ik ruik rook. Iemand stookt een vuurtje.

Mijn hart klopt als een razende als ik het trapje op loop naar de krakkemikkige veranda. Ik heb geen angst om mezelf, maar om wat ik binnen zal aantreffen. De deur is niet op slot. De scharnieren piepen als ik hem openduw. In het huis is het donker.

'Callie!' roep ik.

Het eerste wat me opvalt als ik naar binnen ga, is dat het er warm is, bijna aangenaam, terwijl het buiten vriest dat het kraakt. Ik zwiep met het licht van mijn zaklantaarn door de woonkamer. Er staan geen meubels. Het is een lege ruimte vol spinnenwebben. Ik richt de lichtstraal op de open haard, maar daarin ligt koude as. Ik loop ernaartoe en leg mijn hand op de stenen. Ze zijn koud.

Toch is het warm in huis. Waar komt de warmte vandaan?

De vloer kraakt als ik naar de keuken loop. In het licht van mijn zaklantaarn zie ik een smerig aanrecht, kastjes met scheef hangende deurtjes, een porseleinen gootsteen vol bruine vlekken. Er staat een potkachel en als ik dichterbij kom, voel ik dat daar warmte van afstraalt. In de hoek staat een mand met brandhout. Iemand heeft deze kachel aangestoken om de kou te verdrijven.

'Callie?'

Het geluid is zo zwak dat het me bijna ontgaat. Een gejammer, ergens dichtbij. Ik draai me om en zie de deur van een inloopkast. Hij staat op een kier.

Nog voordat ik de deur opendoe weet ik dat ze daar is. En dat ze ongedeerd is. Ik schijn met mijn zaklantaarn naar binnen en zie haar, vastgebonden op een stoel met een stuk ducttape op haar mond.

Het kost me maar een paar seconden om haar te bevrijden en ze klemt zich meteen aan me vast als een octopus, met haar armen om mijn nek gekneld. Ze heeft in haar broek geplast en stinkt naar zweet, urine en rook, maar ze leeft nog. Ze trilt over haar hele lichaam.

'Ik wist het!' huilt ze. 'Ik wist dat je zou komen. Ik wist het!'

'Ja, lieverd, ik ben er.' Ik druk haar tegen me aan en als ze het uitsnikt in mijn armen, begin ik ook te huilen. Ik heb al heel lang niet gehuild en als ik eenmaal begin, kan ik niet ophouden. Ik huil om Callie en om iedereen die wegens mij heeft geleden. Doku en zijn gezin, Gavin, Bella en Danny.

Ik huil vooral om Danny.

'Ik wil naar opa,' zegt ze. 'Ik wil naar huis.'

'We gaan ook naar huis.' Ik maak haar voorzichtig van me los. 'Maar nog niet meteen.'

35

Jo

Jo gooide de deur van het trappenhuis open en liep met grote stappen de afdeling op, regelrecht naar de verpleegstersbalie. 'Waar is Callie Yount?' vroeg ze de verpleegkundige.

'Kamer 201. Ik zal de dokter roepen. Hé, u mag niet zomaar naar binnen gaan. Kom terug!'

Jo liep al naar kamer 201. Ze gaf twee snelle klopjes op de deur, deed die open, maar bleef op de drempel staan.

Het meisje was in diepe slaap.

Er brandde alleen een nachtlampje en in het zwakke licht zag ze Luther Yount voorovergebogen in een stoel naast het bed zitten. Hij droeg een flanellen pyjamajasje en zijn witte haar was een warrig vogelnest. Hij moest net zoals Jo regelrecht uit bed hierheen zijn gekomen, maar hij was klaarwakker en keek Jo verbolgen aan.

'Niet nu. Ze heeft haar slaap hard nodig,' zei hij. 'Maak haar niet wakker.'

'Waar is ze gevonden? Hoe is ze hier gekomen?'

'Dat hoor je allemaal nog. Ze is ongedeerd en daar gaat het nu om. Ze hebben haar niets gedaan.'

'Wie heeft haar niets gedaan?'

'Dat weet Maggie beter dan ik. Ga maar met haar praten.'

'Waar is ze?'

'Ze is net vertrokken. Als je snel bent, haal je haar misschien nog in.'

Reken er maar op dat ik haar zal inhalen, dacht Jo.

Ze rende de trappen af naar de hal en stoof naar buiten. Op het parkeerterrein stond degene die ze zocht vier rijen verderop bij haar pick-uptruck.

'Maggie!' riep Jo. 'Maggie Bird!'

De vrouw keek om en slaakte een zucht. 'Niet nu.'

'Wel nu. U had me meteen moeten bellen toen u het wist.'

'Ik heb u ook gebeld. Waarom bent u anders hier?'

'Het was ónze taak het meisje te redden.'

'En u zou met gillende sirenes zijn gekomen. Ik wist niet wat ik kon verwachten. De redding moest zo stil mogelijk verlopen.'

'We hadden een kans de daders te arresteren.'

Maggie schudde haar hoofd. 'Nee, daar was geen kijk op. Geloof me, de mensen die haar hebben ontvoerd, zijn al heel ver weg.'

'Weet u wie het zijn?'

'Als ik wist hoe ze heten, zou ik het u vertellen.'

Ze stonden tegenover elkaar in de stille winternacht en hun kolkende ademwolkjes voegden zich wervelend samen. Ze woonden in hetzelfde dorp en ademden dezelfde lucht in, maar er zou altijd een kloof tussen hen bestaan, omdat Maggie de buitenstaander was, een vreemde vogel uit een wereld die buiten de vertrouwde begrenzingen van Purity lag. Misschien zouden ze ooit bevriend raken en misschien zelfs leren elkaar te vertrouwen, maar niet vandaag. Nu waren ze mededingers in een spel waarvan Jo de regels nog steeds niet helemaal doorhad.

'Waarom was ze ontvoerd?' vroeg Jo. 'U moet het me vertellen.'

'Wat ik moet doen,' zei Maggie, terwijl ze het portier van haar pick-uptruck opende en instapte, 'is gaan slapen. Kom morgen maar bij me langs, korpschef Thibodeau, dan zal ik u vertellen wat ik kan.' Ze startte de motor en reed weg.

'Wat ik kan? Wat wil dat zeggen?' riep Jo haar na.

Ze kreeg uiteraard geen antwoord. Niet van Maggie Bird.

Jo stond eenzaam en alleen op het parkeerterrein en keek de

achterlichten van de auto na. Een sneeuwvlok dwarrelde neer en toen nog een, als gewonde vlinders die uit de hemel vielen. Het was twee uur 's nachts, ze had het koud en ze zou het liefst naar huis gaan en weer in bed kruipen, maar deze nieuwe sneeuw zou de bandensporen bij het huis waar Callie Yount was gevonden snel bedekken. Hoe langer ze hier bleef staan, hoe meer belangrijke aanwijzingen over de ontvoering onder een witte deken zouden verdwijnen. Ze moest de plaats delict onderzoeken, mensen van de forensische recherche laten komen en vragen opstellen, heel veel vragen waarop ze antwoord wilde hebben. Haar bed, hoe verleidelijk ook, zou moeten wachten, want de bewoners van Purity rekenden op haar. Ze was misschien niet briljant, maar waar het de mensen in haar dorp om ging, was dat ze erop konden vertrouwen dat zij haar werk deed. Ze slaakte een diepe zucht, stapte in haar auto en deed wat ze altijd deed.

Jo Thibodeau ging aan het werk.

36

Bella

Ze stond voor het raam naar haar tuin te kijken. De regen geselde de ruiten met ijskoude vlagen, zoals vaak in deze uithoek van Schotland, maar ze zag tekenen dat de lente dit jaar vroeg zou komen. Ook al was het pas februari, de groene loten van de narcissen kwamen al boven de grond. In maart zou de tuin een zee van gouden trompetjes zijn. De natuur was op de hele wereld aan snelle veranderingen onderhevig. De grote rivieren van Europa en Azië slonken tot armzalige stroompjes, de regenwouden van Zuid-Amerika stonden in brand en in de Stille Oceaan verdwenen koraalriffen onder het stijgende waterniveau. Op veel plekken sudderde onrust en dat hield in dat er geld te verdienen viel, geld waarmee je een verkiezing naar je hand kon zetten, oude en nieuwe haat aanwakkeren en revoluties ontketenen.

Als jong meisje had Bella geen belangstelling gehad voor tuinen maar nu ze er zelf een had, had ze beseft dat een tuin een microkosmos van de wereld was, waar niets en niemand zijn leven zeker was, omdat mededingers onopgemerkt in de schaduwen verscholen zaten, wachtend op een kans om je aan te vallen en af te maken. Deze fundamentele natuurwet had ze van haar vader geleerd: er was altijd iemand die wilde hebben wat jij had en daarom moest je doen wat noodzakelijk was om anderen een stap voor te blijven.

Zelfs als dat betekende dat je een veertienjarig meisje moest ontvoeren.

Ze wist dat haar moeder deze tactiek niet zou hebben gedoogd, maar Camilla was er niet meer. Zes jaar geleden was ze bezweken aan een hersentumor die met al het geld op de wereld niet genezen had kunnen worden. Nu Bella er alleen voor stond en niet langer werd gehinderd door haar moeders goedgunstige adviezen, had ze gedaan wat er gedaan moest worden om haar plaats aan de tafel te verdedigen. Voor de kunst van het overleven had ze de beste leraar gehad. Ze had gebruikgemaakt van de fundering die haar vader had gelegd en daarop haar eigen netwerk gebouwd.

Ze hoorde een klopje op de deur en draaide zich om naar haar assistent. 'En?' vroeg ze.

'Het meisje is uit het ziekenhuis ontslagen. Ze is weer thuis bij haar grootvader.'

'En ons team?'

'Zit al in het vliegtuig naar huis.'

'Dan kun je hun honorarium overmaken.'

'Komt in orde.'

Hij verliet de kamer en zij draaide zich weer om naar het raam en het uitzicht op de tuin. Het ging steeds harder regenen. De ijzige druppels spatten op van het tuinpad. Ze vroeg zich af of het in Purity sneeuwde. Ze had het stadje op de kaart opgezocht en gezien dat de staat Maine pal onder de grens met Canada lag. Het hoge noorden leek een vreemde plek om met pensioen te gaan. Ze stelde zich een landschap voor met sneeuwstormen en een bijtende wind, waar het leven 's winters niet makkelijk zou zijn.

Maggie had goed beschouwd dood moeten zijn. Ze had aan het Comomeer een kogel in haar hoofd moeten krijgen en Bella was echt van plan geweest de executie uit te voeren, maar toen ze in de toren haar pistool op Maggies hoofd had gericht en haar in de ogen had gekeken, was ze niet in staat geweest de trekker over te halen. Ze had zich gerealiseerd dat Maggie net zo goed een slachtoffer was, omdat haar leven ook was vernietigd in een vurige explosie boven de Middellandse Zee. Phillip Hardwicke zou niet hebben geaarzeld haar dood te schieten, maar Bella had ervoor gekozen het niet te doen.

Misschien had ze meer van haar moeder dan ze had gedacht.

Ik heb je ditmaal gespaard, Maggie, dacht ze, maar als we elkaar nogmaals mochten ontmoeten, kan ik niet garanderen dat ik weer zo teerhartig zal zijn.

Ze dacht echter niet dat ze elkaar ooit nog zouden ontmoeten, ook al zouden ze zich op veilige afstand voortdurend bewust zijn van elkaars bestaan, Maggie in haar onbeduidende dorp aan de kust van Maine en Bella in haar wereld van schaduwen en anonimiteit. Haar vaders wereld. Ze was op haar vijftiende misschien een onaantrekkelijke tiener geweest, maar wel eentje met hersens. Ze had geluisterd en geleerd, alles geabsorbeerd wat Phillip haar had verteld. Ze wist wat je moest doen om te overleven en dat zou haar in de komende jaren goed van pas komen als ze het geld dat Diana had gestolen naar zich toe zou klauwen, haar tentakels nog verder uitstrekken en haar macht consolideren.

Had ze er fout aan gedaan Maggie in leven te laten? Ze wist het niet. Haar vader zou haar voor deze beslissing hebben laten boeten en misschien zou ze ooit spijt krijgen van het ogenblik van zwakte en sentimentaliteit. Maar fouten konden altijd hersteld worden.

Ik weet waar je woont, Maggie, en ik kan altijd van gedachten veranderen.

37

Maggie

Als we met ons vijven rond de tafel in mijn eetkamer zitten, lijkt alles weer bij het oude te zijn. Ingrid en Lloyd arriveerden om vijf uur als eersten, met warme moussaka in een ovenschaal. Tien minuten later kwam Ben met Perzische rijst en lamsvlees, gevolgd door Declan, die sperziebonen met geschaafde amandelen had gemaakt. Een overvloed aan ovenschotels is wat vrienden brengen als je het moeilijk hebt, als je partner is overleden of als je je been hebt gebroken, en hier zijn ze, mijn beste vrienden, op eigen initiatief en meer dan welkom. De bende is herenigd. We zijn met een duizelingwekkende snelheid teruggekeerd naar onze normale routine en kunnen weer recepten en roddelpraat uitwisselen. Bangkok en het Comomeer lijken nu alleen nog maar een boze droom.

Maar het was geen droom en Diana is nu dood. Uit Declans bronnen weten we dat de politie van Como denkt dat de Amerikaanse vrouw die met een kogelwond in haar hoofd is aangetroffen bij een in onbruik geraakte kerk, waarschijnlijk is vermoord door de maffia omdat ze per ongeluk een van hun schuilplaatsen had gevonden. Ze zullen het vermoedelijk op deze theorie houden, omdat het over het algemeen te veel inspanning vereist om te proberen achter de waarheid te komen.

'En nu hebben we een nieuw probleem dat opgelost moet worden,' zegt Ben.

'Wat dan?' vraagt Ingrid.

'Wat we met Bella Hardwicke moeten doen.'

Ze kijken allemaal naar mij, omdat ik degene ben die Bella persoonlijk kent, of liever gezegd hééft gekend in een andere periode van haar leven, voordat ze door verlies en verdriet werd gesmeed tot de vrouw die een pistool op mijn hoofd gericht hield. Ze had me in de klokkentoren makkelijk kunnen doden en ze had er voldoende redenen voor. Maar ze heeft me in leven gelaten. Misschien zit er dan diep in haar binnenste, onder al het littekenweefsel, toch nog iets van de vijftienjarige die ik graag mocht.

'Bella is niet ons probleem,' zeg ik.

'Ze is Phillip Hardwickes opvolgster,' zegt Ingrid.

'Maar ze is Phillip Hardwicke niet.'

'Wat is ze dan?'

Ik heb geen antwoord op die vraag. Ik weet alleen dat Bella me had kunnen vermoorden en het niet heeft gedaan. Haar vader zou niet zo genadig zijn geweest.

'Wij hoeven niets te doen,' zeg ik. 'Wij zijn met pensioen.'

'Maggie heeft gelijk,' zegt Declan. 'We hebben de Agency alles over Bella verteld en nu is ze hún zorg.'

'Al zouden we best kunnen helpen,' zegt Ingrid. 'Ze hoeven het maar te vragen.'

Dit is iets waarmee we moeten leren leven: onze positie in een wereld die vindt dat we uitgerangeerd zijn. De nieuwe generatie kijkt alleen naar de toekomst en heeft weinig oog voor het verleden en wat ze ervan kunnen leren. Wat ze van óns zouden kunnen leren.

Ik haal vijf glazen en de fles dertig jaar oude Longmorn die we zojuist hebben geopend, een cadeautje van Ingrid, die hem via een bron in Schotland heeft weten te bemachtigen. Deze fles is het sein dat het gesprek nu een serieuze wending gaat nemen. Ik geef eerst een glas aan Declan, die de hele avond nogal stil is geweest en mijn blik mijdt. Hij voelt zich nog steeds gekwetst omdat ik stiekem naar Italië ben gegaan, ook al weet hij waarom ik het heb gedaan. Het was mijn strijd en ik wilde niet dat hij een onschuldig slachtoffer zou worden.

De consequentie is echter dat het nog wel even zal duren voordat hij het me kan vergeven en het vertrouwen tussen ons zal zijn hersteld. Het is een van de dingen op het lijstje van de problemen die Declan en ik samen moeten uitwerken.

Lloyd heft zijn glas voor een toost. *'Cin cin! Alla vostre salute!'*

'Cin cin!' zeggen we in koor en we nemen allemaal een slokje.

Mijn buitenalarm gaat.

'Verwacht je iemand?' vraagt Ben.

Ik sta op. 'Ik denk dat we allemaal wel weten wie het is.'

Ik loop naar de deur, doe open en daar staat ze, met haar hand opgeheven om aan te kloppen. Jo Thibodeau ziet eruit alsof ze al vele nachten geen oog heeft dichtgedaan. Ze heeft donkere kringen onder haar ogen en uit haar paardenstaart pieken futloze lokken blond haar. Ik kan haar vermoeidheid bijna rúíken.

'Mevrouw Bird,' zegt ze. 'Ik heb vragen.'

'Dat snap ik. Kom binnen.'

Ze loopt achter me aan naar de eetkamer en kijkt naar de gasten rond de tafel. 'Ik kan niet zeggen dat het me verbaast u allemaal hier te zien.'

De immer galante Declan houdt een stoel voor haar bij. 'Neemt u plaats, korpschef Thibodeau.'

'Een glaasje whisky?' biedt Lloyd aan.

'Ik heb dienst,' zegt ze.

'Hebt u ooit géén dienst?' vraag ik.

'Mevrouw Bird, kan ik u even onder vier ogen spreken?'

'Dit zijn mijn vrienden. Ik wil graag dat zij het ook horen.'

Thibodeau zucht. Ze is te moe om ertegen in te gaan en weet dat ze het toch niet zou winnen, dus neemt ze plaats op de stoel die Declan haar heeft aangeboden. In het licht van de lamp boven de tafel ziet haar gezicht er flets uit en lijkt ze ouder dan tweeendertig. In de korte tijd sinds ik haar heb leren kennen, ben ik haar volhardendheid gaan waarderen. Ze is geen sprinter maar een marathonloper die altijd stug zal doorgaan, de ene voet voor de andere, met haar blik op de eindstreep. Ze kan ons niet overtroeven maar ze heeft veel uithoudingsvermogen en ze zou een probleem zijn als we tegenstanders waren. Voorlopig zijn we dat echter niet en dat weten we allebei.

'De State Police heeft het bericht onderzocht dat u had ontvangen over waar u het meisje kon vinden,' zegt ze. 'Ze hebben niet kunnen vinden wie het aan u heeft gestuurd.'

'Ik heb toch gezegd dat ze daar niet achter konden komen?'

'Weet ú wie het heeft gestuurd?'

'De ontvoerders, neem ik aan.'

'Waarom hebben ze u laten weten waar Callie was? Was er losgeld betaald?'

'Niet voor zover ik weet.'

Ze kijkt de kring rond. 'Kan een van u me dat dan misschien vertellen?'

'Hoe zouden wij dat moeten weten?' vraagt Lloyd onschuldig.

'Kunt u alstublieft gewoon antwoord op mijn vraag geven?'

'U ziet eruit alsof u hier hard aan toe bent,' zegt Declan en met de vingervlugheid van een goochelaar zet hij een glas whisky voor haar neer.

Thibodeau kijkt naar het glas met karamelkleurige verleiding en wij kijken allemaal naar haar, benieuwd of ze ervoor zal bezwijken. 'Ach, wat maakt het ook uit,' mompelt ze. Ze neemt een slok en begint meteen te hoesten. Ze is duidelijk geen ervaren whiskydrinker maar met wat hulp kan ze het leren.

'Hoe is het met Callie?' vraagt Declan.

Thibodeau strijkt met de rug van haar hand langs haar mond. 'Goed, naar omstandigheden. Ze hebben haar niets aangedaan.'

'Wat kan ze zich ervan herinneren?'

'Ze hadden haar geblinddoekt, dus ze heeft hun gezichten niet gezien. Het waren een man en een vrouw. Ze hebben haar te eten en te drinken gegeven en gezorgd dat ze het niet koud had, en ze hebben haar niet bedreigd. We hebben geen idee waarom ze haar hadden ontvoerd.' Ze kijkt me aan. 'Misschien weet u dat?'

Ja, ik weet dat. Niemand had het op Callie zelf voorzien; ze was slechts een middel om een doel te bereiken. Bella heeft haar gebruikt om mij te dwingen me bloot te geven. Het heeft echter geen zin dit aan Jo te vertellen, omdat de ontvoerders allang weg zijn, ver buiten haar bereik. Hetzelfde geldt voor de vrouw die de opdracht voor de ontvoering had gegeven. Hoe zou de politie van een slaperig stadje in Maine het ooit kunnen opnemen tegen mensen als Phillip Hardwicke? De reden waarom ik hier ben komen wonen en waarom mijn vrienden hier wonen is dat wij het grootste deel van ons leven hebben doorgebracht in dienst van ons land, vechtend op onzichtbare strijdtonelen over de hele wereld, tegen monsters zoals Hardwicke. Nu willen we een rustig leven. Dat hebben we verdiend.

'Het spijt me,' zeg ik. 'Ik kan u echt verder niets vertellen.'

'Dat dacht ik al.'

Haar walkietalkie komt tot leven. 'Alle eenheden, 10-31, 10-31. Twee-vier-twee Birch Road...'

Zonder een woord van afscheid vliegt Thibodeau overeind. Een paar seconden later horen we haar auto wegsjezen over mijn oprijlaan.

'10-31,' zegt Ingrid. 'Dat is hun code voor een misdaad die nog gaande is. Misschien kunnen we helpen. Is dat niet onze burgerplicht?'

We denken erover na terwijl we de fles Longmorn aan elkaar doorgeven om onze glazen nog eens te vullen. Een misdaad die nog gaande is. Zou er ergens een dorp of stad bestaan waar nooit een misdaad wordt gepleegd? We weten nu dat zelfs Purity niet is gevrijwaard tegen het kwaad in de wereld. Als Washington zou worden getroffen door een atoombom zou het radioactieve stof zelfs dit verre hoekje van het land bereiken. Als in Europa landen zouden instorten of als er in het Verre Oosten een oorlog zou uitbreken, zou het puin van de vernietiging uiteindelijk aanspoelen op de kust van Purity, Maine. We zijn niet immuun. Niemand is immuun.

'Wat het ook mag zijn, ik weet zeker dat Jo Thibodeau het aankan,' zeg ik. 'En als ze onze hulp nodig heeft, weet ze waar ze ons kan vinden.'

Nawoord van de auteur

Het idee voor *De spionne* is geboren uit een eigenaardig geheim over het stadje in Maine waar ik woon. Mijn man is arts en kort nadat we hier waren komen wonen, opende hij een praktijk. Als hij zijn patiënten naar hun beroep vroeg, verliep het gesprek vaak als volgt:

Arts: 'Wat bent u van uw beroep?'

Patiënt: 'Ik heb voor de overheid gewerkt.'

Arts: 'Wat voor soort werk deed u voor de overheid?'

Patiënt: 'Daar mag ik niet over praten.'

Nadat dit drie of vier keer was gebeurd, begreep mijn man dat er iets aan de hand was met de gepensioneerden die hier woonden. Een makelaar verklapte het geheim: 'O, die hebben allemaal voor de CIA gewerkt.' We ontdekten dat zelfs in onze eigen korte straat twee gepensioneerde spionnen woonden. Waarom zijn zoveel van hen juist in dit stadje komen wonen, dat maar vijfduizend inwoners heeft? Voelen ze zich veilig anoniem hier in het bosachtige noorden, ver van nucleaire doelwitten? Komt het omdat onze stad uitgebreid is beschreven (volgens dezelfde makelaar) in een weekblad voor gepensioneerde geheim agenten? Of komt het omdat Maine in het verleden vaak is gebruikt als iemand tijdelijk een veilig onderkomen nodig had? Dit zijn de theorieën die ik heb gehoord, maar ik heb nooit een duidelijk antwoord gekregen, omdat de mensen die het antwoord kennen, er niet over kunnen of mogen praten. Vanwege hun leeftijd en hun zilveren haar letten we helemaal niet op deze bejaarden. Ze zijn gewoon onze buren, die net zoals wij in het café een kopje koffie drinken, in de supermarkt hun boodschappen doen, en ons vriendelijk groeten als we ze in het postkantoor tegenkomen. Ze passen zo goed in het straatbeeld dat we ons nooit afvragen hoe ze vroeger waren en welke geheimen ze tot de dood zullen bewaren.

Onopvallende bejaarden met een geheim verleden zijn fascinerende personages voor boeken en zo kwam *De spionne* tot stand. Ik wilde schrijven over spionnen die er niet uitzien als James Bond, maar als doodgewone buren die rustig van hun oude dag genieten, tot iets uit hun verleden hen achterhaalt en ze moeten terugvallen op vaardigheden waarvan ze hadden gedacht ze nooit meer te zullen gebruiken.

Dankwoord

Het is altijd een beetje eng om een geheel nieuwe cast van personages leven in te blazen en ik ben iedereen die me heeft geholpen om Maggie Bird en de Martiniclub te creëren erg dankbaar. Meg Ruley, Rebecca Scherer en het niet te evenaren team van het literair agentschap Jane Rotrosen waren er voor me vanaf het begin, toen *De spionne* alleen nog maar een idee was. Bij alle ups en downs van mijn lange schrijverscarrière heeft het team van Rotrosen me altijd aangemoedigd, adviezen gegeven, ondersteund en af en toe een martini met me gedronken, en nooit iets gedaan om me van mijn buitenissige ideeën voor mijn boeken af te brengen. Deze vrijheid om altijd mijn vleugels te kunnen uitslaan is de reden waarom ik nog steeds veel plezier in schrijven heb. Mijn redacteur in de US, Grace Doyle, heeft me met haar wijze en gevoelige begeleiding geholpen het verhaal meer diepte te geven en ik dank haar, Allyson Cullinan, Megan Beattie en het hele team van Thomas & Mercer voor de manier waarop ze *De spionne* hebben omarmd. Ik dank ook mijn uitmuntende redacteur in de UK, Sarah Adams, alsmede Alison Barrow, Larry Finlay, Emma Burton, Frankie Gray en het enthousiaste team van Transworld Books.

Dichter bij huis ben ik veel dank verschuldigd aan Dana Strout, die me heeft laten kennismaken met het genot van een echt goede whisky, en aan de steun van de dames van mijn ontbijtclub, op wie ik altijd kan rekenen. Ook dank ik mijn zoon Adam voor zijn grote kennis van vuurwapens en mijn zoon Josh voor zijn magische werk met camera's. En zoals altijd dank ik mijn echtgenoot, Jacob, die me door dik en dun steunt. Drieëndertig jaar geleden hebben we samen een duik in het diepe genomen door naar Maine te verhuizen. We prijzen ons gelukkig dat we deze plek ons thuis mogen noemen.